AF222223

Für immer an deiner Seite

Ein Meißen-Krimi

Evelyn Kühne

DIE AUTORIN

Evelyn Kühne wurde 1970 in Radebeul bei Dresden geboren.

Schon immer galt ihre ganze Liebe den Büchern und dem Lesen. Doch bis sie selbst zur Autorin wurde, sollte eine gewisse Zeit vergehen.

Nach einer Krebserkrankung wurde das Schreiben für sie die beste Strategie zur Krankheitsbewältigung. Schnell schrieb sie sich mit ihren Romanen in die Herzen ihrer LeserInnen.

Ihr Schreibmotto lautet: Schokolade in Buchform. Oder Wasser in die Badewanne, dazu ein Tee oder Glas Rotwein und für eine Buchlänge entführen lassen.

Sie lebt heute mit ihrem Mann, Hund und Katze in der Nähe von Meißen.

Näheres unter: www.evelyn-kuehne.de

Für immer an deiner Seite

Ein Meißen-Krimi

Evelyn Kühne

Impressum

Bibliographische Information der Deutschen Nationalbibliothek: Die Deutsche Nationalbibliothek verzeichnet diese Publikation in der Deutschen Nationalbibliografie; detaillierte bibliografische Daten sind im Internet über dnb.de abrufbar.

© Evelyn Kühne 2025

Verlag: BoD · Books on Demand GmbH, In de Tarpen 42, 22848 Norderstedt, bod@bod.de
Druck: Libri Plureos GmbH, Friedensallee 273, 22763 Hamburg

ISBN: 978-3-7693-5299-3

Covergestaltung: Alexa Kim,
www.akbuchcover.de

Bildnachweise:

immodium@shutterstock.com
bastinda18@depositphotos.com

Lektorat und Korrektorat:
Christine Rosenthal

Lektorat:
Stefanie Brandt

Prolog

„Soll ich uns Rühreier mit frischem Schnittlauch machen?"

Heiko spürte bei dieser Frage ein unbändiges Glücksgefühl in seiner Brust aufsteigen. Lächelnd schaute er die Frau an, die sich über den Tisch beugte und ihm einen zarten Kuss auf die Wange hauchte. „Das klingt wunderbar. Ich laufe schnell in den Garten und …" Ein heftiges Kopfschütteln ließ ihn innehalten.

„Du läufst nirgends hin und schon gar nicht schnell", widersprach Monika energisch und deutete auf seinen dick bandagierten Fuß. „Denk dran, was der Arzt gesagt hat. Fuß kühlen, hochlegen und schonen. Sonst humpelst du in zwei Wochen immer noch durch die Gegend, wenn wir an die Ostsee fahren und ich muss allein meine Strandspaziergänge machen."

Heiko musste ihr zustimmen. Natürlich hatte Monika recht, so wie sie eigentlich meistens recht hatte. Er hatte tatsächlich Schmerzen und sein Knöchel wirkte immer noch, als wäre er von einer höheren Macht von innen auf ein Vielfaches seiner eigentlichen Maße aufgeblasen worden. Vor drei Tagen war er drüben in der Altstadt über einen etwas nach oben ragenden Pflasterstein gestolpert, an einer Stelle, die er wohl schon hunderte Male passiert hatte. Doch diesmal war er gefallen. Alle Versuche, sich abzufangen, waren vergeblich gewesen. Hart war er auf dem Boden aufgeschlagen und ein heftiger Schmerz hatte zuerst sein Handgelenk und dann seinen rechten Knöchel durchzogen. Einige Passanten hatten ihm schließlich aufgeholfen. Eine Viertelstunde hatte Heiko auf dem Sims eines Schaufensters gesessen und sich bemüht, die aufgrund der Schmerzen durch seinen Körper wallende

Übelkeit in den Griff zu bekommen. Dann hatte er sich humpelnd auf den Heimweg gemacht und entgegen seiner üblichen Gewohnheiten sogar den Bus genommen. Monika war, gleich als er das Haus betreten hatte, aufgefallen, dass etwas mit ihm nicht stimmte. Zunächst hatte er sich tapfer gehalten. Doch als der Abend hereingebrochen war, hatte sie sich seinen Knöchel noch einmal angesehen, ein Machtwort gesprochen, ihn ins Auto verfrachtet und in die Notaufnahme des Meißner Krankenhauses gebracht. Zum Glück war nichts gebrochen gewesen, doch eine schwere Verstauchung war oftmals um ein Vielfaches schmerzhafter und langwieriger als ein Bruch, hatte eine Schwester ihm prophezeit.

Seitdem litt Heiko vor sich hin, war krankgeschrieben und zum Nichtstun verurteilt und das war das Schlimmste, was es für ihn gab. Er vermisste seine Arbeit und das Muddeln im Garten. Werkelte er doch praktisch immer vor sich hin, einfach weil es in dem älteren Haus, in dem sie lebten, immer etwas zu tun gab. Wenn man hinten fertig war, konnte man vorn wieder anfangen. Ihn störte das nicht, im Gegenteil. Wenn er arbeiten konnte, ging es ihm gut, dann war er glücklich. Faulheit war der Beginn allen Übels, hatte seine Mutter früher schon gesagt.

„Also, du bleibst schön sitzen und ich hole den Schnittlauch. Ich muss sowieso noch ein paar Äpfel pflücken. Ich will meine Kollegin Ursel nämlich mit einem Kuchen überraschen, die hat morgen Geburtstag. Du weißt schon, die aus dem Archiv. Ich befürchte, sonst wird wieder niemand an die Gute denken. Daheim hat sie ja auch keinen, der ihr etwas schenkt."

„*Die* Ursel?"

„Ja, die Ursel."

„Ich dachte, ihr wärt nicht mehr ganz so dicke, seit der Sache mit …" Heiko zögerte. Das war ein wunder Punkt. „Du weißt schon."

Monika schüttelte energisch den Kopf. „Es ist vorbei, ein für alle Mal. Verstehst du das?" Sie beugte sich zu ihm herunter und schaute ihm beschwörend in die Augen. „Ich muss es ruhen lassen, für mich selbst und für uns. Und deswegen ist es am besten, sich abzulenken und zu backen."

Heiko verspürte einen Hauch Enttäuschung. „Ich dachte, wir würden uns später mit einem Glas Wein auf den Balkon setzen. Es ist so ein herrlicher Abend."

„Machen wir doch auch. Du wirst sehen, der Kuchen ist ruckzuck fertig. Und du setzt dich hin und wartest auf mich. Wirklich und ohne Widerrede." Gespielt tadelnd hob sie ihren Zeigefinger. „Ich hab gesehen, dass du das alte Laub auf dem Gehweg zusammengekehrt hast."

„Frau Haller hat sich beklagt und da dachte ich …"

„Ach, Frau Haller beklagt sich über Gott und die Welt. Das wissen wir doch alle. Hat ja auch den lieben langen Tag nichts anderes zu tun, als die Nachbarschaft im Auge zu behalten. Na ja, kein Wunder. Dreißig Jahre ist ihr Mann schon tot. Für manche ein halbes Leben. Und nun ist sie dreiundneunzig geworden und schon so lange allein." Monika schüttelte den Kopf. „Immer noch trägt sie Schwarz, jeden Tag." Sie seufzte, strich über ihre gelbe Schürze und küsste ihn noch einmal auf den Mund. Dann verschwand sie zur Tür hinaus. „Bin gleich wieder da."

Heiko betrachtete die Türöffnung, durch die seine Monika gerade verschwunden war, und wieder einmal schien ihm das Glück, mit ihr zusammen sein zu dürfen, wie ein großes Wunder.

Er, Heiko Tanger, der irgendwie nicht in diese Welt passte und schon immer ein Außenseiter gewesen war. Er, der geglaubt hatte, niemals einen Menschen zu finden, der ihn mochte und ihn so nahm, wie er war, mit allen seinen Macken. Er hatte den Deckel für seinen Topf gefunden. Zwar erst mit über fünfzig, aber das schmälerte sein Glück kein bisschen, im Gegenteil.

Schon in der Schule war er der gewesen, der im Sport stets als Letzter in eine Mannschaft gewählt wurde. Es gab zwar zwei Jungen, die ab und zu Zeit mit ihm verbrachten, ihn manchmal zum Spielen einluden oder mit ihm ins Freibad gingen, doch er sah sie nie als Freunde. Heiko war lieber allein, tat sich schwer mit all den Dingen, die junge Menschen so machten. Er ging nicht gern tanzen, hasste es, in der Kneipe abends ein Bier zu trinken, und vermied jeglichen Smalltalk, weil er sowieso nicht wusste, was er sagen sollte. Heiko ging trotzdem seinen Weg. Er absolvierte eine Lehre zum Rundfunk- und Fernsehmechaniker. Nach der Wende wurde er von seinem Chef als einziger Mitarbeiter übernommen. Heiko erweiterte eifrig sein Wissen und reparierte kurze Zeit später auch Waschmaschinen, Geschirrspüler und Kühlschränke. Er hatte goldene Hände und kam selbst dem verzwicktesten Fehler auf die Spur. Wenn er dann ein Gerät wieder zum Laufen gebracht hatte, verspürte er eine stille Freude. Ein Gefühl, das kein Mensch verstehen konnte. Ging es doch schließlich nur um eine Waschmaschine. Aber er sah darin ein Wesen, das er heilen konnte wie ein Arzt seine Patienten. Heiko war glücklich in seiner kleinen Welt.

Es gab nur einen heimlichen Traum und der schien für ihn unerreichbar, nämlich eine Partnerin zu finden. Heiko war kein gutaussehender Mann und außerdem schüchtern. Sein Verhältnis zu Frauen war kompliziert. Nicht zuletzt, weil er sich viele Jahre aufopferungsvoll zuerst um seine Oma und dann um seine Mutter hatte kümmern müssen. Da war keine Zeit gewesen, um auszugehen und so zu leben, wie man es nun einmal tat. Er wusste nicht, wie man flirtete, Augenkontakt suchte und einfach locker losplauderte.

Als dann seine Oma und wenig später seine Mutter gestorben waren, war Heiko in ein tiefes Loch gefallen. Es schien, als wäre sein ganzer Lebenssinn mit einem Schlag verschwunden gewesen. Umso intensiver hatte er sich in seine Arbeit gestürzt, war oft erst am späten

Abend heimgekommen und immer wortkarger und eigenbrötlerischer geworden.

Doch dann war er in einer dieser kostenlosen Zeitungen, die jede Woche in seinem Briefkasten steckten und die er immer benutzte, um seinen Ofen anzufeuern, auf einen Artikel gestoßen. Darin war es um ein altes, verfallenes Schloss gleich in der Nähe von Meißen und einen Verein gegangen, der es sich zum Ziel gesetzt hatte, dessen alte Bausubstanz zu erhalten. In vier Wochen sollte ein Sommerfest stattfinden. Dafür und für die Vereinsarbeit wurden noch Mitstreiter gesucht. Heiko hatte den Artikel wieder und wieder gelesen und schließlich den Impuls gespürt, sich die Sache einmal anzuschauen.

An einem regnerischen Mittwoch war er nach endlosen Grübeleien nach Oberau gefahren und dort auf eine Gemeinschaft gestoßen, die ihn mit offenen Armen empfangen hatte. Niemand dort kannte ihn, niemand hatte sich bereits eine Meinung über ihn gebildet. Diese Menschen hatten ein Faible für altertümliche Gemäuer und tickten ein wenig wie er, wollten alte Dinge erhalten und reparieren. Vermutlich fühlte Heiko sich deswegen von der ersten Minute an willkommen. Dort wusste man seinen Notizspleen zu würdigen und schon nach kurzer Zeit wurde er zum zweiten Schriftführer ernannt. Eine Aufgabe, die ihm unglaubliche Freude machte. Und da war noch etwas, das Heiko immer wieder nach Oberau zog und jedem Treffen der Vereinsmitglieder entgegenfiebern ließ.

Denn da war Monika, der Kassenwart des Vereins. Sie war eine rundliche, stille Frau und ihm gefiel sie von der ersten Minute an. Manch einer hätte sie mit ihrem Kurzhaarschnitt und der praktischen Kleidung als schlichte Frau bezeichnet, doch Heiko konnte sich an ihr nicht sattsehen. Er beobachtete sie, heimlich und fragte sich, wie es wohl wäre … Doch an diesem Punkt endeten seine Träume. Er konnte sich nicht vorstellen, wie es sein könnte, weil er es noch nie erlebt hatte. Beim alljährlichen Adventsmarkt dann wurden sie zusammen für den Küchendienst eingeteilt und Heiko ahnte, dass die anderen wohl seine stille Bewunderung für Monika bemerkt hatten. Am Ende des Sonntags fasste er sich ein Herz und fragte, ob sie Lust hätte, mit ihm spazieren zu gehen. Monika hatte Lust. Sie wanderten an einem eiskalten Dezembertag hinauf zur *Boselspitze*, saßen lange mit wärmenden Sitzkissen auf einer Bank und schauten von oben auf die Elbe. An ihrer Seite fühlte Heiko sich wie ein neuer Mensch. Sie trafen sich wieder und wieder und dennoch verging ein weiteres halbes Jahr, bis er sich endlich getraute, sie zu küssen. Seitdem waren sie ein Paar und unzertrennlich.

Ihre Lebensläufe ähnelten einander, wahrscheinlich verstanden sie sich deswegen so gut. Auch Monika hatte sich eine gewisse Zeit um ihre Eltern gekümmert und bisher wenig vom Leben gehabt. Heiko war für sie der Mann, den sie sich immer erträumt hatte. Sie zogen in ihr Elternhaus, heirateten in aller Stille und waren einfach glücklich miteinander. Manchmal fürchtete er, dass all das irgendwann enden würde, schlagartig, abrupt. Und ihn ärgerte, dass sie sich erst so spät gefunden hatten. Doch Monika lachte seine Sorgen weg. „Besser jetzt als erst mit neunzig. Uns bleiben noch so viele Jahre, glaub mir. Irgendwann werden wir mit hundert draußen unter dem knorrigen Apfelbaum sitzen und auf die lange Zeit zurückschauen, die wir zusammen hatten." Und Heiko glaubte ihr, weil Monika immer recht hatte.

Er kämpfte sich auf die Füße, humpelte zum Fenster und blickte hinaus. Noch war Monika nicht zu sehen. Also holte er aus dem Küchenschrank die gusseiserne Pfanne, die sie immer so gern zum Braten benutzte, und stellte sie auf den Herd. Im Hängeschrank daneben waren die dunkelblauen, flachen Teller, die sie kürzlich auf einem Töpfermarkt in der Lausitz erstanden hatten. Heiko brachte zwei von ihnen zum Tisch und ging anschließend erneut zum Fenster.

Monika erklomm gerade die Leiter. An ihrem linken Arm baumelte ein Körbchen.

„Nicht so hoch", rief er ihr zu.

Kurz drehte sie sich um, sah ihn an und lachte. „Keine Angst, nur noch zwei Sprossen. Sonst komme ich nicht an die dickbäuchigen Schneewittchenäpfel da vorne auf dem Ast."

Schneewittchenäpfel – schmunzelnd drehte Heiko sich um. Das war auch so ein Begriff, den Monika geprägt hatte. Dingen einen fantasievollen Namen zu geben, machte ihr Freude.

Er wollte gerade zur Schublade mit dem Besteck schlurfen, als ihn ein lautes Krachen innehalten ließ. Danach war es still, totenstill. Heiko blieb wie angewurzelt stehen, konnte sich nicht rühren, kaum atmen. Angsterfüllt presste er eine Hand gegen sein Herz und fixierte den Alpenkalender mit dem tiefblauen Bergsee auf der anderen Seite des Raumes. Genau dort hatten sie gestanden, im vorigen Jahr, sich an der Hand gehalten und …

Wie lange Heiko sich nicht bewegte, hätte er hinterher nicht sagen können. Aber auf einmal waren da Stimmen hinter ihm im Garten. Sie riefen etwas. Monika gehörte keine davon.

In Zeitlupe drehte Heiko sich schließlich um und trat zurück ans Fenster. Zunächst sah er die umgestürzte Leiter. Dann eine Frau mit einem blauen Kleid und einer gelben Schürze, die im Gras lag. Erneut vergingen Sekunden, in denen er sich nicht rühren konnte. Mit beiden Händen umklammerte er das Fensterbrett, bis seine Knöchel weiß hervortraten.

Irgendwann begriff er, dass er hier nicht ewig stehen und schauen konnte. Heiko humpelte los, schlich die Treppe hinab und wankte durch den Keller. Vor den vier Stufen, die nach oben zum Garten führten, hielt er noch einmal inne. Er ahnte, dass die Ängste, die ihn immer wieder heimsuchten, in genau diesem Moment zur Realität geworden waren.

Und auf einmal entstand der Gedanke, dass er all das gerade nur geträumt hatte. Er würde die Treppe hinaufsteigen und Monika auf der Leiter sehen. Sie würde sich zur Seite strecken, um einen besonders schönen Schneewittchenapfel zu pflücken. Dann würde sie sich umdrehen, ihn ansehen und schimpfen, weil er nicht in der Küche auf seinem Stuhl geblieben war. Später würde ein verführerischer Duft nach Apfelkuchen durchs ganze Haus ziehen. Und auch wenn dieser Kuchen nicht für ihn bestimmt war, würde Heiko sich daran erfreuen. Sollte Monika ganz viele Kuchen für ihre Kollegen backen, er würde sich nie mehr darüber ärgern. Nicht ein klitzekleines bisschen.

„Heiko?" Eine fremde Stimme ließ ihn zusammenzucken. Am oberen Ende der Treppe stand ein Nachbar. Behutsam half er ihm hinauf. Sie passierten den kleinen Teich, den sie vor einem Jahr gemeinsam angelegt hatten und in dem zwei Kois munter ihre Runden drehten.

Weitere Stimmen wehten zu ihm. Da waren so viele Menschen unter ihrem Apfelbaum und er fragte sich, wo die herkamen. Jemand brüllte aufgeregt in sein Handy. Ein anderer stürzte hastig davon. Doch Heiko nahm all dies nur am Rande wahr. Seine Augen ruhten auf der Frau, die reglos im Gras lag, als würde sie schlafen – seine Monika.

Wie im Wahn stolperte er weiter, wehrte die Hand ab, die ihn zurückhalten wollte und stand schließlich neben Monika. Ein einzelner Schneewittchenapfel lag neben ihr, wie im Märchen. Mit einem gequälten Stöhnen sank Heiko auf die Knie, umfasste ihre Hand und hob sie an seine Lippen. Vergessen war sein schmerzender Knöchel. Sein ganzer Körper war ein einziger Schmerz. Gequält sah er ihr ins Gesicht. Monikas Augen waren weit geöffnet, schauten in den Meißner Abendhimmel, der sich allmählich rötlich verfärbte. Ihr Kopf hatte eine unnatürlich überstreckte Haltung eingenommen. Heiko tastete zitternd nach ihrem Handgelenk, versuchte, einen Puls zu finden und nahm zu seinem Entsetzen kein Lebenszeichen wahr. Ungläubig schüttelte er den Kopf, berührte ihre Wangen und beugte sich schließlich zu ihr hinunter, um seine Lippen auf ihren Mund zu legen. Er war noch warm, doch kein Atemzug war zu spüren. „Mönchen", flüsterte er zärtlich. „Du musst aufwachen, komm schon." Doch Monika regte sich nicht.

Da war eine Berührung an seiner Schulter. „Heiko", sagte eine Stimme. Er blickte auf und ins Gesicht einer Nachbarin. Tränen schimmerten in ihren Augen. „Heiko, komm." Sanft versuchte die Frau, ihn wegzuziehen, doch er umklammerte Monikas Hand umso heftiger und schüttelte den Kopf.

Als Rettungssanitäter und Polizei wenig später eintrafen, kniete er immer noch an ihrer Seite und war nicht zu bewegen, von der Toten abzulassen. Inzwischen bildeten seine Nachbarn einen Ring um die Szenerie, als wollten sie damit ihr Mitgefühl bekunden, obwohl sie sonst mit Heiko nie viel am Hut gehabt hatten. Doch sein Kummer ließ niemanden kalt.

Dann begann ein Arzt, seine Frau zu untersuchen. Nach wenigen Sekunden schüttelte er den Kopf.

Heiko begann zu zittern. Dieses Kopfschütteln, was sollte das? Jemand legte ihm eine Decke über die Schultern und er fragte sich, warum man sie nicht über Monika ausbreitete. Ihr musste doch kalt sein, dort auf dem Rasen.

Wieder versuchte jemand, ihm aufzuhelfen, seine Hand aus Monikas zu lösen. Heiko begann zu wimmern.

„Heiko", erklang plötzlich eine vertraute Stimme. Er löste seinen Blick von Monikas Gesicht und schaute zur Seite. Sein alter Klassenkamerad Jens Stier kniete neben ihm im Gras. Der Junge, der ihn früher manchmal mit ins Freibad geschleppt oder zu seinen Geburtstagen eingeladen hatte. Der alte Kumpel, der sich bei Klassentreffen immer einen Moment zu ihm gesetzt hatte, obwohl Heiko nie der Gesprächigste gewesen war. Jens war bei der Polizei und anscheinend im

Einsatz. Zumindest trug er eine Uniform. „Heiko, komm, steh auf", sagte Stier leise.

„Ich will nicht." Heiko fuhr sich mit der Zunge über die Lippen. „Ich bleib hier, ich muss hierbleiben, bei ihr."

„Heiko, bitte, Monika ist tot."

Energisch schüttelte er den Kopf. „Niemals, du wirst sehen, es ist nur ein Traum. Sie kann mich nicht verlassen, ich hab sie doch gerade erst gefunden."

„Es ist schlimm, Heiko, ich weiß. Aber sie ist trotzdem tot. Komm ins Haus, bitte. Ich helf dir beim Aufstehen."

Irgendwann, als er seine Beine nicht mehr fühlte, schaffte Jens es, ihn aufzurichten. Stolpernd, auf den Arm seines alten Klassenkameraden und eines Sanitäters gestützt, wankten sie hinein. Kurz bevor sie das Haus erreichten, sah Heiko sich noch einmal um. „Wie soll ich denn leben ohne sie? Wie geht das?"

Stier, der offenbar nicht wusste, was er sagen sollte, schwieg und umklammerte einfach nur Heikos Arm. Dann legten sie ihn im Wohnzimmer auf die Couch. Ein Arzt kam, der eine Spritze in der Hand hielt.

„Was will er?"

„Dir eine Spritze geben, zur Beruhigung."

„Aber ich bin ruhig und vollkommen klar", widersprach Heiko.

„Es ist dennoch besser, wenn du …"

„Sie haben sie umgebracht."

Stier runzelte seine Stirn. „Was? Heiko, ich bitte dich. Es war ein Unfall, die Leiter …"

„Sie haben sie umgebracht, glaub mir. Monika wurde ermordet."

Der Arzt seufzte und setzte die Spritze in Heikos Arm. „Er wird gleich schlafen. Sollen wir ihn mitnehmen oder können Sie bleiben?"

„Ich habe in Kürze Feierabend. Ich rede mit meinem Chef und denke, ich kann hierbleiben", sagte Stier leise.

„Das wäre gut. Wenn etwas ist, rufen Sie an."

Heiko verfolgte das Gespräch, während seine Lider immer schwerer wurden und schließlich zufielen. Dabei wollte er nicht schlafen. Er musste wach bleiben, für Monika. „Sie haben sie umgebracht", flüsterte er noch einmal.

Stier seufzte, hielt noch immer Heikos Hand und schwieg. Und in diesem Moment war dies vermutlich das Einzige und Beste, was er tun konnte.

Kapitel 1

„Pause", rief der ein Stück vorausfahrende Otto John
über seine Schulter und deutete mit der Hand auf die
zwanzig Meter entfernt stehende Bank am Rande des
Elberadwegs.

„Schon wieder?" In der Stimme seiner Frau
Rosemarie lag leichte Ungeduld, hatten sie doch gerade
erst einen ausgiebigen Schwatz mit einem alten
Bekannten gehalten, der ihnen entgegengekommen war.
Dessen Garten lag ein Stückchen weiter inmitten einer
kleinen Kolonie, die sich auf den schmalen Landstreifen
zwischen B6 und dem Radweg genau gegenüber der
Bosel quetschte. Wann immer das Ehepaar John an der
Anlage vorbeikam, schien es, als hätte wieder einer der
Pächter aufgegeben. Viele der Hütten verfielen von Jahr
zu Jahr mehr. Zäune stürzten ein, Jugendliche
randalierten oder Penner suchten sich ein Domizil, in
dem sie einige Tage hausen konnten. Es war ein Jammer
und ein Ärgernis für die wenigen Pächter, die noch auf
diesem idyllischen Fleckchen Erde durchhielten.
Deswegen hatte man sich soeben noch einmal
schwärmerisch über die guten alten Zeiten unterhalten,
an Grillfeste oder stilles Beisammensein bei einem guten
Glas Meißner Wein erinnert. Eines Tages würde das
alles hier Geschichte sein und …

Rosemarie wischte den Gedanken beiseite. Eines
Tages würden auch sie verschwinden. Deshalb konnte
ihnen im Grunde egal sein, was hier passierte. Auch
wenn es sie im Herzen schmerzte. Doch man musste
die Dinge nehmen, wie sie kamen und nicht hadern.
Das machte es nur schlimmer.

Eigentlich wäre Rosemarie gerne in einem Rutsch bis
zu ihrer Wohnung durchgefahren, denn heute Abend

lief auf einem der dritten Programme ein Film, den sie sich gern anschauen wollte. Einer ihrer Lieblingsschauspieler, Herbert Köfer, wirkte darin mit. Doch Ottos forscher Art konnte sie sich auch nach so vielen Ehejahren nicht entziehen.

Rosemarie bremste also, lehnte ihr Rad an das ihres Gatten und nahm ihren Helm ab. Eigentlich hasste sie es, mit Helm zu fahren, weil der jede Frisur ruinierte. Bei Otto war das kein Problem, hatte der doch nur noch drei Haare auf dem Kopf. Aber Rosemarie achtete auf sich und ihr Aussehen. Erst kürzlich hatte der Verkäufer an der Supermarktkasse *junge Frau* zu ihr gesagt. Otto meinte zwar, das würde der zu jeder Kundin sagen, aber Rosemarie hatte sich dennoch gefreut. Ab einem gewissen Alter musste man an Komplimenten nehmen, was im Angebot war, wurden die doch immer rarer.

Sie schnappte sich den kleinen Korb vom Gepäckträger, wischte mit der Hand über die Sitzfläche der Bank und nahm neben Otto Platz. Einen Moment schwiegen die beiden älteren Leutchen und waren ganz versunken in die Aussicht vor ihnen. Da war zunächst eine sattgrüne Wiese, gefolgt von der gemächlich dahinströmenden Elbe. Auf der anderen Seite erhob sich der *Boselfelsen* majestätisch in die Höhe mit dem darunter befindlichen Steinbruch, der wie eine offene Wunde im Fels wirkte. Links von ihm lagen die schnurgerade ausgerichteten Rebstockreihen des *Kapitelbergs*.

„Hach herrlich, oder?", meinte Rosemarie und seufzte tief. „Egal, wie oft wir schon hier waren, es ist immer wieder schön." Also war es doch richtig gewesen, dass sie eine Pause gemacht hatten. Otto hatte schon früher ein Händchen für besondere Momente besessen.

„Weißt du noch …?", fragte er und sie nickte.

„Dort oben haben wir uns das erste Mal geküsst", erwiderte Rosemarie leise und ein Lächeln huschte über ihr Gesicht. „Das ist so viele Jahre her."

„Und was seitdem alles passiert ist." Ein Radfahrer in einem hautengen roten Dress raste an ihnen vorbei.

Missmutig schauten die beiden Alten ihm hinterher. „Früher grüßte man sich noch."

„Reg dich nicht auf. Wir werden die Welt nicht mehr ändern." Rosemarie nahm das Tuch von ihrem Körbchen. „Magst du einen Schluck Wasser?"

„Ein Schnaps wäre mir lieber. Oder eine Pille gegen Sodbrennen. Mir liegt immer noch Helgas selbstgebackener Kuchen im Magen. Backen konnte die noch nie. So eine dicke Zuckerschicht obendrauf. Das haut jeden Diabetiker aus den Schuhen."

Rosemarie seufzte leise. „Sie freut sich aber immer, wenn wir vorbeikommen. Schließlich hat sie nur noch uns."

„Weiß ich doch, trotzdem. Soll sie doch Kuchen kaufen. Gibt schließlich genug Bäcker in der Gegend."

„Ich werd es ihr sagen." Rosemarie schraubte die Flasche auf und trank einen Schluck.

„Sag mal, kann das sein, dass mein Rücklicht schief hängt?", fragte Otto plötzlich und starrte prüfend sein Rad an.

Sie folgte seinen Blicken. „Keine Ahnung, hängt das nicht immer so?"

„Nie im Leben." Otto stemmte sich hoch und begann am Rücklicht herumzuruckeln. „Bestimmt haben wieder diese Rindviecher aus dem ersten Stock ihr Rad gegen meines gelehnt. Immer das gleiche Theater. Ist doch weiß Gott genug Platz im Fahrradkeller. Aber keine Rücksicht wird mehr genommen."

Rosemarie schaltete innerlich ab und wandte sich lieber erneut der *Bosel* zu, um in Erinnerungen zu schwelgen. Jung müsste man noch mal sein und das ganze Leben noch vor sich haben.

Plötzlich zuckte sie zusammen. Da waren zwei dunkle Schatten am oberen Rand der von den letzten Sonnenstrahlen beschienenen Felswand, ein Stück unterhalb des eigentlichen Aussichtspunktes. Wie unverantwortlich, wollte Rosemarie gerade sagen, als sich einer der Schatten nach unten bewegte, schnell, sehr schnell. Der Schatten raste geradezu hinab, nein, er fiel. Dann war er verschwunden. Es brauchte einige Sekunden, bis Rosemarie begriff, dass da gerade jemand von der *Bosel* gestürzt sein musste, vor ihren Augen. Erschrocken presste sie die Hand gegen ihr Herz, japste nach Luft und starrte Richtung Aussichtspunkt, von dem aus man einen so herrlichen Blick über das Elbtal hatte. Unsicher kniff sie ihre Augen zusammen. Der zweite Schatten war verschwunden. Doch halt, nein, kletterte dort nicht jemand, hinter einigen Büschen verborgen, in die Höhe? Tatsächlich, jemand dunkel Gekleidetes stieg über das Geländer und verschwand. Rosemarie rieb über ihre Augen und fixierte den entsprechenden Punkt, so gut es ging. Alles schien wieder so, als wäre nichts gewesen. Hinter ihr zwitscherte ein Vogel, Autos rasten auf der höher gelegenen Straße vorbei.

Rosemarie atmete einige Male tief durch, versuchte Klarheit in ihren Kopf zu bekommen. Wenn sie jetzt etwas sagte, würde es eventuell wieder Palaver mit Otto geben. Aber war es nicht ihre Pflicht? Immerhin war ein Mensch ums Leben gekommen. Dass dem so war, daran hatte sie keinen Zweifel. Die *Bosel* war bekannt dafür, dass sie immer wieder Menschen anzog, die des Lebens überdrüssig geworden waren.

Langsam zog sie das Handy aus dem Korb und legte es neben sich auf die Bank. „Du?", rief sie Otto zu.

„Hm." Der ruckelte noch immer verdrießlich an seinem Rücklicht.

„Ich glaube, da ist grad jemand von der *Bosel* gefallen."

Otto drehte sich um und sah sie an. „Bist du sicher?" Dann wanderte sein Blick zum trutzigen Felsen.

„Eigentlich schon, ich meine, es könnte natürlich auch ein Schatten gewesen sein."

„Was denn für ein Schatten?"

„Keine Ahnung, eigentlich waren es sogar zwei Schatten", erwiderte sie hilflos. „Nein, es waren keine

Schatten, es waren Menschen. Da war noch jemand oberhalb der Felskante."

„Noch jemand?"

„Er ist zurück zum Aussichtspunkt geklettert, nachdem der andere gefallen ist. Und dann über das Geländer gestiegen und verschwunden."

„Und da bist du wirklich sicher?", hakte Otto nach, kam zu ihr und warf einen erneuten Blick ans andere Flussufer. „Die Strecke ist ganz schön weit. Ich sehe, ehrlich gesagt, nichts."

„Es gibt ja auch nichts mehr zu sehen."

„Also bist du sicher?" Ottos Gesichtsausdruck sprach Bände. Kein Wunder, trug er doch seine Brille nur zum Zeitunglesen und sonst nicht. Dabei hätte er dringend permanent eine auf seiner Nase gebraucht.

„Eigentlich schon."

„Röschen, was heißt denn eigentlich?"

„Nein, ich bin sicher. Nun muss ich doch die Polizei rufen, oder?"

„Ich weiß nicht. Wenn du dich nun verguckt hast? Was dann?"

„Hab ich nicht." Trotzig ergriff Rosemarie das Handy und wählte die entsprechende Nummer. „Hallo, hören Sie mich, mein Name ist Rosemarie John, ich habe gerade eine Beobachtung gemacht …"

Genießerisch spitzte Jens Stier die Lippen, führte das Glas zum Mund und nippte daran. Dann ließ er den Wein über seine Zunge gleiten und ging in sich. Er war kein großartiger Weinkenner und würde es wohl auch nie werden. Aus seiner Sicht schmeckten die Meißner Weine alle gleich. Zumindest hatte er das anfänglich gedacht. Doch nach einigen Besuchen auf den umliegenden Weingütern und mit der richtigen Anleitung beschlich ihn allmählich das Gefühl, leichte Unterschiede wahrzunehmen und vor allem auf den Geschmack zu kommen. Er war zwar seinem Feierabendbier immer noch zugeneigt, aber der Mensch war nie zu alt, sich neue Horizonte zu erschließen. Und das hatte Stier in den letzten Monaten getan. Er war zu Weinverkostungen gegangen, in tiefe kühle Keller gestiegen, hatte Gartenkonzerten gelauscht und vor allem hatte er verkostet, Glas um Glas, immer wieder. Viel hatte es zu entdecken gegeben, in kleinen Besenwirtschaften und großen Weingütern rund um Meißen. Und dieses Engagement zahlte sich inzwischen aus. Vor allem betrachtete er die vielen kleinen und großen Weingüter und die steilen Weinberge, die sich so malerisch die Hänge hinaufzogen, inzwischen mit gänzlich anderen Augen.

Stier erkundete also seit einiger Zeit neue Welten, und das hatte einen guten Grund. Der hieß Barbara. Stier wandelte also nicht mehr allein durch seine Feierabende und freien Wochenenden, sondern mit einer Frau an seiner Seite.

Barbara Franz hatte er bei seinem letzten Mordfall kennengelernt. Damals war sie eine Zeugin gewesen, die Mark Winter hinzugezogen hatte, weil Barbara das Haus, in dem der Mord passiert war, von allen am besten kannte. Kein Wunder, denn sie putzte dort. Und ganz nebenbei kümmerte sie sich noch um ihren Enkel Tobias und genau dem hatte Stier es zu verdanken, dass er, der ein ziemlicher Stiesel war, was Frauen betraf, auf einmal erkannte, dass man etwas dafür tun musste, wenn man sein Glück finden wollte.

Durch Zufall war er Barbara Franz und ihrem Enkel bei einem Einsatz in Meißen erneut begegnet. Und zwar am doppelstöckigen roten Eisbus, der seit einiger Zeit das Ufer zierte, wenn man, aus Richtung Gauernitz kommend, auf die Stadt an der Elbe zufuhr. Dort hatte sich Stier mit der Beschwerde eines älteren Ehepaars befassen müssen, an dessen nigelnagelneuen Dacia Duster jemand angeblich eine Delle beim Parken hinterlassen hatte. Schnell war Stier und seinem Kollegen Andreas Reusch klar geworden, dass diese Delle nur auf einem Weg entstanden sein konnte, nämlich durch das Übersehen eines Verkehrsschildes, das dem älteren Herrn anscheinend bei seinen eigenen

Einparkmanövern entgangen war und das nun ein wenig windschief auf der anderen Seite des Parkplatzes stand.

Es hatte sich eine kurze Diskussion entwickelt, an deren Ende die Frau entschlossen den Arm ihres Mannes ergriffen und ihn zur Beifahrertür gezerrt hatte. „Er sieht nicht mehr so gut", hatte sie seufzend gesagt und die Augen dabei verdreht. „Will es aber nicht wahrhaben und denkt immer noch, er wäre zwanzig. Entschuldigen Sie bitte, ich war gleich dagegen, Sie anzurufen." Dann hatte sie sich selbst hinter das Steuer gesetzt und war erstaunlich wendig vom Parkplatz gedüst.

Fast schon eilig hatten sich die beiden aus dem Staub gemacht und Stier hatte sich gut vorstellen können, welche Szenen sich auf der weiteren Fahrt abspielen würden. Kurz war sein Blick über die zahlreichen Gäste im Eisgarten gewandert, die sich die kalte Köstlichkeit an einem heißen Sommertag schmecken ließen. Er war in sich gegangen, ob er sich wohl ebenfalls eine Portion gönnen sollte. Aber angesichts der Miene seines Kollegen Andreas Reusch entschied er sich dagegen. Der achtete seit einiger Zeit nämlich penibel auf seine Ernährung und hatte tatsächlich schon vier Kilo abgenommen. In solchen Momenten vermisste Stier seinen alten Spannemann Thomas Pranger schmerzlich. Der hätte sich eine große Waffel Eis gegönnt und wäre auch sonst an keinem Imbiss vorbeigegangen. Doch Pranger war kürzlich Vater geworden und befand sich im Erziehungsurlaub. Schweren Herzens wollte Stier sich zum Einsatzfahrzeug begeben, als ihm die neugierigen Blicke eines kleinen Jungen auffielen, der versonnen an seinem Eis schleckte. Neugierige Blicke waren für Polizisten nichts Ungewöhnliches, weil viele Kinder von einem Polizeiauto nun einmal magisch angezogen wurden. Stier zwinkerte dem Kleinen also lustig zu und hob seine Hand.

Da trat eine Frau aus dem Schatten des Gebäudes und zog den Kleinen zu sich auf eine Bank. Dabei warf sie Stier einen knappen Blick zu und nickte. Beinahe automatisch nickte er zurück. Gegrüßt zu werden, war für ihn nichts Besonderes. Meißen war sein Revier, seine Stadt, er kannte hier Tod und Teufel, kurz gesagt, praktisch jeden. Doch diese Frau ließ Stiers Puls bei nochmaligem Hinsehen in die Höhe schießen. Sofort fiel ihm ein, wie sie sich bei der Ermittlung im letzten Mordfall begegnet waren und später noch einige Male in der Stadt. Er erinnerte sich, dass er sie nett gefunden hatte, ohne sie überhaupt näher zu kennen. Da war etwas an ihrem Äußeren, das ihm gefiel. Sie war natürlich und dennoch adrett, besaß Rundungen an den richtigen Stellen und wirkte wie eine Frau mit einem großen Herzen.

Am Einsatzfahrzeug hatte er die Hand um den Türgriff gelegt und innerlich bis zehn gezählt. Sollte er es wagen und sie einfach ansprechen? Stier rang mit sich und ging plötzlich, zu Andreas Reuschs sichtlicher Verblüffung, zurück zum Eisbus, besser gesagt zur Bank, auf der Oma und Enkel inzwischen saßen. Es hatte sich eine kurze Unterhaltung entwickelt, an deren Ende Stier etwas hölzern eine Einladung an Barbara Franz ausgesprochen hatte. Man könnte doch mal ein Glas Wein trinken. Das war das Unverfänglichste hier, in dieser Stadt. Zu seinem Erstaunen nahm Barbara die Einladung an.

Seitdem trafen sie sich immer und immer wieder. Zu sagen, er wäre in einer Beziehung, fiel Stier dennoch seltsamerweise schwer. Zu oberflächlich erschien ihm ihre Verbindung. Jeder von ihnen hatte seine eigene Wohnung, über ein gemeinsames Heim war noch nie gesprochen worden. Dennoch verbrachten sie jede freie Minute miteinander und waren im Frühjahr sogar eine Woche zusammen im Spreewald gewesen.

Barbara war seine Traumfrau und Stier hoffte, dass sie, was seine Person betraf, ähnliche Gedanken hegte. Obwohl er sich selbst nicht gerade als Traummann empfand. Doch Barbara schien ihn wirklich zu mögen und strahlte jedes Mal, wenn sie ihn traf. Kurz gesagt: Stier war verliebt und das spürten alle in seinem Umfeld.

„Und? Wie schmeckt er dir?", fragte Barbara, nippte ebenfalls an ihrem Wein und stellte das Glas dann behutsam auf den Tisch.

„Gut", gestand Stier.

„Wirklich? Oder denkst du im Stillen, dass er so schmeckt wie die Sorte, die wir letzte Woche getrunken haben?", hakte sie schmunzelnd nach.

„Nein, stell dir vor, inzwischen nehme ich tatsächlich hauchzarte Unterschiede wahr. Und das habe ich nur dir zu verdanken." Stier schlug ein Bein über das andere und ließ seine Blicke über das Elbtal zu seinen Füßen wandern. Heute Abend waren sie auf den Burgberg gestiegen und hatten es sich auf der Panoramaterrasse des *Domkellers* gemütlich gemacht. Für diesen Abend hatte er seine üblichen Jeans im Schrank gelassen und eine helle Hose mit einem blauen Hemd angezogen. Mit Müh und Not hatten sie zwei Plätze ergattert. Schön war es hier und der Ausblick am Ende eines Tages einfach nur traumhaft. Die anderen Gäste sahen dies ähnlich und immer wieder wurden Handys gezückt, um die sich minütlich ändernden Farben von Landschaft und roten Ziegeldächern bildlich festzuhalten.

„Gern geschehen. Es muss ja zumindest einen Vorteil haben, wenn man mal eine Zeit lang die Schwiegertochter eines Winzers von der Mosel war." Barbara lachte leise.

Stier ergriff einen Moment ihre Hand. „Vermisst du sie, deine alte Heimat?"

Barbara wollte gerade antworten, als das unüberhörbare Warnsignal eines Polizeiautos von der anderen Elbseite zu ihnen wehte. Auf der Stelle beugte Stier sich vor und suchte die von hier erkennbaren Straßen Meißens ab. Doch nichts war zu sehen. Kurze Zeit später ertönte ein zweites, gefolgt von einem dritten Signal. „Bestimmt ein Unfall", mutmaßte er nachdenklich. Die Geräusche entfernten sich seiner Ansicht nach Richtung Coswig und erstarben dann.

„Willst du anrufen, was los ist?" Lächelnd sah Barbara ihn an.

„Aber nein", protestierte Stier heftig. „Ich hab frei." Als Bestätigung klopfte er auf die Tasche seiner Jacke, die über seiner Lehne hing. „Das Handy bleibt, wo es ist."

„Ich wollte es dir nur anbieten, immerhin weiß ich, wie du tickst."

Stier stellte das eben aufgenommene Weinglas vorsichtig zurück auf den Tisch. „Wie ticke ich denn?", fragte er verunsichert.

„Nun, du bist mit Leib und Seele Polizist. Meißen ist dein Revier und am liebsten würdest du Tag und Nacht über diese Stadt wachen. Oder zumindest wissen wollen, was überall geschieht."

„Da würde ich ja keine Sekunde zum Schlafen kommen."

Barbara schüttelte den Kopf. „Du weißt, wie ich es meine. Es war nur ein bildlicher Vergleich."

„Und … und findest du es schlimm?", hakte Stier zögernd nach. „Ich meine, dass ich bin, wie ich bin?"

„Niemand kann aus seiner Haut. Es ist mir lieber, du gibst dich, wie du bist, und spielst mir nichts vor. Das hatte ich in meiner Vergangenheit mehr als genug." Barbara nippte an ihrem Wein. „Du bist ein ehrlicher Typ, Jens, und …"

Das Klingeln seines Handys unterbrach Barbaras Worte. Stier nahm sich fest vor, den Ton zu ignorieren. Es klingelte und klingelte eine halbe Ewigkeit. Erste Gäste an den Nachbartischen drehten sich bereits zu ihnen um. Dann verstummte das Telefon und Stier bemerkte, dass sich ein leichter Schweißfilm auf seiner Stirn gebildet hatte.

„Nur schnell den Ton ausmachen", murmelte er und nahm das Telefon aus seiner Tasche. Doch in diesem Moment setzte das Klingeln erneut ein und er sah zu seinem Erstaunen die Nummer seines alten Klassenkameraden Ralf Hauptmann, genannt Ralle, auf dem Display.

„Nun geh schon ran, sonst schmeißen sie uns noch aus dem Restaurant", raunte Barbara ihm zu und deutete mit ihrem Kopf Richtung Ausgang.

„Wenn du meinst. Ich bin gleich wieder da." Stier erhob sich und drückte nebenbei auf die grüne Taste. „Was ist denn, verdammt noch mal? Warte mal kurz", zischte er in den Hörer. Er überquerte die Terrasse, schritt durch den Flur des urigen Gasthauses und gelangte auf der anderen Seite durch den Haupteingang auf den Burgberg. Genau gegenüber, an der Mauer des Doms, suchte Stier sich ein ruhiges Plätzchen und nahm das Handy an sein Ohr. „Musst du ausgerechnet jetzt anrufen? Ich bin mit Barbara gerade …"

„Ich weiß", unterbrach Ralle ihn schnell. „Aber du kannst mir glauben, ich hätte nicht angerufen, wenn es nicht wichtig wäre", flüsterte sein Kumpel aus Kindertagen am anderen Ende.

„Warum bist du denn so leise? Ich kann dich kaum hören."

„Weil ich nicht lauter sprechen kann. Ich bin gerade bei einem Einsatz."

„Ah, ich hab die Sirenen vorhin gehört." Ralle war Fahrer auf einem Rettungswagen und beim Meißner Krankenhaus angestellt. „Was ist denn passiert?"

„Jemand hat sich von der *Bosel* gestürzt oder … Ach, keine Ahnung." Ralle holte tief Luft. „Es ist jemand, den wir kennen. Gut kennen."

Augenblicklich versteifte Stier sich. Im Kopf ging er all die Menschen durch, die er kannte. Es waren zu viele und es konnte theoretisch jeder von ihnen sein. Auch wenn er sich nur wenige vorstellen konnte, die sich für den grausamsten aller Tode entscheiden würden. „Wer ist es?" Inzwischen flüsterte auch er, selbst wenn es dafür keinen Grund gab, denn der Burgberg war um diese Stunde an einem Montagabend praktisch menschenleer.

„Heiko."

Stier schnappte nach Luft und taumelte zurück. In seinem Rücken spürte er die rauen Steine, aus denen der

Dom erbaut worden war. Sie fühlten sich kühl an, fast schon kalt. Gedanken rasten durch seinen Kopf. Heiko? Das konnte nicht sein, unmöglich. „Was? Aber wir wollten uns doch morgen mit ihm treffen. Dringend treffen …"

„Das ist es ja", raunte Ralle und seine Stimme war nur noch ein Hauch. „Er wollte uns etwas sagen, etwas Wichtiges. Er meinte, er hätte endlich etwas herausgefunden, über Monikas Tod. Und heute, einen Tag vorher, springt er von der *Bosel*? Nie im Leben. Nicht Heiko."

Stier schloss kurz die Augen und rief sich die Nachricht, die Heiko auf seinem Anrufbeantworter hinterlassen hatte, zurück in Erinnerung. „Hier ist Heiko, Jens, wir müssen uns sehen, dringend. Ich hab endlich die Beweise, dass Monikas Tod kein Unfall war. Sie haben sie umgebracht. Sagen wir, am Dienstagabend um sechs *im Ratskeller*. Bitte, du musst kommen." So oder so ähnlich hatte Heiko sich ausgedrückt.

Nach Monikas Tod vor einem Jahr war Stier einige Male bei Heiko gewesen. Sie hatten in der Küche gesessen und geschwiegen. Wenn sein alter Klassenkamerad sprach, dann meist wirre Dinge über die mysteriösen Umstände von Monikas Tod. Auch zur Beerdigung hatte Stier seinen alten Kumpel begleitet und er konnte mit Fug und Recht behaupten, dass sie einer der schlimmsten Momente gewesen war, die er jemals erlebt hatte. Ralle war ebenfalls mit zum Friedhof gekommen und seine Erschütterung war genauso groß gewesen wie Stiers. Als die Urne in die kalte Erde gesenkt wurde, hatte Heiko geschluchzt wie ein kleines Kind. Und wieder hatte Stier ihn in den Arm genommen. Zusammen mit Ralle hatte er ihn anschließend nach Hause geschafft. Irgendwann waren sie gegangen und Stiers Besuche waren weniger geworden. Er fühlte sich hilflos angesichts des Leids seines alten Kumpels. Ihre Gespräche endeten in Sackgassen und es schien kein Licht am Ende des Tunnels zu geben.

Eines Tages hatte Ralle ihn angerufen und berichtet, dass Heiko zu saufen angefangen hatte. Diese Nachricht hatte Stier zurück auf den Plan gerufen. Gemeinsam nahmen sie ihren ehemaligen Klassenkameraden unter ihre Fittiche. Sonst wäre Heiko vor die Hunde gegangen. Sie stellten ihn unter die Dusche, räumten im Haus auf, halfen bei dringend notwendigen Behördengängen, wuschen seine Wäsche und gingen mit ihm zum Arzt. Heikos wüste Theorien über den Mord an seiner Frau blendeten sie aus.

Denn sie waren nur Theorien ohne jegliche Grundlage. Für sein eigenes Seelenheil hatte Stier ein paar Nachforschungen angestellt, zusätzlich zur üblichen Routine der Polizei. Die Stufe der Holzleiter, die Monika zum Verhängnis geworden war, hatte aus morschem Holz bestanden. Die Leiter lehnte immer dort am Baum, den ganzen Sommer über, war Wind und Wetter ausgesetzt. Keinerlei Hinweise auf Fremdeinwirkung waren zu finden gewesen. Und auch in Monikas Umfeld gab es nicht die geringsten Anzeichen, dass jemand ihr nach dem Leben getrachtet haben könnte. Es blieb ein Unfall, wie er immer vorkommen konnte. Das Leid wurde dadurch nicht kleiner, doch es musste in andere Bahnen gelenkt werden.

Doch dann, etwa ein halbes Jahr nach Monikas Tod, änderte sich von einem Tag auf den anderen alles. Als Stier nach Feierabend wieder einmal kurz bei Heiko vorbeischauen wollte, fand er diesen mit neuem Haarschnitt in seinem kleinen Büro vor, das er sich im Haus eingerichtet hatte. Ihn umgaben zahllose Notizzettel, die er Stier aber nicht lesen ließ.

Heiko hatte alle Schnapsflaschen entsorgt, so gut es ging saubergemacht und durchgelüftet. Er hatte sich sogar einen Termin bei einem Orthopäden geholt, der versuchen sollte, an seinem kaputten Knöchel zu retten, was noch zu retten war. In dem verstauchten Fuß hatte sich durch übermäßige Belastung und fehlende Behandlung eine Entzündung im Gelenk gebildet, die bereits auf den halben Unterschenkel übergegriffen hatte. Die Schmerzen, die Heiko bei jedem Schritt erleiden musste, waren vermutlich höllisch. Viel eher hätte er schon reagieren müssen, nun war es fast zu spät. Zeit seines Lebens würde er Probleme beim Laufen haben. Aber der drohende Rollstuhl blieb ihm erspart. Und der Rollator, der anfangs seine einzige Möglichkeit, ein paar Schritte zu laufen, gewesen war, konnte nach einigen Wochen gegen zwei Krücken getauscht werden. Mit denen lief Heiko zwar nur kurze Strecken, aber er lief. Irgendetwas hatte ihm neuen Lebensmut eingehaucht und seine alten Freunde wussten zunächst nicht, was der Grund dafür war.

Ab diesem Moment verlor Heiko kein Wort mehr über seine Mordtheorien. Stier und Ralle waren sichtlich erleichtert, dass ihr Freund Monikas Tod endlich als das zu akzeptieren schien, was er gewesen war – ein tragischer Unfall.

Doch dann, vor zwei Monaten, hatten sich die drei Freunde wieder einmal nach Feierabend in ihrem Stammlokal *Ratskeller* getroffen. An dem Tisch, ganz in der Ecke, wo man seine Ruhe hatte und die anderen Gäste ein bisschen beobachten konnte. Für jeden hatte es das obligatorische Ratsherrenschnitzel gegeben. Und Heiko hatte seine Portion fast aufgegessen. Ein Grund zur Freude, hatte er doch Monate keinen Appetit gehabt. Dann später, hatten sie über dieses und jenes geplaudert und Stier erinnerte sich, wie schön es gewesen war, auf Heikos Gesicht endlich winzige Anzeichen eines Lächelns sehen zu können. Bei ihrer Verabschiedung draußen vor dem Gasthaus aber war die Bombe geplatzt.

„Ich bin übrigens immer noch dran, Beweise zu finden", hatte Heiko gesagt und den Griff seines Rollators umklammert.

„Was denn für Beweise?", hatte Ralle verwundert gefragt. Stier war gleich klar gewesen, um was es gehen musste.

„Für den Mord an Monika."

„Aber Heiko, es war ein Unfall", hatte Ralle erwidert und den Kopf geschüttelt.

„Du hast deine Meinung und ich meine. Ihr werdet schon sehen, bald zeige ich euch schwarz auf weiß, dass ich mit meinem Verdacht recht hatte."

Endlich waren sie am Auto gewesen, das auf dem Parkplatz auf dem Kleinmarkt stand. Stier hatte Heikos Rollator zusammengeklappt und in den Kofferraum gehievt.

Sie hatten ihren Kumpel heimgebracht und während der ganzen Fahrt geschwiegen. Dann waren sie zu Ralles Zuhause gefahren und hatten dort noch ein wenig im Auto gesessen.

„Wird er jemals mit dieser Scheiße aufhören?", hatte Ralle schließlich gefragt und Stier hatte nur hilflos mit den Schultern gezuckt.

„Vielleicht ist das seine Strategie, mit ihrem Tod umzugehen."

„Aber warum, zum Teufel noch mal, hätte jemand Monika umbringen sollen? Sie hat in einer Poststelle gearbeitet, bei irgend so einem historischen Dingens mitgemacht und hat ansonsten ein absolut todlangweiliges Leben geführt. Die wenigen Male, wo ich sie getroffen habe, wirkte sie vollkommen belanglos auf mich."

Stier hatte auf diese logische Feststellung keine Antwort besessen.

Und nun war Heiko tot, hatte Selbstmord begangen. Das war so unfassbar, dass Stier keinen klaren Gedanken fassen konnte.

„Kannst du kommen, Jens, bitte?" Ralles Worte ähnelten denen von Heiko so sehr, dass Stier ein kalter Hauch über den Nacken lief.

„Ja, ich versuch es. Aber ich bin nicht im Dienst und werde nicht viel tun können. Wer ist denn vor Ort?"

„Der Burg."

Stier stöhnte. Ausgerechnet Falko Burg, der Neuzugang, wie alle sagten. Ein Mann in mittleren

Jahren, auf dem zweiten Bildungsweg Polizist geworden und mit einem Ehrgeiz, der vor nichts halt machte. Niemand konnte Burg leiden und Stier am allerwenigsten. Gleich am ersten Tag waren sie zusammengerasselt und seitdem immer wieder.

„Scheiße, auch das noch. Haben sie Dresden verständigt?"

„Keine Ahnung. Ich habe versucht, was rauszufinden, aber ich bin nur der Typ vom Rettungswagen und nicht an vorderster Front. Sie diskutieren jedenfalls und dann ist hier noch ein älteres Ehepaar, mit dem sie immer wieder reden."

„Was denn für ein Ehepaar?"

„Könnten Zeugen sein", mutmaßte Ralle.

„Also gut, ich mach mich auf den Weg, bis gleich."

„Beeil dich", flüsterte Ralle und legte auf.

Stier ließ das Handy in seiner Tasche verschwinden und ging zurück zu Barbara, die versonnen an ihrem Tisch saß und sich in der Zwischenzeit ein neues Glas Wein bestellt hatte.

„Alles in Ordnung?", fragte sie und sah ihm aufmerksam ins Gesicht. Inzwischen hatte sich die Dunkelheit über die Stadt an der Elbe gelegt. Jemand hatte Kerzen auf den Tischen entzündet. Ihr Lichtschein huschte über Barbaras Wangen und glänzte in ihren Augen. Sanftes Gemurmel von den anderen Tischen erfüllte die Luft. Ein so schöner Moment, aber Stier hätte heulen können.

„Ein alter Klassenkamerad ist tot, angeblich Selbstmord", erwiderte er leise.

Barbara sog scharf die Luft ein und legte ihre Hand auf seinen Arm. „Du meine Güte, das tut mir leid, Jens. Wollen wir gehen oder willst du gehen?"

„Ein alter Kumpel hat angerufen, Ralle, du weißt schon."

Barbara nickte. „Hat er ihn gefunden?"

„Er wurde hinzugerufen, hat heute Dienst."

„Wie schrecklich." Sie schüttelte den Kopf. „Lass uns gehen."

„Ich versaue uns den Abend. Dabei hatte ich mir vorgenommen …"

„Pscht." Der Druck auf seinem Arm wurde stärker. „Sag jetzt nichts. Du musst tun, was du tun musst. Sonst wärst du nicht du." Barbara öffnete ihre Tasche und klemmte einen Geldschein unter ihr Glas.

„Aber das kann ich doch machen." Doch in Wahrheit zitterten Stiers Finger so sehr, dass er keinen Schein hätte greifen können.

„Ich bezahle und nun komm."

Zusammen liefen sie über den Burgberg und stiegen die Schlossstufen hinunter in die Altstadt. Die ganze Zeit hielt Barbara seine Hand. Stier, der sich sonst an Meißen nicht sattsehen konnte, hatte heute keinen Blick für die schmalen Gassen und die rötlich schimmernden Straßenlaternen. In wenigen Minuten waren sie über den Baderberg an Barbaras Haus angekommen, das in der Nähe des Theaters lag.

„Ich hol mein Fahrrad aus dem Hof", sagte Stier und sie nickte. Mit zitternden Fingern löste er das Schloss und lief nach vorn zur Haustür, wo sie auf ihn wartete. „Danke für dein Verständnis."

„Schon gut. Nun fahr und pass auf dich auf."

Sanft küsste er sie auf die Lippen. Dann schwang Stier sich auf sein Rad und fuhr davon. Und mit jedem Meter, den er sich weiter von Barbara entfernte, fragte er sich, ob dieser abrupte Aufbruch nicht ein Fehler gewesen war. Da war etwas in ihrem Gesicht gewesen, in ihren Augen. Je mehr er darüber grübelte, umso beklommener wurde ihm zumute. Das Gefühl, mal wieder alles falsch zu machen, was das weibliche Geschlecht betraf, ließ sich nur schlecht ignorieren.

Kapitel 2

Stier fuhr über die alte Elbbrücke. Er widerstand dem
Wunsch, sich umzudrehen und einen Augenblick das
von Scheinwerfern beleuchtete Panorama von Dom und
Burg zu bewundern, wie er es sonst immer tat.
Stattdessen trat er kräftig in die Pedale. Am Bahnhof
wandte er sich nach rechts, Richtung Coswig, und
wählte absichtlich nicht den Radweg, der idyllisch an der
Elbe entlangführte. Sein Gefühl sagte ihm, dass es
besser wäre, die Straße zu nehmen. Und tatsächlich, in
Höhe der ehemaligen Tankstelle, in der vor einiger Zeit
ein Café eröffnet hatte, kam ihm ein Rettungswagen
entgegen.

Der Fahrer gab Lichthupe, fuhr rechts ran und
schaltete die Warnblinkanlage ein. Stier bremste und
klappte den Ständer seines Rades aus. Sein alter
Schulkamerad Ralle stieg aus dem Fahrzeug und
überquerte die Straße. Er wirkte sichtlich
mitgenommen. Wie immer spross ein Dreitagebart an
dessen Kinn. Stier hatte ihn nur einmal ohne diesen
gesehen, nämlich als Ralles einzige Tochter geheiratet
hatte. Für diesen besonderen Tag hatte er sich in einen
Anzug gezwängt und sein Kinn glatt rasiert. Danach war
er ruckzuck wieder der Alte geworden. Ralle und Stier
kannten sich seit ihrer gemeinsamen Kindergartenzeit.
Anfangs hatten sie sich nicht leiden können, hatten sich
einige Male geprügelt, aber waren schließlich gute
Freunde geworden. Ralle war klein, drahtig und
versuchte, seine fehlende Körpergröße mit übermäßiger
Sturheit wettzumachen. Hatte er sich einmal etwas in
den Kopf gesetzt, gab es für ihn kein Halten mehr. Je
mehr ihn andere vom Gegenteil überzeugen wollten,

umso sturer wurde er. Ihn zu unterschätzen, war wohl der größte Fehler, den man machen konnte.

Mit einem Seufzen reichte er Stier die Hand. Ralles Haut war schweißnass und seine Finger zitterten leicht. „Verdammte Scheiße", stieß er aus, griff nach seiner Zigarettenpackung und steckte sich eine an. „Ich kann es noch immer nicht fassen, Heiko tot und das, wo wir uns doch morgen mit ihm treffen wollten."

Stier schwieg und hob ein wenig hilflos seine Schultern.

„Genau diese Momente sind es, in denen ich am liebsten alles hinschmeißen würde. Solange du fremde Menschen durch die Gegend kutschierst, ist es immer noch irgendwie zu ertragen. Aber bei jemandem, den du kennst ..." Ralle stieß den Rauch in den Nachthimmel. „Kündigen müsste man und noch mal ganz neu anfangen."

„Und als was? Wir sind Mitte fünfzig. Was will man da noch großartig herumzaubern? Aber ich verstehe dich. Geht mir nicht anders, in manchen stillen Momenten. Doch sind wir mal ehrlich, du ohne deinen Rettungswagen und ich ohne meine Polizei ... Ach Scheiße."

„Du hast ja recht." Ralle warf seine Kippe zu Boden, trat sie mit dem Fuß aus und steckte sich die nächste an. „Eigentlich hatte ich mir vorgenommen, weniger zu rauchen. Aber wenn man grade so was erlebt hat ... Sorry, willst du auch eine?"

Stier winkte ab. „Lass mal." Er zögerte kurz. „Hast du, ich meine, hast du ihn gesehen?"

Ralle nickte. „Hab ich, leider. Kein schöner Anblick. Aber das kannst du dir bestimmt denken. Er war so, so ..."

Stier flehte innerlich, dass Ralle keine näheren Beschreibungen abgeben würde. Ralle schien es gespürt zu haben, denn er schluckte und wischte sich über die Augen. Auf einmal begann er zu schluchzen wie ein kleines Kind. Hilflos stand Stier vor ihm und zog Ralle schließlich in seinen Arm. Nur kurz, aber dieser kleine

Moment genügte, um das Schluchzen verstummen zu lassen.

„Was machen wir denn nun?", fragte Ralle, zog ein Taschentuch aus seiner Hosentasche und putzte sich geräuschvoll die Nase.

„He, wollt ihr dort noch lange quatschen, oder wie?", erklang plötzlich eine gelangweilte Stimme aus dem Rettungswagen.

Mit einem Ruck fuhr Ralle herum. „Geh mir ja nicht aufs Schwein, du Idiot. Ich sag ja auch nichts, wenn du stundenlang auf dein beschissenes Handy starrst", schrie er. „Und solltest du noch was von dir geben wollen: Ich kenn den Chef der Chirurgie ziemlich gut, da kannst du alle deine Ambitionen gleich vergessen."

Im Fahrzeug herrschte augenblicklich Stille.

„Na also. Warum nicht gleich so? Diese scheiß Studenten. Kommen hier an, wissen alles besser und wollen uns Alten die Arbeit oder noch besser gleich das ganze Leben erklären. Dabei haben die noch nichts auf die Reihe gekriegt. Kriegen finanzielle Unterstützung von Mama und Papa. Jammern, dass die Tragen oder Beatmungsgeräte zu schwer sind, aber empfehlen dir, auf ein Lastenrad umzusteigen. Nix gegen Fahrräder, Jens, aber manchmal …" Der Rest blieb ungesagt. „Na ja, junge Leute. Keine Ahnung, ob wir auch so bescheuert waren. Vermutlich ja."

„Ich glaube, nicht ganz so bescheuert", erwiderte Stier grinsend. Dann wurde er wieder ernst. „Konntest du etwas aufschnappen?" Er deutete mit dem Kopf Richtung *Bosel*.

„Anfangs sprachen sie von einem klassischen Selbstmord. Na ja, die *Bosel* lässt kaum einen anderen Schluss zu, bei den vielen Leuten, die dort schon runtergesprungen sind. Aber auf einmal änderte sich die Stimmung irgendwie."

„Und warum?", hakte Stier neugierig nach.

„Keine Ahnung. Da waren diese zwei alten Leute, mit denen sie immer wieder sprachen. Speziell Burg wirkte danach ziemlich verärgert. Irgendwann haben sie

Dresden informiert. Dann mussten wir abziehen, war für uns ja nichts mehr zu tun." Wieder fiel eine Kippe in den Straßengraben. Aber diesmal blieb die Schachtel in Ralles Tasche. „Also, was machen wir denn nun?"

„Ich werde mir die Sache mal anschauen."

„Und dann?"

„Wie, und dann?"

„Na, Mensch Jens, Heiko hatte angeblich endlich Beweise, dass Monikas Tod kein Unfall war und kurz vorher stirbt er", stieß Ralle ungeduldig aus. „Spontaner Selbstmord, das glaubst du doch selbst nicht. Da liegen die Dinge doch auf der Hand. Hat er dir denn irgendwas verraten oder angedeutet?"

„Ich hatte nur eine kurze Nachricht auf dem Anrufbeantworter."

„Aber ich hab mit ihm geredet", erwiderte Ralle. „Der war total angefixt, vollkommen aus dem Häuschen. Jetzt würde er es ihnen zeigen, hat er gesagt."

„Angefixt war er die ganzen letzten Wochen", gab Stier zu bedenken. „Hat ständig kryptische Dinge von sich gegeben. Haben wir das nicht alles schon hunderte Male durchgekaut? Du hast selbst gesagt, dass dir vollkommen schleierhaft ist, warum jemand Monika hätte umbringen sollen."

„Und dennoch ist sie tot und Heiko jetzt auch. Er war so überzeugt davon, eine heiße Spur zu haben."

„Ja, aber Monikas Tod war ein Unfall, auch wenn …"

„Sag bitte nicht, ein Unfall und dass Heikos Tod ein Selbstmord wäre. Sei ehrlich, Jens, daran glaubst du doch selbst nicht. Nein, wir müssen etwas tun und ich weiß auch schon, was."

Stier legte den Kopf in den Nacken und stöhnte. „Und was?"

„Ganz einfach, wir müssen die Unterlagen suchen, die Heiko uns morgen präsentieren wollte."

„Er hatte Unterlagen?"

„Na ja, er sprach doch von klaren Beweisen. Die wollte er uns zeigen und am nächsten Tag zur Polizei gehen. Ich wette, der ganze Kram liegt noch bei ihm daheim."

„Das klingt natürlich schon ziemlich konkret." Stier kaute auf seiner Unterlippe. „Okay, aber du gehst nicht allein in Heikos Haus, ich komme mit."

„Noch besser."

„Aber erst mal fahre ich zur Unglücksstelle und versuche, etwas mehr rauszubekommen. Später treffen wir uns bei Heiko. Wir dürfen uns nur nicht zu viel Zeit lassen. Sollte tatsächlich ein Verdacht auf Fremdeinwirkung bestehen, werden die Kollegen aus Dresden früher oder später bei ihm aufkreuzen."

Ralle nickte eifrig. „Pass auf. Ich fahre den Rettungswagen ins Krankenhaus. Die werden eh schon Rabatz machen, wo ich so lange bleibe. Dann hole ich dich mit meinem Auto ab. Dein Rad laden wir hinten drauf. So sind wir schneller. Da die Straße gesperrt ist, sagen wir in einer Dreiviertelstunde unterhalb vom *Weingut Vincenz Richter* auf dem Parkplatz. Einverstanden?"

„Einverstanden." Stier klappte den Ständer seines Rades ein und schwang das Bein über den Sattel. „Und bring ein Paar Handschuhe mit."

„Handschuhe? Ach so, wegen der Fingerabdrücke." Ralle schlug sich an die Stirn. „Gute Idee, bis gleich. Und Jens, schön, dass du mit dabei bist."

Stier winkte über seine Schulter. „Ich geb Gas."

Das tat er tatsächlich. Stier radelte wie ein Wilder die Straße Richtung Sörnewitz entlang. Kurz hinter dem vereinbarten Treffpunkt sah er blaue Lichter flackern und gleich darauf einen Polizeiwagen, der die Straße absperrte.

Autos wendeten oder warteten am Straßenrand. Einige neugierige Fahrer waren ausgestiegen und machten lange Hälse. Stier traf der eine oder andere Blick, aber niemand richtete das Wort an ihn. Er fuhr weiter, bis es nicht mehr ging und lehnte dann sein Rad an eine Mauer. Natürlich nicht, ohne es vorher gründlich zu sichern.

Mit schnellen Schritten marschierte er auf das Einsatzfahrzeug zu, an dem eine junge Polizistin stand, die die nähere Umgebung im Auge behielt. Stier suchte in seinem Kopf nach ihrem Namen. Sie hatte vor kurzem eine Stelle im Meißner Revier angetreten, aber wie sie hieß, war ihm entfallen.

„Ha, da kommt ja endlich der richtige Mann." Dieser energisch vorgebrachte Satz ließ Stier überrascht stehen bleiben. Ihm näherte sich ein älteres Ehepaar, das ganz in seiner Nähe im *Triebischtal* wohnte – die Johns. Sie hatte früher im Konsum an der Kasse gesessen, er hatte in einer Chemiebude in Nünchritz gearbeitet. „Das wurde ja auch Zeit." Otto John streckte seine Hand aus und schüttelte Stiers Finger kräftig durch.

„Oh, Wachtmeister Stier", sagte Frau John erleichtert. „Gott sei Dank." Dann musterte sie ihn von oben bis unten. „Sie haben doch nicht etwa frei."

„Ich befürchte doch, ist zwar selten der Fall, soll aber vorkommen." Stier lächelte dünn. Die beiden hatten ihm gerade noch gefehlt. Meist verwickelten sie ihn in lange Gespräche und zählten all das auf, was ihnen in und um Meißen negativ aufgefallen war. Und das war so einiges und wurde immer mehr. „Ich würde dann mal zu meinen …", versuchte Stier, sich loszueisen.

„Ja, greifen Sie mal ein, wird auch Zeit. Hoffentlich haben die da endlich die Mordkommission informiert. Meine Frau abzustempeln, als wäre sie nicht ganz bei Trost. Unglaublich." Empört stieß Herr John die Luft aus. „Dieser Polizist ist ein … ein Idiot", fügte er eine Spur leiser an.

„Dabei weiß ich genau, was ich gesehen habe", ereiferte sich Rosemarie. „Da war jemand auf der *Bosel*, genau oberhalb der Felskante, von der der unglückliche Mensch gesprungen sein soll."

Stier horchte auf und musterte die beiden älteren Leutchen aufmerksam. Augenblicklich war sein

Interesse geweckt. Und nicht nur das, etwas pulsierte in ihm. Es ließ sich nur schwer beschreiben, aber der Dresdner Kommissar Mark Winter, mit dem er in den letzten Jahren einige Fälle hatte lösen dürfen, beschrieb dieses Gefühl als eine Art Alarmsystem. Es sprang an, um wichtige von unwichtigen Dingen zu unterscheiden. Vor allem aber dann, wenn ein Fakt auftauchte, der sich als nützlich oder sogar entscheidend entpuppen konnte.

Stier sah sich verstohlen nach seinen Kollegen um und zog die Johns einfach mit sich in einen nicht von einer Straßenlaterne beschienenen Bereich.

„So, nun noch mal von vorn. Was haben Sie gesehen?"

„Ganz einfach: Meine Frau hat beobachtet, wie alles geschah", stieß Otto John triumphierend aus.

Rosemarie legte ihrem Mann die Hand auf den Arm. „Bitte Otto, du hast doch nicht mal hingesehen, aber ich. Sie müssen wissen, wir haben dort drüben bei den Kleingärten gesessen. Vorher waren wir bei unserer Schwägerin zum Kaffeetrinken. Das machen wir alle paar Wochen mal. Sie hat niemanden mehr und bei uns ist es nicht anders. Je älter man wird, umso mehr Leute sterben weg. Und die Jungen, na ja, die haben genug mit sich zu tun." Stier mahnte sich zur Ruhe. Nur nicht die Geduld verlieren. „Jedenfalls waren wir mit unseren Rädern auf dem Rückweg und haben eine kleine Pause gemacht. Wir saßen also auf der Bank, als mein Mann bemerkte, dass sein Rücklicht angeblich schief hing."

„Es hing nicht angeblich, sondern tatsächlich schief", mischte sich Otto mit Nachdruck ein.

„Verstehe, und weiter?", wagte Stier eine Zwischenfrage.

„Ich trank also einen Schluck Wasser und schaute nach drüben. Die Aussicht auf die *Bosel* ist auch einfach zu schön. Ich gucke also und sehe zwei Schatten, aber sie sind unterhalb des eigentlichen Aussichtspunkts. Und plötzlich stürzt einer der beiden Schatten die Felswand hinunter. Rumms und weg ist er. Ich habe einen kleinen Moment gebraucht, um zu begreifen, was geschehen ist", sagte Rosemarie John und griff sich an ihren Hals.

„Und der zweite Schatten?", fragte Stier.

„Genau, ich schaue also wieder rüber und sehe, dass der zweite Schatten nach oben klettert, über das Geländer steigt und verschwindet."

„Vielleicht ein anderer Spaziergänger. Die Aussicht von dort oben ist schön", sagte Stier zweifelnd und versuchte, sich die Entfernung von einem Elbufer zum anderen vorzustellen.

„Pah, das hat uns Ihr Kollege auch schon gesagt. Aber mal im Ernst. Würden Sie über das Geländer steigen und zur Felskante klettern? Richtung Steinbruch geht es steil nach unten. Da muss man schon reichlich lebensmüde sein. Und den zweiten Menschen lässt man dann springen? Das klingt doch vollkommen verrückt."

„Eventuell wollte derjenige den anderen abhalten, sich in die Tiefe zu stürzen."

„Über diese Variante habe ich auch nachgedacht. Aber warum hat derjenige dann nicht die Polizei informiert? Es ist nur unser Anruf eingegangen." Triumphierend sah Rosemarie ihn an. „Jeder normale Mensch hätte das getan. Oder würden Sie, wenn sich jemand neben Ihnen in den Tod gestürzt hat, einfach nach Hause gehen und ein Bier trinken?", entgegnete sie und erschauerte leicht. „So ein armer Mensch muss doch geborgen werden."

„Vielleicht hatte derjenige kein Telefon dabei."

„Unsinn, jeder hat heutzutage ein Telefon. Und wenn nicht, hätte man binnen kurzer Zeit eins erreichen können. Gleich vorn bei der *Boselspitze* zum Beispiel. In der Nähe gibt es genug Wohnhäuser oder Weinstuben", blieb Frau John hart. Ihr Gatte nickte zustimmend.

„Unter Umständen ist ja mittlerweile eine weitere Meldung eingegangen", wagte Stier, logische Argumente vorzubringen. Doch er konnte nicht verhehlen, dass an Rosemaries Geschichte etwas dran war. Ihre Schilderung rief ein gewisses Kribbeln in seinem Bauch hervor.

„Ist sie nicht. Das hat uns Ihr Kollege da gerade vor fünf Minuten verraten. Also nicht der unfreundliche, sondern der andere. Er meinte, unsere Meldung wäre die einzige gewesen. Bis jetzt." Vielsagend schaute Rosemarie ihn an.

„Also gut, nehmen wir an, dort oben war wirklich eine zweite Person. Wie sah sie denn aus? War es ein Mann, war es eine Frau?"

An dieser Stelle, geriet Rosemarie ins Zögern. „Das kann ich nicht sagen. Ich denke, es war ein Mann, aber es könnte auch eine Frau gewesen sein."

„Wie war derjenige gekleidet?"

„Schwarz oder zumindest dunkel, dunkelblau, dunkelgrau oder so."

„Statur?"

Rosemarie hob die Schultern. „Tut mir leid, es ging alles so schnell und Sie müssen die Entfernung bedenken. Außerdem sind da die Bäume und Büsche, die die Sicht verdecken."

Stier nickte und warf einen schnellen Blick auf seine Uhr. Ihm blieb nicht mal mehr eine halbe Stunde, bis Ralle eintreffen würde und er wollte unbedingt noch ein Wort mit seinen Kollegen wechseln. „Danke, ich melde mich bei Ihnen."

„Also wird die Sache denn nun untersucht und nicht einfach nur als Selbstmord abgetan?" Neugierig schaute Frau John ihn an. Anscheinend sah sie sich schon als Hauptzeugin in einem Mordfall vor Gericht sitzen.

„Wir werden schauen. Wenn ich noch Fragen habe, komme ich auf Sie zu. Oder vermutlich einer meiner Kollegen."

„Na, hoffentlich nicht dieser Depp."

Stier legte Herrn John die Hand auf die Schulter und näherte sich dann erneut dem Polizeiauto. Die junge Kollegin war verschwunden. Stattdessen hielt zu seiner Erleichterung nun sein Kollege Roland die Stellung, mit dem Stier früher mal in einer Schicht gewesen war.

„Mensch Stier, hast du nicht frei?" Roland musterte ihn von oben bis unten. „Und wie siehst du überhaupt

aus? Helle Hosen, schickes Hemd, mein lieber Scholli."
Mit einem Mal hielt er inne. „Ach, entschuldige, jetzt
fällt es mir ein. Du hast vermutlich von dem Unglück
gehört. Der Heiko, der war doch in deiner Klasse. Hast
dich ja auch ein bisschen um ihn gekümmert, oder?"

Stier nickte und spähte durch das weit geöffnete Tor,
durch das man den Steinbruch unterhalb der *Boselspitze*
erreichte. Er sah einige Scheinwerfer die Szenerie am
Fuße der Felswand erhellen und glaubte, ein weißes
Tuch zu erkennen. Der Gedanke, wer darunter lag, ließ
ihm den Mund trocken werden. Auch oben am
Aussichtspunkt brannten Lichter. Schemenhaft war
oberhalb der Felskante eine Gestalt in Polizeiuniform zu
erkennen.

„Ganz schöner Aufriss, oder?", meinte Roland, der
seinen Blicken gefolgt war. „Aber die Olle, mit der du
gerade geredet hast, hat das Treiben ja auch komplett
verrückt gemacht."

„Findest du?"

Roland verschränkte seine Arme. „Na ja, irgendwie
schon. Die Sache ist doch eindeutig."

„Tatsächlich? Die Frau erwähnte eine zweite Gestalt,
die sie am Aussichtspunkt gesehen hat."

Roland nickte. „Das ist ja der Grund für das Theater.
Vermutlich war das ein harmloser Spaziergänger. Einer,
der uns eben nicht informiert hat, warum auch immer.
Du weißt ja, wie die Leute heutzutage sind."

„Ein Spaziergänger, hinter dem Geländer, oberhalb
der Felskante? Zum selben Zeitpunkt, wenn einer von
der *Bosel* fliegt? Hm."

Roland seufzte. „Wer dort schon alles rumgeturnt
ist. Ich war selbst schon bei Rettungsaktionen dabei.
Einer sagte mal, er wollte ein besonderes Foto schießen,
ein Selfie, vollkommen verrückt. Dann hing er dort
unten und kam nicht mehr hoch. Außerdem, guck dir
die Olle doch mal an. Ich wette, wenn wir die zum
Augenarzt schicken, kommt da nicht mehr viel bei raus.
Ich fühl mich ja manchmal schon wie ein blindes
Huhn."

„Trotzdem ist das alles komisch." In diesem Moment rollte ein dunkler Wagen aus Richtung Dresden heran. Der Fahrer hielt einen Ausweis aus seinem Fenster und wurde durchgewunken. Stier spürte einen Hauch Enttäuschung. Es war nicht Mark Winter, sondern ein ihm unbekannter Mann, der soeben das Auto verließ. Mit elastischen Schritten näherte er sich Falko Burg, der ihn sogleich über das Gelände führte. Die Männer unterhielten sich. Burg zeigte mehrfach in die Höhe, gestikulierte wild und deutete dann auf das immer noch am Rande der Szenerie wartende Ehepaar John.

„Die Mordkommission ist da", murmelte Roland und machte einen langen Hals. „Nun bin ich ja mal gespannt."

„Ist doch gut, wenn sie es untersuchen."

„Ja, schon, aber im Grunde ist die Sache doch glasklar. Oder weißt du nicht, welcher Tag heute ist?", sagte Roland und warf Stier einen prüfenden Blick zu.

„Welcher Tag ist denn heute?"

„Na, genau vor einem Jahr ist sie doch gestorben, die Frau des Toten. Monika hieß sie, glaube ich."

Stier musterte die Datumsanzeige an seiner Uhr und musste Roland zustimmen. Tatsächlich war er vor einem Jahr von Heikos Nachbarn zu einem Einsatz gerufen worden und hatte seinen alten Schulkameraden in einem schrecklichen Zustand vorgefunden. Nie würde er diesen Moment vergessen und die furchtbare Verzweiflung, die nichts lindern konnte. Schwer vorzustellen, wie es Heiko heute gegangen war. Waren die Erinnerungen an den Tod seiner geliebten Frau so schwer geworden, dass er den Weg in den Tod gewählt hatte? Augenblicklich fing eine Alarmglocke in Stiers Inneren an zu läuten. Irgendwie konnte er dies einfach nicht glauben. Nicht nach der Nachricht, die Heiko ihm auf dem Anrufbeantworter hinterlassen hatte. Aber glauben oder ahnen war nicht wissen.

„Ich denke, heute ist eins zum anderen gekommen. Nichts für ungut, Jens, schwer ist es trotzdem. Aber man kann in einen Menschen nicht reinschauen. Ich hatte da mal eine Bekannte …"

Stier nickte kaum sichtbar und blendete Rolands Monolog, so gut es ging, aus. Inzwischen war Burg mit dem Kripobeamten aus Dresden neben dem weißen Tuch angekommen. Die Männer unterhielten sich. Der Kommissar ging in die Hocke, warf einen Blick unter das Tuch und starrte dann die Felswand hinauf. Anschließend wechselte er einige Worte mit einem Mitarbeiter der SpuSi, der mit einer Kladde in den Händen ein paar Meter neben ihm stand. Auch dieser deutete unverkennbar nach oben und schüttelte dann den Kopf.

In diesem Moment näherte sich ein weiteres Fahrzeug aus Richtung Dresden und dieses kannte Stier sehr wohl, gehörte es doch Rechtsmediziner Rüdiger Lemke. Einen Moment spielte Stier mit dem Gedanken, sich zu erkennen zu geben, trat dann aber lieber einen Schritt zurück, um unsichtbar zu bleiben. Seine Anwesenheit hier würde sich sowieso herumsprechen. „Gab es eigentlich einen Abschiedsbrief?"

Roland verdrehte die Augen. „Nicht jeder schreibt einen Brief und hinterlässt ihn am Ort des Geschehens."

„Also kein Brief", murmelte Stier und beobachtete, wie sich Lemke mit seinem Koffer der Leiche näherte und abwartend am Rand stehen blieb.

Sein Kollege steckte resigniert die Hände in die Hosentaschen. „Hier war keiner, vielleicht bei ihm daheim, was weiß ich."

Stier entschied, dass es Zeit war, aufzubrechen. Hier vor Ort würde er im Moment nicht weiterkommen und alles andere ließ sich in den nächsten Tagen viel besser auf dem Revier recherchieren als unter den Augen von Falko Burg. Denn der sah in diesem Moment eindeutig in seine Richtung und schien kurz davor zu sein, zu ihm zu kommen.

„Ich werd dann mal wieder", sagte Stier schnell zu seinem Kollegen.

Roland musterte ihn sichtlich erstaunt. „Du gehst? Ich dachte …"

„Was? Dass ich mich einmische? Hier sind doch genug Experten vor Ort und die werden garantiert die richtigen Schlüsse ziehen." Er ließ seine Blicke noch einmal die Felswand hinauf wandern, hin zu den beiden Scheinwerfern, die am oberen Rand standen.

Seltsam, die *Boselspitze* war einer der schönsten Orte im Elbtal und gleichzeitig wurde sie zur Endstation für viele Menschenleben. Das ließ sich nur schwer vereinbaren. Aber vielleicht war das auch gar nicht nötig, und es war wie immer, dass Licht und Schatten eng beieinanderlagen.

Als Stier an ihrem Treffpunkt ankam, wartete Ralle bereits auf ihn. Gemeinsam hievten sie das Rad auf die hintere Ladefläche des Pick-ups, den sich sein Kumpel vor einigen Jahren gekauft hatte. Angeblich um sein Angelequipment besser verstauen zu können. Doch Ralle ging so selten angeln, dass dies vermutlich nur eine lahme Begründung seiner Frau gegenüber gewesen war, um den Autokauf besser rechtfertigen zu können.

Dann machten sie sich auf den Weg zu Monikas Haus, das Heiko seit deren Tod allein bewohnt hatte. Anfangs hatte er es verkaufen wollen. Nur dem guten Zureden von Ralle und Stier war es zu verdanken gewesen, dass er es behalten hatte. Wann immer sie ihn später besuchten, zeigte er sich dankbar für ihre Sturheit. „Ich höre und fühle sie oft. Hier ist sie bei mir, ganz nah, nicht auf dem Friedhof, in ihrem Grab. Aber hier in diesen Räumen."

Ralle fuhr den Bohnischberg hinauf und bog irgendwann Richtung Nünchritz ab. Nach wenigen Metern war in einer schmalen, bergauf führenden Straße linker Hand Monikas Haus erreicht. Ein schmuckes Häuschen reihte sich an das andere. Licht war nur noch in wenigen Fenstern zu erkennen, kein Wunder, die Uhr zeigte kurz vor elf.

Ralle suchte sich einen Parkplatz und wollte gerade aussteigen, als Stier ihn zurückhielt. „Warte mal." Aufmerksam musterte er die nähere Umgebung, doch nichts und niemand war zu sehen. Dennoch konnte Stier nicht verhindern, dass sich seine Nackenhaare aufstellten. Es war nichts Greifbares, eher ein Gefühl. Es vergingen zwei, drei Minuten, in denen er sich immer wieder umschaute, doch nichts geschah. „Also gut, lass uns gehen", sagte er schließlich. „Und zieh deine Handschuhe an."

Sie stiegen aus und öffneten das kleine Tor, das auf Heikos Grundstück führte. Es quietschte ganz leise. Dann schlichen sie am Haus vorbei in den Garten, bis ganz nach hinten, wo sich ein Schuppen für die Gartengeräte befand. Plötzlich krachte es ohrenbetäubend. So laut, dass Stier befürchtete, sie könnten die halbe Nachbarschaft geweckt haben. Hastig sah er sich um. Doch in den umliegenden Häusern blieb alles still und dunkel. Ralle stöhnte leise und stieß einen unterdrückten Fluch aus. Für einige Sekunden ließ Stier die Lampe seines Handys aufleuchten. „Was ist denn?", fragte er gedämpft.

Ralle kämpfte sich mühsam auf die Knie und hielt seine Schulter. „Keine Ahnung, irgendwas stand direkt im Weg und ich bin drüber geflogen." Stier ließ den Lichtschein erneut aufflammen und erstarrte. Vor der Tür des Schuppens standen ein Paar Schuhe. Nicht irgendwelche. Es waren Spezialanfertigungen eines Orthopädieschuhmachers. Heiko hatte sie vor kurzem erst abgeholt und war glücklich gewesen, wie gut er darin laufen konnte. Trotz seines kaputten Knöchels.

„Verdammte Scheiße, seine Schuhe", stieß Ralle aus. „Ohne die wäre er doch nie …" Betroffen schauten beide Männer auf das Schuhwerk.

Stier bückte sich und berührte das Leder. Ein winziger dunkler Punkt zeigte sich auf seiner Fingerkuppe. Er betrachtete ihn, roch daran und vergaß dabei ganz, dass immer noch die Lampe seines Handys brannte. In diesem Moment begriff er, dass etwas nicht stimmen konnte an dieser Selbstmordthese. Heiko hatte seine Schuhe dick mit Pflegemittel eingerieben und sie zum Trocknen unter das kleine Schuppendach gestellt. So wie man es machte, wenn man Schuhe gut behandeln wollte, um sie lange zu behalten. All das konnte noch nicht lange her sein. Ohne diese Schuhe hätte Heiko nie das Haus verlassen. Ohne sie konnte er nur wenige Schritte gehen, mühsam, unter Schmerzen und auf keinen Fall bis zum Aussichtspunkt an der *Bosel*, der nun einmal mit einem Auto nicht erreichbar war.

„Hab ich es nicht gesagt? Nie im Leben ist Heiko gesprungen", flüsterte Ralle. Dann holte er den Ersatzschlüssel aus dem Schuppen, der unter einer Tüte mit Dünger lag. Die Männer kehrten zum Haus zurück, schlichen die Hintertreppe hinunter, steckten den Schlüssel ins Schloss und betraten das Haus über das Kellergeschoss. Stier ließ erneut die Lampe seines Handys aufleuchten, um weitere Stürze zu vermeiden. Seine Nerven waren zum Zerreißen gespannt und er spürte eine leichte Übelkeit. Im Keller war alles still. Mit angehaltenem Atem stiegen sie die steile Kellertreppe hinauf, öffneten die Zwischentür und standen in Heikos Flur. Der schwache Lichtschein einer Straßenlaterne drang durch das Fenster und erhellte den Raum so weit, dass sie sich orientieren konnten. Also ließ Stier das Handy in seiner Tasche verschwinden.

„Wo wollen wir beginnen?", fragte Ralle flüsternd.

Stier wollte ihm gerade antworten, als ihn ein Hauch streifte. Die Anspannung in seinem Inneren vervielfachte sich schlagartig. „Warte, hier stimmt was nicht." Nervös sah er sich um. Nein, das war es nicht, es war nichts Sichtbares.

Er dachte an Mark Winter und was der ihm über Tatorte und die Wohnungen von Opfern oder Tätern beigebracht hatte. Es ging um eine Ahnung, ein Gefühl, eine Energie, kurz etwas, das sich nicht greifen ließ. „Hier stimmt was nicht", wiederholte er noch einmal. Stier schloss seine Augen und holte tief Luft. Da war er wieder, dieser zarte Hauch, den er vorhin wahrgenommen hatte. Er schwebte in diesem Haus, federleicht, kaum noch wahrnehmbar. Es war ein Geruch, genauer, ein Duft. Etwas, das nicht hierher gehörte.

„Jemand war hier", sagte er leise. „Nicht irgendeine Person, sondern eine Frau mit einem wohlriechenden und, ich glaube, auch sehr teuren Parfüm."

Kapitel 3

Genervt starrte Mark Winter an die Zimmerdecke. Die Umrisse eines Baumes, der draußen vor dem Fenster stand, zauberte Schatten auf die Wand. Manchmal wirkten sie wie Klauen, die jeden Moment nach ihm greifen würden. Oder nach dem Mann im Nachbarbett, wobei er dagegen nicht das Geringste einzuwenden hätte.

Der alte Mann, der circa einen Meter entfernt in seinem Bett lag, auf jeden Fall viel zu nah für Marks Begriffe, schnarchte. Das tat er den ganzen Tag und zusätzlich auch noch in der Nacht. Ihm war vollkommen schleierhaft, wie man so viel schlafen konnte. Vielleicht war es aber auch nur der blanke Neid, weil Mark, seit er in diesem Bett gelandet war, gar nicht schlafen konnte, obwohl er todmüde war.

Vor drei Tagen hatte er beschwingt nach Feierabend seinen Rasenmäher aus dem Schuppen geholt und begonnen, die Wiese hinter dem Haus zu mähen. Oder zumindest erst mal den Abschnitt, auf dem Lisa immer die Wäsche der Familie aufzuhängen pflegte. Sehr wohl hatte er ihre mahnenden Blicke in den letzten Tagen wahrgenommen. Diese unterschwellige Aufforderung, die nur Frauen so vortragen konnten, ohne einen Ton zu sagen.

Mark hatte also zu mähen begonnen. Und auf einmal blickte er in den tiefblauen Himmel, statt auf hochgewachsene Gräser. In seinen Ohren dröhnte es, als würde neben ihm ein Motorsegler starten. Es dauerte einen Moment, bis er begriff, dass er auf der Wiese lag. Nur, wie er dort hingekommen war, konnte er nicht sagen. Mark fehlten einige Sekunden seines Lebens. Lisas Gesicht schob sich in sein Blickfeld. Er sah, wie sie ihre Lippen bewegte, mit ihm sprach, doch er verstand kein Wort. Stattdessen wurde er müde, sehr müde und schloss deswegen seine Augen wieder.

Als er erneut erwachte, piepste neben ihm ein Gerät. Ein engelsgleiches blondes Wesen machte sich an seinem Arm zu schaffen und lächelte ihm derart liebevoll zu, dass er fest davon ausging, im Himmel zu sein. Das Wesen verschwand. Dafür tauchte ein Mann auf, der seine Hand ergriff und sie fast schon schmerzhaft kräftig drückte. Machte man das so im Himmel? Eher nicht. Mark zuckte zusammen.

„Hören Sie mich?", fragte der Mann.

Natürlich hörte er, was für eine Frage. Dem würde er schon das Passende antworten. Mark wollte Worte formen, doch sein Mund versagte den Dienst. Er bemühte sich, beinahe schon verzweifelt, zu antworten.

„Bleiben Sie mal ganz ruhig, Herr Winter", sagte der Mann. „Das kriegen wir schon hin."

Wenig später wurde er in dieses Zimmer verlegt. Anfangs standen zu beiden Seiten des Bettes Apparate, deren Lichter rhythmisch blinkten oder leuchteten. Nach und nach wurden sie entfernt. Nun gab es nur noch ein Gerät, das seinen Herzschlag überwachte – er taufte es Buddy. Wenn Mark aufs Klo musste, zog er Buddy hinter sich her. Sie waren so was wie Kumpels. Aber er hoffte trotzdem, dass ihre Wege sich in Kürze trennen würden.

Was ihn niedergestreckt hatte, war nicht eindeutig identifiziert worden. Verschiedene Diagnosen schwebten im Raum. Man machte Tests, nahm Blut ab, testete erneut, schob ihn in Röhren und schien dennoch die Ursache für Marks Ohnmacht und den daraus resultierenden Sturz nicht finden zu können.

Zum Glück war seine Sprache schon am nächsten Morgen zurückgekehrt. Was Mark als Erstes dazu bewogen hatte, bei der energischen Oberschwester anzumerken, dass er Anspruch auf ein Einzelzimmer hatte. Er hasste sich selbst für diese snobistische

Forderung und hätte diese normalerweise nie vorgebracht, doch sein Bettnachbar gab ihm den Rest.

Der war neunundachtzig, hatte schon diverse Schlaganfälle und Herzinfarkte überlebt und war immer noch da, wie er selbst sagte. Ewald Hunkel war ein Stehaufmännchen, ein patenter Typ, der halt nur den Fehler hatte, äußerst geräuschvoll zu schlafen.

Mark war am Ende und auch seine Bitte um ein Einzelzimmer hatte bisher kein Gehör gefunden. Es gab nämlich keins, alle waren belegt, wie ihm der Chefarzt mit sonorer Stimme, über den Rand seiner schmalen Brille zwinkernd, zur allmorgendlichen Visite mitteilte. „Tut mir leid, Herr Winter. Sie haben sich einen denkbar schlechten Zeitpunkt ausgesucht. Unsere Station ist rappelvoll. Urlaubszeit eben." Dann hatte er ihm auf die Schulter geklopft, seine Patientenakte studiert und gemeint, man würde noch einige Tests machen und dann sähe man klarer.

Von einer Schwester hatte Mark erfahren, dass es durchaus freie Zimmer gab. Nur das Personal fehlte, um die Räume samt Patienten zu versorgen. Und da die Schwestern und Ärzte hier eh schon wirkten, als stünden sie kurz vor einem Kollaps, schluckte Mark seinen Ärger hinunter. Genau wie jeden Abend eine Schlaftablette. Die hätte ihn daheim vermutlich auf der Stelle aus den Latschen kippen lassen. Hier sorgte sie nur für ein kurzes Nickerchen, das von einem überlauten Schnarchton jäh gestört wurde. Danach lag Mark wach, starrte die Decke an oder musterte seinen Zimmergenossen mit scharfen Blicken. Dem war das egal. Kein Wunder, er schlief ja tief und fest.

Auch an diesem Abend hatte sich das gleiche Spiel wie in den vergangenen Tagen wiederholt. Nach einem besonders lauten Schnarchton griff sich Mark seinen Bademantel, in den er wegen der Kabel etwas unbeholfen schlüpfte, schnappte sich Buddy und verließ das Zimmer.

Auf dem menschenleeren Gang schaute er einmal nach links und einmal nach rechts und zuckelte los. Dabei musste er zwangsläufig am Zimmer der Nachtschwester vorbei. Er näherte sich langsam, spähte um die Ecke und entdeckte zu seiner Erleichterung, dass deren Schreibtisch leer war. Um diese Zeit war das Verlassen des Zimmers nämlich eigentlich nicht mehr erlaubt. So schnell er konnte, verließ er die Gefahrenzone und steuerte den Bereich an, in dem die Fahrstühle nach unten in den Eingangsbereich fuhren. Gleich dahinter lag eine Art Balkon, besser ein Austritt. Zahlreiche Kippen verrieten, wofür dieser hauptsächlich genutzt wurde.

Doch Mark war nicht hier, um zu rauchen. Er lehnte sich an die von der Sonne des Tages aufgewärmte Hauswand und schaute in den Himmel. Tief zog er die frische Luft in seine Lungen. Die Sterne lagen hinter Wolken verborgen. Der Ausblick war dennoch schön. Dann zog er sein Handy aus der Tasche, um Lisa eine Nachricht zu schreiben. Die angezeigte Uhrzeit ließ ihn zögern. Nein, sollte sie schlafen. Lisa hatte sich in den letzten Tagen eh schon wahnsinnige Sorgen gemacht und war zwischen ihrer Arbeit, der Klinik, dem Kindergarten und ihrem Zuhause gependelt. Jeden Tag hatte sie ihn besucht und ihn mutmachend angesehen. Nur in ihren Augen hatte Mark erkennen können, was wirklich in Lisas Kopf vorging.

In der Ferne schlug eine Glocke. Automatisch zählte Mark die Schläge mit, es waren elf helle und vier dunkle Töne. Dreiundzwanzig Uhr. Seltsamerweise erinnerte ihn der Glockenschlag an Meißen. Während seiner letzten Fälle war er einige Male am Abend in der Stadt an der Elbe unterwegs gewesen und hatte den Glocken lauschen dürfen.

Was Stier wohl in diesem Moment machte? Vielleicht hatte er Nachtschicht und drehte Runden durch seine Stadt, wie er immer sagte. Mark nahm sich vor, Stier unbedingt wieder einmal anzurufen, um ein paar belanglose Sätze zu wechseln und über alte und neue Fälle zu reden. Kurz herauszufinden, was es in Meißen Neues gab.

Mit diesem gefassten Plan schlich Mark sich zurück in sein Zimmer. Ewald Hunkel schnarchte noch immer, mal lauter, mal leiser. Doch seltsamerweise näherte sich an diesem Abend das Sandmännchen Marks Bett und ehe er sich versah, war er tief und fest eingeschlafen.

„Ich riech nichts", flüsterte Ralle und sah sich misstrauisch um. Dabei blähte er seine Nasenflügel wie ein Fährtenhund. „Ob die Frau noch hier ist?"

„Ich glaube nicht." Okay, glauben war nur die halbe Miete, es zu wissen, war besser. Stier machte einige Schritte auf die Küchentür zu und schubste diese nach innen auf. Dann spähte er durch den entstandenen Spalt. Nichts war zu sehen. Nacheinander nahmen sie sich so sämtliche Räume im Erdgeschoss vor.

„Und nun, gehen wir hoch?", fragte Ralle angespannt.

Stier versuchte, etwas zu erspüren, doch inzwischen klopfte sein Herz dermaßen stark, dass davon jegliches Gefühl überlagert wurde. „Ja, ich als Erster." Wie eine Gazelle schlich er die Holztreppe nach oben. Die dritte Stufe knarrte dermaßen entsetzlich, dass er kurz stehen blieb.

„Wenn du mich fragst, ist hier niemand mehr", sagte Ralle sachlich und in normaler Lautstärke hinter ihm. „Das Geräusch hätte er nur schlecht überhören können."

Stier musste ihm recht geben und überwand die restlichen Stufen ohne besondere Vorsicht. Oben angekommen, betrat er Heikos Schlafzimmer. Das Bett war ordentlich gemacht. Ein Schlafanzug lag auf der Zudecke, bereit, heute Abend von seinem Besitzer angezogen zu werden. Das Bild ließ den Knoten in Stiers Hals wachsen.

Dann öffnete er behutsam die Schubladen des Nachtschranks, während Ralle sich den Kleiderschrank vornahm. „Jemand war vor uns da und hat gesucht", stellte Stier plötzlich fest.

„Du meinst die Frau mit dem Parfüm?"

„Vermutlich, wahrscheinlich war sie nicht allein. Aber wer weiß das schon. Fest steht, diejenigen, die das Haus durchsucht haben, taten das nicht zum ersten Mal."

„Woher weißt du das?", fragte Ralle verblüfft. „Ich denke, du blitzt Autofahrer oder kümmerst dich um Fahrraddiebstähle."

„Weil es so aussieht, als wäre niemand hier gewesen. Alles liegt scheinbar an seinem Platz, hat seine Ordnung. Aber manches ist ein wenig zu akkurat. Ich kann es nur schlecht erklären. Wäre dieser Geruch nicht gewesen und …" Stier nahm sich einen flacheren Schrank vor, ließ aber dann die Hände sinken. „Ich glaube, das können wir uns sparen. Dort, wo wir suchen, waren die anderen schon längst. Wir müssen einen Ort finden, an den noch keiner gedacht hat. Wenn du Heiko wärst und etwas so Wichtiges im Haus hättest, wo würdest du es verstecken?"

Ralle sank auf einen Stuhl. „Keine Ahnung. Vielleicht gibt es irgendwo ein Geheimfach. Aber wie sollen wir das finden?"

„Lass uns unten in dem kleinen Büro schauen. Immerhin hat Heiko sich dort am meisten aufgehalten."

Eine Viertelstunde später kapitulierten sie auch in diesem Raum. Es gab Berge von Papieren, aber nichts, was ihnen ins Auge stach. „Wir suchen die Nadel im Heuhaufen. Wir wissen ja nicht mal, wonach wir eigentlich suchen. Beweise, Notizen, das kann alles sein." Stier schloss eine Schranktür und nahm auf der Kante von Heikos Schreibtisch Platz. „Allein hier braucht man einen halben Tag, um jedes Blatt, jedes Heft, jeden Ordner genau zu sichten." Er seufzte. „Und wir dürfen eines nicht vergessen: Vielleicht haben die anderen schon längst gefunden, wonach wir suchen."

„Das glaub ich nicht." Ralle verschränkte seine Arme und schaute Stier mit einer gewissen Sturheit im Blick an.

„Und wieso nicht?"

Ralle hob die Schultern. „Ich hab eben auch ein Gefühl. Und aufgeben gilt für mich nicht."

„Es ist doch kein Aufgeben. Aber irgendwann werden die Kollegen aufkreuzen und sollten uns auf keinen Fall hier vorfinden", gab Stier zu bedenken.

„Also verschwinden wir?" Der Zweifel in Ralles Stimme blieb.

„Hast du eine bessere Idee?"

„Na ja, im Moment …", stotterte Ralle.

„Dann komm, lass uns abhauen."

Fünf Minuten später saßen die beiden in Ralles Auto und betrachteten das dunkle Haus. Stier öffnete das Fenster einen Spalt. „Weißt du, was für ein Tag heute ist?", fragte er leise.

„Dienstag."

„Heute vor einem Jahr ist Monika gestorben. Das ist natürlich ein Punkt mehr auf dem Konto der Selbstmordthese. Wären die beiden alten Leutchen nicht gewesen, die den zweiten Typen gesehen haben, wäre die Sache längst abgehakt worden. Okay, der Gerichtsmediziner hätte sich Heiko auch noch angesehen und eventuell Spuren gefunden."

„Mein Gott, tatsächlich, es ist zwölf Monate her", murmelte Ralle. „Wie furchtbar das alles damals war. Und was Heiko in dieser Zeit alles durchgemacht hat. Jetzt ging es ihm gerade ein wenig besser, und nun das. Allein der Gedanke, sich dort runterzustürzen … Ich kann es mir nicht vorstellen, dass er das getan hat."

„Ich mir eigentlich auch nicht. Womit wir wieder am Anfang stehen. Wer sollte ihn umbringen?"

„Diejenigen, die Monika umgebracht haben. Ganz klar, die haben gemerkt, dass er ihnen auf die Schliche gekommen ist."

Wider Willen musste Stier lächeln. „Ralle, wir reden von Heiko, wir sind doch nicht in einen Thriller geraten."

„Und warum ist er dann tot?"

Darauf wusste Stier nichts zu sagen. Im Grunde spürte er nur bleierne Müdigkeit, die sein Denkzentrum lahmlegte. „Lass uns morgen weitermachen. Ich muss ins Bett."

„Und wie gehen wir weiter vor?", drängte Ralle in seiner üblich sturen Art.

„Ich weiß es nicht, momentan nicht. Ich muss erst mal rausfinden, wie weit die Kollegen gekommen sind, ob es Ansatzpunkte gibt. Können wir uns darauf einigen?"

Sein alter Kumpel nickte zögernd.

„Das Schlimmste wäre, jetzt die Dinge überstürzt anzugehen", sagte Stier mit fester Stimme.

„Findest du? Ich denke eher, dass es ein Fehler wäre, die Hände in den Schoß zu legen und nichts zu tun."

„Aber das machen wir doch gar nicht", protestierte er. Einen Moment verspürte Stier den Drang, sich mit Ralle zu prügeln, wie damals im Kindergarten.

„Versprich mir, dass wir nicht aufgeben werden." Einige Sekunden starrte er Ralles ausgestreckte Hand an, dann schlug Stier ein.

Langsam radelte Stier über die alte Elbbrücke heimwärts. Genau in der Mitte hielt er an, stellte sein Rad ans Geländer und sah in die Tiefe. Das Wasser unter ihm gurgelte leicht, wie es oft im Bereich von Brücken vorkam. Dann betrachtete er Dom und Burg, deren Scheinwerfer längst erloschen waren, ließ seinen Blick über die *Diesbar* wandern, die an der Dampferanlegestelle festgemacht hatte, und verfolgte mit seinen Augen ein Auto, das über die andere Brücke rollte. Eindeutig mit überhöhter Geschwindigkeit. Aber wen interessierte das schon, mitten in der Nacht?

Morgen Mittag musste er sich wieder auf dem Revier einfinden, zur Spätschicht. Eventuell erfuhr er dann mehr und in welche Richtung sich die Ermittlungen bewegten. Daran, was er tun würde, wenn alles im Sande zu verlaufen drohte, wollte er lieber nicht denken. Der Handschlag, den er mit Ralle gewechselt hatte, fühlte sich wie ein Schwur an und Stier bereute beinahe schon, ihn geleistet zu haben.

Hier in der Dunkelheit begannen die Zweifel aus ihren Nischen zu kriechen, wie der Nebel in manchen Nächten. Sie wirkten wie Irrlichter, die ihn vom eigentlichen Weg abbringen wollten. Sie zauberten tausend Argumente hervor, die alles anders wirken ließen als noch wenige Minuten zuvor. Augenblicklich fiel ihm Mark Winter ein. Mit ihm musste er sprechen. Seine klare Sicht auf die Dinge würde dabei helfen, sich nicht zu verrennen oder gar zu verlieren.

Kapitel 4

„Sie haben was?"

„Sie haben jemanden festgenommen und befragen ihn gerade, stell dir das mal vor. Unglaublich, wie fix das ging." Sein Kollege, Andreas Reusch, hängte seinen Fahrradhelm in den Spind und warf den Rucksack hinterher. Dann sah er sich verstohlen um. „Hab es gerade von diesem Jochen Blabla erfahren, der manchmal die IT betreut."

„Und woher weiß der es?", hakte Stier nach und hängte sein kariertes Hemd sorgfältig auf einen Bügel. Nicht weil er so ordentlich war, sondern weil er Zeit zum Nachdenken brauchte. Dass man so schnell eine Verhaftung vorgenommen hatte, war auf der einen Seite erfreulich. Auf der anderen Seite rief es bei ihm eine gewisse Verwunderung hervor. Aber vielleicht hatte die auch mit seinem müden Geist zu tun, der sich immer noch im Lummerland befand.

Stiers Nacht war ausgesprochen kurz gewesen. Streng genommen hatte er kaum geschlafen. Dabei war sein Körper dermaßen erschöpft gewesen, als wäre er unter eine S-Bahn geraten. Doch sein Geist hatte nicht aufhören können, zu kreisen. Immer wieder hatte er die weiße Plane, unter der Heikos Körper gelegen hatte, vor seinem inneren Auge gesehen und sich gefragt, wie es so weit hatte kommen können. Hätten sie Heiko schon viel früher zuhören und seine Mordfantasien nicht als Spinnereien abtun sollen? Wieder und wieder versuchte Stier, all die kleinen Bemerkungen zusammenzusuchen, die sein ehemaliger Klassenkamerad irgendwann von sich gegeben hatte. Konkrete Aussagen waren nicht dabei gewesen, nur Andeutungen. Selbst jetzt noch war ein nicht unbedeutender Teil von ihm davon überzeugt, dass Monikas Tod ein Unfall gewesen war. Aber war nicht Heikos Leichnam Beweis genug, dass an ihrem Tod etwas nicht stimmen konnte?

Schließlich war Kater Nepomuk in Stiers Bett gehüpft und hatte sich an seinen Bauch geschmiegt. Wohlig hatte das Tier zu schnurren begonnen und damit allmählich Stiers aufgewühlten Geist beruhigt. Als er dann erwacht war, flutete heller Sonnenschein das Zimmer. Noch immer hatte er sich wie erschlagen gefühlt. Eine eiskalte Dusche und ein starker Kaffee mussten helfen, weitere Lebensgeister zu wecken. Mit dem Kaffeepott in der Hand setzte er sich auf seinen Balkon und warf einen Blick auf sein Handy. Stier fand eine kurze Nachricht von Barbara. „Alles in Ordnung? Meld dich mal."

Minutenlang starrte er den Bildschirm an, suchte nach Worten. Am Ende schickte er ihr nur ein Herz, unbeholfen, so wie er eben war. Dann machte er sich einen noch stärkeren Kaffee, der das Zeug gehabt hätte, Tote aufzuwecken und hockte sich erneut auf seinen kleinen Balkon im Hinterhof. Stier grübelte und blies Rauchschwaden in den Himmel. Doch Klarheit wollte sich nicht einstellen. In seinem Kopf rotierte eine Art Karussell, das ihm alle Kraft raubte. Als es Zeit war, zur Arbeit aufzubrechen, griff er nach dem Autoschlüssel und ließ sein Rad stehen. Ein sicheres Zeichen dafür, dass Stier vollkommen neben der Spur war.

Kurz vor dem Revier klingelte sein Handy. Stier drückte auf die entsprechende Taste am Armaturenbrett. Ralle war dran. „Geht´s dir auch so beschissen?", fragte der statt eines Grußes.

„Todmüde, kaputt, kaum geschlafen", nuschelte Stier und stoppte in letzter Sekunde an einem Fußgängerüberweg, den unvermittelt ein Radfahrer passierte und ihm den Mittelfinger zeigte. Einen Unfall zu bauen, das hätte ihm gerade noch gefehlt. Mit seiner freien Hand schlug er sich kräftig auf die Wange und atmete tief durch.

„Genau wie ich. Die halbe Nacht hab ich gegrübelt und überlegt, was Heiko alles so gesagt hat. Irgendwie bin ich überzeugt, dass in seinem Haus etwas zu finden sein muss. Wenn wir nur mehr Zeit gehabt hätten …"

„Hatten wir aber nicht. Sonst wären wir jetzt schon in einer Zelle und ich vermutlich zusätzlich entlassen", erwiderte Stier und suchte den Hof nach einem freien Parkplatz ab. Gut, das war jetzt etwas übertrieben, denn niemand hätte sie eingeknastet, aber Probleme hätte es auf jeden Fall gegeben. Außerdem war es immer gut, Ralle gegenüber ein wenig dramatischer zu sein, damit der keine Dummheit machte.

„Man müsste einfach noch mal suchen", meinte Ralle. „Sagen wir, heute Abend?"

„Ich hab Spätschicht. Außerdem ist es zu früh. Wenn die Kollegen aus Dresden an der Sache dran sind …"

„Und wenn nicht? Garantiert haben die das Haus schon längst durchsucht und wir könnten noch mal rein."

„Verdammt, Ralle, sei nicht so stur. Wilder Aktionismus bringt uns doch nichts. Lass uns heute Abend telefonieren. Ich höre mich um und werde sehen, wie der Stand der Dinge ist. Einverstanden?" Ohne eine Antwort seines Freundes abzuwarten, legte Stier auf und parkte seinen Wagen ein. Dann umklammerte er das Lenkrad und atmete tief durch.

„Er war wohl dabei, als sie ausgerückt sind, um ihn abzuholen", sagte Andreas Reusch und hängte seine helle Stoffhose reichlich schief auf den Bügel. Dann schlüpfte er in die Uniformhose.

„Wer ihn?"

Andreas hob die Schultern. „Keine Ahnung, woher soll ich das wissen?"

„Du hast keinen Namen?"

„Jens, Himmelherrgott noch mal, nein, ich habe keinen Namen. Ich bin doch auch gerade erst gekommen." Reusch versuchte, den Knopf seiner

Uniformhose zu schließen und stöhnte leicht. „Kann das sein, dass die Dinger einlaufen? In einem Monat hab ich Urlaub. Zwei Wochen all inclusive, ich darf nicht dran denken."

„Die haben dort bestimmt ein Fitnessstudio, da kannst du dir die Pfunde wieder abstrampeln oder Beachvolleyball spielen", erwiderte Stier und grinste schwach. Dann knallte er die Tür seines Spinds zu und begab sich in das eine Etage tiefer liegende Büro. Zwangsläufig kam er dabei an den Befragungsräumen vorbei. Zu seinem Erstaunen leuchteten beide Lampen grün, das hieß, die Räume waren leer und wurden momentan nicht genutzt.

Vermutlich waren weitere Ermittlungen oder Recherchen notwendig. Oder war die Sache etwa schon vorbei und der Festgenommene hatte bereits gestanden? Stier betrat das Büro und hob seine Hand zum allgemeinen Gruß. Einen Moment verstummte das übliche Gemurmel, Köpfe nickten ihm zu, dann beugten sich alle wieder über Bildschirme oder Akten.

„Hallo", rief Stier in den Raum und ging zu seinem Schreibtisch. Der war noch von Walter Gösel, dem Kollegen der Frühschicht, belegt. Walter war ein Urgestein auf der Meißner Wache. Ihm verblieben läppische zwölf Monate bis zum wohlverdienten Ruhestand. Eine mehr als überschaubare Zeit. Das zeigte sich inzwischen auch in seiner Arbeitsweise, denn Walter hatte einen Gang zurückgeschaltet, wie er sich selbst ausdrückte, und Stier konnte das vollkommen verstehen. Es gab wohl nichts, das Walter nicht schon erlebt hatte. Von ihm hatte Stier als junger Polizist so manches lernen dürfen, für das er heute noch dankbar war. Vor allem, wie man eine gewisse Gelassenheit an den Tag legte und wie man es schaffte, die Dinge auf der Wache zu lassen und nicht mit nach Hause zu nehmen. Das hatte in all den Jahren mal besser und mal schlechter funktioniert.

„Hallo Walter." Stier packte seine Tasche in das rechte Fach des Schreibtischs und nahm auf der vorderen Kante Platz.

„Hallo Jens." Mit zwei Fingern tippte Walter auf der Tastatur herum und hielt zwischendurch immer mal wieder einen Moment inne, um einen Buchstaben zu suchen. Nebenbei strich er sich über seine Halbglatze und lehnte sich schließlich zurück. Der Stuhl ächzte leicht unter seinem Hintern, was nicht an Walters Gewicht liegen konnte. Denn der war immer noch gut in Form und unternahm mit seiner Frau, wann immer es ging, ausgedehnte Wandertouren durch nähere oder fernere Gegenden. „Schon ausgeschlafen? Deine Nacht muss ja reichlich kurz gewesen sein."

„Kannst du laut sagen. Wenn ich drei Stunden Schlaf hatte, ist das hoch gegriffen."

Walter schaute ihm mitten ins Gesicht. „Tut mir übrigens sehr leid. Wenn ich mich recht entsinne, hast du dich doch in den letzten Monaten ein bisschen um den Toten gekümmert, oder?" Stier nickte. „Es ist immer ein Schlag, wenn es jemanden betrifft, der einem nahestand."

Stier seufzte. „Umso besser, dass die Ermittlungen so gut vorangehen, wie ich gehört habe."

Sein Kollege nahm die Brille ab und massierte seine Nasenwurzel. „Soll das jetzt ein Witz sein, also Sarkasmus oder so?"

„Wieso, wie meinst du das?", fragte Stier verblüfft. „Immerhin haben die Kollegen ziemlich schnell begriffen, dass Heiko nicht freiwillig von der *Bosel* gesprungen ist. Das hätte der nie getan."

Walter hob die Hand. „Dazu kann ich nichts sagen. Aber mir scheint, du bist nicht über alles informiert. Weißt du was?" Verstohlen schaute Walter sich um. „Lass uns einfach mal eine rauchen gehen." Er erhob sich und Stier folgte ihm mit einem seltsamen Gefühl im Bauch.

Gemeinsam steuerten sie die Tür an, die zum Hinterhof des Reviers führte. Zwei Bänke standen nebeneinander. Ihnen gegenüber lag eine schmale Rabatte. Im Frühjahr waren Rosen gepflanzt worden. Die hatten vor einigen Wochen verschwenderisch geblüht. Nun benötigten sie dringend einen Rückschnitt, aber der zuständige Gärtner hatte irgendwas am Rücken, hatte Stier gehört. Schon lange hatte er sich nicht mehr blicken lassen. Irgendwelche gnädige Seelen im Revier kippten ab und zu mal ein wenig Wasser auf das Beet und hielten die Pflanzen so zumindest am Leben.

Walter hielt ihm seine Schachtel unter die Nase. „Hier, bedien dich."

Sekunden später bliesen sie gemeinsam ihren Rauch in den blauen Himmel über Meißen.

„Also, wie hast du das vorhin gemeint?", fragte Stier und überkreuzte seine Beine.

„Sie haben jemanden festgenommen", stieß Walter trocken aus.

„Das hörte ich schon."

„Weißt du auch, wen?" Walter warf ihm einen Seitenblick zu. „Falls ja, kann ich deine Begeisterung nicht so ganz nachvollziehen."

Stier richtete sich auf. „Nein, weiß ich nicht."

„Na also, ahnte ich es doch, du weißt nichts." Die nächste Rauchwolke stieg in den Himmel. „Sie haben Udo abgeholt."

Stier schnappte nach Luft. „Meinst du etwa *den* Udo?"

„Genau *den* Udo. Wir haben sicher fünfzig Udos in Meißen, aber ich meine den einen, den wir alle kennen."

„Verarschst du mich?"

Walter seufzte tief und aschte mit ausgestrecktem Arm in den Kübel neben der Bank. „Nach Scherzen ist mir nicht zumute. Glaub mir."

„Aber Udo, der könnte doch niemals …"

„Genau." Walter klopfte ihm kurz mit der Hand auf den Oberschenkel. „Der würde nicht mal einer Fliege etwas zuleide tun."

Beinahe jeder in Meißen kannte Udo. Udo war eine treue Seele, einfältig, aber immer freundlich. Früher hätte man gesagt, er wäre geistig etwas zurückgeblieben. Das war nicht immer so gewesen, denn Udo war als gesunder Mensch geboren worden. Mit etwa einem halben Jahr hatte er eine Entzündung des Gehirns bekommen. Udo war damals dem Tod näher als dem Leben gewesen. Doch er hatte überlebt. Irgendwann war er aus dem Krankenhaus entlassen worden. Seine alleinerziehende Mutter war mit der Betreuung vollkommen überfordert gewesen und der Junge drohte, ins Heim zu kommen. Also hatten sich die Großeltern Udos angenommen. Mit all ihrer Liebe und sehr viel Geduld hatten sie ihn aufgezogen und dafür gesorgt, dass Udo laufen lernte und einige Worte sprechen konnte. Später in der Hilfsschule schleifte man ihn mit. Rechnen, lesen und schreiben lernte Udo dennoch nie. Aber er konnte gut mit Pflanzen und Tieren umgehen. So arbeitete er als Hilfskraft in verschiedenen Gärtnereien. Nach dem Tod seines Großvaters zog er zusammen mit seiner Großmutter in ein Altenheim um. Dort hatte Udo sein eigenes Zimmer und machte sich nützlich, wo immer es ging.

Udo war ein großer starker Kerl mit dem Gemüt eines kleinen Kindes. Er war hilfsbereit, trug alten Menschen ihre Einkäufe nach Hause, packte bei Umzügen mit an. Wenn er einen Bekannten sah, lachte er breit über das ganze Gesicht und schlug seinem Gegenüber zur Begrüßung auch mal kräftig auf die Schulter. Nur dass man über ihn lachte, ihn ärgerte, ihm Schimpfworte hinterherrief, konnte er nicht ertragen. Dann ergriff Udo die Flucht, hockte sich an die Elbe und weinte vor sich hin. Stier hatte ihn dort einige Male gefunden. Udo hatte dann seine Arme kurz um Stiers Nacken gelegt. Ein seltsames Gefühl, war er doch einen Kopf größer als Stier. Doch diese kleine Geste hatte geholfen, dass Udo sich wieder beruhigen konnte.

Sein Markenzeichen waren Trikots der holländischen Fußballnationalmannschaft. Die hatte Udo vor einigen

Jahren im Stapel von einem holländischen Marktschreier bekommen, der Pflanzen in Meißen verhökert hatte. Udo war ihm wohl zur Hand gegangen und hatte als Lohn diese Trikots bekommen. Für ihn viel besser als jeder Geldschein. Ab diesem Moment sah man Udo nur noch in Orange. Im Laufe der Jahre bekam er dann noch passende Pullover und sogar eine Winterjacke und trug diese voller Stolz und zur großen Freude an Meißen vorbei radelnder Holländer.

Noch nie hatte es mit ihm Ärger gegeben. Noch nie war Udo aufgefallen. Und nun einen Mord? Das war so unglaubwürdig, dass Stier beinahe losgelacht hätte. Doch angesichts Walters ernster Miene blieb ihm das Lachen im Halse stecken.

„Du meinst also, Udo hockt jetzt irgendwo hinter uns und wartet auf sein Verhör?"

Walter schüttelte den Kopf. „Nein, tut er nicht. Er hockt in Dresden, dorthin haben sie ihn gebracht. Der Ermittler ist nicht Mark Winter, sondern ein gewisser Christian Randel. Der hat seine eigenen Methoden und die Verhöre finden in Dresden statt. Wie's eigentlich üblich ist. Und natürlich hat Burg diesen Randel nach allen Kräften in seiner Vorgehensweise unterstützt, dieser Idiot. Der geht vollkommen darin auf, endlich auch mal die rechte Hand in einem Mordfall zu sein." Walter schnippte seine Kippe in den Ascher. „Wenn ich mir vorstelle, wie sie Udo abgeholt haben. Ein Kollege der Nachtschicht war dabei und berichtete, Udo hätte am ganzen Leib gebebt und sich an seinem Teddy festgeklammert. Der weiß doch gar nicht, was los ist. Die Großmutter muss sich dann wohl auch noch eingemischt haben. Aber die ist eine alte Frau und konnte nichts tun."

Stier schluckte. „Aber wie kommen die denn bloß auf Udo?"

„Na ja, er treibt sich doch wegen der Pflanzen im *Boselgarten* dort oben viel herum. Leert manchmal die Papierkörbe, sammelt Abfall." Walter steckte sich eine neue Zigarette an. Dabei zitterte seine Hand ganz leicht.

Ein Zeichen, wie sehr auch ihn die ganze Sache aufregte. „Außerdem gibt es wohl einen Zeugen, der ihn gesehen hat."

„Ach, und wer soll das sein?"

„Fabian Kranich." Walter spie den Namen aus, als hätte er eine Portion Gift im Mund.

„Kranich? Der Besitzer der *Boselperle*?"

„Genau dieser arrogante Arsch."

„Und der hat Udo am Tatort gesehen?"

„Wohl nicht direkt am Tatort, aber in unmittelbarer Nähe. Kranich war mit einem Ehepaar auf dem Weg zu einer Weinverkostung bei *Vincenz Richter*. Dabei muss er ihm kurz nach sieben begegnet sein. Wie ich gehört habe, ist Udo wie ein Wilder an ihm vorbeigeradelt. Er soll panisch gewirkt haben."

„Kannte der Udo überhaupt?"

„Jeder kennt Udo. Und mir scheint, Kranich hätte ihm früher mal einen Job in seinem Restaurant angeboten, beziehungsweise im Garten. Udo hat abgelehnt, weil Kranich sich wohl mal über ihn lustig gemacht hat. Diese Ablehnung muss er ihm wohl schwer übelgenommen haben. Kranich ist nun mal ein Typ, der immer kriegt, was er will."

„Außer die Baugenehmigungen für seine ganzen Anbauten", ergänzte Stier.

Walter schmunzelte. „Genau, da ist er mit eingezogenem Schwanz von dannen geschlichen."

Die *Boselperle* war eine Institution im Meißner Umland gewesen. Stier erinnerte sich, als kleiner Junge Radpartien mit seinen Großeltern unternommen zu haben. Dabei waren sie manchmal in der urigen Gaststätte, die am Rande von Sörnewitz lag, dort, wo der Ort allmählich den Wiesen wich, eingekehrt. Hinter dem Haus hatte es einen großen Garten mit einem Spielplatz und einem kleinen Streichelzoo gegeben. Den Namen hatte die *Boselperle* von ihrer Lage erhalten, die einen freien Blick auf den Aussichtspunkt, die *Boselspitze*, garantierte. Das Essen war legendär gewesen. Jeden Mittag und Abend hatte die Besitzerin in der Küche gestanden und leckerste Speisen zubereitet. Mit einer natürlichen Gabe, die man hatte oder eben nicht. Besonders in der Spargelsaison war kein Platz zu bekommen gewesen. Oder im Herbst, wenn die umliegenden Winzer Weinabende veranstalteten und Lampions den Garten schmückten.

Dann kam die Wende und die Zeiten änderten sich. Für eine Weile zählte für die Menschen nicht mehr das, was all die Jahre gut und richtig gewesen war. Man suchte nach neuen Orten, neuen Kreationen. Den alten Besitzern fehlte die Kraft für Veränderungen, also verkauften sie ihr Haus. Es folgten einige neue Inhaber, die der *Boselperle* ihren ganz eigenen Stempel aufdrücken wollten und am Ende scheiterten.

Vor fünf Jahren schließlich hatte ein gewisser Fabian Kranich aus Berlin das Restaurant erworben. Ein Mann mit Geld, wie man sich erzählte. Und mit großen Visionen. Die scheiterten am Ende am Denkmalschutz und dem Widerstand der Sörnewitzer, die keinen ultramodernen Glaspalast in ihrem Ort wollten. Einige Anbauten hatte Kranich dennoch durchgesetzt. Es gab nun ein Gästehaus, in dem man übernachten konnte, und ein Seminarhaus, in dem Yogaeinheiten stattfanden. Kranich war nicht der Beliebteste, überrumpelte die Menschen, gab sich großspurig, wurde dann aber häufiger wortbrüchig. Aber er war immer noch da, ob man ihn nun mochte oder nicht.

Stier jedenfalls hatte mit Kranich in der Vergangenheit nicht die besten Erfahrungen gemacht, die meist mit dessen überheblicher Art zusammenhingen. Wenn man sich zufällig begegnete, grüßte man sich. Wenn er zu einem Einsatz bei Kranich gerufen wurde, was ab und zu mal vorkam, erledigte Stier seine Arbeit, machte Dienst nach Vorschrift.

„Tja, wie auch immer. Kranich hat Udo zur fraglichen Zeit in der Nähe der *Boselspitze* gesehen", fuhr Walter fort. „Und es gibt dieses Ehepaar, das seine Aussage bestätigt hat. Erst am Abend, als Kranich das

Polizeiaufgebot gesehen und erfahren hat, was passiert ist, hat er uns informiert und seine Beobachtungen geschildert."

„Vermutlich purer Zufall. Wie du selbst schon sagtest, war Udo öfters dort oben."

„Aber er kam zur fraglichen Zeit direkt vom Aussichtspunkt. Theoretisch muss er etwas gesehen haben. Und er wirkte, als wäre er auf der Flucht. Das hat dieses Ehepaar, das mit Kranich unterwegs war, ebenfalls bestätigt. Und das ist nicht alles." Walter machte eine kurze Pause. „Die Kollegen müssen etwas bei Udo gefunden haben, das zweifelsfrei Heiko Tanger gehört hat, und zwar in Udos Zimmer im Altenheim."

Stier stieß pfeifend die Luft aus. „Oh je."

„Du sagst es."

Nun brauchte Stier doch eine zweite Zigarette. Er inhalierte den Rauch, so tief es ging, und redete sich ein, dass dies seine Nerven beruhigte. Was vollkommener Schwachsinn war. „Aber Udo kann es nicht gewesen sein."

„Niemals", stimmte Walter ihm zu.

„Haben sie sonst noch etwas gefunden?", fragte Stier.

„Soweit ich weiß, nicht."

„Weißt du zufällig, was der Leichnam für Schuhe anhatte?" Vielleicht hatte Heiko doch ein zweites Paar besessen. Das musste Stier ausschließen, um sich nicht vollkommen zu verrennen.

Walter warf ihm einen verblüfften Blick zu. „Keine Ahnung."

„Hm, er trug zuletzt immer so orthopädische Schuhe und die …" Stier verstummte abrupt. Beinahe hätte er sich verquatscht.

„Und die?" Forschend schaute Walter ihn an. Der Drang, einen seiner ältesten Kollegen einzuweihen, war stark. Stier entschied sich jedoch dagegen. Vorerst war es besser, die Pferde nicht scheu zu machen.

„Egal."

„Wenn du mich fragst, wird es am Ende auf Selbstmord hinauslaufen. Hätte diese alte Frau nicht alle verrückt gemacht, würde Udo jetzt nicht in Dresden sitzen."

„Aber sie hat nun einmal zur fraglichen Zeit oberhalb der Felskante eine zweite Person gesehen. Das hat sie mir gestern Abend selbst gesagt."

Walter grinste leicht. „Kannst es wohl doch nicht lassen, ein bisschen zu ermitteln."

„Ich wollte einfach mal schauen, wegen Heiko. Und dann haben die Johns mich angequatscht und mir die ganze Geschichte erzählt. Wir sind doch beinahe Nachbarn. Rosemarie John war fest davon überzeugt, eine dunkle Gestalt gesehen zu haben. Und niemanden in Orange."

„Also nicht Udo. Wenn man das auf die Entfernung überhaupt erkennen kann, aber seine orangenen Shirts leuchten schon ziemlich", gab Walter zu bedenken. Er warf seine Kippe in den Abfalleimer und schaute Stier von der Seite an. „Du glaubst nicht an einen Selbstmord?" Es war eine sachliche Frage.

Stier holte Luft und schüttelte dann den Kopf. „Nein, glaube ich nicht."

Walter nickte und verschränkte die Arme vor seinem Körper. „Du weißt mehr. Dinge, die du mir nicht sagen kannst oder willst."

Stier hob seine Schultern.

„Schon gut, ich will`s gar nicht wissen. Bin eh zu alt für solchen Mist. Was willst du nun tun?"

Das war eine berechtigte Frage. „Wenn ich ehrlich bin, hab ich noch keinen Plan."

„Verstehe, du solltest dir aber dringend einen machen. Und du brauchst Hilfe, denn diesmal ermittelt kein Mark Winter. Du bist raus aus den Ermittlungen, Jens, ob dir das nun passt oder nicht."

Schweigend hockte Stier auf dem Beifahrersitz des Einsatzfahrzeugs und musterte die Gegend, ohne wirklich etwas wahrzunehmen. Ein sicheres Indiz dafür war, dass sie mehrfach an für leckere Backwaren bekannte Bäckereien vorbeigekommen waren, ohne dass er eine kleine Kaffeepause angeregt hatte. Dieser Umstand war mehr als ungewöhnlich und fiel nach einer ganzen Weile sogar seinem Kollegen Andreas Reusch auf.

„Ist was mit dir?"

„Nö, was soll denn sein?", erwiderte Stier knapp.

Reusch bog ruckartig auf den Parkplatz an der Porzellanmanufaktur ab, stellte sich dort auf einen der spärlichen Schattenplätze und schaltete den Motor aus. „Seit wir losgefahren sind, hast du kein Wort gesprochen. Zumindest nicht mit mir. Hab ich was falsch gemacht oder …?"

Stier warf seinem Kollegen einen überraschten Blick zu. „Natürlich nicht."

„Dann kann es nur wegen der Sache von gestern Abend sein, stimmt's?"

„Hast du gehört, wen sie verhaftet haben?"

Reusch nickte. „Inzwischen ja, den Udo. Ich dachte erst, es wäre ein Scherz. Aber anscheinend nicht."

Stier stieß die Tür des Streifenwagens auf, stieg aus und steckte sich eine Kippe an. Dann begann er, hin und her zu laufen. „Das macht mich fertig, verstehst du? Erst stirbt Heiko und nun das. Der Udo, unfassbar." Mit der freien Hand schlug er sich an die Stirn.

„Sie werden schon noch mitkriegen, dass sie den Falschen haben", sagte Reusch, verließ ebenfalls das Auto und lehnte sich mit verschränkten Armen an die Fahrertür.

„Und wenn nicht? Du weißt doch, wie die Mühlen manchmal mahlen. Udo kann sich nicht wehren und wird vermutlich irgendwo weggesperrt. Was Psychisches oder so. Am Ende interessiert das keine Sau. Aber mich interessiert es. Weil Heiko mein Freund war und weil …" Er stockte.

„Weil?", hakte Reusch nach.

„Weil ich Dinge weiß, die du nicht weißt."

„Verstehe."

„Außerdem zählt doch am Anfang einer Ermittlung jede Sekunde. Die aber rennen komplett in die falsche Richtung, während der wahre Täter seinen Bauch in die Sonne hält."

„Hm."

„Und nun grübel und überlege ich die ganze Zeit …"

Reusch fuhr sich mit der Zunge über die Lippen und hob die Hand. „Wenn ich dich mal unterbrechen darf, Jens. Im Grunde gibt es doch nur eine Möglichkeit. Okay, da ist noch eine zweite, aber die fällt aus. Nämlich nichts zu tun."

„Ach, tatsächlich? Und welche wäre die erste?" Manchmal ging Reusch ihm mit seinem theoretischen Gequatsche maßlos auf den Sack.

„Man müsste selbst gewisse Untersuchungen anstellen."

Stier, der seine Zigarette gerade zum Mund führen wollte, hielt inne und blieb stehen. „Was hast du gesagt?"

„Na, wir müssen selbst recherchieren."

„Meinst du mit „wir" uns beide?" Er deutete erst auf Reusch und dann auf sich.

„Wen denn sonst? Allein dürfte es für dich schwierig werden." Genau das hatte Walter auch gesagt. „Und immerhin hast du bei Mark Winter einiges gelernt und warst seine rechte Hand hier in Meißen."

Das war vielleicht ein wenig übertrieben, landete aber bei Stier sofort an der richtigen Stelle. „Ja, aber wir haben diesmal keinen Mark", brachte er dennoch einen schwachen Einwand vor. In Wahrheit brannte Stier bereits lichterloh. „Der Fall wird von einem anderen geleitet."

„Das sollte uns nicht davon abhalten, mal ein wenig die Fühler auszustrecken. Wir sind in Meißen, am Ort des Geschehens. Du kennst hier praktisch jeden. Das ist doch schon was. Die Leute kennen dich, plaudern gern mit dir, erzählen dir allerlei Sachen. Auch Sachen, die sie anderen nicht erzählen."

„Ja, vielleicht."

„Na also", erwiderte Reusch und begann über das ganze Gesicht zu grinsen. „Wäre doch gelacht, wenn wir nicht irgendwas rausfinden und dann sehen wir weiter. Glaub mir, früher oder später kapieren die, mit Udo den Falschen in Gewahrsam zu haben und dann haben wir schon einen gewissen Vorsprung. Da wäre nur eine Sache, die mir noch wichtig ist. Eigentlich am allerwichtigsten." Er machte eine kurze Pause. „Du musst mir vertrauen und mir alles sagen, was du weißt."

Stier brauchte nur wenige Sekunden, um eine Entscheidung zu fällen. Ja, Andreas Reusch war nie der Kollege gewesen, den er sich im tiefsten Herzen gewünscht hatte. Reusch war kleinlich und manchmal überkorrekt, aber er war kein Kollegenschwein, wie so manch andere. Er stand stets auf der Seite der Gerechtigkeit. In den letzten Monaten hatten sie sich zusammengerauft und jetzt, in diesem Moment, brauchte Stier ihn, sonst würde er keinen Millimeter von der Stelle kommen.

„Okay, gleich um die Ecke ist doch *Bäcker Hartmann*", sagte er deswegen.

Reuschs Grinsen wurde noch einen Ticken breiter. „Verstehe." Er beugte sich Richtung Funkgerät, um den Kollegen in der Zentrale mitzuteilen, dass sie kurz Pause machen würden.

Fünf Minuten später saßen sie sich bei Eierschecke und Kaffee gegenüber. Vergessen waren Reuschs Diätpläne angesichts des bevorstehenden Urlaubs. Dann beugte Stier sich vor und begann zu erzählen. Er ließ nichts aus, weder Heikos verrückte Mordtheorien noch ihren unerlaubten Besuch in seinem Haus und auch nicht dessen Schuhe, ohne die er kaum einen Schritt gehen konnte. Und mit jedem Satz, den er sagte, wurde ihm bewusster, wie gut es tat, einen Kollegen in alles einzuweihen. Aber noch wichtiger war: Stier begriff,

73

dass es tatsächlich um Mord gehen musste. Und zwar um einen der ganz perfiden Sorte.

Eine halbe Stunde später lehnte Stier sich zurück und leerte seinen Kaffeepott mit einem großen Zug. „So, nun weißt du alles." Die Erzählung hatte ihn hungrig gemacht. Nur mit Mühe widerstand er dem Wunsch, sich ein weiteres Stück Kuchen zu gönnen.

„Wahnsinn." Reusch schüttelte den Kopf. „Was für eine Geschichte."

„Sei ehrlich, was denkst du?"

„Na ja, ich hab ja deinen Kumpel ein- oder zweimal auf dem Revier erleben dürfen. Du weißt schon, kurz nach dem Tod seiner Monika", sagte Reusch vorsichtig. „Da klangen seine Anschuldigungen ziemlich verrückt. Aber jetzt? Ich sage mal vorsichtig, dass ich auch ausschließen würde, dass er freiwillig von der *Bosel* gesprungen ist. Zu viele Fakten sprechen dagegen. Vor allem der Zeitpunkt. Warum sollte er sich mit euch treffen wollen und sich kurz vorher umbringen? Das macht keinen Sinn."

„Eben, nicht gestern, egal, ob seine Frau genau vor einem Jahr gestorben ist oder nicht. Nein, Heiko muss tatsächlich irgendwas rausgefunden haben. Etwas, das jemandem sehr gefährlich werden konnte. Deshalb musste er sterben."

Reusch nickte und zog einen Block aus seiner Tasche. „Wie wollen wir jetzt vorgehen?" Erwartungsvoll schaute er Stier an.

Der spürte eine plötzliche Leere in seinem Kopf und sah aus dem Fenster. Eine alte Frau führte ihren Hund spazieren. Der hob das Bein und pinkelte, ehe die Frau auch nur reagieren konnte, an den Reifen ihres Streifenwagens. Hastig schaute Stier weg. Als er erneut hinsah, war die Frau samt Hund verschwunden. „Man könnte zur *Bosel* fahren und sich dort ein bisschen umschauen."

Reusch machte eine kurze Notiz. „Sehr gute Idee. Dann musst du Kontakt zu Mark Winter aufnehmen und wir müssen unbedingt herausfinden, was die SpuSi genau in Udos Zimmer gefunden hat." Er schob seinen Stuhl zurück und erhob sich. „Also dann, lass uns fahren."

„Was, jetzt? Aber wir sind im Dienst."

„Lass mich mal machen."

Sie nickten der Verkäuferin zu und verließen die Bäckerei. Im Auto schnappte Reusch sich das Funkgerät. „Ähm, Kollegen, wir würden mal zur *Bosel* fahren. Haben dort vorhin Leute gesehen, als wir auf der anderen Elbseite unterwegs waren, also, da am Tatort", stotterte er.

Beide starrten das Funkgerät an, wie das Kaninchen die Schlange. Sekunden später knisterte es in der Leitung. „Okay, wir wissen Bescheid."

„Na also, wusste ich es doch." Fast schon beschwingt startete Reusch den Motor und wendete den Wagen. Sie fuhren erneut an der Porzellanmanufaktur vorbei und passierten das große Einkaufszentrum. Wobei Stier bei dem Begriff Einkaufszentrum immer wieder gedanklich ins Stocken geriet. Das, was vor einigen Jahren mit viel Brimborium eröffnet worden war, glänzte nun mit reichlich Leerstand und immer wieder wechselnden Geschäften. Nur ein paar eisern positiv denkende Inhaber trotzten den schwierigen Verhältnissen und versuchten, irgendwie durchzuhalten.

Erstaunlich schnell konnten sie die Elbe queren und reihten sich vor dem Bahnhof in den üblichen Feierabendstau ein. Ein Kreuzfahrtschiff legte gerade am anderen Ufer ab. Winkende und fotografierende Gäste standen an Bord und bewunderten noch einmal das Panorama von Dom und Burg. Dann schaltete die Ampel auf Grün und die Kolonne ruckte an. Sie nahmen die gleiche Strecke, die Stier vor einigen Stunden mit seinem Rad gefahren war, unter der Eisenbahnbrücke hindurch und wenig später an der Elbe entlang.

Sonnenschein lag über der Landschaft. Viele Radler waren unterwegs, zauberten bunte Punkte ins Grün der Wiesen.

Als sie sich allmählich der *Bosel* näherten, wurde Stiers Mund trocken. Er zwang sich dennoch, nach links zu schauen. Ein Absperrband der Polizei flatterte im Wind. Sonst war kein Mensch zu sehen. Trutzig wie immer reckte sich der Felsen in den Himmel. Das Tor zum Steinbruch war verschlossen, so, als wäre nichts geschehen und einen Moment fragte Stier sich, ob er die Ereignisse der letzten Nacht vielleicht nur geträumt hatte.

Kurz nach dem Ortseingang Sörnewitz bogen sie unmittelbar hinter der *Bäckerei Kralacek* scharf links ab und nahmen die schmale Straße zur *Bosel*. Die war normalerweise für den Durchgangsverkehr gesperrt, doch sie waren die Polizei. Es ging an idyllisch gelegenen Häuschen vorbei, vor denen Blumen in den Gärten blühten. Für eine Sekunde konnte Stier zwischen den Gebäuden hindurch einen Blick auf die *Boselperle* erhaschen. Doch gleich darauf entschwand sie seinem Sichtfeld, denn Reusch bog auf einen schmalen Weg ab, der stetig aufwärts führte. Nach mehreren Kurven tauchte schließlich ein Parkplatz rechter Hand auf. Ab hier ging es zu Fuß weiter.

Gemeinsam schlenderten sie los und Stier atmete tief ein. „Komisch, hier oben habe ich immer das Gefühl, in einer anderen Welt zu sein. Die Luft ist frischer und es atmet sich leichter."

„Wir sind raus aus dem Elbtal und auf den Höhenzügen des Spaargebirges unterwegs. Das macht schon einen Unterschied. Früher wollte ich hier mal ein Haus kaufen. Herrliche Lage, aber meiner Frau war es zu abgelegen." Reusch seufzte. „Zu abgelegen, Frauen."

Nach wenigen Metern passierten sie das *Gästehaus Boselspitze* mit seinem markanten Aussichtsturm. Heute lag die Gastwirtschaft verlassen, doch von Kollegen wusste Stier, dass in der Saison von Freitag bis Sonntag geöffnet war und es gerade an lauen Sommerabenden viele Menschen hier herauf zog.

Sie durchwanderten ein Wäldchen voller Traubeneichen, sahen rechter Hand ein breites Holztor auftauchen, das einen Blick auf den *Kapitelberg* und dessen Wahrzeichen – das *Schwalbennest*, ein kleines Häuschen mitten im Weinberg – ermöglichte. Wenig später lichtete sich der Wald und die *Bosel* mit ihren Aussichtspunkten lag vor ihnen.

Ein älteres Ehepaar kam ihnen entgegen und musterte die beiden Polizisten neugierig. Gleich dahinter liefen zwei junge Frauen mit Kinderwagen. Die SpuSi schien ihre Arbeit also bereits beendet zu haben. Tatsächlich zeugte auch hier nichts mehr von den Ereignissen der letzten Nacht.

Stier trat an den ersten Aussichtspunkt und blickte Richtung Elbe. Die zog tief unten, hinter einigen Eichenbüschen, friedlich ihre Bahn. Prüfend musterte er den steilen Hang zwischen der Felskante und seinen Füßen, glaubte Fuß- und Schleifspuren zu erkennen, aber das konnte auch täuschen. Schließlich ging er in die Hocke und untersuchte das Geländer. Da war nichts, kein Kratzer, keine Fasern. Und falls dort etwas gewesen war, hatte es die SpuSi vermutlich längst sichergestellt. Mühsam kam Stier wieder auf die Beine und stützte sich mit den Ellenbogen ab.

„Hier irgendwo …", murmelte Reusch an seiner Seite und verstummte dann.

Stier merkte, wie sich Wasser in seinen Augen sammelte. Erinnerungen an Heiko stiegen auf, an diesen stillen, in sich gekehrten Jungen, der immer in der letzten Bankreihe gesessen hatte. An Heiko, der zu jedem Klassentreffen erschienen war, aber kaum ein Wort gesprochen hatte. An Heiko, der an Monikas offenem Grab gekniet hatte und kaum davon abzuhalten gewesen war, ihr in die kalte Erde zu folgen. An Heiko, der im *Ratskeller* ihm gegenübergesessen hatte und zum ersten Mal nach vielen Monaten wieder ein wenig gelächelt hatte, weil er neuen Lebensmut gefasst hatte. Dort unten, im alten Steinbruch, unter einem weißen Tuch, war Heikos Leben zu Ende gegangen. Aber vielleicht war er auch schon früher gestorben, während des freien Falls. Stier räusperte sich und nahm dann neben Reusch auf einer Bank Platz.

In stummer Einigkeit schwiegen die beiden Männer einige Momente. Stier war es schließlich, der mit dem Zeigefinger auf die andere Elbseite deutete. „Irgendwo dort drüben hat das Ehepaar John auf der Bank gesessen."

Reusch beschattete sein Gesicht mit einer Hand. „Ganz schöne Entfernung", murmelte er.

„Man müsste es sich noch mal von der anderen Seite anschauen, um einen Schluss ziehen zu können."

„Auf jeden Fall. Hätte Heiko die Wegstrecke zu Fuß gehen können?", hakte Reusch nach. „Ich meine, vom Parkplatz bis hierher?"

Stier schüttelte seinen Kopf. „Das ist praktisch ausgeschlossen, vor allem ohne seine Schuhe. Die hatten einen höheren Schaft und umschlossen seinen halben Unterschenkel, gaben ihm Halt. Und ich kann mir nicht vorstellen, dass er noch ein zweites Paar besessen hat. Die waren schweineteuer. Aber selbst wenn, nur mit den Krücken – unmöglich. Sein Rollator stand im Flur neben der Haustür und ein zweiter wurde nicht gefunden. Du hast selbst gemerkt, dass es ein Stückchen zu laufen ist. Außerdem, wie soll Heiko hier hochgekommen sein? Sein Auto befindet sich unter dem Carport bei ihm daheim, hab ich selbst gesehen. Er hat es sowieso zuletzt selten benutzt, obwohl sein linkes Bein betroffen war und er Automatik hatte."

„Taxi?"

„Schon möglich. Ich denke, da werden die Kollegen bereits Recherchen angestellt haben."

„Ich könnte mich dennoch mal umhören", schlug Reusch vor. „Mein Schwager fährt nachts immer Taxi, um sich was dazuzuverdienen."

„Schaden kann es nicht", erwiderte Stier. Irgendwie spürte er einen Hauch von Enttäuschung. Was immer er hier oben zu finden gehofft hatte, es war nicht da. Nichts war hier.

Weitere Besucher trafen ein, schossen Fotos, lachten, beugten sich über das Geländer, kletterten auf die linker Hand gelegene Mauer. Stier wandte sich ab. Dabei fiel sein Blick auf ein Vorhängeschloss, das am Geländer befestigt war. Sekunden später fand er das nächste, wie auf Brücken, auf denen Menschen ihre Namen auf Schlösser gravieren ließen und den Schlüssel dann wegwarfen. Als Zeichen, dass ihre Liebe ewig halten möge. Stier hatte diesen Brauch noch nie verstanden, war aber, was romantische Rituale betraf, eh kein Experte.

Neugierig trat er näher, untersuchte Schloss um Schloss und las die Gravuren. Beim Fünften wurde er fündig. *Monika und Heiko* stand dort, in rotes Metall graviert, und darunter ein Datum, das er nicht mehr erkennen konnte. Vielleicht der Tag ihres ersten Treffens oder ihr Hochzeitsdatum. Stiers Finger bebten, während er zart über die Gravur strich. Aber auch dieses Schloss brachte ihn nicht weiter. In diesem Moment wünschte er sich Mark Winter herbei, der sicher schnell erkennen würde, welche Schritte nun notwendig waren.

„Hallo." Eine hell klingende weibliche Stimme ließ ihn herumfahren. Eine junge Frau in einer grünen Jacke marschierte mit schnellen Schritten den *Boselweg* nach hinten, nickte ihnen kurz zu und verschwand dann hinter einem Tor am Ende des Aussichtspunktes.

„Dort liegt doch der *Boselgarten*", sagte Reusch nachdenklich.

„Wo Udo manchmal geholfen hat."

„Sicher kann es nicht schaden, mal ein paar Worte mit der Frau zu wechseln."

Schon wenige Minuten später kam sie zurück. Stier nestelte seinen Ausweis aus der Tasche, obwohl er Uniform trug, was normalerweise reichte, um sich als Polizist zu legitimieren. „Jens Stier vom Meißner Revier."

„Sarina Jahn."

„Sie arbeiten hier?" Mit dem Kopf deutete er auf den Garten.

„Ich bin Studentin und kümmere mich um die Anlage, besonders um die Schließzeiten morgens und abends."

„Also sind Sie jeden Tag hier?", hakte Stier nach.

„In der Saison schon. Aber es gibt noch weitere Kollegen, ich bin nicht die Einzige", erwiderte sie und lächelte. Dabei zeigten sich leichte Grübchen auf ihren Wangen.

„Gestern waren Sie auch um diese Zeit hier?"

„Ja, wenn Sie also wissen wollen, ob ich etwas gesehen habe, tut mir leid, nein. Der ..." Sie zögerte kurz. „Also, der Unfall passierte ja eine ganze Weile später. Das hab ich Ihren Kollegen heute Morgen auch schon gesagt." Aha, die Dresdner Polizei machte also ihre Arbeit.

„Und vorher ist Ihnen nichts aufgefallen?", hakte Stier nach.

„Nein. Alles war wie immer. Leute, die hoch gewandert sind, entweder von dort oder über den steilen Weg von Sörnewitz aus. Die Sicht war gestern gut. Man konnte die Türme Dresdens deutlich erkennen. Und die Berge der Sächsischen Schweiz."

„Kennen Sie Udo?", mischte Reusch sich ein.

„Natürlich, er ist sehr hilfsbereit, versteht viel von Pflanzen. Er hat ein Händchen dafür, wie man so schön sagt. Ist ein netter, fleißiger Mensch. Udo hat sich oft um die Kindergruppen gekümmert, die uns besuchen kommen, Kindergarten und Grundschule und so. Er kann gut mit Kindern, auch wenn sie ihn oft auslachen. Vielleicht, weil er in seinem tiefsten Inneren selbst noch ein Kind ist. Umso mehr erschreckt mich, was man ihm vorwirft." Sarina Jahn schüttelte den Kopf und ihre dunklen Locken flogen. „Udo hätte so etwas nie tun können. Er rettet Vögel, hat einige sogar per Hand aufgezogen, als sie aus dem Nest gefallen waren."

„So kannte ich ihn auch", stimmte Stier ihr zu.

„Wie kann man da nur auf die Idee kommen, dass er jemanden über die Felskante stößt? Ich hoffe, Sie werden ihn wieder freilassen. Vermutlich versteht er gar nicht, was man ihm vorwirft. Auch das habe ich Ihren Kollegen gesagt." Ein gewisser Vorwurf lag in ihrer Stimme und Stier konnte ihr dies nicht mal verübeln.

Er begann in seiner Tasche nach einer Visitenkarte zu suchen und warf schließlich Reusch einen hilfesuchenden Blick zu. Der langte in seine Innentasche, zog ein Etui mit Visitenkarten heraus und reichte ihm eine. „Falls Ihnen noch etwas einfällt, wäre es nett, wenn Sie sich bei uns melden würden. Wir sind ebenfalls überzeugt, dass Udo kein Verbrecher ist und möchten ihm gern helfen. Deswegen haben wir uns hier ein wenig umgesehen, inoffiziell sozusagen. Ich schreibe meine Handynummer darunter, falls Sie meinen Kollegen nicht erreichen", fügte Stier an.

Sarina Jahn nickte und lächelte erneut. „Ich verstehe, ja natürlich, ich melde mich." Sie hob die Hand und ging Richtung Parkplatz. Doch plötzlich blieb sie stehen, drehte sich um und kam zurück.

„Ich weiß nicht, ob es etwas zu bedeuten hat. Aber dieses Schloss da, das Sie gerade in der Hand hielten …" Sie deutete auf das Schloss mit Heikos und Monikas Namen. „Da war ein Mann im Rollstuhl, er war sehr häufig hier und hat immer direkt neben dem Schloss gesessen und ins Tal gesehen."

Stiers Herz schlug schneller. Eilig nahm er das Handy aus seiner Tasche und durchsuchte die Fotos im entsprechenden Ordner. Schließlich wurde er fündig. Da war ein Bild, das Heiko und Monika zeigte. Heiko hatte es ihm irgendwann einmal geschickt. Beide lächelten glücklich in die Kamera. Hinter ihnen zeigten sich schroffe Felsen und ein leuchtend blauer See.

„Ist das der Mann?"

Sarina Jahn nickte. „Ja, das ist er. Also der im Rollstuhl."

Stier stutzte. „Der im Rollstuhl? Heißt das, es gab noch einen zweiten Mann?"

„Ja. Denjenigen, der den Rollstuhl immer geschoben hat. Der Mann auf dem Bild, das ist der Tote von gestern, nicht wahr?"

Stier nickte.

„Ich hab es mir schon fast gedacht, in der Zeitung war ein verschwommenes Bild von ihm."

„Er war ein guter Freund von mir, deswegen möchte ich … Ich kann mir einfach nicht vorstellen, dass mein Freund sich umgebracht hat."

Sarina Jahn sah ihn mit einem offenen Blick an. „Man steckt nie in den Menschen drin. Aber ich kann Sie dennoch gut verstehen."

„Was würden Sie sagen, wie oft waren die beiden da?"

Sarina Jahn schürzte nachdenklich die Lippen. „Ich bin ja auch nicht immer hier und müsste mal meine Kollegen fragen. Aber eine Zeit lang praktisch jeden Tag. Doch dann, vor etwa vier Wochen, endeten die Besuche. Wenn ich ehrlich bin, fällt es mir erst jetzt auf, dass ich die beiden seitdem nie wiedergesehen habe."

Kapitel 5

Als das Mittagessen serviert wurde, das aus pappigem Kartoffelbrei mit zwei mickrigen Fischstäbchen bestand, die nach nichts schmeckten, wurde Mark Winters ohnehin schon strapazierter Geduldsfaden noch dünner. Lustlos stocherte er in seinem Essen herum und ließ die halbe Portion wieder zurückgehen. Danach widmete er sich einem Kreuzworträtsel, das er heute Morgen am kleinen Verkaufsstand im Erdgeschoss erworben hatte. Doch sein Zimmergenosse ließ keine Grübeleien zu.

So verschränkte Mark die Arme im Nacken und wartete auf sechzehn Uhr. Da wollte Lisa vorbeikommen, sein heutiger Lichtblick.

Punkt drei bekam aber erst einmal Ewald Hunkel Besuch, und zwar von seiner Frau und der Schwiegertochter. Die beiden Frauen hatten einen runden Kuchenbehälter samt Papptellern dabei und teilten ihr Backwerk großzügig auf. Mark musste ihnen hoch anrechnen, dass sie auch für ihn einen Teller dabeihatten, doch er lehnte standhaft ab. Schon Sekunden später bereute er seine Entscheidung, denn der selbstgebackene Apfelkuchen sah mehr als appetitlich aus. Vor allem die Streusel, die eine geradezu astronomische Größe besaßen.

Irgendwann kam dann auch Lisa, küsste ihn kurz auf den Mund und ließ sich erschöpft auf den Besucherstuhl fallen. „Na, wie geht es dir, mein Schatz?" Liebevoll strich sie ihm über den Arm und suchte in seinen Augen nach Spuren von Schmerz oder Schwäche.

„Ich will hier raus", erwiderte Mark, ohne näher auf seinen Zustand einzugehen.

„Das glaub ich dir. Krankenhäuser sind …"

„Die testen und testen und finden nichts. Im Grunde kann ich genauso gut daheim auf der Couch liegen und im Notfall zu unserem Hausarzt düsen."

Auf Lisas Stirn tauchte eine steile Falte auf. Dann band sie ihren Pferdeschwanz neu. „Sie werden dich schon bald entlassen. Vielleicht schon morgen oder übermorgen."

„Bald ist immer noch zu lang. Ich überlege, ob ich bei der Visite mal mit diesem Oberarzt rede. Der scheint mir am vernünftigsten von allen zu sein."

„Du willst dich aber nicht selbst entlassen, oder?" Forschend sah sie ihn an und bohrte ihre Augen, bildlich gesehen, tief in seinen Kopf.

„Ich hab zumindest schon einmal kurz drüber nachgedacht", wich Mark aus.

„Toll, und beim nächsten Mal finde ich dich vielleicht nicht gleich. Und wir können uns alle auf dem Tolkewitzer Friedhof rund um dein Grab versammeln", begehrte Lisa auf.

Augenblicklich stellte der Besuch am Nachbarbett seine Gespräche ein und lauschte.

Mark legte seiner Frau die Hand auf den Arm. „Ich hab doch nur nachgedacht", flüsterte er.

„Dein Nachdenken kenne ich. Lass dich doch einfach mal in Ruhe durchchecken. Die kommen auch ohne dich klar."

„Und ihr, kommt ihr auch ohne mich klar?"

Lisas Augen wurden schmal. „Das ist ungerecht und das weißt du."

„Entschuldige, es ist nur ..." Mark verstummte und drückte ihre Hand ganz fest. „Es tut mir leid. Wie geht es denn den Kindern? Alles okay?"

„Ja, alles gut. Nele hat sich gestern eine Schramme am Knie zugezogen. Ist mit ihrem Puppenwagen im Kindergarten über eine Kante gestolpert. Tim öden die Ferien an, weil alle anderen in Südfrankreich oder Amerika sind und Robert will mal wieder die Schule schmeißen."

Mark lächelte. „Also alles beim Alten. Und bei dir?"
Lisa hatte vor einem Jahr wieder zu arbeiten begonnen,
bei einem alten Bekannten in dessen
Versicherungsagentur. Mark hatte sich bis heute mit
dieser Tatsache nicht anfreunden können und er wusste
nicht, ob dies an der Arbeit oder Lisas ziemlich
attraktivem Chef lag.

„Viel Arbeit", wich sie ihm aus. Mark spürte, dass da
noch mehr war. Doch er kannte seine Frau gut genug,
um zu wissen, dass jegliches Drängen nur dazu führen
würde, dass sie sich wie eine Auster verschloss.

„Tja, da scheint ja wirklich nicht viel passiert zu
sein."

„Frau Ralke ist vorgestern gestorben. Der
Pflegedienst hat sie friedlich in ihrem Bett vorgefunden.
Ein schöner Tod, wie jeder ihn sich wünscht. Die
Beerdigung ist in zwei Wochen."

„Wirklich?" Mark richtete sich in seinem Bett auf.
„Mein Gott, wie alt war sie gleich noch mal?"

„Fünfundneunzig. Manchmal, wenn ich sie gesehen
habe, dachte ich, sie würde ewig leben", meinte Lisa
nachdenklich. „Sie konnte immer so wunderbare
Geschichten über das alte Dresden erzählen. Und wenn
eine Pflanze kränkelte, hatte sie stets einen guten Rat.
Mal sehen, wer sich jetzt ihr Haus unter den Nagel reißt.
Die Kinder sollen zerstritten sein, vermutlich wird es
verkauft."

Mark hielt noch immer Lisas Hand umklammert.
„Ich vermiss dich", brach es plötzlich aus ihm heraus.

Sie lächelte. „Ich dich auch und die Kinder auch,
selbst wenn sie das, außer Nele, niemals zugeben
würden."

„Deswegen will ich ja auch nach Hause. Hier drin
werd ich definitiv nicht gesund."

Lisa seufzte. „Wenn du meinst." Sie warf einen Blick
auf ihre Uhr. „Aber bitte, überstürze nichts. Ich will
dich nicht noch mal ohnmächtig auf unserem Rasen
finden oder gar …"

„Das wird nicht passieren", gab Mark eine dieser Floskeln von sich, die man manchmal so sagte. „Du musst bestimmt los."

„Ja, meine Eltern haben Nele heute vom Kindergarten abgeholt. Sie wollen aber später mit Freunden ins Theater gehen."

„Theater, das wollten wir auch schon lange mal wieder machen."

Lisa gab ihm einen Kuss auf die Stirn. „Haben wir nicht zuhause schon genug Theater?" Sie zwinkerte ihm zu. „Ich hab das Gefühl, dass ich dich hier nicht noch einmal besuchen muss. Ignorier aber bitte den Rat der Ärzte nicht vollkommen. Du weißt selbst, wie du bist."

Und schon war seine Frau zur Tür hinaus. Mark sah ihr einen Moment hinterher, schnappte sich dann Buddy und wackelte mit ihm auf den Gang. So schnell er konnte, lief er bis nach vorn zu den großen Fenstern, um einen Blick auf den Parkplatz und auf Lisa erhaschen zu können. Doch anscheinend hatte sie ihr Auto woanders geparkt. Enttäuschung machte sich breit und eine riesige Ladung Selbstmitleid. Buddys Lichter blinkten und wirkten einen Moment, als würden sie ihm mutmachend zuzwinkern. Er musste hier raus, spätestens morgen, sonst würde er komplett überschnappen.

„Und wie sah dieser Mann aus?"

Sarina Jahn schloss ihre Augen. „Er war groß, etwa so wie Udo. Vom Alter her würde ich ihn auf Mitte fünfzig schätzen. Er war durchtrainiert, wie jemand, der Kraftsport macht, war bullig, aber nicht dick. Auf dem Kopf hatte er immer ein Basecap. Er trug schwarze Kleidung, bei jedem Wetter. Und er hatte einen Stiernacken. Das ist mir aufgefallen, weil ich mal hinter den beiden hergelaufen bin." Sie öffnete ihre Augen wieder. Augenblicklich musste Stier an die Beschreibung des Mannes denken, den Rosemarie John gestern gesehen hatte.

„Die beiden gehörten also definitiv zusammen und sind sich hier oben nicht nur zufällig begegnet?", fragte Stier angespannt.

„Nein, einige Male kamen sie mir im Wäldchen entgegen. Der durchtrainierte Mann hat den Rollstuhl geschoben. Der Weg ist ja ein wenig uneben und nicht einfach zu bewältigen. Einmal habe ich sie auch vorn am Parkplatz gesehen. Ich besitze ja eine Sondergenehmigung und darf bis an die kleine Schneise vor dem Wald fahren. Dabei bin ich an dem Auto vorbeigekommen und hab gesehen, wie der Bullige Ihren Bekannten aus dem Wagen gerollt hat, über so eine Rampe für Rollifahrer."

„Erinnern Sie sich noch an das Auto?"

„Sie meinen die Marke oder so?"

Stier nickte.

„Tut mir leid. Da kenn ich mich zu wenig mit aus. Ich fahre, seit ich meinen Führerschein vor ein paar Jahren gemacht habe, einen Opel Corsa und die restliche Autowelt ist mir herzlich egal. Aber es war ein Kleinbus, schwarz, mit Schiebetüren und getönten Scheiben."

„Na, das sind doch schon sehr viele Angaben, vielen Dank." Reusch lächelte ihr zu.

„Können Sie mir noch einmal sagen, was die beiden Männer hier gemacht haben?" Stier war verwirrt. Noch nie hatte er von dem anderen Mann gehört, geschweige denn ihn gesehen. Dabei war er fest davon überzeugt gewesen, alles über Heikos winzig kleines Lebensumfeld zu wissen. Aber anscheinend gab es da doch mehr, als er ahnte.

„Also der, der jetzt tot ist, saß meist dort vorn am Geländer im Rollstuhl und schaute auf die Elbe. Immer neben diesem Schloss, auf dem *Heiko und Monika* steht. Ich bin irgendwann neugierig geworden und habe nachgesehen. Der andere hockte neben ihm oder saß hinten auf der Bank. Sie haben manchmal geredet, aber meist waren sie einfach nur still. Sie wirkten irgendwie vertraut und gleichzeitig fremd. Ich kann es schlecht in

Worte fassen." Sarina Jahn hob die Schultern. „Tut mir leid, das ist wirklich alles."

„Danke, ja, wir danken Ihnen", stotterte Stier.

„Ich muss dann auch wieder."

„Natürlich, wir wollen Sie nicht aufhalten."

Einen Moment sah Stier Sarina Jahns dunkle Locken noch wippen, dann verschwand sie hinter einer Kurve.

Ächzend sank er auf eine Bank und nahm das Handy aus seiner Tasche. Dann wählte er Ralles Nummer. Wenn jemand über den anderen Mann etwas wissen konnte, dann er. Doch bei seinem alten Kumpel schaltete sich nur die Mailbox ein. Schnell drückte Stier auf die rote Taste.

„Ich gehe anhand deiner Reaktion davon aus, dass du den beschriebenen Mann nicht kennst?", fragte Reusch.

„Nie gesehen und nie von ihm gehört."

„Wo könnte Heiko ihn kennengelernt haben?"

„Keine Ahnung, im Grunde hatte er nur uns und ist praktisch kaum unter Leute gekommen. Deswegen haben wir uns ja auch um ihn gekümmert. Ich habe nicht mal ansatzweise geahnt, dass es da noch jemanden gibt, den er auch noch täglich getroffen haben soll. Immer, wenn ich ihn besucht habe, auch mal unangekündigt, war Heiko daheim."

„Er scheint also ein kleines Geheimnis gehabt zu haben."

„Ein kleines?" Stier fühlte sich wie vor den Kopf geschlagen.

Allmählich senkte sich die Dunkelheit über den Felsen. Stier wäre am liebsten hier sitzen geblieben und hätte einfach nur vor sich hingestarrt, um Ruhe in seinen Kopf zu kriegen. Aber natürlich ging das nicht. Immerhin waren sie im Dienst. „Lass uns zurück aufs Revier fahren."

Der Rest der Schicht verging, ohne dass das Geringste geschah. Immer wieder schaute Stier auf sein Handy, doch Ralle meldete sich nicht. Aber er ahnte auch so, wie dessen Antwort auf seine dringlichste Frage ausfallen würde. Mit Sicherheit hatte auch Ralle von diesem Unbekannten nichts gewusst, sonst hätte er es ihm längst erzählt.

Kurz vor Feierabend trudelten nach und nach die Kollegen der Nachtschicht ein, darunter auch Falko Burg. Der warf einen knappen Blick auf Stier und verschwand zunächst hinter seinem Bildschirm am anderen Ende des Raumes. Doch plötzlich erhob er sich und kam zu ihm geschlendert. „Du warst gestern Abend an der *Bosel*?“

„Bin zufällig dort langgekommen.“

„Witz komm raus. Aber egal, ich hab gehört, der Tote war ein ehemaliger Klassenkamerad von dir.“

Stier schaute seinem Kollegen ins Gesicht und musste all seine Beherrschung aufbieten, um ruhig zu bleiben. „Ja, war er.“

„Tut mir leid.“

„Danke.“ Er biss sich kurz auf die Unterlippe. „Zum Glück kommt ihr mit den Untersuchungen gut voran. Also, ich meine, die Dresdner Kollegen.“

„Ja, es ging tatsächlich schneller vorwärts als erwartet.“

„Was wohl auch an dem Zeugen lag und eurem Fund bei Udo.“

„Du meinst das Medaillon?“, fragte Falko Burg verblüfft. „Ich wusste gar nicht, dass sich das rumgesprochen hat. Von wem hast du diese Info? Eigentlich wurde die Sache unter Verschluss gehalten.“

Stier ballte triumphierend seine Faust unter dem Tisch und schaute kurz Richtung Decke. Dann zuckte er mit den Schultern. „Keine Ahnung, hab ich irgendwie aufgeschnappt.“

Burg nickte langsam. „Verstehe, dieses Revier ist ja bekannt dafür, dass sich alles wie ein Buschfeuer verbreitet, so vertraulich es auch sein mag. Na ja, schauen wir mal, ob man diesem Udo die Sache nachweisen kann. Ich nehme an, die Dresdner Kollegen haben dich noch nicht befragt?“

„Mich?", fragte Stier verblüfft.

„Na, immerhin hast du viel Zeit mit dem Opfer verbracht. Das hab ich Kommissar Randel natürlich erzählt."

„Natürlich", wiederholte Stier und wandte sich seinem Bildschirm zu.

„Warum so gereizt? Hast du etwas zu verbergen?" Lauernd schaute Burg ihn an. Stier fing den Blick eines Kollegen auf. Der schüttelte unmerklich den Kopf.

„Nein, wie kommst du darauf?"

In diesem Moment begann Burgs Telefon zu klingeln und er verschwand.

„Das Medaillon also", sagte Stier leise zu sich selbst, als Burg verschwunden war.

Nach Monikas Tod hatte Heiko sich dieses Schmuckstück in der *Goldschmiede am Markt* anfertigen lassen. Das Medaillon war oval, trug die Inschrift *M&H* und war aus geschwärztem Silber gefertigt worden. Das Besondere aber war ein kleiner Brillant, der aus einem Teil von Monikas Asche in der Schweiz gefertigt und in die Vorderseite eingelassen worden war. Stier hatte vorher noch nie von dieser Methode gehört und fand sie anfangs etwas befremdlich. Doch Heiko hing an dem Schmuckstück und legte es praktisch nie ab. Wie Udo an das Medaillon gelangt war, war ihm ein Rätsel. Hatte er es gefunden?

Stier fuhr seinen Computer herunter, verabschiedete sich von den Kollegen und schlüpfte eine Etage höher in seine Alltagsklamotten. Andreas Reusch hatte schon eine Stunde früher Feierabend gemacht, um zumindest eine seiner vielen Überstunden abzubauen. Draußen vor dem Revier holte Stier tief Luft und warf einen Blick in den Nachthimmel. Wolken hingen über der Stadt, kein Stern war zu sehen. Er schlenderte zu seinem Auto, setzte sich hinein, ließ aber den Motor nicht an. Jetzt einfach so nach Hause zu fahren, widerstrebte ihm.

Nach kurzem Zögern griff er zum Telefon und wählte zunächst Ralles Nummer. Der Ruf ging ab, irgendwann schaltete sich die Mailbox ein. „Ralle, hier ist Jens. Wir müssen unbedingt reden. Es gibt Neuigkeiten, melde dich bitte. Es ist dringend." Danach suchte er Barbaras Nummer und drückte auf die grüne Taste. Doch in diesem Augenblick sah Stier auf die Uhr. So spät schon? Er würde sie wecken. Hastig legte er auf. Sekunden später rief Barbara zurück.

„Entschuldige, ich hab gerade erst die Uhrzeit bemerkt."

„Schon gut, ich freue mich, dass du überhaupt angerufen hast. Ich hab mir schon Sorgen gemacht."

Stier lächelte. „Daran muss ich mich erst mal gewöhnen, also, dass sich jemand Sorgen um mich macht. Das ist bei mir schon eine ganze Weile her."

„Und wie geht es dir? Du klingst erschöpft."

Einen Moment wollte Stier ihr widersprechen. Dann entschied er sich für die Ehrlichkeit. „Ich bin kaputt."

„Dann fahr bitte vorsichtig nach Hause." Stier hörte Barbara leise atmen. „Oder magst du herkommen? Ich kann eh nicht schlafen, irgendwo feiert jemand eine Party bei weit geöffnetem Fenster."

Zehn Minuten später stieg Stier die Treppe in die zweite Etage hinauf. Mit viel Glück hatte er sogar einen Parkplatz ganz in der Nähe ergattert, obwohl gerade die Spätvorstellung im Kino begonnen hatte und irgendein Blockbuster lief. Barbara erwartete ihn bereits in der Tür. Sie trug einen weinroten Jogginganzug, der ihr ausgezeichnet stand. Liebevoll beugte sie sich zu ihm, gab Stier einen zarten Kuss auf den Mund und zog ihn dann mit sich ins Innere der Wohnung, in der es verführerisch duftete. „Ich hab Bratkartoffeln mit Spiegelei für dich gemacht. Hatte noch Kartoffeln vom Mittag über."

„Hm, es riecht fantastisch."

Gemeinsam setzten sie sich an den Küchentisch. Von draußen wehten harte Rhythmen zu ihnen herein. Eine Frau kicherte hysterisch. „Soll ich die Dienstmarke noch mal zücken und für Ordnung sorgen?"

Verschmitzt sah er Barbara an. Doch die schüttelte den Kopf.

„Lass mal, wir könnten ja das Fenster auch schließen." Barbara stützte ihr Kinn auf die Hände und sah ihm beim Essen zu. „Schaufel nicht so, niemand nimmt dir etwas weg", rügte sie schmunzelnd.

Stier aß, bis nichts mehr ging und schob dann den Teller von sich. „Lecker, mit genau der richtigen Menge Majoran."

„Bist du satt?"

„Pappesatt." Zufrieden faltete Stier die Hände über seinem Bauch. Mit einem Schlag fühlte er sich hundemüde. Der Schlafmangel der letzten Nacht forderte seinen Tribut. Schnell griff er nach seinem Glas Wasser und trank.

„Wie geht es dir?"

„Ich bin müde und fühle mich, als wäre ich siebzig", gab er ehrlich zu.

„Magst du nach Hause fahren?"

„Nein, ich will hier mit dir sitzen, reden und dich dabei anschauen." Dann brach es aus ihm heraus und Stier kehrte sein Inneres nach außen. Einige Male liefen ihm Tränen über die Wangen. Er schämte sich nicht dafür, bei Barbara konnte er sein, wie er wirklich war.

Am Ende herrschte Stille. Nachdenklich füllte Barbara die Karaffe mit Wasser auf und schenkte ihnen dann ein. „All das erinnert mich an ein Wollknäuel", sagte sie nach einer Weile.

„An ein Wollknäuel?", fragte Stier gedehnt.

„Na, so ein Ding, aus dem man Strümpfe stricken kann. Du bekommst es in die Hand und musst zunächst nach dem Anfang suchen. Natürlich kannst du auch eine Schere nehmen und den Faden an irgendeiner Stelle durchschneiden. Dann wirst du jedoch immer am Ende zwei Fäden haben, die du nur mit einem äußerst auffälligen Knoten verbinden kannst. Gescheiter ist es also, geduldig zu suchen. Darum geht es auch hier, den Anfang zu finden."

„Hm."

„Vermutlich verwirre ich dich." Barbara umschlang ihr Knie mit den Händen und zog es an den Körper. „Dennoch eine seltsame Geschichte."

„Ja, der Todesfall ist wirklich komisch."

„Nein, das meinte ich gar nicht. Eher Monikas Geschichte."

Stier krauste seine Stirn. „Was findest du daran komisch?"

„Also, ich glaube, wenn du wirklich der Sache auf den Grund gehen willst, musst du dort beginnen, wo alles angefangen hat und das ist und bleibt Monikas Tod."

„Ja, aber …"

Barbara hob ihre Hand. „Ich weiß, du sagtest, ihr Leben wäre unauffällig, normal, langweilig. Aber wie tief hast du wirklich gegraben? Irgendetwas ist da, was mich stutzig macht. Und ich kann dir nicht mal sagen, warum. Es ist nur ein Gefühl. Eine Frau, die sich aufopfernd um die Eltern kümmert, die beide pflegt, dann allein lebt und auf einmal so aufblüht."

„Findest du das ungewöhnlich? Heiko hatte beinahe die gleiche Lebensgeschichte."

Barbara seufzte. „Ich kann es nicht erklären. Aber …" Sie schwieg kurz. „Hat Monika immer hier in Meißen gelebt? War sie immer schon auf der Poststelle im Rathaus? Gab es vielleicht doch einen Mann in ihrem Leben oder irgendwelche Freunde, Wegbegleiter? War da etwas in ihrer Vergangenheit, irgendwas? Ist ihr Leben denn wirklich so eintönig verlaufen oder hatte sie ein Geheimnis?" Barbara fuhr sich mit der Zunge über die Lippen und lächelte. „Ich bin sicher, es gibt eines, es muss eines geben, sonst wäre sie nicht tot. Sonst wäre all das nicht geschehen. Und ich weiß das, weil jede Frau ein Geheimnis hat und sei es auch noch so klein."

Kapitel 6

„Kluge Frau, deine Barbara", sagte Reusch leise und hielt dabei den Hinterausgang des Reviers fest im Blick.

„Finde ich auch."

„Wir müssen also in Monikas Vergangenheit eintauchen. Aber wie machen wir das? Immerhin arbeiten wir inkognito."

„Indem wir mit den Menschen, die sie kannten, locker plaudern. Ich hab mit Barbara mal eine Liste erstellt, bei wem wir überall ansetzen können." Stier zog einen Zettel aus seiner Tasche und reichte ihn Reusch.

„Arbeitsstelle, Kollegen, Nachbarn, Kulturfreunde, Pflegedienst, Eltern, ehemalige Schulkameraden", las Reusch vor. „Nicht schlecht."

„Vielleicht fällt uns noch was ein. Heute früh hab ich übrigens schon erste Gespräche geführt und …"

„Ach, ehrlich?", unterbrach Reusch ihn. „Ich hab gestern Abend auch noch meinen Schwager angerufen und wegen des schwarzen Kleinbusses befragt. Leider fahren da vermutlich hunderte über Meißens Straßen. Schwarz ist ja heutzutage im Trend. Er will sich dennoch mal umhören, ob das Fahrzeug im Bereich Sörnewitz jemandem aufgefallen ist."

„Gute Idee. Vielleicht sollten wir das auch tun, also uns in Sörnewitz umhören. Bei jemandem, an dem praktisch jeder vorbei muss, wenn er mit dem Auto auf die *Bosel* will."

„Lass mich raten", grinste Reusch. „Dort gibt es rein zufällig guten Kuchen und leckeres Gebäck."

„Na ja, Pause müssen wir ja auch mal machen. Und vorher fahren wir im Heim vorbei, in dem Udo lebt. Ich würde gern mal ein paar Worte mit dem Personal oder vielleicht sogar dessen Großmutter wechseln", fuhr Stier fort. Seine Ratlosigkeit des gestrigen Tages war verschwunden, wie er schon am frühen Morgen bemerkt hatte, als er sich gegen sechs leise aus Barbaras Wohnung geschlichen hatte. Dann war er heimgefahren, hatte sich einige vorwurfsvolle Blicke von Nepomuk abholen dürfen und diese mit einer extra dicken Wurstscheibe in ein sanftes Schnurren umgewandelt. Nach einem starken Kaffee hatte Stier sich auf sein Rad geschwungen und war ins hintere *Triebischtal* gefahren. Eine Stunde hatte er sich straff die Seele aus dem Leib gestrampelt, hatte auf dem Rückweg einige Gänge zurückgeschaltet und sich rollen lassen.

Und wie es im Leben manchmal war, hatte er zufällig vor einem Mietshaus ein Fahrzeug mit der Aufschrift *Stadt Meißen* stehen sehen. Eine Frau, Mitte fünfzig, mit der Stier schon einige Male zu tun gehabt hatte, verließ gerade das Haus und öffnete den Kofferraum. Spontan trat er auf die Bremse und hielt an.

„Morgen, Frau Kopke."

Erschrocken zuckte die Frau zusammen und drehte sich um. „Du meine Güte, Morgen, Herr Stier. Haben Sie mich vielleicht erschreckt." Neugierig ließ sie ihre Blicke über ihn gleiten. „Kleine Radpartie gemacht?"

„Sonst kommt man aus der Form."

„Sollte ich auch mal wieder machen", gestand Frau Kopke und klopfte sich auf ihre Hüfte. „Zu viel Arbeit im Sitzen, zu viel Kaffee und Kuchen und dann noch jeden Abend warm für den Mann kochen, weil´s ihm in der Firma nicht schmeckt oder die Portionen zu klein sind." Schwungvoll warf sie ihre Mappe in den Kofferraum und schob die goldfarbene Brille auf ihrer Nase ein Stück hoch. „Schreckliche Geschichte, da an der *Bosel*." Neugierig blitzten Frau Kopkes Augen. Stier beglückwünschte sich innerlich. Schneller als gehofft waren sie bei dem von ihm angestrebten Thema gelandet. „Dass es nun auch noch Heiko erwischt hat, ein Jahr nach seiner Moni … Sie war eine so beliebte Kollegin."

„Ja, wirklich tragisch", stimmte er Frau Kopke zu.

„Anfangs ging man ja von Selbstmord aus, aber nun? In der Zeitung habe ich gelesen, jemand wäre verhaftet worden." Zu dem neugierigen Blitzen gesellte sich ein launiges Blinzeln.

„Ja, der Udo", meinte Stier knapp.

„Also, den kann ich mir als Täter nun wirklich nicht vorstellen", meinte Frau Kopke und schüttelte energisch den Kopf.

„Wir uns auch nicht." Stier schwieg kurz. „Was war sie eigentlich für eine Frau, die Monika?"

Frau Kopke sank auf die Ladekante des Kofferraums. „Hm, schwer zu sagen. Es ist ja nun auch ein Jahr vergangen, seit ihrem Tod und …"

Stier lehnte sein Rad an einen Baum und nahm neben ihr Platz. „Das bleibt alles unter uns."

„Ihr Tod, das war schon ein Schock für uns alle. Aber dann, im Laufe der Zeit, hat man sich so seine Gedanken über die Monika gemacht und man sieht die Dinge ein wenig anders. Verstehen Sie?" Fragend schaute Frau Kopke ihn an und Stier nickte. „Tja, wie war sie? Eine Einzelgängerin und dennoch nett. Sie konnte hervorragend kochen und backen. Hat manchmal Kuchen mitgebracht, wenn ein Kollege Geburtstag hatte. In ihrer Poststelle ging sie auf, hat ordentlich gearbeitet und auch mal woanders Hilfe geleistet, wenn Not am Mann war. Zur Weihnachtsfeier ist sie immer erschienen, aber sonst hat sie sich ausgeklinkt und meist ihr Ding gemacht. Eine Einzelgängerin eben."

Stier lächelte und spürte dennoch einen Hauch Enttäuschung. Doch hatte er im Ernst damit gerechnet, dass Frau Kopke das Ei des Kolumbus aus der Tasche zog und ihm Monikas dunkelste Geheimnisse verriet? „Wie lange hat sie im Rathaus gearbeitet? Ich bin ja schon eine Weile in Meißen, kann mich an Monika aber erst seit einigen Jahren erinnern."

„Das muss so zwölf Jahre her sein. Soweit ich weiß, ist Monika nach Meißen gekommen, um sich um ihre Eltern zu kümmern, sie zu pflegen. Erst den Vater, dann die Mutter. Ein schweres Los, Hut ab. Ich könnte das nicht."

„Und wo kam sie her? Ich meine, was hat sie vorher gemacht?"

Frau Kopke dachte kurz nach. „Keine Ahnung. Darüber hab ich nie mit ihr gesprochen. Aber wir waren auch nicht so eng miteinander."

„Könnte es von den Kollegen jemand wissen?"

„In ihrer Akte müsste es doch stehen."

Stier seufzte und schaute Richtung Himmel.

Ein Lächeln huschte über Frau Kopkes Gesicht. „Ah, ich verstehe, Sie sind eher inoffiziell unterwegs."

„Könnte man so sagen", gestand Stier.

„Tja, an die Akten komme ich natürlich auch nicht ran – Personalabteilung, alles unter Verschluss."

„Zurecht", stimmte Stier ihr zu. „Sonst würde ja jeder …"

„Schmutzige Sachen über den anderen ausgraben. Wobei die wirklich schmutzigen Sachen sicher nicht in diesen Akten stehen. Mal überlegen, ich könnte mich ein wenig bei den Kollegen umhören, so während der Kaffeepause vielleicht. Und, ich könnte die Ursel aus dem Archiv fragen. Die war früher ein paar Mal mit der Moni im Kino. Wäre möglich, dass die etwas weiß."

Stier lächelte. „Würden Sie das machen? Das müsste aber …"

Statt einer Antwort legte Frau Kopke einen Finger an ihre Lippen. „Keine Angst, ich schweige wie ein Grab."

„Aber erst mal schauen wir drinnen, was heute anliegt", sagte Andreas Reusch, nachdem Stier seinen Bericht beendet hatte.

„Geh du schon mal rein. Ich würde noch schnell bei Mark Winter in Dresden anrufen."

„Mach das. Wir sollten alle Optionen ausschöpfen."

Stier schlenderte einige Schritte über den Parkplatz und lehnte sich dann an einen Zaunpfosten. Schnell war die eingespeicherte Nummer gefunden und gewählt.

„Stier, ich fasse es nicht, dass du dich meldest", tönte Mark Winters Stimme gutgelaunt durch das Handy.

„Ich hatte eben Sehnsucht nach dir. Wie geht´s dir denn?"

„Ist das eine rhetorische Frage oder meinst du sie ernst?"

„Ernst natürlich."

„Warte mal. Ich ruf dich in zwei Minuten zurück."

Stier steckte sich in der Zwischenzeit eine Zigarette an, obwohl das Rauchen eigentlich nur in der dafür vorgesehenen Ecke erlaubt war. Er würde dann später seine Kippe natürlich auch dementsprechend entsorgen.

Das Handy brummte und Stier ging ran.

„So, nun ist es besser. Musste mich mal kurz aus dem Zimmer schleichen."

„Also bist du doch im Dienst, ich war nur einen Moment enttäuscht, weil du den aktuellen Fall nicht übernommen hast und ja eigentlich der Mann für Meißen bist. Aber du kannst ja auch nicht immer …"

„Ich bin nicht im Dienst, ich bin im Krankenhaus", sagte Mark.

„Was?", stieß Stier erschrocken aus. „Scheiße, was Ernstes?"

„Sie checken mich durch und testen, testen, testen. Vor einer Stunde hab ich mit dem Chefarzt geredet und mich selbst entlassen. Da drin werd ich auf keinen Fall gesund. Ich sag nur, schnarchender Zimmergenosse."

„Und das hältst du für klug?"

„Klug, hm, keine Ahnung, ich bleib trotzdem keine Nacht länger in der Klinik", erwiderte Mark. „Aber nun erzähl: Weswegen hast du mich angerufen? Hattest du einfach nur Sehnsucht oder geht es um den neuen Fall?" Da lag so ein lauernder Unterton in der Stimme seines Freundes.

„Im Grunde Letzteres", erwiderte Stier. Erst jetzt wurde ihm bewusst, was Marks Krankenstand bedeutete. Wenn der Kommissar nicht im Dienst war, war er raus, und zwar noch mehr als Stier. Mark konnte sich ja schlecht von daheim ins Programm der Polizei einwählen und die Akten studieren. „Hätte ich das mit dem Krankenhaus gewusst, hätte ich mich schon früher gemeldet und würde dich jetzt nicht mit diesem Mist nerven."

„Nun hast du dich aber gemeldet. Also erzähl, was ist los?"

„Na ja, wenn ich ehrlich bin, bräuchte ich, oder sagen wir eher, bräuchten wir deine Hilfe. Aber unter diesen Umständen …"

„Das klingt wie Balsam in meinen Ohren", sagte Mark, der von Minute zu Minute dynamischer zu werden schien und seinen letzten Einwurf glatt ignorierte. „Was kann ich tun? Und denke ja nicht, dass, bloß weil ich mich im Krankenstand befinde, meine Hände gebunden sind. Mir geht's wie dir, ich kenne viele Leute. Und am Ende ziehe ich meinen Joker, ich sage nur einen Namen – Peggy."

Als Stier eine Viertelstunde später das Büro betrat, fühlte er sich wesentlich positiver gestimmt. Dass Mark krank war, machte ihm zwar einige Sorgen, doch immerhin konnte er zumindest eine gewisse professionelle Unterstützung bei ihren geheimen Ermittlungen leisten. Nach dem Telefonat mit Mark Winter hatte er noch einmal versucht, Ralle zu erreichen. Doch erneut hatte sich nur dessen Mailbox eingeschaltet. Genau wie gestern Abend und heute am frühen Morgen. Allmählich begann Stier sich zu fragen, was mit seinem alten Kumpel los war.

An der Tür fing ihn sein Kollege ab. „Du sollst zum Chef kommen", sagte Reusch leise.

„Zum Chef?" Reusch nickte. Natürlich entging Stier nicht, dass im Büro plötzlich eine geradezu gespenstische Stille herrschte. Neugierige Blicke ruhten auf ihm. „Okay, dann werd ich mal", erwiderte er gedehnt, ging ans Ende des Flurs und klopfte an eine Tür.

„Herein", erklang die Stimme seines Chefs, Peter Arndt. Doch bei seinem Eintreten sah Stier noch einen zweiten Mann im Büro sitzen, und zwar niemand Geringeren als den Kommissar, der am Abend von Heikos Tod an der *Bosel* aufgetaucht war.

„Ah, Stier", sagte sein Chef. „Das ist Kommissar Christian Randel aus Dresden, der ein paar Fragen an Sie hat."

Stier reichte dem Ermittler die Hand und nahm auf dem zweiten Stuhl Platz. Randel war etwa in seinem Alter, wirkte durchtrainiert, hatte aber einen nervösen Zug an sich, der sich durch ein leichtes Zucken seines rechten Augenlids zeigte.

„Polizeihauptmeister Stier oder vielleicht eher Herr Stier, ich untersuche den Todesfall Heiko Tanger, wie Sie ja sicher bereits wissen."

Stier entschied sich für ein leichtes Kopfnicken.

„Im Zusammenhang mit Herrn Tanger fiel auch Ihr Name. Sie waren mit dem Verstorbenen befreundet?"

„Wir sind zusammen in die Schule gegangen und haben uns ab und zu einmal gesehen."

„Aber nach dem Tod von Monika Tanger haben Sie Heiko öfter getroffen, haben sich um ihn gekümmert. Ist das richtig?"

„Ja, stimmt."

„Sie waren also ein Vertrauter?", fragte Randel.

„Das kann ich nicht mit Bestimmtheit sagen. Ich habe mich um Heiko gekümmert. Ob er mir vertraute, weiß ich nicht."

„Wo waren Sie zum Zeitpunkt der Tat?" Sein Chef gab einen undefinierbaren Ton von sich.

„Soweit ich weiß, geschah die Tat gegen neunzehn Uhr, richtig?" Randel nickte. „Zu diesem Zeitpunkt war ich mit meiner …" Stier zögerte kurz. „Mit meiner Lebensgefährtin auf dem Burgberg, wir haben auf der Terrasse des *Domkellers* ein Glas Wein getrunken und die schöne Aussicht genossen."

„Verstehe. Und dann, ein wenig später, haben Sie beschlossen, spontan der *Bosel* einen Besuch abzustatten und sind am Tatort erschienen." Randel fuhr sich mit der Zunge kurz über die Lippen.

„Genau."

„Wussten Sie zu dem Zeitpunkt, was geschehen war und wer zu Tode gekommen war?"

Stier warf seinem Chef einen kurzen Blick zu, doch dessen Gesichtsausdruck war seltsam unergründlich. So entschloss er sich für die Wahrheit. „Ja, ich wusste es."

„Und von wem?"

„Das möchte ich nicht sagen."

Randel nickte. „Okay. Vermutlich tut es auch nichts zur Sache. Mich interessiert eher, warum Sie kurz nach Ihrem Erscheinen am Tatort das Ehepaar John befragt haben, die Zeugen des Falls waren."

Stier stützte seine Ellenbogen auf die Oberschenkel. „Ich habe das Ehepaar John nicht befragt, sondern mich mit Ihnen unterhalten. Wir kennen uns schon viele Jahre, sie wohnen in meiner Nachbarschaft. Mitunter tut es nach einem so aufregendem Ereignis gut, mit jemandem zu sprechen, den man kennt."

„Damit kennen Sie sich ja bestens aus. Wie ich hörte, haben Sie meinen Kollegen, Mark Winter, bei seinen letzten Fällen unterstützt."

„Ich habe ihm mit gewissen Ortskenntnissen und Insiderwissen geholfen", erwiderte Stier. „Das war alles. Mehr fällt auch nicht in meinen Aufgabenbereich."

„Ich hoffe sehr, das bleibt auch bei diesem Fall so, also ich meine, dass jeder einzelne seinen Aufgabenbereich gut kennt."

„Natürlich, ich habe genug andere Dinge zu tun."

„Das freut mich, zu hören." Randel schlug ein Bein über das andere. „Was hat Familie John Ihnen denn verraten?"

Stier hob die Schultern. „Ich denke, nichts anderes als Ihnen. Frau John hat erzählt, sie hätte zwei Männer gesehen. Dann fiel einer vom Felsen und ein zweiter, dunkel gekleideter Mann verschwand Richtung Aussichtspunkt. Das war alles."

„Verstehe." Randel schwieg, einen Augenblick wurde es so still im Zimmer, dass man das Rattern der Kaffeemaschine einige Räume weiter deutlich hören konnte. „Ihr Freund Heiko hat in den vergangenen Monaten den Verdacht geäußert, der Tod seiner Frau sei kein Unfall gewesen. Er hat von Mord gesprochen, war sogar hier auf dem Revier und hat seine Anschuldigungen vorgetragen."

„Ja, das ist richtig."

„Was hielten Sie von diesen Behauptungen?"

„Ich hielt sie für falsch", entgegnete Stier knapp und log dabei nicht, hatte er doch tatsächlich die ganze Zeit gedacht, dass Heiko verrückt geworden war.

„Denken Sie das noch immer?"

Stier hob unschlüssig seine Hände. „Ich weiß nicht. Ich kann mir nur nicht vorstellen, dass Heiko sich umgebracht hat."

„Und warum nicht? Der Todestag seiner Frau lag exakt ein Jahr zurück. Es ging ihm gesundheitlich nicht gut, sowohl psychisch als auch physisch. Mehr als ein Grund, seinem Leben ein Ende zu setzen."

„Ich finde, es gehört sehr viel dazu, seinem Leben ein Ende zu setzen. Besonders von einem Felsen zu springen", entgegnete Stier einen Hauch schärfer als geplant. „Dafür braucht es Mut und sehr viel Verzweiflung. Heiko hatte sich in den letzten Wochen gefangen. Es schien mir, als würde er wieder neuen Lebensmut schöpfen, nach vorn schauen. Deswegen kann ich mir nicht vorstellen, dass er gesprungen ist."

„Sie gehen also davon aus, dass es sich um Mord handelt?"

Stier lehnte sich zurück. „Wissen Sie, die Schlussfolgerungen würde ich Ihnen überlassen. Sie sind der Profi und haben die entsprechenden Erfahrungen."

Ein leises Lächeln umspielte die Mundwinkel von Peter Arndt.

„Gut, dann hätte ich nur noch eine letzte Frage: Sie kennen doch einen Ralf Hauptmann. Wie ich hörte, hat er sich ebenfalls um Ihren Freund gekümmert."

„Das ist richtig."

„Können Sie mir sagen, wie wir Herrn Hauptmann erreichen können?"

„Tut mir leid, versuchen Sie es doch mal bei ihm daheim."

„Sie hatten in den letzten Tagen also keinen Kontakt zu ihm?"

„Nicht mehr, seit er mir mitten in der Nacht mitgeteilt hat, dass Heiko von der *Bosel* gestürzt ist." Stier hielt kurz inne, nun hatte er sich doch verplappert. Aber garantiert hatte sein Gegenüber bereits eine Ahnung gehabt, wer ihn informiert hatte. „Er war als Rettungswagenfahrer bei dem Einsatz dabei. Aber das wissen Sie ja vermutlich bereits."

Christian Randel lächelte schwach. „Das war alles, danke, Kollege Stier."

Stier erhob sich, nickte den beiden Männern zu und verließ das Büro. Mit seltsam weichen Knien lief er den Gang entlang.

Reusch erwartete ihn bereits vor der Tür des Büros und musterte Stier mit großen Augen. „Was war denn?"

„Normale Befragung, es ging um Heiko, weil ich mich in der letzten Zeit ein bisschen um ihn gekümmert habe."

„Das war alles?"

„Alles", erwiderte Stier knapp.

„Na dann."

„Irgendwie hab ich das Gefühl, als würden die Ermittler ziemlich im Dunkeln tappen."

„Woraus schließt du das?", fragte Reusch.

Stier zuckte mit den Schultern. „Keine Ahnung, es kam mir nur so vor. Okay, lass uns weitermachen."

„Ich hab in der Zwischenzeit die Dinge in die Hand genommen", raunte Reusch ihm zu. „Wenn nichts Wichtiges reinkommt, können wir losdüsen, bleiben aber auf Standby."

„Sehr gut."

„Und was sagt Winter, will er uns helfen?"

„Will er, Winter kommt morgen um neun nach Meißen, wir treffen uns in meiner Wohnung", flüsterte Stier und behielt den hinteren Gang genau im Blick. „Er versucht, in der Zwischenzeit schon was bei der

Rechtsmedizin rauszukriegen. Denn es gibt ein Problem: Mark ist momentan nicht im Dienst – krankgeschrieben, hat was mit dem Herzen. So recht gefällt mir die Sache nicht, aber er ist alt genug und sollte wissen, was er tut."

„Scheiße", stieß Reusch aus. „Wie will er denn da an Untersuchungsergebnisse kommen?"

„Über Umwege, ich sage nur: Peggy."

„Das war doch diese Assistentin mit den bunten Haaren."

„Genau die", erwiderte Stier. „Außerdem bin ich sicher, dass Mark genug Kontakte hat, um an Informationen zu kommen." Dass in diesem Satz mehr Hoffnung als echte Gewissheit mitschwang, konnte Stier nicht leugnen. „Also dann, lass uns fahren. Ehe noch ein Anruf reinkommt", sagte er und klopfte seinem Kollegen auf die Schulter.

Das *Seniorenheim Sonnenhof* direkt an der Elbe war nach wenigen Minuten erreicht. Reusch suchte vergeblich nach einem Parkplatz und stellte sich am Ende in die Lieferantenzufahrt. Ältere Leute saßen in der Sonne und musterten das Polizeifahrzeug neugierig. Vor ein paar Jahren hatte Stier sich hier mal um einen Diebstahl kümmern müssen und dabei die Einrichtung kennengelernt. Wenn er später irgendwann mal in ein Heim musste, dann zumindest in eines wie dieses, in dem man einen schönen Blick auf Meißen hatte, waren seine Gedanken gewesen. Doch wenn er ehrlich war, wünschte er sich, eines fernen Tages mit Mitte neunzig bei bester Gesundheit und klarem Verstand an einem Morgen in seinem eigenen Bett einfach nicht mehr aufzuwachen.

Als sie das Haus umrundeten und sich dem Eingang näherten, bemerkte Stier ein kleines rotes Auto auf der anderen Straßenseite. Ein dicklicher Typ mit fettigen Haaren lehnte sich bei ihrem Auftauchen aus dem Fenster und warf ihnen einen neugierigen Blick zu.

Verstohlen räusperte Stier sich. „Schau mal dort drüben."

„Ist das nicht dieser …"

„Das ist Adler, einer dieser Pressefuzzis aus Dresden. Wir müssen also mit Bedacht vorgehen."

Mit einem leisen Zischen öffneten sich die gläsernen Schiebetüren und gaben den Blick auf den Rezeptionstresen auf der anderen Seite der großen Eingangshalle frei. Eine ältere Frau, deren schmale Lesebrille auf der Nase tanzte, schaute ihnen missbilligend entgegen und musterte ihre Uniformen.

„Kann ich helfen? Ich hoffe, es geht nicht wieder um Herrn Fraschik?"

Stier stutzte einen Moment, bis ihm einfiel, dass Udo mit Nachnamen Fraschik hieß. „Nicht direkt, aber wir würden gern zu seiner Großmutter."

„Muss das sein? Frau Fraschik hat doch nun wirklich alles gesagt, was sie weiß und das ist praktisch gar nichts. Dieser Polizist hat sie schrecklich aufgeregt. Sie ist eine alte Frau."

„Das verstehen wir, aber …'

„Andreas Reusch, ich glaub's ja nicht. Sag bloß, du willst dir ein Zimmer reservieren", erklang plötzlich eine weibliche Stimme. Eine Frau mit zwei Aktenordnern in den Händen kam die Treppe herunter. Sie war schlank und hatte rotblonde Haare, die im Nacken zu einem lockeren Knoten geschlungen waren.

„Bettina, was machst du denn hier?", stieß Stiers Kollege aus und wurde rot.

„Neuer Job oder sagen wir eher, neuer Wohnort. Scheidung und nichts wie weg aus Dresden. Und du?"

„Bin schon eine Weile hier auf dem Revier in Meißen."

Lachend legte Bettina die Akten ab, umrundete den Tresen und drückte Reusch an sich. „Mein Gott, wie lange haben wir uns nicht gesehen?"

„Zehn Jahre. Beim letzten Klassentreffen warst du verhindert."

„Da war ich mitten in der Scheidung und wollte niemanden sehen und niemanden hören", entgegnete die Frau seufzend.

„Das ist übrigens mein Kollege Jens Stier und das ist meine ehemalige Klassenkameradin Bettina, ähm …"

„Bettina Meyer, ich hab meinen Mädchennamen wieder angenommen. Wenn Neuanfang, dann richtig. Sehr erfreut, aber ich hab Sie, glaub ich, schon mal hier bei uns gesehen. Kann das sein? War das nicht die Sache mit dem verschwundenen Schmuck?" Mit einem angenehm festen Händedruck reichte sie Stier die Hand.

„Der sich dann unter der Matratze wiedergefunden hat", erwiderte Stier und grinste.

„Ja, es ist so schon nicht leicht, ein Heim zu leiten. Aber wenn dann die Angehörigen gleich die Polizei einschalten, wenn etwas verschwunden ist, ohne vorher mit uns zu reden …" Bettina Meyer sah kurz an die Decke. „Alte Menschen ticken eben nicht mehr so wie früher einmal. Aber wer weiß, wie wir später einmal sind. Wie kann ich euch helfen?"

„Wir wollten eigentlich zu Frau Fraschik", sagte Reusch.

Bettina Meyer seufzte. „Das kann ich nicht zulassen, da muss ich meiner Mitarbeiterin recht geben. Die letzten Tage waren enorm anstrengend für die alte Dame. Und eine erneute Befragung muss ich ablehnen. Sie betet jetzt schon die ganze Zeit, ist kaum zu bewegen, etwas zu essen. Wir mussten schon einige Male den Arzt rufen. Aber vielleicht wäre es das Beste, wir würden in mein Büro gehen. Da sind wir ungestörter und können uns in Ruhe unterhalten."

Sehr zur Enttäuschung der Mitarbeiterin am Tresen entfernte sich Bettina mit den beiden Polizisten in Richtung eines schmalen Ganges und öffnete die erste Tür. Das Zimmer lag Richtung Elbe und hatte einen schönen Blick auf die gleich hinter dem Haus liegenden Wiesen. Doch Bettina Meyer schloss das Fenster und zog die Gardine vor. „Setzt euch. Kaffee?" Beide

Polizisten lehnten ab. Bettina Meyer nahm hinter ihrem Schreibtisch Platz und sah sie erwartungsvoll an. „Also, was wolltet ihr von Frau Fraschik?"

„Zuerst möchte ich dir sagen, wir sind von der anderen Fraktion und eher inoffiziell hier. Wir stehen auf Udos Seite und würden ihm gern helfen", erklärte Reusch.

„Ich verstehe. Dennoch, was glaubt ihr, von Frau Fraschik zu erfahren? Sie weiß im Grunde nichts."

„Uns interessiert am meisten das Schmuckstück, dieses Medaillon, das man bei Udo gefunden hat", sagte Stier.

„In diesem Fall kann ich euch vielleicht helfen. Wobei, eigentlich auch nicht." Stier und Reusch warfen sich einen verwunderten Blick zu. „Ich war zufällig dabei, als Udo mit dem Medaillon nach Hause kam. Ich habe letzten Dienstag länger gearbeitet, Abrechnungen, Papierkram. Ich schließe mich dann immer in meinem Büro ein und arbeite konzentriert. Dafür braucht man viel Ruhe und kein Telefon, das pausenlos klingelt. Kurz vor neun habe ich meinen Rechner heruntergefahren und wollte gerade zu meinem Auto gehen, als Udo mir im wahrsten Sinne des Wortes in die Arme radelte. Gleich da, hinter dem Haus. Er darf sein Rad immer in den Schuppen stellen, in dem die Gärtner ihre Geräte aufbewahren. Udo war vollkommen außer sich. Er zitterte am ganzen Leib, weinte, bebte – so hab ich ihn noch nie gesehen. Ich fragte ihn, was los wäre, ob was passiert sei. Aber Udo sagte kein Wort und schluchzte immer weiter. Ich hab ihn dann mit in mein Büro genommen und ihm eine heiße Schokolade gemacht. Die hilft eigentlich immer, wenn Udo Kummer hat. An diesem Tag aber nicht. Er hat so gebebt, dass er nicht mal trinken konnte. Ich hab die Tasse dann an seinen Mund geführt und dabei habe ich das Medaillon entdeckt. Er hielt es in seiner Hand, umklammerte es fast schon panisch. Ich hab eine ganze Weile gebraucht, bis er es mir zumindest kurz gezeigt hat. Aber die Kette hielt er sicherheitshalber die ganze Zeit in seinen

Fingern. Der Schmuck erinnerte mich ein wenig an die Arbeiten der *Goldschmiede am Markt*. Dort werfe ich gern mal einen Blick durchs Schaufenster."

„Hast du Udo gefragt, woher er das Medaillon hatte?", fragte Reusch.

„Natürlich. Aber er sagte kein Wort, schluchzte und konnte sich nicht beruhigen. Ich habe ihm das Medaillon dann gelassen und hätte mich am nächsten Tag darum gekümmert. Sicherheitshalber hab ich einen Eintrag gemacht, damit der Sachverhalt aktenkundig ist. Hier, bitte." Während sie mit ihnen sprach, hatte Bettina Meyer ihren Laptop geöffnet und kurz gesucht. Nun drehte sie ihn zu den Polizisten.

„*Dienstag, 21.05 Uhr, Udo Fraschik im Zustand hoher Erregung heimgekommen; Puls 105; Nachtschwester informiert; Herr Fraschik hatte ein ovales Medaillon bei sich, vermutlich Silber, Initialen H&M, kleiner Stein, eventuell Brillant, Schmuckstück verblieb bei Herrn Fraschik, damit der nicht in noch größere Aufregung versetzt wird*", las Stier murmelnd vor. „Und dann?"

„Dann hab ich Udo in sein Zimmer begleitet, die Schwester informiert, dass sie öfter nach ihm schaut und bin nach Hause gefahren."

„Hatte die Schwester noch etwas zu berichten?"

„Bis eure Kollegen aufgetaucht sind, nein. Udo hat mit dem Medaillon in den Händen auf seinem Bett gelegen und leise geweint. Aber zumindest schien er sich ein kleines bisschen beruhigt zu haben, denn sein Puls ging allmählich nach unten."

„Was denkst du, wo könnte er das Medaillon herhaben?", fragte Reusch angespannt.

Bettina Meyer hob die Schultern. „Keine Ahnung, ich vermute, er wird es gefunden haben."

„Es gehörte dem Toten von der *Bosel*."

„Darauf haben mich eure Kollegen schon hingewiesen, als ich gestern nach Dresden gefahren bin, um überhaupt etwas über seinen Verbleib in Erfahrung zu bringen. Udo war ja an diesem Tag auch an der *Bosel*, so wie praktisch immer in den letzten Wochen. Er hilft im *Boselgarten*, liebt die Pflanzen dort."

„Könnte er es gestohlen haben?", fragte Reusch und handelte sich dafür einen verwunderten Blick von Stier ein.

„Das habe ich euren Kollegen alles schon gesagt. Ach so, ihr seid ja undercover hier. Also, ein Diebstahl ist ausgeschlossen. Udo ist bei seinen Großeltern aufgewachsen, die beide strenggläubige Christen waren, beziehungsweise sind. Diebstahl wäre eine Sünde und jemanden von der *Bosel* zu stoßen, eine Todsünde. Udo hätte keines von beidem getan, weil er nur einen Wunsch hat: Er will zu seinem verstorbenen Opa in den Himmel kommen. Den vermisst er nämlich schrecklich. Und als Sünder kein Himmel."

Stier fixierte Bettina Meyers Computereintrag. Da war etwas und plötzlich fiel es ihm ein. „Wann genau sind Sie Udo begegnet?"

„Kurz vorher, also um neun."

„Um diese Zeit ist Udo heimgekommen?", fragte Stier.

„Richtig."

„Heiko ist gegen sieben von der *Bosel* gestürzt", murmelte er nachdenklich. „Kranich ist Udo kurz nach sieben begegnet. Wie lange brauchte Udo denn normalerweise mit dem Rad von dort bis hier?"

Bettina Meyer hob die Schultern. „Ungefähr eine Viertelstunde. In die andere Richtung ein wenig länger, weil es ja bergan geht. Er war ein guter, schneller Radfahrer. Wir haben mal zusammen einen kleinen Ausflug gemacht und er hat mich ordentlich abgehängt."

„Sieben bis neun, beinahe zwei Stunden. Was hat er in der Zwischenzeit gemacht?", fragte Stier gedehnt. „Wo war er?"

„Vielleicht an der Elbe. Udo hat ein paar Plätze, an denen er sich versteckt, wenn er geärgert wird. Aber in der Dämmerung geht er dort nicht gern hin. Da fürchtet

er sich immer ein wenig vor den Wassergeistern. Also
… ich weiß es nicht."

„Ist Ihnen sonst noch etwas an ihm aufgefallen?"

Konzentriert fixierte Bettina Meyer einen Punkt
hinter ihnen. „Außer dieser schrecklichen Erregung
eigentlich nichts. Udo hatte schmutzige Hände, aber das
ist normal, weil er ja gerne in der Erde gräbt, Unkraut
zupft, manchmal Müll aufsammelt. Er trug eines seiner
orangenen Trikots. Da waren ein paar Kratzer auf
seinen Armen, aber das war auch nichts Neues. So, wie
wenn man in Rosenbüsche fasst oder in Gestrüpp. Ich
befürchte wirklich, nicht mehr sagen zu können."

„Dennoch danke." Stier klopfte sich auf die
Oberschenkel. „Ich denke, wir werden darauf verzichten
können, Frau Fraschik noch einmal zu befragen."

„Das ist eine gute Nachricht, ich möchte jede
Aufregung von ihr fernhalten. Gibt es denn schon
Neuigkeiten? Wann wird Udo wieder entlassen?
Niemand kann doch ernsthaft davon ausgehen, dass er
mit dem Tod von diesem Heiko etwas zu tun hat."

„Leider können wir dazu nichts sagen, aber wir tun
alles, um Udos Unschuld zu beweisen", sagte Reusch
beinahe schon feierlich.

Bettina Meyer brachte sie zur Tür und
verabschiedete sich von ihnen. Erneut huschte ein
Anflug von Röte über Reuschs Wangen.

„Wenn ich dich nicht besser kennen würde, könnte
man denken, du bist ein wenig in deine Bettina
verschossen", flüsterte Stier seinem Kollegen zu,
während sie die Eingangshalle durchquerten.

„Quatsch, hab sie doch Jahre nicht mehr gesehen."
Reusch lächelte. „Na ja, früher waren wir alle in Bettina
verknallt. Sie war hübsch, intelligent und umgänglich.
Nicht so arrogant wie andere in der Klasse. Eine Zeit
lang hat sie mich manchmal Hausaufgaben bei sich
abschreiben lassen. Aber das ist lange her. Sie hat dann
den Klassenking geheiratet, obwohl damals schon
feststand, dass er der größte Arsch unter der Sonne
war."

„Vermutlich sah der eben sehr gut aus", wandte Stier ein.

„Stimmt", nickte Reusch ihm zu. „Er war Lichtjahre attraktiver als ich, war einen Kopf größer, hatte keine Pickel, beeindruckende Muskeln und ein laut knatterndes Moped."

Stier musste lachen. „Und nun schau dich an und sieh, was aus dir geworden ist." Beide Männer grinsten und einen Moment verflog die düstere Stimmung, die Stier wie ein grauer Mantel umgab.

Das kleine rote Auto stand immer noch in der Nähe des Eingangs, war aber leer. Kaum waren Stier und Reusch jedoch um die nächste Ecke gebogen, kam Journalist Adler wie ein Aasgeier auf sie zugeschossen.

„Hallo die Herren", rief er ihnen mit einer solchen Begeisterung entgegen, als hätten sie schon im Kindergarten ihre Tage zusammen verbracht und wären seitdem unzertrennlich gewesen. „Rodger Adler vom …"

Stier winkte augenblicklich ab. „Keine Zeit."

Adler hechelte neben ihnen her, während Reusch und Stier einen Zahn zulegten.

„Gehe ich recht in der Annahme, dass Sie wegen des Toten von der *Bosel* hier sind? Vermutlich haben Sie die Großmutter des mutmaßlichen Täters befragt? Möchten Sie ein Statement abgeben?"

Stier blieb eine Sekunde stehen, schaute dem Mann intensiv ins Gesicht und sagte nur ein Wort: „Nein."

„Gehen die Ermittlungen voran oder …"

Reusch stoppte, drehte sich um und ging mit großen Schritten zu dem geparkten roten Auto. Dann zog er das Handy aus seiner Tasche und wählte augenscheinlich eine Nummer. „Ja, Hansi, ähm, wir sind hier gerade vor dem *Haus Sonnenhof*. Ja, genau, das Altenheim an der Elbe. Wir haben hier einen roten Kleinwagen, der im Halteverbot steht. Könntet ihr den Abschlepper rufen? Ich geb mal das Kennzeichen durch …"

Entrüstet schnappte Adler nach Luft. „Na, hören Sie mal. Ich steh doch gar nicht im …"

„Warte mal kurz", sagte Reusch ins Handy. Dann wendete er sich Adler zu. „Ach, wirklich nicht?", fragte er gedehnt.

Unsicher musterte Adler die Beschilderung und begab sich schlagartig zu seinem Wagen.

„Und sollte ich Sie bei einem unserer nächsten Besuche noch mal hier vorfinden, dann …", rief Reusch. Der Rest blieb ungesagt, denn der Journalist rauschte bereits mit quietschenden Reifen an ihnen vorbei.

Stier lachte. „Na, sag mal, so langsam hab ich das Gefühl, meine rüden Methoden färben auf dich ab."

„Findest du? Und wenn schon. Überhaupt, Rodger – wer hat denn einen so dämlichen Vornamen? Ich wette, in Wirklichkeit heißt der Frank oder Thomas."

„Vermutlich. Und vielleicht nicht mal Adler, sondern eher Spatz."

Beide Männer lachten schallend.

Sie wollten sich gerade auf den Weg Richtung Sörnewitz machen, als die Zentrale sie zu einem Verkehrsunfall schickte. Eine junge Frau war einem jungen Mann beim Abbiegen auf die neue Elbbrücke hinten reingefahren. Sie saß, unablässig heulend, am Straßenrand, er hielt großspurige Reden, drohte mit seinen Anwälten und fuchtelte mit seiner Designersonnenbrille herum. Binnen Sekunden waren Stier und Reusch wieder in ihrem eigentlichen Aufgabenbereich gelandet und mussten ihres Amtes walten. Und das blieb bis zum Ende der Schicht so. Denn es folgten eine Auseinandersetzung vor dem Bahnhof, ein Einsatz in einer Kleingartensparte, weil sich jemand vom Grillqualm des Nachbarn gestört fühlte, und eine lautstarke Rangelei zwischen drei Autofahrern um einen der spärlich vorhandenen Parkplätze auf dem Kleinmarkt. Bei jedem neuen Ruf der Zentrale sehnte Stier mehr seinen Feierabend herbei. Morgen noch eine letzte Schicht und dann hatte er mehrere Tage frei. Die waren schon vor langer Zeit beantragt worden. Nun erschien ihm diese Tatsache wie ein Wink des Schicksals, das anscheinend wirklich im Hintergrund unsichtbare Fäden wob.

Kurz nach zehn verabschiedete Stier sich im Hinterhof des Reviers von Andreas Reusch. „Was für ein Tag, ich bin fix und alle."

„Geht mir genauso. Hat sich dein Ralle mal gemeldet?"

Stier warf einen prüfenden Blick auf sein Handy. „Bis jetzt nicht, ich ruf ihn später noch mal an."

„Vermutlich ist der genauso im Stress wie wir. Bei den Krankenwagenfahrern fehlen doch auch ein Haufen Leute."

„Wie auch immer. Bis morgen dann, um neun bei mir daheim."

„Bis morgen dann."

Stier schwang sich auf sein Rad und fuhr langsam bis zur Hauptstraße. Um nach Hause zu kommen, hätte er sich eigentlich rechts halten müssen. Doch etwas zog ihn nach links und Minuten später strampelte er den steilen *Bohnischberg* hinauf. Schließlich stand Stier vor Heikos Haus und starrte die dunklen Fenster an. Alles schien wie immer, als bräuchte er nur zu klingeln und sein alter Freund würde ihm die Tür öffnen. Doch Heiko würde ihn nie wieder empfangen. Wer bekam eigentlich das alles hier? Erben schienen weder Monika noch Heiko gehabt zu haben. Vielleicht wusste Ralle das. Erneut griff Stier zum Handy, inzwischen mit einer gewissen Wut auf seinen alten Kumpel. Bei aller Sturheit, melden konnte Ralle sich doch mal oder ihm zumindest eine kurze Nachricht schicken. Doch wieder schaltete sich nur dessen Mailbox ein.

Angespannt warf Stier einen Blick in die Runde und musterte die Autos in der näheren Umgebung. Ralle war nicht dabei. Es war ja auch Schwachsinn anzunehmen, dass sich sein alter Klassenkamerad hier aufhielt und noch immer im Haus nach was auch immer suchte. Mit aller Macht musste Stier der Versuchung widerstehen, selbst noch mal einen Blick ins Innere zu riskieren.

Morgen kam Mark nach Meißen. Er war der Profi. Er würde ihnen die dringend benötigte Richtung vorgeben. Stier drehte sein Rad, schwang sich wieder in den Sattel und fuhr bergab, bis ins Zentrum von Meißen.

Er wählte den Weg über die alte Brücke, stieg ab und schob sein Rad die Elbstraße hinauf und einmal quer über den Marktplatz. In dessen Mitte blieb er stehen, ließ seinen Blick über *Ratskeller, Meißner Schwerter Schankhaus* und Frauenkirche schweifen und ging einen Moment in sich. Obwohl die nachmittägliche Wärme einer leichten Kühle gewichen war, saßen noch viele Menschen auf den Außenplätzen der Restaurants. Musik erklang, leises Gemurmel, einige Männer lachten herzhaft. Dann wehte ein ferner Glockenschlag zu ihm, elf Schläge, es wurde Zeit, sich auf den Heimweg zu machen.

Kater Nepomuk lauerte wie jeden Abend hinter der Tür auf ihn. Vermutlich war er froh, dass Stier heute nach Hause gekommen war und nicht wieder auswärts schlief. Einen Moment nahm er noch auf seinem Balkon Platz und schaute in die dunklen Fenster der anderen Wohnungen. Nur bei der jungen Frau, die immer hauchzarte Unterwäsche auf der Leine im Hof trocknete und damit die alten Herren in Erregung versetzte, brannte noch Licht. Stier glaubte, eine lautstarke Unterhaltung zu hören. Dann herrschte Ruhe. Er griff nach seinem Handy und wählte noch einmal Ralles Nummer. Wieder ging der Ruf ab, wieder schaltete sich nach einigen Tönen nur die Mailbox ein.

„Mensch, Ralle, nun melde dich doch mal. Wir treffen uns morgen um neun bei mir, also Reusch, Mark Winter und ich. Falls du nicht kannst, gib mir unbedingt Bescheid." Er zögerte kurz und fügte ein „Ich mach mir Sorgen" an.

Dann rauchte Stier eine letzte Zigarette und ging ins Bett. Unruhig wälzte er sich hin und her, fand trotz seiner Müdigkeit keinen Schlaf. Immer wieder musste er an Ralle denken und dieses seltsam miese Gefühl in seinem Bauch wurde einfach nicht kleiner.

Kapitel 7

Mark Winter packte seine Tasche. Wobei der Begriff Packen reichlich übertrieben war. Eigentlich stopfte er seine Sachen nur wahllos hinein. Vor einer halben Stunde hatte er Abschied von Buddy nehmen müssen. Die Schwester hatte die Verbindung gelöst und dann seinen Kumpel auf Zeit aus der Tür geschoben. Nun wartete Mark auf die Entlassungspapiere. Der Chefarzt war von seinem Wunsch nicht gerade begeistert gewesen, hatte auf gewisse Risiken hingewiesen, aber dann in Marks Gesicht gesehen, dass er sich jedes weitere Argument sparen konnte.

„Also gut, Herr Winter. Aber Sie versprechen mir, dass Sie beim kleinsten Anzeichen ..."

Mark hatte brav genickt, obwohl er vorher ja gar keine Anzeichen gespürt hatte, sondern einfach wie ein Stein umgekippt war.

Eigentlich hätte er noch länger in der Klinik bleiben können, denn Ewald Hunkel war am Vormittag entlassen worden. Man hatte ihm sogar zugesichert, er würde ab jetzt allein im Zimmer bleiben. Aber Mark war von Stiers Anruf dermaßen angefixt worden, dass ihn nichts mehr im Krankenhaus hielt.

In diesem Moment betrat die Oberschwester mit ernster Miene das Zimmer und überreichte ihm zwei Umschläge. „Der eine ist für Ihre Unterlagen, der andere für Ihren Arzt." Deutlich sah Mark ihre Missbilligung. „Haben Sie sich das wirklich gut überlegt? Die Tests sind noch nicht abgeschlossen. Aber na ja, ich hatte früher auch mal einen Ihrer Sorte daheim, also, einen Polizisten. Mein erster Mann war zwar nur bei der Verkehrspolizei, aber im Grunde ticken doch alle

Polizisten gleich. Dennoch, Herr Winter, passen Sie auf sich auf."

„Das mache ich und danke für alles." Mark holte einen Fünfzig-Euro-Schein aus seiner Tasche. „Hier, für die Kaffeekasse. Liebe Grüße an alle." Und damit verschwand er zur Tür hinaus.

Als hätte man ihn gerade aus dem Knast entlassen, schritt er die Treppen hinunter und blieb einen Moment auf den Eingangsstufen stehen. Mark fühlte sich ausgeruht und zu jeder Schandtat bereit. Gleich vor dem Eingang warteten zwei Taxis. Der Fahrer im ersten warf ihm einen erwartungsvollen Blick zu. Doch dann wandte Mark sich nach links und lief mit schnellen Schritten über das weitläufige Gelände der Uniklinik. Bäume rauschten im Sommerwind, der Himmel war blau, Vögel zwitscherten – das Leben war schön.

Nach wenigen Minuten tauchte zwischen einigen Büschen das am Rande des Geländes befindliche Gebäude der Rechtsmedizin auf. Zu Marks Erleichterung stand das Auto seines alten Bekannten Rüdiger Lemke auf dem Parkplatz. Also quetschte er sich an der Autoschranke vorbei und klingelte an der Tür. Wie immer verging eine gewisse Zeit, bis ein schemenhafter Schatten durch die Milchglasscheibe erkennbar wurde. Tristan, die rechte Hand Lemkes, öffnete ihm die Tür. Und wie immer waren auf dessen grünem Kittel dunkle Flecken zu sehen, deren genaue Herkunft Mark lieber nicht wissen wollte.

„Kommissar Winter", rief Tristan und streckte seine Hand zur Begrüßung aus. Doch dann ließ er sie wieder sinken und grinste über das ganze Gesicht. Anscheinend hatte Lemke ihm von Marks Phobie bezüglich gewisser Körperflüssigkeiten erzählt. „Wollen Sie zum Chef?"

„Eigentlich schon. Hat er Zeit?"

„Für Sie doch immer. Kommen Sie rein." Sie durchquerten einen langen Gang und stiegen in einen Fahrstuhl, der sie eine Etage nach unten brachte. „Wir haben uns ja lange nicht mehr gesehen."

„Ich war ein paar Tage nicht im Dienst und davor gab es keine neuen Fälle, was ja auch sein Gutes hat."

Der Fahrstuhl hielt mit einem Ruck. „Muss ja auch nicht immer Mord und Totschlag geben. Wir haben auch so genug zu tun", sagte Tristan seufzend.

„Viel Arbeit?", fragte Mark, während Tristan die Fahrstuhltür mit einer Chipkarte öffnete.

„Leider." Tristan schüttelte den Kopf. „Irgendwie sehne ich den Urlaub jedes Jahr mehr herbei. Und wenn ich dann weg bin, hab ich wieder Sehnsucht nach dem Geruch von Chemikalien und meiner Arbeit. Es ist verrückt."

Schon lange hatte Mark seine anfängliche Skepsis bezüglich Tristan über Bord geworfen. Der arbeitete seit Jahren als Assistent in der Rechtsmedizin und besaß ein enormes Wissen und viel Erfahrung, auch wenn er manchmal etwas unbedarft wirkte. Besonders seine Gabe, die Toten so herzurichten, dass ihre Angehörigen sich noch einmal von ihnen verabschieden konnten, hatte sich herumgesprochen. In diesem Bereich zeigte Tristan eine weiche, fast schon einfühlsame Seite und dafür hatte er Marks tiefsten Respekt.

Aus einer angelehnten Tür erklang das kreischende Geräusch einer Säge und auf der Stelle richteten sich Marks Nackenhaare auf. Szenarien fluteten seinen Kopf und er schluckte.

„Ich nehme mal an, Sie wollen lieber hier draußen warten?", fragte Tristan sachlich.

„Gut erkannt." Mark stellte die Tasche ab, setzte sich auf einen möglichst weit vom Ort des Geschehens entfernt stehenden Stuhl, fixierte die gegenüber hängende Wanduhr und verschloss seine Ohren, so gut es ging.

Etwa zehn Minuten später öffnete sich die angelehnte Tür und Rüdiger Lemke kam heraus. Schon bei seinen ersten Fällen hatte Mark mit dem Rechtsmediziner zu tun gehabt und im Laufe der Jahre war so etwas wie eine Freundschaft zwischen den beiden Männern entstanden. Man traf sich ab und zu privat, warf eine Bratwurst auf den Grill oder trank in einem der zahlreichen Biergärten am Ufer der Elbe einen Absacker nach Feierabend.

„Mark, du hier? Ich habe gehört, du wärst krank und lägst nebenan." Mit dem Daumen deutete Lemke Richtung Uniklinik.

„Ich lag nebenan, hab mich grade selbst entlassen."

„Und da kommst du als Erstes zu mir? Steht es so schlecht?", fragte Lemke mit einem leichten Grinsen.

Mark musterte ihn nun seinerseits mit einer gewissen Besorgnis. Rüdiger Lemke sah blass aus, dicke Tränensäcke hingen unter seinen Augen. „Nein, ach, ich weiß nicht. Sie haben getestet und getestet und nichts kam dabei raus."

„Soll ich mal einen Blick auf den Entlassungsbericht werfen?", fragte Lemke.

„Wenn du magst, aber eigentlich bin ich nicht deswegen hier."

„Nicht?" Lemke hob anzüglich eine Augenbraue. „Da du nicht im Dienst bist, würde ich vorschlagen, wir fahren wieder rauf und setzen uns hinter dem Gebäude auf die kleine Bank. Das würde es mir einfacher machen, falls mal zufällig jemand von amtlicher Seite vorbeikommt und dich hier vorfindet."

„Also, was ist los?", fragte Lemke wenig später und trank einen Schluck aus seiner Wasserflasche.

„Hattest du den Toten aus Meißen auf dem Tisch?"

„Du meinst den, der von der *Bosel* gefallen ist?" Mark nickte. „Ja, hatte ich."

„Könntest du mir, ich meine, hättest du vielleicht die eine oder andere Info für mich?"

Lemke stützte seine Unterarme auf die Oberschenkel. „Der Fall wird von Christian Randel bearbeitet."

„Ach, tatsächlich? Das muss mir wohl …"

„Entgangen sein?"

„Ach, verdammt Rüdiger, ich brauch deine Hilfe. Jens Stier aus Meißen hat mich vorhin angerufen. Es gibt da ein paar Ungereimtheiten."

„Verstehe, du bist also undercover unterwegs. Das hatte ich auch noch nie. Aber vermutlich muss man alles in seinem Leben einmal mitgemacht haben. Und sehr viel Zeit bleibt mir ja nicht mehr für derartige berufliche Spielchen. Manchmal, wenn ich mich ganz fest konzentriere, lugt dort ganz hinten schon der Ruhestand um die Ecke." Lemke lehnte sich zurück und verschränkte die Arme vor dem Körper. „Du bringst mich dennoch in Teufelsküche, wenn durchsickert, wer gequatscht hat. Dein Chef hat mal wieder eine Phase … Ach, lassen wir das. Plaudern wir lieber mal ein bisschen über dies und das." Er setzte die Wasserflasche erneut an seine Lippen und trank einen Schluck.

„Schockierend, dieser Fall in Meißen. Ein Mann, sechsundfünfzig Jahre alt, keine gute Konstitution, untergewichtig, scheint einiges mitgemacht zu haben in der letzten Zeit. Hatte eine alte Verletzung am Knöchel. Vermutlich eine schwere Verstauchung, die nicht behandelt wurde. Weshalb auch immer hat sich eine Entzündung gebildet, Knochen, Gelenk und Gewebe angegriffen. Der Mann muss starke Schmerzen gehabt haben. Wir haben auch einiges an Schmerzmitteln und Psychopharmaka in seinem Körper gefunden, genau wie die Kollegen in seinem Haus. Da lag im Badschrank wohl ein kleines Arsenal an Arzneimitteln. Der Tote scheint zu Lebzeiten orthopädische Schuhe getragen zu haben, noch nicht lange, aber jetzt. Was generell eine sehr gute Entscheidung war. Man sieht gewisse Spuren an den Füßen. In den Schuhen hatte er Halt und konnte vermutlich besser laufen. Aber am Tag seines Todes trug er sie nicht. Ansonsten gab es massive Kratzer an den Unterarmen, Gewebe wurde gesichert, keine Treffer in der Datenbank. Außerdem wirkt es, als hätte man den Mann an den Oberarmen festgehalten, so in der Art." Lemke drehte sich zu ihm und packte Mark fest an beiden Armen. „Entsprechende Abdrücke sind vorhanden."

„Um ihn hinabzustoßen?"

„Möglich, ja, vielleicht."

„Was gibt es sonst noch zu berichten?"

„Nicht viel. Kein schöner Anblick", stieß Lemke aus und seufzte.

„War er betäubt?"

„Du meinst, bevor er fiel?"

„Hm."

„Ich denke, das können wir ausschließen. Er hatte Schmerzmittel intus, die haben aber nicht dafür gesorgt, dass er weggetreten war."

„Jemand hat ihn also bei vollem Bewusstsein gepackt und …"

„Kennst du die *Bosel*?", fragte Lemke. „Liegt direkt neben dem *Kapitelberg*, sehr gute Weine, tolle Gegend, normalerweise sehr belebt. Kein Wunder, der Ausblick ist fantastisch." Der Rechtsmediziner schüttelte den Kopf. „Jemanden am helllichten Tag dort hinzuzerren und dann hinabzustoßen … ich weiß nicht."

„Also ist er doch aus eigenem Willen gesprungen?"

„Dazu passen die Flecken an den Oberarmen nicht", gab Lemke zu bedenken. „Die sind definitiv kurz vor seinem Tod entstanden. Fest steht, es gab eine Fremdeinwirkung und das habe ich auch so in den Bericht geschrieben. Den Rest der Schlussfolgerungen würde ich gern Kollege Randel überlassen." Stille sank über die Bank. In der Ferne erklang das Signal eines Rettungswagens und erstarb, nur um gleich darauf, um einige Dezibel lauter, erneut zu erschallen. „Wie geht's Lisa und den Kindern?"

„Das Übliche. Ich bin gespannt, was sie sagen, wenn ich heimkomme", erwiderte Mark.

Lemke streckte seine Hand aus. „Zeig mir den Brief."

Mark holte ihn aus der Tasche und reichte ihn seinem Freund. Der öffnete den Umschlag und faltete die darin befindlichen Blätter auseinander. Lemke überflog Seite um Seite und Mark spürte, wie seine Anspannung wuchs. Schließlich stopfte der Rechtsmediziner die Papiere zurück in den Umschlag und gab ihn an Mark zurück. „Schwein gehabt, würde ich mal sagen."

„Wieso?"

„Vermutlich hat dein Herz geflattert, mal bildlich gesprochen. Aber sie haben erst mal keine Anzeichen für einen Infarkt oder sonstiges gefunden."

Mark atmete auf.

„Dennoch, einfach mal so aus den Latschen zu kippen, ist nicht normal. Unter Umständen wäre es ratsam, mal ein bisschen mehr in sich reinzuhorchen, was einem der Körper gerade so sagt." Lemke lachte auf. „Ich hör mir grad selbst beim Reden zu. Aber nun werd ich mich mal wieder an die Arbeit machen. Muss noch eine Obduktion vornehmen."

„Danke, Rüdiger, du hast mir sehr geholfen."

„Bis zum nächsten Mal und dann bitte wieder ganz offiziell mit Anzug und so."

„Ich trag nie Anzug", erwiderte Mark grinsend. „Außer wenn ich vor Gericht muss, weißt du doch."

Dann lief er zurück zum Taxistand. Der Fahrer hatte inzwischen gewechselt und ein kurzhaariger Typ, der auf sein Handy starrte, lehnte am ersten Auto. Einen Moment wirkte er dermaßen jung, dass Mark geneigt war, sich seinen Führerschein zeigen zu lassen. Er ließ das aber bleiben und nannte ihm stattdessen seine Adresse.

Auf den ersten Metern ging es gut voran, doch spätestens ab dem Moment, als sie auf das *Käthe-Kollwitz-Ufer* abbogen, mussten sie sich in eine lange Warteschlange von Fahrzeugen einreihen. Kurz vor dem *Schillerplatz* kam der Verkehr dann ganz zum Erliegen. Mark nutzte die Zeit, um aus dem Fenster zu schauen und die entsprechenden Rückschlüsse aus Rüdigers Worten zu ziehen. Nebenbei ließ er sich von monotonen Rhythmen berieseln, die aus den Boxen des

Taxis dudelten. Das Denken fiel ihm zunehmend schwer und so ließ er es bleiben.

Das *blaue Wunder* war dann erstaunlich schnell überquert, nur am *Körnerplatz* wurde es noch einmal eng. Doch angesichts des vertrauten Panoramas vor ihm kamen bei Mark bereits heimatliche Gefühle auf. Mit jedem Meter, den sie die Grundstraße weiter hinauf fuhren, wurden diese stärker und als sie auf halber Strecke schließlich in eine der schmalen Straßen nach rechts abbogen, kribbelte sein ganzer Körper voller Freude.

„Lassen Sie mich gleich dort raus, da an der Ecke. Da können Sie auch leichter wenden." Er gab dem jungen Typen, der die gesamte Fahrt kein einziges Wort gesprochen hatte, ein ordentliches Trinkgeld und ging die letzten hundert Meter zu Fuß.

Mark fühlte sich beschwingt. Dort vorn sah er schon seinen Zaun und die klaffende Lücke, in die er seit Jahren schon hatte ein Tor einbauen wollen. Neles Klettergerüst schimmerte hinter einem Busch hervor und da stand sein Auto. Mark seufzte tief, er war daheim und jemand hatte sogar Rasen gemäht. Er tippte auf seinen Ältesten, Robert.

Aus dem Garten, genauer, aus der hölzernen Laube, die schon zur Zeit seiner Eltern dort gestanden hatte, erklang lautes Lachen, Lisas Lachen. Dann vernahm Mark eine männliche Stimme, die anscheinend etwas so Belustigendes vorzutragen hatte, dass Lisa erneut loskicherte.

Abrupt blieb Mark stehen und verspürte seltsamerweise kurzzeitig den Wunsch, wieder in sein Krankenzimmer zurückzukehren. Wie immer er sich seine Heimkehr vorgestellt hatte, so nicht. Eher, dass Lisa bei seinem Anblick mit fliegenden Haaren die Einfahrt entlang gerannt kam und ihm die Arme um den Hals schlang, gefolgt von ihren Kindern, die sich an ihn schmiegten.

Und nun? Wie lange er so verharrte, konnte er nicht mehr sagen. Doch irgendwann wurde Mark klar, dass er hier auf Dauer keine Wurzeln schlagen konnte. Also trat er näher, noch immer unbemerkt.

Wieder sagte der Mann etwas mit launiger Stimme, selbstbewusst, überzeugt von sich.

„Aber schau dir doch mal bitte die Zahlen an, das ist doch absolute Scheiße. Ist dir das nicht aufgefallen?", meinte Lisa in diesem Moment. „Wenn du das so rechnest, zahlen die Leute noch ihren Kredit ab, wenn sie längst unter der Erde liegen." Betretenes Schweigen war die Antwort. „Das kommt davon, wenn man immer nur Umsätze und Provisionen im Kopf hat und sich nicht auf das wirklich Wichtige konzentriert. Die Kunden müssen im Mittelpunkt stehen, nicht deine Zahlen. Denn ansonsten kannst du gleich einpacken."

„Na bitte, sagte ich dir nicht, dass meine Mom in solchen Dingen vollkommen den Durchblick hat und dir hilft?", ergänzte Marks Sohn Robert.

Er schluckte und kam sich schlagartig wie der größte Trottel auf diesem Planeten vor. Also streckte Mark den Rücken durch, trat näher und lugte schließlich um die Ecke in die Laube.

„Mark!" Überrascht schaute Lisa auf. Sie lächelte kurz, dann tauchte wieder diese Besorgnis in ihren Augen auf. „Haben sie dich oder hast du dich selbst entlassen?"

Ein wenig hilflos hob Mark die Schultern.

„Also Letzteres." Sie seufzte und wechselte mit Robert einen kurzen Blick. Der andere Mann, der am Tisch saß, musterte Mark neugierig und nickte zur Begrüßung. Bei näherem Betrachten war er jung, sehr jung, für Lisa fast schon zu jung. „Lass uns erst mal reingehen und deine Tasche auspacken", meinte seine Frau und erhob sich.

Verunsichert folgte Mark ihr ins Haus und schaute zu, wie Lisa die Sachen aus seiner Tasche holte und in die Waschmaschine stopfte. „Alles riecht nach Krankenhaus", sagte sie leise und schüttelte sich. Dann sah sie zu ihm hoch, richtete sich auf und gab ihm schließlich einen zarten Kuss auf die Wange. „Schön, dass du wieder da bist. Soll ich uns was kochen?"

„Nudeln mit Tomatensauce, ganz viel Wurst und geriebenem Käse."

„Damit würdest du vor allem deiner Jüngsten eine große Freude machen." Lisa grinste. „Aber Nele ist nicht da, deine Eltern wollten mit ihr in den Zoo und behalten sie gleich über Nacht. Ich glaube, alle wollen mich entlasten. Du darfst also einen anderen Essenswunsch äußern."

„Es bleibt dabei, ich brauche heute Seelenfutter."

Schon kurze Zeit später zog der Duft nach frisch angebratenen Zwiebeln, vermengt mit Wurst, durch das Haus. Gewohnt routiniert wirbelte seine Frau durch die Küche, obwohl sie am Beginn ihrer Beziehung nicht das geringste Talent zum Kochen besessen hatte.

„Was war das denn für ein Typ da draußen?", fragte Mark und nahm sich einen Schokobon aus der Schale, die immer in der Mitte des Tisches stand, und wickelte ihn aus.

„Du meinst den Typen, den du schon die ganze Zeit beobachtet hast, während du wie angewurzelt auf dem Weg standest?" Ohne sich umzusehen, rührte Lisa weiter im Soßentopf herum.

„Du hast mich also gesehen."

„Logisch. Außerdem bin ich eine Frau, ich spüre alles. Immerhin mussten wir früher das Feuer hüten und Gefahren rechtzeitig erkennen, Mammuts und so."

„Ich bin ein Idiot."

„Wenn du das sagst." Lisa drehte kurz ihren Kopf und lachte. „Der Typ ist in der neuen Fußballmannschaft deines Ältesten."

„Und was ist mit der alten Mannschaft?", fragte Mark verblüfft.

„Hat sich aufgelöst, der Trainer hat hingeschmissen. Die Gründe wollte er mir nicht verraten, aber …" Lisa winkte ab. „Egal, Robert hat sich um ein neues Team gekümmert. Er müsse körperlich etwas tun. Die haben dort übrigens auch eine Mädchenmannschaft, die zeitgleich auf dem Nebenplatz trainiert. Nur falls du dich fragen solltest, warum er auf einmal wieder so scharf auf Fußball ist. Tja, wie der Vater, so der Sohn." Sie näherte sich mit dem hölzernen Rührlöffel und hielt ihn an seinen Mund. „Koste mal."

„Hm, gut."

„Noch mehr Salz?"

„Perfekt", sagte er. „Nach dem eintönigen Essen in der Klinik sind meine Geschmacksknospen vollkommen geschärft." Mark lehnte sich zurück. Gott, er liebte sie so sehr, eben weil sie so war und nicht anders. „Morgen früh will ich übrigens mal nach Meißen."

Einen Moment verharrte der Löffel in Lisas Hand. „Ich nehme mal an, dass es sich dabei nicht um einen normalen Ausflug handelt?"

„Nicht direkt."

Schwungvoll gab Lisa eine Prise Irgendwas in den Topf und rührte weiter. „Findest du das eine gute Idee? Immerhin bist du krankgeschrieben und …"

„Ich war vorhin bei Rüdiger, er hat sich meine Arztbriefe durchgelesen und meinte, ich wäre noch mal mit einem blauen Auge davongekommen."

Lisa regelte den Herd ein wenig herunter und sah ihn dann an. „Soll mich diese Aussage jetzt beruhigen?"

„Ich konnte dort nicht mehr länger bleiben, du kennst mich doch. Ich und Krankenhäuser."

„Darum geht es doch gar nicht, Mark. Eher darum, dass du dich gleich wieder in die Arbeit stürzt", erwiderte Lisa.

„Ich will Stier nur ein wenig zur Hand gehen, ein kleines bisschen. Er braucht meine Hilfe. Da ist so ein unklarer Todesfall und der betrifft auch noch einen seiner ehemaligen Klassenkameraden." Mark ging zu ihr, legte seine Arme um ihren Körper und küsste sie aufs Ohrläppchen. „Ich verspreche dir, auf mich aufzupassen."

„Das will ich dir auch geraten haben. Hätte ich nur auf deine Eltern gehört. Die haben mich von Anfang an davor gewarnt, mich mit einem Bullen einzulassen."

Kapitel 8

Stier erwachte beim ersten Hahnenschrei. Also bildlich gesprochen. Denn der letzte Hahn der Gegend, der allmorgendlich seinen Ruf ausgestoßen hatte, war vor einigen Wochen verstummt und vermutlich in die ewigen Jagdgründe gegangen. Mit einem Stöhnen quälte er sich aus dem Bett und rauchte eine erste Zigarette auf dem Balkon, während seine Kaffeemaschine asthmatisch röchelte. Selbst die kalte Dusche danach brachte ihm nur geringfügig Energie. Zerschlagen hockte Stier auf seinem Balkon, während Nepomuk mit klappernden Zähnen eine Amsel beobachtete, die aufreizend nah auf dem Ast des Hofbaums herumturnte.

Gegen sieben zog er sich an und fuhr zum Bäcker, um frische Brötchen für seinen heutigen Besuch zu holen. Auf dem Rückweg hielt er noch beim *Kaufland* an und erstand beim Fleischer eine große Packung Fleischsalat und einen Batzen Hackepeter, von dem mit ordentlich Kümmel gewürzten.

Er wollte den Laden gerade verlassen, als ihm an der Tür ein Rettungswagenfahrer entgegenkam. Angesichts von Stier nickte dieser und hob die Hand. „Moin Jens", murmelte er.

Stier war der Name seines Gegenübers mal wieder entfallen, was in letzter Zeit immer häufiger vorkam. Also sagte er vage: „Moin. Schichtende oder Schichtanfang?"

„Schichtende, ich hol mir nur noch eine frische Semmel und dann ab in die Kiste."

„Viel zu tun?"

„Das Übliche, weißte doch", erwiderte der andere mit einer leichten Resignation in der Stimme.

Stier nickte voller Verständnis, als ihm plötzlich ein Gedanke kam. „Sag mal, weißt du, welche Schicht Ralle heute hat? Irgendwie erreich ich den gerade nicht."

Der Sanitäter hob eine Augenbraue. „Der ist doch krankgeschrieben."

„Ralle?", fragte Stier verblüfft. „Was hat er denn?"

„Keine Ahnung. Früher riefen die Kollegen an und sagten, dass sie Schnupfen haben oder Dünnschiss. Heute ist alles geheim, Datenschutz. Nix für ungut, Jens, wenn ich mich nicht bald hinhaue, krieg ich später kein Auge zu."

Zurück daheim packte Stier Fleischsalat und Hackepeter in den Kühlschrank und die Brötchen auf den Küchentisch. Dann holte er aus seiner Schrankwand ein schmales Heftchen mit allerlei Telefonnummern. Nach kurzem Blättern wurde er fündig und wählte eine Nummer.

„Notaufnahme", meldete sich eine müde Stimme.

„Morgen Dorit, Jens hier."

„Jens Stier, ich fass es nicht. Woher hast du denn diese Durchwahl?", fragte seine alte Bekannte Dorit, deren Stimme gleich wesentlich dynamischer klang.

„Geheimnis", erwiderte Stier. „Immerhin bin ich bei der Polizei. Du, sag mal, ich habe gehört, der Ralle wäre krank? Ich versuch seit Tagen, den zu erreichen."

„Warte. Ich geh mal fix vor die Tür." Stier hörte Türenklappern und dann das dezente Zwitschern von Vögeln. Ein Feuerzeug klackte. „So, nun geht´s. Ja, Mensch, der Ralle. Den hat die Sache mit dem Todesfall von der *Bosel* so mitgenommen, dass er gleich am nächsten Morgen zum Arzt gegangen ist. Nun ist er erst mal bis Sonntag krankgeschrieben. Die beiden waren Klassenkameraden. Also der Tote und er. Aber, Moment mal, du warst doch auch mit Heiko in einer Klasse, oder?" Dorit musste es wissen, war sie doch zwei Jahre jünger als Stier und mit ihm auf dieselbe Schule gegangen.

„Stimmt. Ich hab mich nur gewundert, weil ich Ralle nicht erreiche."

„Irgendwann ist es eben mal gut. Man frisst die Dinge in sich rein und dann sagt der Körper: Stopp. Im besten Fall landest du dann bei uns und wir können dir helfen und im schlechtesten, na ja, du weißt schon. Habt ihr denn schon eine Spur?"

„Keine Ahnung, ich bin nicht mit den Ermittlungen befasst."

„Ach so", meinte Dorit mit leisem Bedauern.

„Ich danke dir jedenfalls."

„Da nicht für, Jens."

Nachdenklich legte Stier auf und wählte anschließend noch einmal Ralles Nummer. Doch er ahnte schon vorher, was passieren würde. Und tatsächlich, wieder schaltete sich nur Ralles Mailbox ein. Dies trug nicht im Geringsten dazu bei, dass Stier sich besser fühlte – im Gegenteil. Einige Augenblicke starrte er aus dem Fenster und dachte fieberhaft nach. Die Unruhe in seinem Inneren wuchs und wuchs. Ein kurzer Blick zur Uhr verriet ihm, dass es kurz nach halb acht war.

Kurzentschlossen schnappte er sich seinen Autoschlüssel vom Brett neben der Tür und fuhr hinüber auf die andere Elbseite zu Ralles Wohnung. Die lag idyllisch am Ortsausgang Meißens, an der Straße Richtung Weinböhla. Vor dem Haus befanden sich die Stellplätze, doch Ralles Auto war nicht zu sehen. Hinter dem Wohnblock aus den dreißiger Jahren lag eine Gartenanlage, in der Ralle gleich nach seinem Einzug vor vielen Jahren eine Parzelle gepachtet hatte. Dort schaute Stier als Erstes vorbei, hielt sein Freund sich bei diesem schönen Wetter doch meist in seinem kleinen Reich auf. Aber das hölzerne Türchen war verschlossen. Die Blumen im Kübel neben der Terrasse ließen ihre Köpfe hängen, als benötigten sie dringend eine Portion Wasser. Braune Blätter bedeckten den Rasen. Stier reckte den Hals, sah sich suchend um, entdeckte aber niemanden, bei dem er sich nach Ralle erkundigen konnte. Also marschierte er zurück zum Haus und stieg in die zweite Etage. Dort klingelte er sich die Seele aus dem Leib, doch niemand öffnete. Zumindest nicht bei Ralle, aber hinter ihm lugte nach einer ganzen Weile ein älterer Herr misstrauisch durch den Türspalt, der mit einer Kette gesichert war.

„Nebenan ist niemand daheim", stieß Ralles Nachbar aus und wollte seine Tür wieder schließen.

„Ähm, Moment mal, ich bin Jens Stier vom Meißner Polizeirevier." Automatisch tastete Stier nach seinem Ausweis, aber er trug ja Alltagsklamotten. „Ich bin momentan nicht im Dienst, aber ein guter Freund von Herrn Hauptmann", fügte er an. „Ich versuche, ihn schon seit einigen Tagen zu erreichen."

„Ralle ist weggefahren, angeln, sagte er zu mir. Und seine Frau ist bei ihrer Schwester, wegen irgendwas. Mehr weiß ich nicht."

„Und wann sagte er das?"

„Hm, das muss am Mittwoch gegen Mittag gewesen sein, oder so."

„Und Sie sind sicher, dass er von angeln sprach?", hakte Stier nach.

Der Mann hob eine Augenbraue. „Ganz sicher. Ich bin doch nicht plemplem." Energisch wurde die Tür zugeschlagen.

„Angeln?", murmelte Stier und starrte verblüfft die Tür an. Das miese Gefühl, das vorhin nur unterschwellig in seinem Magen gesessen hatte, stieg höher und verursachte ein jähes Ansteigen seines Pulsschlags. Einen Moment drehte sich das Treppenhaus vor seinen Augen. Schnell sank er auf eine der Stufen und versuchte, ruhiger zu atmen. Fieberhaft dachte er nach. Schließlich begann er, den Nachrichtenverlauf von WhatsApp zu durchforsten. Nach einer kleinen Ewigkeit stieß er schließlich auf die Nummer von Ina, Ralles Frau. Zu Ralles Fünfzigstem hatten sie einige Nachrichten ausgetauscht, weil Ina eine Überraschung für ihren Mann geplant und Stier für die Ausführung benötigt hatte. Ansonsten war Stier ihr nur wenige Male begegnet. Ina und Ralle klebten nicht wie zwei unzertrennlich Liebende aneinander und machten oft ihr eigenes Ding. Moderne Beziehung, hatte Ralle eines Tages mal zu ihm gesagt und Stier war es vorgekommen, als wäre das nicht die ganze Wahrheit gewesen.

Stier betrachtete Inas Telefonnummer und zögerte. Würde er nun schlafende Hunde wecken und für Unruhe sorgen, wo eventuell gar keine Unruhe angebracht war? Doch er brauchte Gewissheit, für sein Inneres, sein Seelenheil.

Nach dem dritten Klingelton ging Ina ran. „Jens, oh Mensch, es tut mir so leid wegen Heiko. Gerade jetzt, wo es ihm wieder besser ging. Ralle war total fertig", sprudelte sie los.

„Ja, ich kann es immer noch nicht glauben."

„Habt ihr denn schon eine Spur?", fragte Ina und Stier versuchte, anhand ihrer Stimmfarbe irgendetwas abzuleiten. Ina klang vollkommen normal, also schien mit Ralle alles in Ordnung zu sein. „Oder glaubt ihr wirklich, dass Heiko freiwillig in den Tod gegangen ist?"

„Nicht direkt, aber ich bin mit dem Fall auch nicht so vertraut", erwiderte er unsicher.

„Ralle hat mich Dienstagnacht angerufen, gleich nachdem er zu Hause angekommen ist. Dass er auch noch ausgerechnet Dienst haben musste …" Ina seufzte. „Ich wünschte, ich wäre daheim gewesen. Zum Glück hat er dich, man braucht in solchen Momenten doch einen Menschen zum Reden. Jetzt bin ich erst mal froh, dass Ralle sich ein paar Tage rausgezogen hat."

„Rausgezogen?", wiederholte Stier verwundert.

„Ich bin doch bei meiner Schwester, das hat Ralle bestimmt erzählt." Hatte er nicht, deswegen brummte Stier nur vor sich hin. „Der geht's nicht gut, ist schwer gestürzt und ihr Mann ist vor ein paar Wochen abgehauen, wegen einer jüngeren. Nun kümmere ich mich ein wenig um Haus und Garten und die Familie."

„Und Ralle?"

„Na, weißt du das denn nicht? Der hat sich doch krankschreiben lassen, wobei er den Arzt nicht großartig überreden musste. Ralle ist ja praktisch nie krank gewesen und sogar mit Fieber auf Arbeit gerannt." Ina seufzte erneut. „Er ist zu irgendeinem Kumpel gefahren, nach Brandenburg, angeln an einem See. Soll er, tut ihm, glaub ich, gut, mal rauszukommen. Er will einfach nur seine Ruhe haben und nichts mehr sehen und hören. Na, du weißt am besten, wie er ist."

„Ach", stammelte Stier verwirrt und ließ sich auf die Holzbank vor dem Haus plumpsen. „Ich wusste nicht mal …"

„Ja, er hat den Typen vor einigen Jahren bei einem Angeltörn in Norwegen kennengelernt und nun hat er ihn einfach angerufen und ist zu ihm gefahren."

„Und wann will er zurückkommen?"

„Sonntag, glaub ich. Aber vielleicht bleibt er auch länger."

Stier biss sich auf die Unterlippe. „Hast du, ich meine, hast du mit ihm mal geredet, in den letzten Tagen?" Angespannt hielt er die Luft an.

„Nein, nicht mehr seit Mittwochvormittag. Er hat mich gleich nach dem Arztbesuch angerufen. Ich weiß, wann Ralle seine Ruhe braucht. Da sollte man ihm nicht auf den Keks gehen. Außerdem, wenn was ist, meldet er sich bei mir." Ina schwieg einen Moment. „Ist alles in Ordnung?", fragte sie plötzlich zögernd.

Stier legte all die Überzeugungskraft, die er aufbringen konnte, in seine Stimme. „Aber nein, ich hatte mich nur gewundert, weil ich Ralle nicht erreicht habe. Er ging nicht an sein Handy und …"

„Ruf doch einfach Sonntag oder besser Montag noch mal an. Sollte er sich wirklich bei mir melden, geb ich ihm Bescheid. Oder ich schicke Ralle einfach mal eine Nachricht, dass er dich anrufen soll. Obwohl er das eigentlich nicht so mag."

„Ja, das wäre super. Es gibt da nämlich was Dringendes zu klären, wegen Heiko und … wegen der

Beerdigung", fügte er hastig hinzu, weil ihm auf die Schnelle nichts anderes einfiel.

„Okay, wenn das so ist, schreib ich ihm gleich mal eine Nachricht. Aber ob er sich meldet, weiß ich nicht. Mach`s gut, Jens, und nimm dir die Sache nicht allzu sehr zu Herzen."

„Danke, Ina, ich versuch´s."

Übertrieb er, war er vollkommen auf dem falschen Dampfer? Stier konnte es nicht sagen, aber die Beklommenheit, die er durch Inas Worte empfunden hatte, ließ sich nicht leugnen. Einfach abzuhauen, das passte nicht zu Ralle. Und schon gar nicht zu dem, was er in ihrem letzten Telefonat gesagt hatte. Er schien so fest entschlossen gewesen zu sein, den Tod von Heiko zu untersuchen und irgendwie konnte Stier sich des Gefühls nicht erwehren, dass Ralle genau das tat. Allein, ohne ihn, vielleicht weil Stier Polizist war, vielleicht weil Ralle seine eigenen Methoden hatte. Und diese dämliche Angelgeschichte war von ihm nur frei erfunden worden, damit Stier nicht nach ihm suchte. Nur leider hatte Ralle damit das genaue Gegenteil erreicht. Stier machte sich Sorgen und fragte sich zusätzlich, was sein bester Kumpel wohl gerade trieb und ob er bei seinen Recherchen weitergekommen war als er selbst.

Stier warf einen Blick auf die Uhr seines Handys, die verriet, dass es nach halb neun war. Höchste Zeit, sich auf den Heimweg zu machen, wenn sein Besuch nicht vor verschlossener Tür stehen bleiben sollte.

Fünf Minuten vor neun war Stier daheim, holte hastig Fleischsalat und Hackepeter aus dem Kühlschrank und begann, Semmeln zu zerteilen. Gleich darauf klingelte es und Reusch stand mit einem Blumenstrauß in seinen Händen vor seiner Tür. „Sag nichts, meine Frau hat ihn mir mitgegeben. Ich glaube, sie freut sich, dass wir uns so gut verstehen nach unseren kleinen Startschwierigkeiten. Und weil ich dich das erste Mal besuche …"

Stier lächelte. „Stimmt, komm rein, ich mach grade belegte Semmeln – Hackepeter und Fleischsalat, ich hoffe, das ist okay."

Reusch nickte zustimmend. „Perfekt." Neugierig sah er sich im Flur um und warf einen kritischen Blick auf Nepomuk, der in diesem Moment aus der Küche geschlendert kam, um den Neuankömmling in Augenschein zu nehmen. „Ist das dein Kater?"

„Nee, mein Hund." Stier nahm seinem Kollegen die Blumen ab und deutete auf die Küche. „Da geht's rein."

„Soll ich helfen?"

„Wenn du magst?"

„Gerne, wo kann ich denn …?" Reusch streckte seine Hände in die Höhe.

„Vorn links."

Während Reusch sich im Gästeklo die Hände wusch, durchsuchte Stier den Wohnzimmerschrank nach einer Vase. Er entdeckte nur eine und die war für den Strauß viel zu klein. Im Vorratsregal im Flur fand er noch ein leeres Marmeladenglas, füllte es mit Wasser und stellte die Blumen hinein. Sie klappten auseinander, weil das Glas viel zu niedrig war. Schnell kürzte er die Blumen um einige Zentimeter, platzierte sie auf der Fensterbank und betrachtete dann zufrieden sein Werk.

„Hast du eine ganze Kompanie einbestellt?", fragte Reusch, der in diesem Moment die Küche betrat und schüttelte angesichts der Essensmengen auf dem Tisch den Kopf.

„Quatsch, denken macht hungrig und wir haben eine ganze Menge zu bedenken." Stier bestrich die Brötchen mit Hackepeter, während Reusch sich den Fleischsalat vornahm. Immer noch ging ihm das, was er gerade über Ralle erfahren hatte, nicht aus dem Kopf. Wieder und wieder dachte er an ihr letztes Telefonat, am Mittag nach Heikos Tod, und wie er einfach aufgelegt hatte, weil ihm Ralles Sturheit auf den Wecker gegangen war.

„Sag mal, hörst du mir überhaupt zu?"

Verwirrt schaute Stier nach oben. „Was?"

Reusch starrte ihn an. „Ist was passiert? Du siehst aus, als hättest du heute Morgen schon schrecklichste Sachen erlebt."

„Damit liegst du gar nicht so falsch", entgegnete Stier und erhob sich, weil es erneut geklingelt hatte.

Mark Winter stand vor der Tür. Die beiden Männer umarmten sich kurz und Stier hatte auf einmal das Gefühl, dass ab sofort alles gut werden würde. Einfach nur, weil Mark da war, der immer einen Plan hatte.

„Du siehst gut aus", sagte der Dresdner Kommissar, schob Stier ein Stück von sich und musterte ihn prüfend. „Liegt das an deiner Barbara?"

„Vermutlich. Aber du schaust nicht gerade blendend aus, na ja, die paar Tage Krankenhaus haben eben ihre Spuren hinterlassen. Die grauen Abschnitte auf deinem Kopf werden von Mal zu Mal mehr."

„Grau macht Männer interessanter, hab ich mir sagen lassen", erwiderte Mark und lachte. „Dafür können deine Haare nicht mehr grau werden, weil kaum noch welche da sind." Er schwieg kurz und klopfte Stier noch einmal auf die Schulter. „Ich freu mich, dich zu sehen, auch wenn die Umstände alles andere als schön sind."

„Und ich freu mich, dich zu sehen, wir können alle Hilfe gut gebrauchen. Aber komm erst mal rein, wir sind in der Küche und bereiten grade ein paar Brötchen vor."

„Brötchen, das klingt wie Musik in meinen Ohren. Ich hab heute noch nichts gegessen", meinte Mark und hängte seine Jacke an die Garderobe. „Musste erst noch Nele in den Kindergarten bringen. Und dann war da schon wieder eine Bauampel in Niederwartha. Jedes Mal, wenn ich nach Meißen muss, buddeln die an der Straße und nach jedem Buddeln gibt´s dort mehr Löcher und die Fahrbahn wird schlechter."

„Alles gut, du bist grade mal fünf Minuten zu spät."

„Mark, Andreas Reusch, ihr kennt euch ja vom letzten Fall", stellte Stier die beiden Männer gegenseitig vor.

„Ja, klar, der ermordete Antiquitätenhändler. Freut mich", sagte Mark, bückte sich und kraulte Nepomuk zwischen den Ohren, der aber Andreas Reusch nicht aus seinen Augen ließ. Nach einigen Sekunden streckte sich der Kater und schlenderte zu seinem Platz am Fenster. „Kann ich irgendwas helfen?"

„Wir sind so gut wie fertig. Konntest du denn schon etwas herausbekommen?", fragte Stier und nahm sich die letzten Brötchenhälften vor.

„Ich war gestern Abend noch bei Rüdiger Lemke in der Rechtsmedizin. Alles ziemlich uneindeutig. Keine hundertprozentigen Hinweise, dass euer Freund von der *Bosel* gestoßen wurde. Dafür allerdings DNA-Spuren unter seinen Nägeln. Aber ich denke, das Beste wäre, ihr erzählt mir noch mal ausführlich und von Anfang an, was passiert ist und was ihr bereits unternommen habt."

Stier verteilte großzügig den letzten Klecks Hackepeter und rückte die beiden Teller mit den fertigen Semmeln in die Mitte des Tisches. Daneben platzierte er eine Kanne Kaffee und eine Flasche Wasser. Kater Nepomuk, der sich auf seinen Stammplatz neben der Balkontür zurückgezogen hatte, behielt den Teller mit dem Hackepeter fest im Blick. Ganz sacht zitterten seine Barthaare.

Stier schenkte sich einen Kaffee ein und begann zu erzählen.

Mark saß schweigend auf seinem Stuhl und lauschte ihm mit verschränkten Armen. Kurz bevor Stier von Ralles seltsamen Verschwinden berichten konnte, sagte Mark plötzlich: „Hm." Er griff nach einem Brötchen mit Fleischsalat. „Verwirrend, irgendwie."

„Wie meinst du das?", hakte Stier nach.

„Ich weiß nicht." Nachdenklich kaute Mark auf seinem Brötchen herum.

„Man muss den Anfang suchen, wie bei einem Wollknäuel. Meinte zumindest Barbara. Ich hab sie eingeweiht."

„Der Anfang dürfte bei Monika liegen", erwiderte Mark.

Stier nickte zustimmend. „Genau das sagte Barbara auch. Ich sollte in Monikas Vergangenheit nach Geheimnissen suchen."

Mark lächelte. „Eine kluge Frau."

„Wie würdest du denn vorgehen?", fragte Stier den Dresdner Ermittler und stützte die Ellenbogen auf den Tisch.

„Gib mir mal einen Zettel." Stier griff nach einem Block, den er bereits zurechtgelegt hatte, und schob ihn über den Tisch. Mark schrieb am oberen Rand zwei Namen darauf – *Heiko* und *Monika*. „Kommen wir zu Monika. Es gibt zwei Optionen, wenn ich es recht bedenke, nämlich Unfall oder Mord. Bei Heiko sieht die Sache ein wenig anders aus. Wenn wir streng vorgehen, gibt es drei Optionen."

Reusch kratzte sich am Schädel. „Drei Optionen?"

„Lassen wir mal alles außen vor, hätten wir die Möglichkeit eines Selbstmords, eines Mords und eines Unfalls", sagte Mark nachdenklich.

„Ein Unfall? Diese Variante würde ich auf der Stelle ausschließen", protestierte Stier. „Dann müssten wir bei Monika ja auch einen Selbstmord auf die Liste setzen."

Mark wiegte seinen Kopf. „Ja, vielleicht hast du recht. Seltsam, warum mir dieser Gedanke durch den Kopf schoss." Er schwieg einen Moment und Stier glaubte zu ahnen, was in Mark vorging. Es waren diese Impulse, die schlagartig auftauchten. Impulse, denen man folgen oder die man zumindest nicht ignorieren sollte. Einige Augenblicke starrte der Dresdner Ermittler aus dem Fenster. Dann räusperte er sich.

„Okay, was ist zu tun?", fuhr Mark fort. „Ich denke, es wäre gut, parallel zu agieren. Also, sowohl in Monikas Vergangenheit zu graben, als auch im aktuellen Fall zu ermitteln. Vielleicht hat deine Barbara recht und es gibt tatsächlich etwas in Monikas Vergangenheit, das Auslöser für Heikos Tod ist." Mark schnappte sich die nächste Semmel, diesmal eine mit Hackepeter. „Was sagt denn dein Kumpel, dieser Ralle? Immerhin hat der einen Tag vor dessen Tod noch persönlich mit Heiko gesprochen."

„Nicht viel", meinte Stier seufzend. „Oder sagen wir eher, momentan gar nichts. Womit wir bei dem Thema wären, das mich seit einigen Tagen nicht zur Ruhe kommen lässt. Ralle ist nämlich seit Mittwoch untergetaucht und heute habe ich erfahren, dass er krankgeschrieben und angeblich zu einem Angeltörn nach Brandenburg gefahren ist. Aber ganz ehrlich, ich kann das einfach nicht glauben. Ralle war Feuer und Flamme, am liebsten hätte er sofort Heikos ganzes Haus auf den Kopf gestellt und was weiß ich noch alles gemacht."

Marks Gesichtsausdruck wirkte ernst, fast schon besorgt. „Du hast also Mittwochmittag zuletzt mit ihm gesprochen und seitdem nichts mehr gehört?"

„Genau." Stier verschränkte die Arme im Nacken. „Mein Gefühl sagt mir, dass dort etwas nicht stimmt. Ich hoffe natürlich immer noch, dass Ina ihn erreichen kann, aber …" Er fuhr sich mit der Zunge über die Lippen. „Ich kenne Ralle. Wenn er sich einmal etwas in den Kopf gesetzt hat, dann zieht er das auch durch."

„Und was vermutest du?", hakte Reusch nach.

„Dass er allein irgendwas unternommen hat, keine Ahnung, was." Stier hob seine Schultern.

„Aber was kann er schon groß …?", murmelte Andreas Reusch.

„Gib mir mal seine Nummer", unterbrach Mark ihn. „Wenn das Gerät eingeschaltet ist, können wir es unter Umständen grob orten lassen."

Stier suchte auf seinem Handy und schob das Telefon dann über den Tisch. „Hier ist sie."

„Aber wie willst du das machen?", mischte Reusch sich ein.

„Natürlich nicht auf dem offiziellen Weg", meinte Mark. „Aber ich kenne jemanden, der ein paar Asse im Ärmel hat." Dann wählte er eine Nummer und lauschte. „Hallo Peggy", meldete er sich schließlich. Undeutlich klang eine weibliche Stimme durch den Hörer. Peggy war Marks Assistentin, die Frau im Hintergrund, die ihm bei jeder Mordermittlung zur Seite stand und alle Fäden in den Händen hielt. Peggy war meist vor ihm am Tatort, sichtete Akten, recherchierte, arbeitete sich durch alte Fälle und stellte Verbindungen her, auf die sonst kein Mensch gekommen wäre. Peggy war Marks Fels in der Brandung und vor allem schuf sie eine gewisse Distanz zwischen ihm und seinem nervigen Chef, Arne Karstens.

„Nein, bin ich nicht mehr, ich hab mich entlassen … Keine Angst, ich pass auf mich auf. Bist du allein? … Wunderbar. Ich gebe dir jetzt eine Nummer durch und du müsstest mal eine Telefonortung durchführen lassen … Nein, natürlich inoffiziell. Am besten wäre, du würdest Kontakt zu diesem Typen aufnehmen … Genau den … Was? Ja, es ist eilig. Ich warte auf deinen Rückruf." Mark lächelte knapp in die Runde. „Nun heißt es, Geduld haben. Nutzen wir also die verbleibende Zeit. Wie gehen wir vor? Schritt eins, Monikas Vergangenheit. Da uns in diesem Fall der offizielle Weg vorerst noch verwehrt bleibt, also inoffiziell. Kollegen, Nachbarn, Freunde, Wegbegleiter. Dieselben Punkte gelten für Heiko. Denn dass auch dieser seine Geheimnisse hatte, ist inzwischen wohl allen hier klar. Ich würde mir Heikos alten Arbeitgeber vornehmen und dann diesen historischen Verein besuchen."

Stier nickte. „Und wir könnten noch einmal Heikos Nachbarn befragen und uns im Bereich *Bosel* wegen des dunklen Fahrzeugs umhören. Auch diesem Kranich, der Udo am Tatort gesehen haben will, könnten wir einen Besuch abstatten."

Mark notierte die entsprechenden Punkte auf dem Zettel. „Der nächste Punkt wären die Unterlagen, die Heiko angeblich besaß. Ich glaube, wir werden um einen weiteren Besuch in seinem ehemaligen Heim nicht herumkommen. Wir suchen die Nadel im Heuhaufen, weil wir keine Ahnung haben, wonach wir suchen. Und wir müssen selbstverständlich davon ausgehen, dass jemand anderes bereits fündig geworden ist – die Gegenseite, die Kollegen aus Dresden oder auch Ralle. Das sollte uns aber nicht vom Suchen abhalten. Wann müsst ihr zum Dienst?"

„Halb zwei", erwiderte Reusch.

Mark blickte auf seine Uhr. „Das heißt, uns bleiben noch ein paar Stunden." Erwartungsvoll sah er die anderen an.

„Wir alle?", fragte Stier.

„Wir alle, weil mehr Augen in der Lage sind, mehr zu sehen."

„Und die Leute von der SpuSi?"

„Wenig wahrscheinlich, dass die heute noch dort anzutreffen sind", entgegnete Mark. „Falls ja, widmen wir uns einem anderen Punkt." Mark griff nach einem letzten Brötchen, während Stier die Teller in den Kühlschrank räumte. „Am klügsten wäre es, wenn jeder in seinem Auto fährt und wir uns dann dort treffen."

Gerade als sie die Treppe hinunterstiegen, klingelte Marks Telefon. „Peggy", murmelte er leise. „Und?" Dann lauschte er. „Tatsächlich … Genauer ging es nicht? … Verstehe, nein, okay. Danke dir. Ich hätte noch eine Bitte. Es gibt doch diesen neuen Mordfall in Meißen, der von Christian Randel bearbeitet wird. Trinkst du nicht manchmal mit dessen Assistentin einen Kaffee? … Nicht? Na, dann tust du es eben jetzt mal. Mich würde einfach der Stand der Dinge interessieren … Was? Wie kommst du darauf?" Mark grinste und nahm das Handy kurz von seinem Ohr. „Ich soll dich lieb grüßen", sagte er zu Stier.

„Grüße zurück", meinte dieser.

„Ja, vielleicht findest du was raus … Ich meld mich bei dir." Mark ließ das Handy in seine Jackentasche gleiten. „Fest steht, dass Ralle, wenn überhaupt, ohne sein Handy nach Brandenburg gefahren ist. Denn das Telefon befindet sich noch im Gebiet von Meißen. Eine genauere Ortung ist auf diesem Weg leider nicht möglich. Dafür braucht es dann doch eine offizielle Anfrage."

Stier sog die Luft scharf durch den Mund ein. „Wusste ich es doch. Und nun? Wo ist dieser Idiot bloß? Sollten wir nicht was …"

Mark hob die Hand. „Ich würde die Pferde nicht scheu machen und stattdessen vorschlagen, wir fahren erst mal zu Heiko. Vielleicht sind wir dann schon ein ganzes Stück weiter und kommen auch Ralle auf die Spur."

Stier stellte seinen Wagen unter einem Baum am Straßenrand ab und legte die letzten Meter zu Heikos Haus zu Fuß zurück. Das gab ihm noch einmal die Gelegenheit, nach Ralles Auto Ausschau zu halten. Doch im Grunde ahnte er, es hier nicht zu finden. Wann auch immer sein Freund hier gewesen war, sein letzter Besuch lag bestimmt eine Weile zurück.

Hitze lag in der Luft. Der Asphalt flimmerte, Bienen summten, es war ein idealer Sommertag. Doch Stier hatte kein Auge für all die blühenden Blumen in den Vorgärten und den strahlend blauen Himmel.

Mark und Reusch warteten bereits vor dem Grundstück auf ihn und unterhielten sich leise.

„Wir können reingehen, hier ist niemand mehr", meinte Mark. „Ich kenne die Autos der SpuSi."

Die drei Männer betraten das Grundstück und holten den Schlüssel zur Hintertür aus dem Versteck im Schuppen. Die orthopädischen Schuhe, über die Ralle bei ihrem ersten Besuch gestolpert war, waren verschwunden. Dann gingen sie über den Rasen, vorbei am Apfelbaum, unter dem Monika gestorben war, zum Wohnhaus und stiegen die wenigen Stufen zur hinteren Tür hinunter. An der klebte ein unübersehbares polizeiliches Siegel, genau wie an der Vordertür.

Mark stieß einen leisen Pfiff aus. „Schaut euch das mal an." Unverkennbar war das Siegel gebrochen worden. Der dünne Riss im Papier war gut erkennbar. „Es ist also jemand vor uns hier gewesen."

„Ralle?", mutmaßte Reusch.

„Gut möglich", meinte Mark. „Aber unter Umständen kommen noch andere unerlaubte Besucher in Frage." Er steckte den Schlüssel ins Schloss, drehte ihn und öffnete die Tür.

Feucht dumpfe Kellerluft schlug ihnen entgegen. Staubkörnchen tanzten in einem Lichtstrahl, der durch eines der schmalen Fenster fiel. Genau gegenüber lag die steile Treppe, die ins Erdgeschoss des Hauses führte. Die Männer stiegen hinauf und landeten schließlich im Flur. Auf den ersten Blick wirkte alles wie bei Stiers nächtlichem Besuch, doch dann bemerkte er deutlich die vielen Spuren, die die Kriminaltechnik im Haus hinterlassen hatte. Da waren geöffnete Schranktüren und Schubladen und Ablagerungen des Einstaubpulvers, mit dem die SpuSi Fingerabdrücke sicherte. Stier hob die Nase. Der blumige Geruch, den er vor einigen Tagen wahrgenommen hatte, war längst verflogen.

„Teilen wir uns auf", sagte Mark. „Stier übernimmt am besten das Büro, du, Andreas, die restlichen Räume im Erdgeschoss und ich suche in der oberen Etage. Versuchen wir, Notizen zu finden, vielleicht Kopien, irgendwas, das auf Heikos oder Monikas Vergangenheit hindeutet. Auch amtliche Dokumente könnten hilfreich sein. Wobei die Kollegen die wichtigen Dinge vermutlich zur Sichtung mitgenommen haben. Dennoch, wir suchen den Rest."

Stier betrat angespannt Heikos Büro und blieb einen Moment in der Türöffnung stehen. Auch hier waren die Spuren einer Durchsuchung deutlich zu erkennen. Lücken klafften in Regalen, Ordner waren verschwunden und dennoch gab es noch mehr als genug Papiere zu sichten. Stier nahm an Heikos Schreibtisch Platz und atmete tief durch. Dann öffnete er die erste Schublade und legte deren Inhalt vor sich auf die Tischplatte. Nach und nach arbeitete er sich so durch Heikos Büro. Da waren Notizen über technische Geräte, Pläne für die *Interessengemeinschaft Oberauer Schloss*, ausführliche Schriftwechsel mit der Krankenkasse, eine

Unmenge Zeitungsausschnitte, die Stadt Meißen betreffend. Es war unglaublich, was Heiko alles notiert und gesammelt hatte. In einem Karton fanden sich Abhandlungen über Trauertherapien, Erfahrungsberichte anderer Menschen, Flyer mit entsprechenden Adressen von Vereinen. Aber keine Dokumente, die ihnen weiterhelfen konnten. Mit jedem neuen Schrank, den Stier öffnete, war er überzeugter, nichts zu finden. Heikos Notizen, Monikas Tod betreffend, waren nicht hier, hatten nie existiert oder waren längst in anderen Händen. Hinter sich hörte er Andreas Reusch leise rumoren. Über ihm knackten die Dielen, wenn Mark sich bewegte und in ein anderes Zimmer wechselte.

Irgendwann kam Mark die Treppe herunter und ließ sich in den Sessel am Fenster fallen. Prüfend sah er sich um. „Und?"

Stier hob die Schultern und schloss eine Schranktür. „Du siehst ja selbst."

„Manchmal denke ich, bei mir daheim würde viel zu viel Kram herumliegen, aber wenn ich das hier sehe … Die anderen Räume im Haus waren aufgeräumter. Ich bin auf viele Sachen gestoßen, die Monika gehört haben. All ihre Kleidung hing noch in den Schränken. Als wäre sie erst gestern fortgegangen."

„Heiko hat es noch nicht übers Herz gebracht, sie wegzuwerfen."

Reusch gesellte sich zu ihnen und nahm auf einem Hocker Platz. „Nichts. Aber mal ehrlich, wir suchen nach Papieren, Notizen, weil Heiko sonst immer alles aufgeschrieben hat. Was wäre, wenn er diesmal anders vorgegangen ist und seine Informationen zum Beispiel auf einen Computerstick gepackt hat?"

Mark nickte zustimmend. „Der Gedanke kam mir auch schon. Ich glaube, so kommen wir nicht weiter. Zumindest aber konnte ich mir ein Bild von Heiko und seinem Leben machen."

„Ob Ralle etwas gefunden hat?", murmelte Stier nachdenklich.

„Schwer zu sagen. Die Frage ist eher, wo er ist und was er tut. Wenn sein Handy noch in Meißen eingeloggt ist, kann er nicht weit sein. Hat er andere Kumpels, wo er unterschlüpfen könnte?"

Stier dachte kurz nach und plötzlich beschlich ihn das Gefühl, dass er, obwohl Ralle und er sich so viele Jahre kannten, vermutlich auch nicht alles über ihn wusste. Genau wie bei Heiko. Sicher waren ihm einige Namen bekannt, da waren lose Freunde, andere Kumpels. Aber Stiers Instinkt sagte ihm, dass Ralle dort nicht war. Er wollte allein agieren, ohne ihn. Deswegen zuckte Stier nur mit den Schultern. „Ich wüsste niemand Konkretes."

„Gut, dann machen wir weiter wie besprochen", sagte Mark energisch, „weil wir uns sonst verzetteln." Er erhob sich, durchquerte den Flur und öffnete die Kellertür. Mark betätigte den Lichtschalter am oberen Ende, stieg hinab und musterte die drei Kellerräume, deren Wände von Schmutz und Kohlenstaub geschwärzt waren. Es gab wenige Regale. In einem lagerten Einweckgläser mit ordentlichen Beschriftungen. In einem anderen standen Kartons mit Werkzeugen, Gummihandschuhen oder Wurzelbürsten. Eine Wand war anders, wirkte frisch verputzt. Fragend schaute Mark Stier an. „Was ist das?"

„Da war irgendwas mit einem Wasserschaden, ich glaube, eine defekte Leitung. Heiko hatte die Handwerker im Haus. Das muss jetzt vier Wochen her sein."

Mark nickte. „Verstehe." Seine Finger glitten über den rauen Putz. „Lasst uns gehen."

Die Männer brachten den Schlüssel zurück in den Schuppen und stellten sich in dessen Schatten. Alle hatten den Blick auf Heikos Haus gerichtet und jeder schien seinen eigenen Gedanken nachzuhängen.

„Telefonieren wir morgen und halten uns an den gefassten Plan", schlug Mark vor. „Mehr können wir im Moment nicht tun." Stier glaubte, eine gewisse

Unzufriedenheit aus der Stimme seines Freundes herauszuhören.

„Und Ralle?", hakte er noch einmal nach.

„Ich glaube, es wäre zu früh, die Pferde scheu zu machen", meinte Mark nachdenklich. „Vielleicht ruft er zurück, wenn seine Frau ihn anschreibt. Vielleicht hinterlässt du auf seiner Mailbox einfach noch mal eine Nachricht. Wenn Ralle sich bis Sonntag nicht gemeldet hat, informierst du die Kollegen."

Stier biss sich auf die Unterlippe. Sosehr er Mark schätzte, so sehr unterschied sich in diesem Fall seine Meinung von der seines Freundes. Jede Stunde, die verging, war für ihn eine verlorene Stunde.

Kapitel 9

Wie immer, wenn Mark in Meißen unterwegs war, suchte er sich einen Parkplatz in der Nähe der Elbe. Er fütterte den Parkautomaten mit ausreichend Münzen und betrat dann über die Elbstraße die Meißner Altstadt. Schon nach wenigen Metern wehte ihm der verführerische Duft frisch gebratener Bratwürste in die Nase, die an einem Stand vor dem Museum verkauft wurden. Hier hatte er schon einige Male ausgezeichnet gegessen, aber heute war sein Magen mehr als gut gefüllt. Er schlenderte über den Kleinmarkt und bog an der Marktgasse rechtsherum auf die Neugasse ab. Dort lief er an vielen kleinen Geschäften vorbei Richtung *Triebischtal*. Kurz bevor die Neugasse zur Talstraße wurde, hatte er sein Ziel erreicht, nämlich einen unscheinbaren Laden auf der rechten Seite.

Reparatur-Fritz – stand auf dem etwas verblichenen Schild über der Tür. Ein Zettel verkündete, dass momentan keine Reparaturen an Haushaltsgroßgeräten durchgeführt wurden. Die Dekoration im einzigen Schaufenster wirkte dürftig. Da standen eine verblichene Kaffeemaschine älteren Baujahrs, mehrere Radios und ein Plattenspieler, den Marks Eltern früher auch besessen hatten.

Beim Öffnen der Tür schrillte eine Klingel in den hinteren Räumen, die nach einigen Sekunden einen älteren Mann in einem blauen Dederonkittel auf den Plan rief.

„Hallo", sagte er und musterte Mark prüfend.

Der trat an den Verkaufstresen und zückte seinen Ausweis. „Mark Winter von der ..."

„Lassen Sie mich raten, von der Polizei."

„Stimmt. Wie kommen Sie darauf?"

„Irgendwie seht ihr alle gleich aus." Der Mann seufzte. „Geht es etwa schon wieder um Heiko? Ich hab Ihren Kollegen bereits alles gesagt und ganz ehrlich, mein ehemaliger Mitarbeiter führte ein dermaßen unspektakuläres Leben, dass man in wenigen Minuten alles Wissenswerte erwähnt hat."

Mark lächelte, ließ seinen Blick über die Regale schweifen und hielt plötzlich inne. „Du meine Güte, das gibt es nicht. Genauso einen hatte mein Opa in seiner Garage stehen. Dort hab ich immer an meinem Moped herumgeschraubt." Er trat zu einem alten Kassettenradio und berührte fast schon ehrfürchtig die silbernen Knöpfe und Regler. „Das ist ein Sternrekorder, nicht wahr? Und wenn ich mich nicht täusche, in der Echtholzausführung."

„Echtholzfurnier", korrigierte der Mann ihn und trat neben Mark. „Ein R160 mit runden Lautsprecheröffnungen. Ein super Gerät, mit einem wirklich tollen Klang. So was wird heute gar nicht mehr gebaut." Der Geschäftsinhaber streckte ihm die Hand entgegen. „Fritz Schmanner."

„Mark Winter. Ich kann mich erinnern, dass Opa das Gerät früher wie einen Schatz gehütet hat. Ich wollte es immer bedienen und bekam eins auf die Finger. Dann kam die Wende und am Ende landete es in der Garage."

„Tja, wie so vieles." Fritz Schmanner umrundete seinen Verkaufstresen. „Wollen Sie einen Kaffee? Um die Zeit mach ich mir immer einen."

„Da sag ich nicht nein", antwortete Mark und setzte seine Erkundungsrunde durch den Laden fort.

Die Geschäfte schienen nicht gut zu laufen, konnte man schon nach wenigen Minuten feststellen. Auf den meisten der Geräte lag eine dicke Staubschicht. Der Blick in den Werkstattraum zeigte einen leeren Tisch. Auf all dem hier lag ein Hauch von Vergangenheit, von Zeiten, in denen Geräte noch reparierbar gewesen waren. Fritz Schmanner war mit seinem Laden gealtert. Er war bestimmt siebzig, ging gebeugt, als würde die Last der Jahre ihn zu Boden drücken. Warum er den

Laden überhaupt noch betrieb, war schwer zu sagen. Es gehörte sicher eine gewisse Verbissenheit dazu, Veränderungen nicht akzeptieren zu können oder zu wollen.

Herr Schmanner kam mit zwei Kaffeepötten nach vorn geschlurft und stellte sie auf einem kleinen runden Tischchen gleich neben der Eingangstür ab. Von dort hatte man einen guten Blick aus dem Schaufenster auf den Gehweg. „Bringen Sie den kleinen Hocker von dort drüben mit und setzen Sie sich. Ich hoffe, Sie nehmen mir nicht übel, dass ich den Stuhl nehme, aber in meinem Alter …“

Mark winkte ab und nahm Platz. „Wie lange haben Sie den Laden schon?“

„Mein Vater hat ihn vor über siebzig Jahren gegründet. Meine Kindheit hab ich zum großen Teil hier verbracht, hinten in der Werkstatt. Damals wurden hier Radios verkauft, später dann Fernsehgeräte und einige Zeit fast gar nichts mehr, weil alles nur unter dem Ladentisch gehandelt wurde. Irgendwann hat mein Vater dann mit Reparaturen begonnen, ich hab den richtigen Beruf gelernt und so kam eins zum anderen.“

„Und wann stieß Herr Tanger zu Ihnen?“

„Heiko hat bei mir zu DDR-Zeiten gelernt, zusammen mit noch zwei anderen Burschen. Aber nur ihn hab ich übernommen. Heiko hatte goldene Hände. Richtig verbiestert und verbohrt war er, wenn er einen Fehler nicht finden konnte. Saß manchmal bis in die Nacht hinten in der Werkstatt und hat gearbeitet. Na ja, war keiner da, der auf ihn gewartet hat. Am Anfang die Oma und dann die Mutter, aber …“ Er hob die Schultern.

„Und sein Vater?“

„Hat sich aus dem Staub gemacht, als Heiko noch im Bauch seiner Mutter war. Manchmal kam es mir so vor, als wäre ich ein wenig Vaterersatz für ihn gewesen. Aber das ist vermutlich übertrieben. Ich hab ihn ein paar Mal mitgenommen, nach Dresden, zu Dynamo, bin ein großer Fußballfan. Heiko kam mit, aber Freude machte es ihm nicht. Also ließ ich ihn in Ruhe. Dann später, nach der Wende, machte er einige Weiterbildungen und wir nahmen Reparaturen von Haushaltsgroßgeräten mit ins Angebot. Das war eine lukrative Sache, bis zum Schluss. Wenn man gute Arbeit leistet, spricht sich das rum. Das wissen die Leute zu schätzen. Aber dann hatte Heiko erst diesen verdammten Unfall, wo er sich den Fuß verknackst hat, und dann kam die Sache mit Monika." Fritz Schmanner strich sich über die Augen. „Wissen Sie, es gibt Menschen, deren Leben scheinbar ohne jegliche Probleme verläuft. Und dann gibt es Menschen, bei denen eins zum anderen kommt. Heiko hatte so ein Leben und jetzt noch dieses Ende." Mit zitternden Fingern führte er seine Tasse zum Mund und nippte daran.

„Das klingt tragisch. Heiko scheint Ihnen sehr nahegestanden zu haben", meinte Mark.

„Er war der Sohn, den ich mir immer gewünscht habe. Das durfte ich meine Frau nicht hören lassen, aber ich glaube, sie wusste es. Hab zwei wunderbare Mädels, auf die ich stolz bin. Aber im Stillen hätte ich mir manchmal einen Sohn gewünscht, der all das hier fortführt. Als der nicht kam, beschloss ich, dass Heiko alles bekommen soll. Aber vermutlich wäre das eher eine Strafe als ein Segen gewesen."

„Wie war er als Mensch?"

Fritz Schmanner dachte kurz nach. „Unsicher, manchmal nicht so ganz anwesend auf dieser Welt. Heiko war schüchtern. Wenn weibliche Kundschaft hereinkam, brachte er manchmal kaum einen Ton raus. Aber gleichzeitig war er stur, mit dem Drang, Dinge zu reparieren, die andere längst aufgegeben hatten. Monika war der Deckel für seinen Topf. Sie war wie er, obwohl ..."

„Obwohl?"

„Nichts." Fritz Schmanner nahm einen weiteren Schluck.

„Wann haben Sie Heiko das letzte Mal gesehen?"

„Das war seltsam. Ich war bei der Beerdigung seiner Frau, furchtbare Sache. Dann hab ich einige Male bei ihm angerufen, aber er stand vollkommen neben sich, wollte nicht reden. Also schlief der Kontakt zwischen uns ein. Aber vor drei Wochen stand er eines Nachmittags plötzlich in meinem Laden."

Mark horchte auf. „Und was wollte er? Sie einfach nur besuchen?"

„Das ist ja das Seltsame: Ich weiß nicht, was er wollte." Fritz Schmanner schloss die Augen. „Er kam zur Tür herein, ein wenig außer Atem, fast schon gehetzt, als wäre er auf der Flucht. Was natürlich lächerlich ist."

„War er zu Fuß?"

„Ja, mit zwei Krücken, mit denen konnte er einige Schritte laufen. Sein orthopädischer Schuhmacher ist gleich um die Ecke. Heiko hat mir stolz seine orthopädischen Schuhe gezeigt. Und ich war irgendwie froh, dass er sich allmählich etwas zu berappeln schien."

„Und dann?"

„Er saß hier auf dem Stuhl, auf dem ich jetzt sitze, und schaute aus dem Fenster. Erst dachte ich, er würde auf jemanden warten. Aber es kam niemand. Irgendwann bat er mich, ob er mein Telefon benutzen und sich ein Taxi rufen könnte. Da waren bestimmt anderthalb Stunden vergangen. Ich gab es ihm und er telefonierte. Nach zehn Minuten kam der Wagen, Heiko verabschiedete sich und verschwand. Das war das letzte Mal, dass ich …" Er schluckte heftig und Mark gab ihm einige Momente Zeit.

„Hat er Ihnen etwas übergeben, etwas hiergelassen?"

Fritz Schmanner schüttelte den Kopf. „Nein, nicht dass ich wüsste."

„War er zum Beispiel hinten, in der Werkstatt?"

„Ich war einmal auf der Toilette, da könnte er natürlich … Aber warum und was sollte er hiergelassen haben?" Mark fühlte sich neugierig gemustert und beschloss, die Katze zumindest teilweise aus dem Sack zu lassen.

„Heiko glaubte, Beweise zu haben, dass der Tod seiner Monika kein Unfall war."

„Ach, immer noch die alte Geschichte? Er hat anfangs davon gesprochen, damals, bei der Beerdigung und später auch am Telefon. Aber Sie glauben doch nicht wirklich …"

Mark hob die Schultern. „Momentan dürfen wir nichts ausschließen."

„Es wäre also möglich …" Fritz Schmanner zog die Luft pfeifend durch die Zähne.

„Was meinten Sie vorhin, als wir über Monika sprachen? Sie sagten, sie wäre wie Heiko gewesen und dann *obwohl*?"

Fritz Schmanner schwieg zunächst. „Ich … ich … ach, wissen Sie, es war etwas, das meine Frau einmal zu mir gesagt hat", stotterte er. „Sie meinte, dass Monika wie eine Frau wirkte, die etwas Schlimmes erlebt hat. Sie würde es in ihren Augen sehen. Meine Frau hatte manchmal solche Anwandlungen oder, sagen wir eher, solche Eingebungen. Ich habe Monika nur ein paar Mal getroffen. Sie war ein fröhlicher Mensch und dennoch war da wirklich eine Traurigkeit. Vielleicht hing das damit zusammen, dass sie eine schwere Zeit mit der Pflege ihrer Eltern hatte. Vielleicht war es etwas anderes, aber was, kann ich Ihnen nicht sagen."

„Unter Umständen sollte ich mit Ihrer Frau sprechen."

„Sie lebt im Altenheim, schwere Demenz. An guten Tagen erkennt sie mich noch, aber alles andere hat sie vergessen. Selbst, dass sie zwei Kindern das Leben geschenkt hat." Fritz Schmanners rechte Hand begann stark zu zittern. Mit der linken hielt er sie fest.

„Das tut mir leid", meinte Mark. Am liebsten hätte er dem alten Mann seine Hand auf den Arm gelegt. Aber auch damit konnte man derartigen Kummer nicht lindern.

„So ist das Leben", sagte Schmanner trocken und rang sich ein Lächeln ab.

„Hat Heiko jemals über Monikas Vergangenheit gesprochen?"

„Nur, dass sie sich dort in der Nähe von Weinböhla in diesem Verein kennengelernt haben. Sonst nichts."

„Ich verstehe." Mark leerte seine Tasse und stellte sie auf den Tisch. „Gibt es noch etwas, das Ihnen einfällt, irgendwas, das in letzter Zeit passiert ist?"

„Ach, wissen Sie, in meinem Leben passiert nicht mehr viel. Ein Tag ist wie der andere. Meine Kinder sagen, ich soll den Laden schließen. Doch wenn ich das tue, werde ich binnen kurzer Zeit ins Gras beißen. Ich freue mich an den wenigen Dingen, die ich noch reparieren darf, auch wenn ich die Aufträge an einer Hand abzählen kann." Plötzlich hielt er inne. „Moment mal, jetzt fällt mir etwas ein. Da war eine Frau in meinem Geschäft, vorige Woche. Sie hatte einen kaputten Toaster bei sich. Aber irgendwie hatte ich das Gefühl, dass der Toaster nur als Vorwand diente. Denn sie stellte das Ding einfach ab und begann, mit mir zu plaudern. Sie fragte nach Heiko und erzählte, dass der bei ihr mal eine Waschmaschine repariert und super hinbekommen hätte. Ob er noch arbeiten würde und so. Ich verneinte und erzählte ihr von Monikas Tod. Sie war regelrecht ergriffen, so sehr, dass ihr schwindlig wurde. Dann bat sie mich um ein Glas Wasser und ob sie einen Moment in der Werkstatt Platz nehmen könnte, weil es hier vorn so stickig wäre. Dabei war es gar nicht stickig. Ich ließ sie dennoch nach hinten, bei mir ist eh nichts zu holen. Nach einer Weile ging es ihr besser und sie ging wieder. Komisch war das irgendwie."

„Wie sah sie denn aus?"

„Groß, blond, trug ein schickes Kostüm. Etwa fünfzig, würde ich denken."

Mark schlug seine Beine übereinander. „Haben Sie die Frau allein gelassen?"

Energisch schüttelte er den Kopf. „Nicht eine Sekunde."

„Wurde irgendwann mal bei Ihnen eingebrochen?"

Eine tiefe Furche bildete sich auf Fritz Schmanners Stirn. „Nein, wie ich schon sagte, bei mir ist nichts zu holen."

„Hätten Sie etwas dagegen, wenn ich mich bei Ihnen umschaue, hinten in der Werkstatt?" Die Furche auf Schmanners Stirn wurde noch tiefer. „Ich habe keinen Durchsuchungsbefehl, also …"

„Sagen Sie mal, gehören Sie zu der Truppe, die gestern bei mir war und Fragen zu Heikos Tod stellte, oder sind Sie eine eigene Truppe?"

Mark lächelte. „Letzteres trifft es ganz gut. Haben Sie denen das mit der Frau erzählt?"

Fritz Schmanner schüttelte den Kopf. „Nein, hab ich, ehrlich gesagt, vergessen. Und vermutlich hat es auch nicht die geringste Bedeutung." Er schwieg kurz. „Schauen Sie sich um. Aber nach was suchen Sie denn?"

„Wenn ich das nur wüsste. Dokumente, Papiere vielleicht."

„Ich will Ihnen die Hoffnung nicht nehmen, machen Sie ruhig."

Mark suchte oberflächlich, es war ein Versuch, aber all das passte nicht zu dem geplanten Treffen mit Stier und Ralle. Denn zu dem hatte Heiko die entsprechenden Beweise ja mitbringen wollen.

Eine Viertelstunde später trat Mark wieder in den Verkaufsraum. Fritz Schmanner saß noch immer auf seinem Stuhl und schaute nach draußen. „Ich glaube, Heiko hatte Angst, damals, bei seinem letzten Besuch. Ja, je länger ich darüber nachdenke, umso deutlicher sehe ich seinen Gesichtsausdruck vor mir, seine Augen."

„Und wovor?"

„Ich weiß es nicht. Keine Ahnung, warum er noch einmal zu mir gekommen ist. Vielleicht war er wirklich auf der Flucht, vor wem auch immer. Ich hoffe nur eines: dass er Frieden hat, dort, wo er jetzt ist. Und dass er wiedervereint ist mit seiner Monika, denn das war sein einziger Wunsch."

Mark nickte und legte Fritz Schmanner nun doch einen Moment seine Hand auf die Schulter. „Danke für Ihre Zeit."

„Ach, es war eine kleine Abwechslung. Wenn auch aus traurigem Anlass."

Mark öffnete die Tür und wollte das Geschäft gerade verlassen, als Fritz Schmanner ihn noch einmal zurückrief. „Der Toaster, den die blonde Dame mitgebracht hat, ist übrigens noch immer hier. Ich habe zu spät bemerkt, dass sie ihn bei mir vergessen hat." Überrascht drehte Mark sich um. „Wäre ja möglich, dass Sie ihn vielleicht mitnehmen möchten."

„Sehr gern."

Er schlurfte nach hinten und kam gleich darauf mit einem dieser billigen Geräte zurück, die es für unter zwanzig Euro in jedem Supermarkt zu kaufen gab. „Das ist er."

„Würden Sie die Frau erkennen? Falls ich irgendwann mit einem Foto zurückkommen würde?"

„Ich denke schon, sie war eine Erscheinung, groß, schlank, sehr gut gekleidet. Und sie trug ein Parfüm, das selbst nach einer Stunde noch gut zu riechen war."

Kapitel 10

Verstohlen schielte Stier auf seine Uhr. Anscheinend nicht verstohlen genug, denn der wütende Herr mit Gehstock und borstigen Büscheln von Haaren, die aus seinen Ohren wuchsen, fragte mit lauter Stimme: „Hören Sie mir überhaupt zu oder befinden Sie sich schon im Feierabend?"

„Natürlich höre ich zu", erwiderte Stier und schluckte weitere Erwiderungen herunter. Seit einer halben Stunde standen sie vor einem Mietshaus auf der Burgstraße und mussten sich einen Vortrag über die für die morgige Abholung auf dem Gehweg zurechtgestellten Mülltonnen anhören. Besagter Herr war der Meinung, dass die Mülltonnen des Nachbarhauses eindeutig zu weit vor seinem Gebäude standen, und das brachte ihn in Rage. Das war an sich nichts Neues. Sorgte die Thematik doch regelmäßig für Ärgernisse. Aber diesmal so sehr, dass der Mann die Polizei gerufen hatte und mit einer Anzeige drohte.

Natürlich hatten Stier und Reusch mit den Mietern des anderen Hauses gesprochen, speziell mit einer sehr netten Frau, die in der ersten Etage wohnte und die Dinge ein wenig anders sah, hatte sie doch die Mülltonnen ordnungsgemäß platziert. Dass Passanten diese dann verschoben, zum Beispiel um zu parken, lag nicht mehr in ihrer Macht, wie sie sagte.

Reusch versuchte nun mit viel Geduld, dem wütenden Herrn den Sachverhalt nahezubringen. Bis jetzt mit wenig Erfolg. Er hatte die Mülltonne sogar zurück an ihren alten Platz geschoben, aber auch das brachte nichts. Noch immer stand eine Anzeige im Raum und immer mehr Anwohner erschienen an den

Fenstern, um Pro und Kontra der Angelegenheit zu diskutieren.

Stier ertappte sich dabei, dass er tatsächlich abschaltete und ab und zu mit der Hand an die Brusttasche seines Hemds fasste. Darin steckte nämlich ein Zettel mit einer Adresse.

Als er vor einigen Stunden auf dem Revier zum Dienst erschienen war, hatten ihn zwei Neuigkeiten erwartet. Die erste bekam er schon auf dem Parkplatz zu hören – Udo Fraschik war gestern Abend aus der Untersuchungshaft entlassen und zurück ins *Seniorenheim Sonnenhof* gebracht worden. Die näheren Gründe wusste niemand und wilde Spekulationen machten die Runde. Stiers Kollege Walter sah die Sache weitaus pragmatischer: „Sie hatten vermutlich keine Beweise gegen Udo, das dürfte alles gewesen sein."

Die zweite Neuigkeit zog Walter gleich anschließend aus seiner Tasche, nämlich einen zugeklebten Umschlag. „Hier, soll ich dir von Frau Kopke geben, du weißt schon, die im Rathaus arbeitet. Wir haben uns heute Mittag zufällig bei *Fleischer Richter* in der Marktgasse getroffen. Es gab Linseneintopf." Walter verdrehte kurz die Augen. „Lecker. Jedenfalls kritzelte Frau Kopke was auf einen Zettel, steckte ihn in einen Umschlag und gab ihn mir mit. Du wüsstest schon Bescheid."

„Danke." Stier steckte den Umschlag in seine Tasche und wollte nach draußen gehen, um zu schauen, was Frau Kopke ihm mitgeteilt hatte.

Doch Walter hielt ihn zurück. „Habt ihr schon was rausgefunden, du und Reusch?" Stier hob eine Augenbraue und schwieg. „Tu nicht so. Das halbe Revier weiß, dass ihr euch ein bisschen umhört. Und alle halten dicht."

„Bis jetzt sind wir noch nicht viel weiter", gestand Stier.

„Na, wenigstens haben sie den armen Udo entlassen." Walter seufzte. „Wie auch immer, wenn du meine Hilfe brauchst, sag Bescheid." Dann wandte er sich wieder seinem Bildschirm zu.

Stier zog den Umschlag aus seiner Tasche und öffnete ihn.

Lieber Herr Stier, hab grad Ihren Kollegen getroffen. Anbei die Adresse meiner Kollegin Ursel aus dem Archiv, bitte unbedingt vorher anrufen. Sie geht manchmal mit ihrem Hund, möchte aber unbedingt persönlich mit Ihnen reden.

Darunter standen eine Adresse und eine Telefonnummer.

Doch statt auf der Stelle zur Tat schreiten und diese Ursula Kreutz aufsuchen zu können, jagte ein Einsatz den nächsten. Und nun standen sie hier auf der Burgstraße und die Uhr zeigte schon sieben. Praktisch nichts von dem, was zu Schichtbeginn geplant worden war, hatten sie umsetzen können.

„Das mag ja alles sein, Herr Fischer, aber ich denke, dass es keinen Grund für eine Anzeige gibt", sagte Reusch in diesem Moment.

„Und was wäre ein Grund für eine Anzeige? Muss es erst einen Toten geben?"

Stiers Pulsschlag schnellte angesichts dieser Aussage in die Höhe. Da öffnete sich die Tür des Nachbarhauses und die junge Frau, mit der Stier und Reusch vorhin gesprochen hatten, trat nach draußen. „Wir haben uns grad in den Innenhof gesetzt, Herr Fischer. Frau Koller von ganz oben hat ein paar Schnittchen gemacht und ich habe noch eine gute Flasche Wein gefunden. Vielleicht haben Sie Lust, sich zu uns zu setzen", sagte sie mit einem herzlichen Lächeln und zwinkerte den Polizisten verstohlen zu.

Wenn man den Gesichtsausdruck des gerade eben noch so wütenden Herrn Fischer beschreiben sollte, wäre Verblüffung wohl der beste Begriff gewesen. Die schien so groß zu sein, dass er sich ohne jegliche Gegenwehr einfach mit in den Eingang des anderen Hauses ziehen ließ.

Mit einem Schlag trat Ruhe ein. Die Menschen verschwanden von ihren Lauschpositionen am Fenster, Passanten, die auf eine Eskalation gewartet hatten, gingen ihrer Wege.

Stier atmete tief ein, lief ein paar Schritte weiter und warf einen Blick hinauf zum Burgberg. Das imposante Panorama von Burg und Dom ragte über ihm in den Abendhimmel. Er nahm einige Atemzüge und wandte sich dann wieder seinem Kollegen zu, der gerade die Zentrale über das erfolgreiche Ende ihres Einsatzes informiert hatte.

„Mannomann", murmelte Reusch leise. „Zum Glück ist nun Ruhe. Solche Kinkerlitzchen, Mülltonnen."

„Fragt sich, wie lange." Stier schüttelte den Kopf. „Eigentlich ist er ein ganz verträglicher Typ, der Fischer. Hat früher mal bei den Stadtwerken gearbeitet, wenn ich mich nicht irre."

„Und was machen wir nun?"

Stier hielt bereits den Zettel mit der Adresse in seinen Händen. „Ursula Kreutz wohnt praktisch um die Ecke, Görnische Gasse. In fünf Minuten könnten wir bei ihr sein."

„Dann ruf an", meinte Reusch und klemmte seine Daumen hinter die Träger der Weste.

Der Ruf ging ab und schon Sekunden später meldete sich eine brüchige Stimme. „Kreutz."

„Hier ist Polizeihauptmeister Jens Stier vom Meißner Revier. Ich habe …"

„Oh, ich weiß, Frau Kopke hat mit mir gesprochen."

„Könnten wir bei Ihnen vorbeikommen?"

„Wann?", fragte Frau Kreutz unsicher.

„Am besten jetzt gleich, so in fünf Minuten …"

„Das geht unmöglich, ich muss noch mal kurz mit meinem Hund eine Runde gehen. Er hat seine festen Zeiten."

„Oh, okay", erwiderte Stier. „Was denken Sie denn, wann es passen dürfte?"

„In einer halben Stunde, ja, das dürfte gehen", entgegnete Frau Kreutz und legte augenblicklich auf.

„Komische Person", murmelte Reusch, der mitgehört hatte.

„Scheint ein wenig gehemmt zu sein." Stier ließ das Handy in seine Tasche gleiten, nicht ohne zu checken, ob es eine Nachricht von Ralle oder dessen Frau Ina gab. Aber da war nichts. „Und nun?"

„Döner auf der Neugasse?", schlug Reusch vor und Stier nickte.

Minuten später machten sie es sich mit einem Döner in der Hand auf der nach hinten liegenden Terrasse des Imbisses bequem. Gemächlich strömte die Triebisch an ihnen vorbei Richtung Elbe. Das Rauschen des Verkehrs war verschwunden, nur wenn ein Auto die Brücke am Hahnemannsplatz passierte, war ein gewisses Brummen zu hören. Sonst herrschte Stille. Die Sonne würde bald untergehen, schickte ihre letzten Strahlen in die Meißner Altstadt und zauberte Schatten auf die Gemäuer.

Reusch wischte sich mit seiner Serviette die Kräutersoße vom Kinn. „Hast du schon Pläne für deine freien Tage?"

„Mal schauen", nuschelte Stier mit vollem Mund. „Ein paar Dinge gibt es ja noch zu erledigen, Heikos Nachbarn befragen, nach dem schwarzen Kleinbus an der *Bosel* recherchieren. Und mal schauen, was mit Ralle rauskommt."

„Du sorgst dich, oder?" Reusch nahm einen weiteren Bissen. Ein Stück Fleisch samt Kräutersoße landete auf seinem Oberschenkel. Kopfschüttelnd versuchte er, den Fettfleck wegzuwischen und gab schließlich auf.

„Ja, irgendwie schon. So stur kann doch kein Mensch sein. Vor allem, da ich Ralle eine geharnischte Nachricht auf seiner Mailbox hinterlassen habe." Sogar dass Mark Winter in die Untersuchungen eingestiegen war, hatte Stier ihm verraten und seinen Kumpel gebeten, sich schleunigst bei ihm zu melden. Aber Ralle hüllte sich in Schweigen.

„Vielleicht ist er doch angeln gefahren", gab Reusch zu bedenken.

Stier lachte auf. „Ohne sein Handy? Ralle geht sogar mit Telefon aufs Klo. Vor einiger Zeit ist ihm das in die Schüssel gefallen und war hinüber. Binnen einer Stunde hatte er Ersatz. Nein, er tut keinen Schritt ohne dieses Ding und das Handy liegt in Meißen. Ich frage mich nur immer wieder, wo."

„Bestimmt gibt es eine logische Erklärung." Doch wenn Stier den Gesichtsausdruck seines Kollegen richtig deutete, glaubte der selbst nicht an seine Worte. „Hältst du mich ein wenig auf dem Laufenden?", hakte Andreas Reusch nach.

Stier musste lachen. „Jetzt guckst du wie ein Dackel. Klar halte ich dich auf dem Laufenden. Ich versuche es zumindest. Und du informierst mich, wenn es Neuigkeiten auf dem Revier gibt."

„Mach ich." Reusch schob sich den letzten Rest Döner in den Mund. Und kreuzte anschließend zufrieden die Hände auf seinem Bauch. „Das tat gut und macht satt."

„Und dein Urlaub und die nicht mehr passenden Klamotten?"

Statt einer Antwort winkte Reusch ab und sah auf seine Uhr. „Die halbe Stunde ist fast rum. Wollen wir?"

Die letzten Bissen ließ Stier auf dem Teller liegen. Ein sicheres Zeichen, dass bei ihm etwas nicht stimmte.

Die beiden Polizisten verließen den Imbiss und winkten dem Dönerverkäufer zum Abschied zu, vor dessen Tresen eine kleine Schlange hungriger Kunden wartete. Dann liefen sie gleich gegenüber die Fleischergasse hinauf und bogen nach wenigen Metern in die Görnische Gasse ein. Die hatte sich in den letzten Jahren gründlich gewandelt. Viele Künstler hatten sich hier niedergelassen. Es gab kleine Ateliers und Galerien, lauschige Weinschänken und Cafés.

Stier warf einen Blick auf seinen Zettel und deutete auf ein Haus auf der linken Seite. „Dort muss es sein." Sie betätigten die Klingel, worauf das Türschloss zu summen begann und den Zutritt ins Gebäude ermöglichte. An einer Tür in der ersten Etage stand auf einem messingfarbenen Schild – *Kreutz*. Noch ehe Stier seinen Finger auf den Klingelknopf legen konnte, wurde die Tür geöffnet.

Eine Frau schaute ihnen aus dem Halbdunkel ihrer Wohnung heraus entgegen. „Polizeihauptmeister Stier?"

„Ja, der bin ich." Unsicher musterte die Frau Andreas Reusch. „Und das ist mein Kollege, Herr Reusch."

„Verstehe, kommen Sie doch bitte herein."

Die Polizisten betraten die Wohnung und folgten der Frau zu einer offen stehenden Tür am Ende des Flurs, aus der ein schmaler Lichtstreifen auf die Holzdielen fiel. Ursula Kreutz hatte sie in ihr Wohnzimmer geführt und deutete auf die Couch, die gegenüber des Fensters stand. „Setzen Sie sich doch."

Erst jetzt, im Tageslicht, konnte Stier die Frau näher in Augenschein nehmen. Natürlich hatte er Ursula Kreutz schon einmal gesehen, aber noch nie mit ihr zu tun gehabt. Sie hatte kurze graue Haare und trug eine dunkle Hose und eine Bluse in einem ähnlichen Farbton. Ursula Kreutz war keine schöne Frau, ihr fehlte das, was man eine gewisse Ausstrahlung nannte. Sie war ein Mensch, den man traf und auf der Stelle wieder vergaß. Vermutlich war sie in Stiers Alter, aber das konnte auch täuschen.

Die Einrichtung ihrer Wohnung passte zu Ursula Kreutz' Äußerem. Alles war steril, nirgendwo fanden sich Nippesgegenstände oder Fotos. Einzig ein großes Bild an der Wand, auf dem eine leuchtend gelbe Sonne zu sehen war, zog die Blicke auf sich. Stier betrachtete das Gemälde einige Momente und schaute dann irritiert weg. Es war ihm vorgekommen, als würden die Strahlen der Sonne wellenartig pulsieren. Das sorgte bei ihm für eine gewisse Schwummrigkeit im Kopf, weswegen er lieber Frau Kreutz betrachtete, die ihnen gegenüber auf einem Stuhl Platz genommen hatte. Unsicher verschlang sie ihre Finger miteinander und schaute die beiden Männer abwechselnd verstohlen an.

Tapsende Schritte brachen schließlich das Schweigen. Die angelehnte Tür wurde einen Spalt geöffnet, ein kleiner Hund betrat den Raum und blieb wie angewurzelt stehen.

Fast schon überrascht schnappte Frau Kreutz nach Luft. „Das ist Eddy", sagte sie leise und beugte sich schließlich zögernd nach unten. „Er ist schon ein wenig älter, hört und sieht nicht mehr so gut."

„Welche Rasse ist er?", fragte Stier und versuchte auf dem Sofa, das nicht nur unbequem ausgesehen, sondern tatsächlich unbequem war, eine Stellung zu finden, die seinem Rücken guttat.

„Ein Mischling aus dem Tierheim. Ein wenig Spitz steckt darin. Ich habe ihn mir vor einigen Jahren geholt."

„Ach, wirklich? Ich habe einen Kater aus dem Tierheim geholt."

„Ja?" Der Anflug eines Lächelns huschte über Ursula Kreutz' Gesicht, erstarb aber gleich wieder. „Wie heißt er?"

„Nepomuk", antwortete Stier.

„Ein schöner Name."

Eddy machte einige Schritte auf die beiden Polizisten zu, überlegte es sich dann aber anders und machte es sich in seinem Hundebett bequem.

„Was kann ich denn für Sie tun? Frau Kopke meinte, Sie hätten Fragen wegen Monika, aber … Ich meine, ihr Tod ist doch schon so lange her?"

„Frau Tanger und Sie waren gut befreundet?", fragte Stier und ignorierte die versteckte Frage vollkommen.

Unsicher wiegte Frau Kreutz ihren Kopf. „Befreundet, ich weiß nicht. Eher bekannt, würde ich sagen. Wir haben früher mal ein paar Dinge zusammen gemacht."

„Was für Dinge?", fragte Reusch.

„Nun, wir waren ein- oder zweimal im Kino, haben uns Vorträge oder Lesungen angehört, alles nichts Besonderes."

„Und dann?", hakte Reusch nach.

„Wie, und dann?"

„Nun, Sie sagten, Sie hätten früher Dinge zusammen gemacht. Warum dann später nicht mehr?"

Ursula Kreutz zuckte mit den Schultern. „Monika fand plötzlich diese Leute, die sich um das Schloss kümmerten, und ab diesem Moment engagierte sie sich dort. Sie trat sogar dem Verein bei." Das Knarren einer Diele ließ alle zusammenzucken. Ein Hauch von Röte huschte über das Gesicht der Frau. „Das ist mein Nachbar, also, der über mir. Ein altes Haus, da knarrt und knackt es immer."

Stier nickte zustimmend. „Das kenne ich auch", sagte er und lächelte. „Frau Tanger, also Monika, wendete sich diesen anderen Menschen zu und verbrachte ihre Zeit nicht mehr mit Ihnen."

„So könnte man es sagen."

„Bedauerten Sie das?"

„Bedauern? Eher nein, jeder macht das, was ihm gefällt und muss seinen eigenen Weg gehen. Ich habe Menschen, mit denen ich mich gern umgebe und sie halt auch."

Ein regenbogenfarbener Lichtstrahl tauchte auf einmal an der gegenüberliegenden Wand auf. Stier drehte sich um und machte einen dunkelblauen Kristall, der auf der Fensterbank lag, als Ursache aus. „Ein schöner Stein", sagte er.

„Ja, er reinigt die Luft, sorgt für gutes Klima."

„Ach, tatsächlich?"

„Manche Menschen würden darüber lachen, aber ich glaube daran." Ursula Kreutz erhob sich dennoch, nahm den Stein vom Fensterbrett und legte ihn auf einen Schrank. Der Regenbogen verschwand.

„Als Frau Tanger nach Meißen kam, wie war sie da so?"

„Erschöpft, sie schien viel gearbeitet zu haben und nun wartete eine neue Aufgabe auf sie – die Pflege ihrer Eltern. Kein leichtes Los, vor allem, da es gar nicht ihre leiblichen Eltern waren."

Stier und Reusch tauschten einen überraschten Blick.

„Wussten Sie das nicht? Nun, wie auch immer. Monika wurde als Baby zur Adoption freigegeben. Sie war ein Kind der Sünde." Ursula Kreutz straffte ihre Schultern.

„Ein Kind der Sünde?", hakte Reusch verwirrt nach.

„Nun ja, Monikas leibliche Mutter lebte wohl in schwierigen Verhältnissen und ihr wurde das Kind weggenommen. Nicht mal ein Vater war vorhanden, also natürlich schon, aber …" Verlegen brach Frau Kreutz ab. Ihr Gesicht schimmerte dunkelrot.

„Verstehe", erwiderte Stier knapp. „Ich finde nur die Formulierung *Kind der Sünde* ein wenig grenzwertig. Denn das Kind kann ja nichts dafür, in welche Verhältnisse es geboren wird."

Ursula Kreutz' Hand zuckte zum Anhänger ihrer Kette. Einen Moment schnappte sie nach Luft, beruhigte sich aber schnell wieder. „Sie haben natürlich recht."

„Wissen Sie etwas über Monikas altes Leben? Wo kam sie her, was hat sie dort gemacht?"

„Tut mir leid, sie hat nie viel darüber gesprochen. Sie erwähnte mal den Harz, eine Kleinstadt, aber das kann ich auch falsch in Erinnerung haben. Aber all das dürfte sich doch auf offiziellem Weg herausfinden lassen."

„Natürlich", erwiderte Stier. „Nur manchmal gibt es gewisse Lücken zwischen dem offiziellen Weg und dem, was man vielleicht einer Bekannten anvertraut."

„Möglich."

„Fällt Ihnen sonst noch etwas zu Ihrer ehemaligen Kollegin ein?"

„Nein, tut mir leid. Ich wusste sowieso nicht, was Sie von mir wollen. Aber es war mir wichtig, dass Sie mich nicht auf meiner Arbeitsstelle befragen. Im Rathaus wird schrecklich viel getratscht und ich möchte nicht in einem falschen Licht erscheinen."

„Auf keinen Fall." Stier kämpfte sich auf die Füße und musste sich beherrschen, nicht die Faust an seinen Steiß zu pressen. „Wir danken Ihnen jedenfalls für Ihre Hilfe." Er warf einen knappen Blick auf den schlummernden Eddy. „Er scheint sich ja nicht aus der Ruhe bringen zu lassen."

„Er ist, wie gesagt, schon älter."

Stier betrat den Flur und lugte einen Moment in die gegenüberliegende Küche. Ein kleiner Balkon schloss sich an, der über und über mit Pflanzen zugestellt war. „Schön, wenn man eine Möglichkeit zum Draußensitzen hat. Nach vorn ist es doch sicher manchmal recht unruhig."

„Nach hinten leider auch, seit nebenan diese Weinwirtschaft eröffnet hat. Aber ich muss wohl akzeptieren, dass Rücksichtnahme heutzutage immer seltener wird."

„Da haben Sie wohl recht."

Verschämt drängte Ursula Kreutz sich an ihnen vorbei und öffnete die Wohnungstür und noch ehe Stier etwas sagen konnte, wurde diese hinter ihnen zugeschlagen.

Reusch holte Luft, doch Stier legte schnell den Zeigefinger auf die Lippen. Beschwörend sah er seinen Kollegen an, bis Reusch verstehend nickte. Dann verließen sie das Haus, gingen die Straße ein Stück hinunter Richtung Fleischergasse und pressten sich in den Schatten einer Hauswand.

„Na, was wolltest du mir sagen?", fragte Stier und konnte ein gewisses Grinsen nicht unterdrücken.

„Ich würde denken, dass die gute Ursel nicht allein in ihrer Wohnung war. Das Knarren der Diele kam nämlich nicht von oben, sondern von nebenan."

„Richtig, die Frage ist nur, wer der heimliche Zuhörer war, wegen dem sie uns erst eine halbe Stunde später empfangen konnte."

„Vielleicht ein heimlicher Geliebter", meinte Reusch und lachte. „Mal im Ernst, die Dame war ja vollkommen verspannt."

„Hm, oder extrem verängstigt, eventuell auch eine Mischung aus beidem." Nachdenklich spähte Stier die Gasse entlang. „Mein Gefühl sagt mir, dass es kein Fehler sein könnte, ein paar Minuten zu warten."

Reusch nickte. Es vergingen etwa zehn Minuten, bis sich die Tür von Ursula Kreutz' Haus öffnete. Ein Mann trat nach draußen. Er war dunkel gekleidet, hatte eine Glatze und setzte in diesem Moment ein Basecap auf. Seine Figur wirkte bullig, die Oberarme waren kräftig, wie bei jemandem, der regelmäßig ins Fitnessstudio ging. Mit lockeren Schritten kam er auf sie zu. Als der Mann noch etwa fünfzig Meter entfernt war, blieb er plötzlich stehen. Stier bemerkte, dass Reusch voller Anspannung einen Schritt nach vorn getreten war. Er zog ihn am Arm zurück, doch es war zu spät. Der bullige Mann drehte sich um und lief mit großen Schritten in die Gegenrichtung.

Stier sprintete ihm, so gut es ging, hinterher. Seine Schritte knallten wie Peitschenschläge auf dem Pflaster. Undeutlich hörte er Reusch hinter sich schnaufen. Der Mann gab ebenfalls Gas. So behäbig er im ersten Moment gewirkt hatte, zeigte sich schnell, dass er erstaunlich flink unterwegs war. Denn der Abstand zwischen Stier und ihm wuchs zwar nicht an, wurde aber auch nicht kleiner.

Kurz bevor der Mann die Stufen erreichte, die nach oben Richtung Schreberstraße führten, bog er schlagartig rechts ab und verschwand in einem Hof. Stier folgte ihm und stoppte vor mehreren Garagen. Schwer atmend sah er sich um. Sekunden später tauchte Reusch neben ihm auf, der japsend und keuchend nach Atem rang.

„Wo ist er?", stieß er aus.

„Weg", antwortete Stier ebenfalls schwer atmend und ließ seine Augen aufmerksam über die Gebäude und deren Türen wandern.

„Und nun? Warten?"

„Ich glaube, das macht keinen Sinn. Der wird uns nicht den Gefallen tun, an uns vorbeizuspazieren. Entweder er wartet, bis wir weg sind, oder er kennt einen anderen Weg." Stier zog ein Taschentuch heraus und wischte sich über seine Stirn. „Lass uns gehen."

In gemächlicherem Tempo liefen sie die Görnische Gasse zurück und verharrten einen Moment vor dem Haus von Ursula Kreutz.

„Wir könnten der Dame noch mal einen Besuch abstatten", schlug Reusch vor.

Stier schüttelte den Kopf. „Nein, das wäre keine gute Idee. Wir haben keinen Beweis, dass der Mann bei ihr war oder dass der Typ tatsächlich derselbe ist, mit dem Heiko oben an der *Bosel* war. Auch wenn ich keinen Zweifel daran habe, dass er es war. Vielleicht werden wir sie später noch einmal besuchen, wenn sie nicht damit rechnet. Interessant ist aber eins: Was wollte sie damit bezwecken?"

„Oder jemand anderes?"

Gegen halb elf stieg Stier die Treppe zu seiner Wohnung hinauf. Der abendliche Sprint hatte Kraft gekostet. Seine Waden brannten und sein Hals schmerzte, als würde sich eine Erkältung anbahnen. Das fehlte ihm gerade noch angesichts der freien Tage, die vor ihm lagen.

Stier schloss seine Tür auf und wartete auf den abendlichen Empfang durch Kater Nepomuk. Doch nichts geschah. Weder erklang ein leises Maunzen aus einem der Räume, noch näherten sich schleichende Schritte. Es war still in seinem Heim, zu still.

Stiers Herz schlug beklemmend schnell. War heute der Tag gekommen, vor dem er sich seit längerem unsäglich fürchtete? Ihm stand wieder vor Augen, wie er sich Nepomuk damals aus dem Tierheim geholt hatte, als Ersatz für seinen Hund, den seine Ex-Frau mitgenommen hatte. Lange hatte Stier im Katzenzimmer des Heims gesessen und die vielen Tiere betrachtet, die ihn gleichfalls in Augenschein zu nehmen schienen.

„Wer ist am längsten da?", hatte er schließlich gefragt.

„Der schwarze Kater da ganz oben auf dem Kratzbaum."

Stier hatte sich dem Tier genähert und es angeschaut. Der Kater hatte seine Augen scheinbar geschlossen gehabt, doch Stier war sich sicher, genau beobachtet zu werden. Schließlich hatte er seine Hand gehoben und sie dem Kater sanft vor die Nase gehalten. Nepomuks Schnurrhaare hatten gezittert. Aber gerührt hatte er sich nicht.

„Woher stammt er?"

„Wir haben ihn bei einem älteren Herrn gefunden. Sein Alter können wir nur schätzen."

Stier hatte genickt. „Ich nehme ihn." Seitdem gingen Nepomuk und er gemeinsam durchs Leben. Sie hatten sich zusammengerauft. Aus dem scheuen Tier, das sich am Anfang nicht hatte streicheln lassen, war Nepomuk, der Schmusekater geworden. Und nun? Sollte er … Stier wollte den Gedanken nicht zu Ende führen.

Er ging durch seinen Flur und betrat mit angehaltenem Atem die Küche. Doch Nepomuks Ruhebett neben der Balkontür war leer. Verblüfft ging er ins Wohnzimmer, dann ins Bad. Vor seiner Schlafzimmertür blieb Stier stehen und hielt inne. Die Tür war geschlossen. Stier schloss sie nie, damit Nepomuk überall in den Räumen herumstreunern konnte.

Entschlossen drückte er die Klinke herab. Ein klägliches Maunzen erklang und da schmiegte sich Nepomuk auch schon an seine Beine. Stier hob ihn hoch, presste ihn einen Moment erleichtert an seine Brust und rang nach Atem.

„Einen so zu erschrecken, du Racker." Er ging mit ihm zum Kühlschrank und schnitt eine extra dicke Scheibe von der Jagdwurst ab, die Nepomuk so liebte.

Die teilte Stier in kleine Häppchen und stellte den Teller auf den Boden.

Glücklich sah er dem Kater beim Fressen zu und hielt plötzlich inne. Er schloss nie die Tür, niemals. Sie konnte auch nicht von allein zugefallen sein. Stier ging hinüber ins Wohnzimmer und drückte auf den Lichtschalter. Alles schien wie immer zu sein. Er öffnete einen Schrank, sah hinein, zog eine Schublade heraus und zögerte. Im Schlafzimmer machte er das Gleiche. Stier kniete sich vor seinen Nachtschrank und entnahm ihm eine Mappe, in der er wichtige Dokumente aufbewahrte, wie zum Beispiel Zeugnisse seiner Ausbildung. Alles war da, scheinbar wie immer.

Hastig sprang er plötzlich auf und lief zurück in die Küche. Nepomuk vertilgte gerade die letzten Reste der Wurstscheibe. Doch das war Stier egal, sein Blick fiel auf den Tisch, an dem sie heute Morgen gefrühstückt hatten. Die leeren Kaffeepötte standen noch da. Auch der Notizblock lag noch da. Doch der Zettel, auf dem Mark seine Notizen gemacht hatte, war verschwunden.

Stier sah sich um, suchte die Schränke ab, doch da war nichts. Kein Zweifel, jemand musste in seiner Wohnung gewesen sein. Oder sollte Mark den Zettel mitgenommen haben und seine angespannten Nerven spielten ihm einen Streich?

Da riss ihn das Klingeln des Handys aus seinen Gedanken. Erschrocken zuckte Stier zusammen und sah eine ihm unbekannte Nummer auf dem Display. Vielleicht Ralle? Vielleicht kam endlich der so lang erwartete Anruf.

„Stier", meldete er sich.

„Hallo Herr Stier", meldete sich eine weibliche Stimme. „Ich weiß, es ist schon spät, aber mir ist gerade etwas eingefallen. Und da Sie mir sagten, ich könne Sie immer anrufen, mach ich das."

„Wer ist denn dort?", fragte er verwundert.

„Sarina Jahn vom *Boselgarten*, erinnern Sie sich?"

„Aber natürlich, Frau Jahn, entschuldigen Sie."

„Ich hoffe, ich hab Sie nicht geweckt."

„Aber nein", erwiderte Stier. „Ich bin gerade vom Dienst gekommen, hatte Spätschicht."

„Na, dann ist es ja gut. Sie sagten, ich solle Sie anrufen, wenn mir noch etwas eingefallen ist."

„Richtig", stimmte Stier ihr zu und spürte erneut seinen Puls steigen. Diesmal nicht aus Sorge um Nepomuk, sondern aus einer inneren Erregung heraus.

„Ich hab Ihnen doch von dem Auto erzählt, diesem Kleinbus, mit dem Ihr Freund immer zur *Bosel* gefahren wurde. Und heute fiel mir etwas ein. An dem Auto war ein Logo erkennbar, hinten an der Kofferraumklappe und ich glaube auch an den Seiten."

„Ach wirklich, und was für ein Logo?"

„Ein Stern, ein goldener Stern."

Stier spürte einen Hauch von Enttäuschung – ein goldener Stern. Das würde sie keinen Millimeter weiterbringen.

„Aber der Stern war kein gewöhnlicher Stern, er wirkte anders, irgendwie ungleichmäßig. Wie kleine Kinder ihn malen würden", fuhr Sarina Jahn fort.

„Könnten Sie ihn mir zeichnen?", hakte er nach.

„Ich denke schon. Soll ich Ihnen das Bild schicken?"

„Das wäre wunderbar. Ginge es jetzt gleich?"

„Aber ja." Sarina Jahn legte auf.

Stier ging auf den Balkon, steckte sich eine Zigarette an und fixierte sein Handy. Es vergingen etwa fünf Minuten, bis eine Nachricht aufleuchtete. Er tippte mit einem Finger darauf und sah tatsächlich einen Stern mit ungleichmäßigen Zacken.

Doch das war nicht alles, Stier kannte diesen Stern, er hatte ihn schon gesehen, und zwar auf einem Flyer in Heikos Haus.

Kapitel 11

Obwohl viele Wege heimwärts nach Dresden führten, wählte Mark absichtlich den, der am rechten Ufer der Elbe und somit auch unmittelbar an der *Bosel* entlangführte. Er hatte zwar heute Morgen aus seinem Auto heraus schon von der anderen Elbseite einen ersten Blick auf den Felsen geworfen, aber nun wollte er ihn noch einmal genauer in Augenschein nehmen. Wenn auch erst einmal nur von unten.

Mark hatte Zeit, denn sein für den Nachmittag geplanter Termin hatte ihm abgesagt und um einen Besuch am nächsten Tag gebeten. Für ihn kein Thema, dann würde er diesen mit Jens Stier wahrnehmen, was nicht schaden konnte. Er fühlte sich seltsam entspannt, wie jemand, der sich gerade im Urlaub befand. Das war nicht mal so falsch, denn er hatte keine dringenden Termine, keine Rapportsitzungen beim Chef – kurzum, es gab niemanden, dem er Rechenschaft über seinen Tagesplan ablegen musste.

Schnell war das Ortseingangsschild von Sörnewitz erreicht. Mark drosselte das Tempo und bog auf den Parkplatz einer Bäckerei ab, die Stier irgendwann einmal in seinen Erzählungen rund um die *Bosel* erwähnt hatte. *Bäckerei Kralacek* stand über der Tür. Er schaute Richtung Felsen und obwohl er gerade bei Fritz Schmanner einen Kaffee getrunken hatte, beschloss er, dass ein zweiter nicht schaden konnte. Deshalb trat er ein.

Die Verkäuferin bediente gerade einen Kunden, was ihm die Zeit gab, das vielfältige Kuchenangebot zu studieren. Wenn Mark ehrlich war, fühlte er sich immer noch gesättigt von Stiers belegten Brötchen. Aber etwas Süßes fand definitiv noch Platz.

„Bitteschön? Was darf es denn sein?"

„Einen Kaffee bitte und …" Wieder strichen seine Augen die Auslage entlang. „Sagen Sie, kennen Sie einen Polizisten namens Jens Stier?"

Verwundert schaute die Frau ihn an und nickte dann. „Sie meinen den vom Meißner Revier?"

„Genau den. Was isst der denn immer bei Ihnen?"

„Warum fragen Sie das?"

„Er ist ein Kollege von mir und …"

„Mohnlänge", sagte die Verkäuferin und lächelte. „Aber die haben wir heute nicht mehr und da wäre Jens' zweite Wahl garantiert die Erdbeertorte."

„Das klingt super, ich nehme ein Stück."

Mit dem Tablett in der Hand suchte Mark sich auf der schattigen Terrasse einen Tisch, von dem aus er die *Bosel* gut im Blick hatte. Dann ließ er sich das Stück Torte schmecken und dachte nach. Wieder einmal versuchte er zu ergründen, was einen Menschen dazu bewegen konnte, einen Schlussstrich unter sein Leben zu setzen. Auch mit Rüdiger Lemke hatte er schon unzählige Male darüber philosophiert, wie stark dieser eine Punkt sein musste, an dem es reichte. Mark hatte in seinem Leben einige Krisen erlebt, aber in diese Richtung hatte er nie gedacht. Vielleicht, weil die Krisen viel zu gering gewesen waren, gegenüber dem, was manche Menschen durchmachen mussten. Aus seiner Sicht gehörte zu diesem Schritt sehr viel Mut und …

„Muss ich mir Sorgen machen?" Die Stimme der Verkäuferin riss Mark aus seinen Gedanken. Mit einem Kaffeepott in der Hand stand sie neben ihm und musterte ihn aufmerksam.

„Sie meinen wegen …" Er deutete auf die *Bosel*. Die Frau nickte.

„Keine Angst, wie ich schon sagte, ich bin ein Kollege von Jens Stier, von der Mordkommission in Dresden."

„Ich verstehe. Darf ich?" Sie deutete auf den freien Stuhl ihm gegenüber und nahm Platz. „Die *Bosel* ist ein

wunderschöner Ort. Waren Sie schon einmal oben?",
fragte sie und nippte an ihrem Kaffee.

„Bis jetzt noch nicht."

Forschend sah sie ihn an. „Ich kenne Sie, ich glaube,
aus der Zeitung. Sie haben schon mal in Meißen
ermittelt, nicht wahr? Wegen der toten Bergmann vom
Hotel, und die Sache mit der vergifteten Weinkönigin
haben Sie auch untersucht."

„Stimmt." Mark lächelte. „Nur diesmal bin ich eher
privat unterwegs, höre mich ein wenig um."

„Meißen hat es Ihnen also angetan."

„Es ist eine schöne Gegend, trotz all der Morde."

„Sabine Kralacek." Die Frau reichte ihm die Hand.

„Mark Winter, freut mich."

„Sie sagten gerade Morde, also gehen Sie davon aus,
dass dieser Mann nicht aus freien Stücken die *Bosel*
hinabgesprungen ist?"

„Das kann man jetzt noch nicht mit Gewissheit
sagen. Kannten Sie ihn?"

Sie schüttelte den Kopf. „Nicht dass ich wüsste.
Aber den Udo kenne ich. Zum Glück haben sie ihn
freigelassen."

Mark zog eine Augenbraue hoch. „Wirklich?"

„Sie scheinen nicht gut informiert zu sein. Er wurde
gestern Abend entlassen und ist wieder im Heim bei
seiner Oma. Eine Schwester, die dort arbeitet, hat es mir
heute Morgen erzählt."

„Sie halten Udo also auch für unschuldig?"

Sabine Kralacek holte tief Luft. „Ganz ehrlich, ich
würde für Udo meine Hand ins Feuer legen. Er ist eine
Seele von Mensch, hilft, wo er kann, liebt Tiere und
Pflanzen. Niemals würde er jemanden vom Felsen
stoßen. Mir ist sowieso ein Rätsel, warum er überhaupt
verhaftet wurde."

„Es gab einen Zeugen, der ihn zum Tatzeitpunkt in
der Nähe des Tatorts gesehen hat."

Sie winkte ab. „Der Kranich aus der *Boselperle*. Der
hat überall herumerzählt, was er beobachtet hat. Genau
diese Öffentlichkeit braucht er und sonnt sich darin."

Mit einem leichten Seufzer trank sie einen Schluck Kaffee. „Aber eins muss man wissen, dem Kranich sollte man nicht alles glauben."

„Sie scheinen nicht viel von ihm zu halten?"

„Sagen wir so, es gibt Menschen, mit denen ich mich lieber umgebe. Wissen Sie, die Zeiten sind nicht leicht. Für keinen von uns. Da ist es wichtig, in einem kleinen Ort zusammenzuhalten, auch wenn man im Grunde in Konkurrenz steht. Mit Zusammenhalt wird alles leichter. Aber Kranich? Er ist ein undurchsichtiger Typ, von dem man nie so genau weiß, was er im Schilde führt."

Mark lehnte sich zurück. „Aber was sollte er für einen Grund haben, zu lügen? Also bezüglich Udo?"

„Keine Ahnung", erwiderte Sabine Kralacek achselzuckend. „Vielleicht sagt er auch die Wahrheit. Möglich ist es natürlich, vor allem, da ja zwei seiner Gäste angeblich bei ihm waren."

„Kranich führt eine Gaststätte hier im Ort, nicht wahr?"

„Ja, die *Boselperle*. War mal ein tolles Restaurant. Wobei ich fairerweise sagen muss, dass Kranich gute Ideen hatte. Sie waren nur eine Nummer zu groß und dann fehlte ihm das Durchhaltevermögen für seine Pläne. Inzwischen macht er sein Ding, nur halt eine Nummer kleiner. Er hat ein Nebengebäude zum Seminarhaus umgebaut, einen neuen Koch eingestellt und geht andere Wege. Es ist ruhiger geworden um ihn. Und wer weiß, vielleicht bringt die Zukunft Möglichkeiten, wieder einen Schritt aufeinander zuzugehen. Das Leben ist Veränderung, man weiß nie, was hinter der nächsten Kurve wartet."

„Da haben Sie recht. Ich hätte noch eine andere Frage: Haben Sie in letzter Zeit öfter mal einen dunklen Kleinbus hier im Ort gesehen?", fragte Mark und hoffte, damit Stier nicht allzu sehr vorzugreifen.

„Genauer geht es wohl nicht?"

„Leider nein."

„Tut mir leid. Wissen Sie, was hier manchmal im Sommer los ist? Außerdem, dunkle Kleinbusse gibt es wie Sand am Meer."

„Sie haben natürlich recht." Der letzte Bissen Erdbeertorte wanderte in Marks Mund.

„Hat der dunkle Kleinbus etwas mit dem Fall zu tun?"

„Vielleicht." Unschlüssig ließ Mark noch einmal seinen Blick über den Felsen wandern.

„Schaurig schön, nicht wahr? Lassen Sie irgendwann mal Ihr Auto unten stehen und wandern Sie hinauf. Am besten an einem lauen Sommerabend. Nehmen Sie Ihre Frau mit, falls vorhanden, und vielleicht eine Flasche Wein und dann schauen Sie einfach nur über die Elbe, weit in die Ferne. Wenn Sie dann wieder hinabsteigen, sind Sie nicht mehr der Gleiche." Sabine Kralacek stemmte die Handflächen auf den Tisch und erhob sich. „Und falls Sie noch mal eine Frage haben, Sie sind herzlich willkommen und dürfen Jens gerne mitbringen."

„Mach ich, versprochen."

Frau Kralacek verschwand, Mark leerte seinen Kaffeepott, hielt noch einige Minuten inne und machte sich dann auf den Weg Richtung Dresden. Doch schon nach wenigen Metern tauchte am linken Straßenrand ein Hinweisschild Richtung *Boselperle* auf. Auch andere Restaurants und Weinwirtschaften des malerischen Orts wurden genannt. Aber Mark interessierte im Moment nur eine von ihnen. Spontan bog er links ab und folgte der schmalen Straße bis ans Ende von Sörnewitz. Die *Boselperle* war tatsächlich das letzte Haus, danach folgten nur noch Wiesen und Felder. In der Ferne erhoben sich die sanften Hänge des Elbtals.

Mark fuhr im Schneckentempo am Gelände der *Boselperle* vorbei. Er sah zunächst einen modernen Anbau, vielleicht das Seminargebäude, von dem Sabine Kralacek gesprochen hatte. Davor lag eine saftig grüne Rasenfläche, auf der ein großgewachsener Mann in einem hellen Leinendress stand. Er hatte die Arme nach oben gestreckt, weit in den Himmel. Erst auf den zweiten Blick erkannte Mark eine Gruppe von weiteren Personen, die ebenfalls ihre Hände erhoben hatten. Der Mann ließ seine Arme sinken und pendelte mit ihnen locker vor und zurück. Es wirkte wie eine Lockerungsübung beim Sport.

In diesem Moment schien er den ungebetenen Besucher zu bemerken und schaute direkt in Marks Richtung. Er hatte graue Haare, die im Nacken zu einem Pferdeschwanz gebunden waren. Trotz einiger Entfernung spürte Mark den Blick des anderen und gab spontan Gas. War das Fabian Kranich gewesen? Egal, ihm jetzt Fragen zu stellen, wäre der falsche Zeitpunkt, sagte ihm sein Gefühl. Deswegen fuhr Mark weiter und wendete an einem schmalen Feldweg. Als er die *Boselperle* erneut passierte, war der Rasen leer. Sowohl der Mann als auch die anderen Gäste waren verschwunden. Reiner Zufall? Mark konnte es nicht sagen, doch ein seltsames Kribbeln in seinem Magen tauchte auf. Für ihn ein Zeichen, dass die *Boselperle* oder ihr Besitzer noch eine Rolle spielen würde.

Dann machte er sich endgültig auf den Heimweg. Er passierte mehrere kleine Ortschaften, durchfuhr Coswig und erreichte Radebeul. Dort bog er an einem großen Einkaufszentrum kurz ab, um sich eine Flasche Wasser zu kaufen. Der viele Kaffee heute hatte für ein gewisses Sodbrennen gesorgt.

Wenig später war *Schloss Wackerbarth* erreicht, mit seinen schnurgerade ausgerichteten Wegen, Hecken und Bäumen, die sich im hinteren Teil des Geländes sanft den Berg hinaufschwangen und schließlich in Weinberge übergingen. Oben auf der Kuppe erkannte Mark die runde Kuppel der Radebeuler Sternwarte und erinnerte sich, als Schulkind mit seiner Klasse einmal eine Exkursion dorthin unternommen zu haben. Die Sterne, Planeten und unendlichen Weiten des Weltraums hatten ihn derart fasziniert, dass er auf der Stelle der Sternkunde-AG seiner Schule beigetreten war. Ungeduldig hatte er dem Moment entgegengefiebert, als in der zehnten Klasse endlich Astronomieunterricht auf dem Stundenplan stand. Ganze Nächte hatte er mit seinem besten Freund auf dem Dachboden seines Großvaters gehockt und mit einem alten Fernrohr den Himmel beobachtet. Warum gab es dieses wunderbare Fach eigentlich heute nicht mehr?, fragte Mark sich und fand darauf natürlich keine Antwort.

Je näher er Dresden kam, umso dichter wurde der Verkehr. Manchmal schneller, manchmal ging es nur schrittweise voran. Im Bereich von Mickten wanderten Marks Gedanken zu Peggy. Morgen musste er sie unbedingt anrufen, um sie zu fragen, ob sie vielleicht schon Kontakt zu Christian Randels Assistentin aufgenommen hatte.

In diesem Augenblick begann sein Handy zu klingeln und zu seiner absoluten Verblüffung leuchtete Peggys Nummer auf dem Display auf.

„Ich habe gerade an dich gedacht", meldete Mark sich verwundert.

„Wirklich, Chef?"

„Ich schwöre."

Peggy lachte. „Sehen Sie und schon rufe ich an. Uns verbindet eben doch mehr, als wir wahrhaben wollen."

„So muss es sein", erwiderte Mark. „Und, hattest du schon die Möglichkeit, Kontakt zu Randels Assistentin aufzunehmen?"

Peggy stöhnte leise. „Hatte ich. Dabei wurde mir auch bewusst, warum ich bisher mit der keinen Kaffee getrunken habe."

„So schlimm?"

„Schlimmer. Sie redet und redet, ohne Punkt und Komma"

„Verstehe", meinte Mark resigniert und begann sich innerlich bereits zu fragen, wie er nun an Informationen kommen konnte.

„Aber, Chef, das ist noch nicht alles. Deswegen würde ich Sie doch nie anrufen." Peggy machte eine kurze Pause und er sah förmlich vor sich, wie sie das

Spiel genoss. „Es gibt weitere Neuheiten und die sind ausgesprochen positiv."

„Ach, wirklich?" Mark betätigte kurz seine Hupe, da die Ampel bereits seit Sekunden grün zeigte, der sich vor ihm befindende Fahrer aber angeregt mit seiner Begleitung unterhielt. „Nun fahr doch", knurrte er leise und passierte die Ampel mit Müh und Not bei Kirschgrün.

„Ich habe gerade einen Anruf von unserem großen Chef bekommen. Randels Sekretärin ist schwanger, aber so was von. Das wusste ich natürlich schon. Sie bekommt ihr erstes Kind und war heute zur Vorsorgeuntersuchung. Auch das hat sie mir lang und breit erzählt. Dabei wurde ein extrem hoher Blutdruck festgestellt und der Arzt hat sie auf unbestimmte Zeit aus dem Verkehr gezogen. Wenn Sie mich fragen, sehen wir die nicht mehr wieder. Die kam mit Randel und seiner Art nicht klar. Doch man munkelt, sie war wohl eher auf einen ruhigen Schreibtischposten aus. Aber das ist ein anderes Thema. Jedenfalls rief mich unser Chef an und fragte …"

„Ob du als Assistentin bei Randel einspringen würdest", vollendete Mark Peggys Satz.

„Ganz genau. Ich hab natürlich erst mal gezögert, weil bei uns einiges liegen geblieben ist und so. Aber da ich nicht weiß, wann Sie wiederkommen, wollte ich mal nicht so sein und hab Karstens zugesagt. Ich nehme an, das war in Ihrem Sinne." Peggy kicherte leise.

Mark merkte, wie ihm ein Stein vom Herzen fiel. Eigentlich war er kein großer Fan von Arne Karstens, aber in diesem Moment hätte er ihm die Füße küssen können. Selbst wenn er sich dafür vermutlich hätte auf einen Golfplatz begeben müssen, frönte der Chef doch seit einigen Monaten jeden Freitag seinem neuen Hobby.

„Morgen um acht treffen Randel und ich uns auf der Schießgasse. Es gibt einiges zu tun, wie er mir gerade eben am Telefon sagte. Das bedeutet, ich werde morgen bereits einen ersten Blick in die Unterlagen werfen dürfen. Gibt es etwas, das Sie besonders interessiert?"

Mark dachte kurz nach. Wieder fielen ihm die Worte von Stiers Freundin Barbara ein, den Anfang des Fadens zu finden. Und der lag, aus seiner momentanen Sicht, bei Monika. „Monika Tanger, die Ehefrau des Opfers, ist vor exakt einem Jahr gestorben. Unfall im Garten, alles ziemlich unspektakulär. Die Sache wurde damals untersucht, aber weil es keinerlei Hinweise auf Fremdverschulden gab, blieb es bei der Todesursache Unfall, obwohl der Ehemann behauptete, seine Frau sei umgebracht worden. Wir bräuchten Infos über diese Monika. Vorgeschichte, letzte Wohnorte, Arbeitsstellen und so weiter."

„Verstehe", sagte Peggy. „Ich werde sehen, was ich tun kann und melde mich dann bei Ihnen."

„Du hast was gut bei mir, Peggy", meinte Mark.

„Ich komm eventuell drauf zurück. Also, ich melde mich."

Mark drückte auf die rote Taste, lehnte sich dann zurück und umschloss mit beiden Händen entspannt das Lenkrad. Gerade passierte er das japanische Palais. Der Springbrunnen auf der anderen Seite schoss Fontänen in den frühabendlichen Himmel. Wenig später erhaschte er gleich hinter dem Hotel Bellevue einen Blick über die Augustusbrücke auf Semperoper, Hofkirche und Brühlsche Terrasse. Marks Herz ging auf. Und wieder einmal wurde ihm bewusst, dass Dresden seine Stadt war und er nirgends anders auf der Welt leben wollte.

Kapitel 12

Lachend radelten sie nebeneinander her. Der junge Mann spürte ein triumphierendes Glücksgefühl in seiner Brust. Er hatte es geschafft. Diese Eine, die Unnahbare aus dem Physikseminar, das Mädchen, das dieses Fach genauso liebte wie er, fuhr neben ihm auf der anderen Seite des Waldwegs. Sie hatten zusammen einen Ausflug unternommen. Und das war erst der Anfang, zumindest wenn es nach ihm ging.

Erst hatte er befürchtet, sie würde auf der Stelle ablehnen, als er sich nach einer halben Ewigkeit endlich getraut hatte, sie nach der letzten Vorlesung anzusprechen. Doch dann hatte sie ihn prüfend angesehen und sein Herz hatte wie wild geklopft, während er auf ihre Antwort gewartet hatte.

„Und was wollen wir machen?", hatte sie gefragt.

Das war der entscheidende Augenblick, nun entschied sich alles. Da er noch nicht den geringsten Plan besessen hatte, blieb ihm nur eine Antwortmöglichkeit.

„Überraschung", hatte er geantwortet und in diesem Moment war es ihm gelungen, ihr Interesse zu wecken. Er hatte es förmlich gespürt. Er sah, wie ihre Augen sich weiteten, die Zunge blitzschnell zwischen ihren Lippen hervorkam.

„Also gut, warum nicht?", war ihre Antwort gewesen. „Meine Nummer hast du, schreib mir." Mit wippendem Pferdeschwanz und wiegenden Hüften war sie über den langen Flur der Uni bis zur Mensa geschlendert und er hatte ihr einfach hinterherstarren müssen.

Dann hatte er sich Gedanken gemacht, was ihr wohl gefallen würde. Kino, Party machen, Stadtbummel,

Essen gehen – nein, das war es nicht. Jede dieser Ideen hatte er auf der Stelle wieder verworfen, denn sie war anders. Mitten in der Nacht war ihm dann der rettende Gedanke gekommen und mit einem zufriedenen Lächeln war er eingeschlafen.

Heute Nachmittag hatten sie sich am alten Sportplatz in Lindenau getroffen. Beide wohnten sie dort oben, außerhalb des Elbtals, in einer Gegend, die ortsmäßig noch zu Radebeul gehörte, ihm aber manchmal wie eine andere Welt vorkam. Dörflich war es hier, ruhig, beschaulich. Trotz der vielen neuen Häuser, die in den letzten Jahren gebaut worden waren. Er kannte es nicht anders, nur seine Großeltern zeigten ihm manchmal Fotos von einem anderen Lindenau und sprachen von den guten alten Zeiten.

Sie war erst vor kurzem nach Radebeul gezogen. Ihre Eltern arbeiteten im Krankenhaus, hatte er erfahren. Deswegen hoffte er, mit dem Ausflugsziel bei ihr punkten zu können.

Lange vor der vereinbarten Zeit war er am Treffpunkt gewesen und hatte ungeduldig in die Richtung geschaut, aus der sie kommen musste. Auf seinem Gepäckträger hatte ein Korb geklemmt, mit einer Decke darin, Getränken und ein paar Sachen zum Naschen wie Weintrauben, herzhaften Keksen und Chips.

Nach einer kleinen Ewigkeit, zumindest kam es ihm so vor, war sie gekommen. Sie trug ein hellblaues Shirt, eine kurze Jeans und wieder ihren frech wippenden Pferdeschwanz.

Dann waren sie losgefahren. Immer Richtung Moritzburg. Doch irgendwann war er auf einen schmalen Waldweg abgebogen und nach einigen Minuten hatte er vor ihnen gelegen – der Seerosenteich. Einen Moment hatte er eine tiefe Enttäuschung gespürt. Bei seinem letzten Besuch war die Wasserfläche über und über mit unzähligen Blüten bedeckt gewesen. Nun sah er nur einige vereinzelte Exemplare. Kurz gesagt, machte der See seinem Namen keine Ehre. Ihr schien es dennoch zu gefallen, denn sie lächelte versonnen.

„Woher kennst du diesen Platz?", hatte sie ihn gefragt.

„Ich war öfter mit meinem Opa hier. Der kennt den Wald wie seine Westentasche, weiß, wo die besten Pilzstellen sind und an welchen Orten die Russen früher ihre Panzerstellungen hatten."

Wieder waren ihre Augen ganz groß geworden. „Wow, ehrlich? Meine Großeltern haben mir keine solchen Geschichten erzählt. Erzähl mir von deinem Opa und wie es hier früher war."

Dann hatten sie die Decke am Rande einer kleinen Lichtung ausgebreitet und sich hingesetzt. Er hatte erzählt und sie hatte ihm zugehört. Sie hatten gequatscht, gelacht, getratscht und die Zeit war wie im Fluge vergangen. Irgendwann hatte er es gewagt und seine Hand auf ihre gelegt. Sie hatte sich nicht gewehrt und so hatte er sich zu ihr gebeugt und ihr einen Kuss gegeben. Ihre Lippen waren feucht gewesen und hatten köstlich geschmeckt.

Erst in der Dunkelheit hatten sie sich auf den Heimweg gemacht. Alles wäre super gelaufen, wäre da diese blöde Wurzel nicht gewesen, die quer über den Weg wuchs, aber aufgrund des schlechten Lichts nicht zu sehen war. Ihre Pedale verhakte sich anscheinend. Dann stürzte sie und die Kette ihres Rads sprang ab.

Einen Moment befürchtete er, sie würde ausflippen. Doch sie rieb sich nur ihr schmerzendes Handgelenk, strich den Schmutz von ihrer Hose und sah ihn fragend an. „Was machen wir denn nun?"

Während sie ihm mit ihrem Handy leuchtete, versuchte er, die Kette zu reparieren. Das war ohne Werkzeug gar nicht so einfach und wenn er ehrlich war, kannte er sich mit solchen Sachen nicht gut aus. Opa hätte Rat gewusst, aber der war nicht da. Aber sie blieb ruhig und machte ihm Mut. „Du schaffst das." Einen Moment sah er sie an, suchte in ihrem Gesicht nach

Spott, aber da war nichts. Er sah nur ganz viel Gelassenheit.

Gemeinsam gelang es ihnen, die Kette wieder aufzulegen. „Na, siehst du", sagte sie und lächelte.

„Wir scheinen ein Dreamteam zu sein", erwiderte er und beugte sich noch einmal zu ihr, um sie zu küssen. Diesmal legte sie die Hände um seinen Nacken und in seinen Lenden begann es zu pulsieren.

„Aber nun sollten wir uns auf den Heimweg machen. Es ist gleich zehn", meinte sie und etwas in ihrem Tonfall strafte ihre strengen Worte Lügen.

Fast schon erschrocken hatte er auf sein Handy geschaut. Tatsächlich. Eine geschlagene Stunde hatten sie an ihrem Rad herumrepariert. „Oh je, tut mir leid."

„Mach dir keine Sorgen, ich bin schon groß."

Und nun fuhr sie auf der einen Seite des Weges und er auf der anderen. Ihr Dynamo wimmerte leise. Das Licht der Lampe irrlichterte über Bäume und Büsche. Einige Male kam es ihm vor, als wären da tierische Augen im Unterholz, die ihnen nachsahen oder sie prüfend beobachteten. Aber das bildete er sich bestimmt nur ein.

Endlich war der Hauptweg erreicht. Nun fuhr es sich leichter und der sandige Untergrund schien in der Dunkelheit zu leuchten und ihnen den Weg zu zeigen.

Da war plötzlich ein lauter Knall, gefolgt von einem hellen Lichtschein, seitlich im Wald. Erschrocken traten sie gleichzeitig auf ihre Bremse, sprangen vom Rad und spähten ins Unterholz.

„Was ist das?", fragte sie.

Er hob die Schultern. „Ich glaube, da brennt was."

„Ein Waldbrand?"

„Anscheinend."

„So plötzlich? Und dieser Knall?"

Er hob die Schultern. „Keine Ahnung."

„Lass uns nachschauen, wir müssen die Sache doch melden und irgendwas sagen können." Suchend musterte sie den Waldrand entlang des Weges und ging ein paar Schritte. „Da vorn ist eine Schneise."

Sie lehnten ihre Räder an einen Baum und liefen los, die Handylampe in ihren Händen fest auf den Boden gerichtet, um nicht zu stürzen.

Dann ging alles ganz schnell. Es knackte, Äste brachen. Nur wenige Meter von ihnen entfernt heulte plötzlich der Motor eines großen Wagens auf. Scheinwerfer blendeten auf, erleuchteten den Wald – taghell. Der Fahrer musste das Fernlicht eingeschaltet haben, denn der Schein schmerzte in ihren Augen. Wieder heulte der Motor, der Wagen näherte sich, trotz der Enge des Weges, mit rasender Geschwindigkeit.

Geistesgegenwärtig warf sich der junge Mann nach vorn und umschlang dabei den Körper seiner Begleiterin. Während sie schmerzhaft hart auf dem Boden neben dem Weg aufschlugen, raste der Wagen nur Zentimeter von ihnen entfernt durch die Schneise, bog auf den Hauptweg ab und verschwand. Einige Sekunden vernahmen sie noch das Dröhnen des Motors. Dann herrschte Stille.

„Was war das denn?“, fragte sie atemlos vor Schreck und stöhnte.

Mühsam richtete er sich auf und strich sich Schmutz aus dem Gesicht. „Ist dir was passiert?“, fragte er, half ihr auf und sammelte ihre beiden Handys ein.

Sie schüttelte stumm den Kopf, legte ihre Arme plötzlich um seinen Hals und presste sich an ihn. Einige Momente standen sie einfach nur da und hielten sich aneinander fest.

„Wollte der uns umfahren?“, fragte sie mit erstickter Stimme.

„Ich glaube nicht, ich denke eher, der hat uns nicht bemerkt.“ Wenn er ehrlich war, glaubte er selbst nicht daran. Der Fahrer musste ihre Handylampen eigentlich gesehen haben.

Nach einer Weile schob er sie sanft von sich und betrachtete das Feuer, das immer noch in etwa hundert Metern Entfernung loderte.

„Lass uns nachschauen gehen.“
Sie nickte.

Hand in Hand tasteten sie sich durch den Wald und erreichten schließlich die Brandstelle, die auf einer kleinen Lichtung lag. In der Mitte stand ein Pick-up, aus dem Flammen schlugen. Die Luft roch nach Benzin und die Hitzeentwicklung war dermaßen stark, dass sie einige Schritte zurückwichen.

„Wir müssen die Feuerwehr rufen", sagte die junge Frau und hob ihre Hand vors Gesicht.

„Ja, und am besten gleich noch die Polizei." Er wählte die Nummer der Feuerwehr. Ein wenig unbeholfen gab er ihren genauen Standort durch, bis sie ihm schließlich die per Google Maps ermittelten Koordinaten unter seine Nase hielt.

Dann gingen sie zurück zum Hauptweg und hockten sich eng nebeneinander an den Rand des Weges. Er legte den Arm um ihre Schulter, spürte, wie sie zitterte. Es verging etwa eine Viertelstunde, bis in der Ferne blau zuckende Lichter auftauchten. Der junge Mann erhob sich und stellte sich mit weit ausgebreiteten Armen mitten auf den Weg.

Minuten später wimmelte es von Leuten, die plötzlich von allen Seiten zu kommen schienen. Der Feuerschein in der schmalen Schneise wurde schwächer. Jemand legte ihnen Rettungsdecken um den Körper. Eine Frau fragte, ob sie etwas trinken wollten. Er nickte stumm und konnte noch immer nicht fassen, was gerade passiert war. Von einem Ausflug, der so wunderbar begonnen hatte, blieb nur noch ein Gefühl von dumpfem Entsetzen zurück.

Kapitel 13

Schwungvoll ratterte Stier mit seinem Wagen über das Kopfsteinpflaster bei der Anlegestelle der Kreuzfahrtschiffe in Meißen. Der Anleger war heute verwaist, dafür stand Marks Wagen bereits da, geparkt mit Blick auf die Elbe. Stier stellte sich neben ihn, stieg aus und ins andere Fahrzeug ein.

„Entschuldige", murmelte er und reichte Mark die Hand. „Ich war noch kurz bei Barbara frühstücken."

„Oh, versaue ich dir jetzt mit unseren Ermittlungen einen schönen Tag?"

Stier schüttelte den Kopf. „Nein, sie fährt gleich zu ihrer Tochter und hilft ihr beim nachmittäglichen Kindergeburtstag für ihren Enkel Tobias. Zwölf Kinder sind eingeladen. Ich finde das ja ein wenig übertrieben. Aber ich bin ja auch kein Vater."

Mark grinste. „Zwölf sind sportlich. Das hätte Lisa vermutlich abgelehnt und die Reihen der Kinder etwas ausgedünnt. Wie geht's dir denn? Hab leider deine Nachricht erst heute Morgen abgehört. Wir hatten gestern Abend Freunde zu Besuch und haben uns etwas verquatscht. Und ruckzuck war es zwei Uhr und ich bin nur noch todmüde ins Bett gefallen. Du bist also überzeugt, dass jemand in deiner Wohnung war?"

„Hundert Prozent", erwiderte Stier knapp und verfolgte mit seinen Augen die aus Dresden kommende S-Bahn, die sich auf den letzten Rest der Strecke Richtung Triebischtal machte. „Oder hast du den Zettel vom Küchentisch genommen?"

Mark griff in seine Brusttasche und holte die gestern gemachten Notizen heraus. „Tadaa, alles da. Die brauchte ich doch als Gedankenstütze, was noch zu tun ist oder für eventuelle Ergänzungen. Es ist also alles in Ordnung."

„Puh, da bin ich aber erleichtert und trotzdem …", erwiderte Stier nachdenklich. „Ich bin überzeugt, dass jemand in meiner Wohnung war. Ich schließe nie die Schlafzimmertür, damit Nepomuk sich überall bewegen kann."

„Durchzug, Gedanken nicht beieinandergehabt? Ich mach manchmal Sachen, die mir im Nachhinein absolut irrwitzig erscheinen", sagte Mark und grinste. „Wir werden nicht jünger und ab einem gewissen Punkt geht es nur noch abwärts."

„So verrückt bin ich noch nicht. Nein, ich könnte schwören, dass jemand in meiner Wohnung …" Auf einmal verstummte Stier und starrte stur geradeaus. Seine Gedanken wanderten zurück zu einem Moment vor etwa zwei oder drei Monaten. Nach dem Dienst war er mit seinem Rad zu Heiko gefahren. Einfach mal so …

„Wollen wir uns in den Garten setzen?", fragte Stier und ergriff das Tablett, auf dem zwei Kaffeepötte, zwei Teller und ein Paket mit Kuchen von *Bäcker Klapschuweit* lagen.

Heiko wirkte wenig begeistert. „Ist es dafür nicht zu kühl?", meinte er nachdenklich und warf einen Blick aus dem Fenster.

„Quatsch, es ist herrliches Wetter. Du musst mal raus, frische Luft tut gut."

„Jetzt klingst du wie unser alter Biolehrer", sagte Heiko und lächelte schwach.

„Der alte Wagner, wir haben ihn geliebt, der war noch aus Überzeugung Lehrer und hat uns viel beigebracht. Weißt du noch, als wir alle die Kaulquappen fangen mussten und die zickige Marion in den Bach gefallen ist?"

Heiko lächelte erneut. „Es gab zunächst ein Riesentheater und dann haben wir alle begriffen, dass die Marion doch nicht so zickig war und mit ihren nassen Hosen tapfer den restlichen Tag durchgehalten hat. Also gut, setzen wir uns nach draußen."

Stier ging voraus und deckte den Tisch auf der kleinen Sitzecke ein. Früher hatte man von hier einen schönen Blick in den Garten samt Apfelbaum gehabt. Irgendwann hatte Heiko sie gebeten, Bank, Tisch und Stühle umzustellen. Nun schaute man die Hauswand an, kein unbedingt schöner Anblick. Doch immer den Ort ansehen zu müssen, an dem Monika den Tod gefunden hatte, war noch schlechter.

Stöhnend ließ Heiko sich auf einem Stuhl nieder und legte sein Bein auf die Bank. Mit kreisenden Bewegungen massierte er seinen Schenkel. „Schmerzen?", fragte Stier, doch Heiko winkte nur ab.

Dann genossen sie schweigend Kaffee und Kuchen. Immer wieder musterte Stier verstohlen seinen alten Klassenkameraden. Heiko sah blass aus, schmächtig, obwohl er in den letzten Wochen bestimmt einige Kilo zugenommen hatte.

„Manchmal denke ich, ich werde verrückt", sagte Heiko plötzlich.

Erschrocken schaute Stier auf und schwappte dabei ein wenig Kaffee auf die Tischplatte. Er holte ein Papiertaschentuch heraus und tupfte die Flecken ab. „Wie meinst du das?"

Heiko zögerte kurz. „Es ist komisch, aber ich hatte das Gefühl, dass jemand in meinem Haus gewesen ist, ein oder zwei Mal."

„Du wirst Monika fühlen, das sagtest du doch immer mal. Also, dass da Schritte sind und manchmal ein Lufthauch."

Energisch schüttelte Heiko den Kopf und betrachtete konzentriert die Hauswand. „Nein, es ist anders. Monika – das ist eher eine Energie, ein Gefühl. Aber das andere, das ist real und wiederum auch nicht."

Stier musste ein Seufzen unterdrücken. Traten sie mit Heiko nun in die nächste Phase ein? Was kam nach Mordtheorien, Totalabsturz, Alkoholsucht und Depression?

„Weißt du, ich weiß genau, dass jemand im Haus war. Es sind nur Kleinigkeiten, unwichtige Dinge. Da war zum Beispiel meine Küchentür, sie steht immer offen. Doch ich kam vorige Woche vom Einkaufen heim und sie war zu. Oder die Arztunterlagen auf dem Tisch im Büro. Ich könnte schwören …" Heiko trank einen Schluck. „Nein, nicht schwören. Ich weiß es einfach. Ich weiß, dass ich die Unterlagen anders auf den Tisch gelegt habe. Dass die untere Kante der Dokumente mit der Tischkante abgeschlossen hat. Und als ich wiederkam, war da plötzlich eine Lücke. Ein, zwei Zentimeter, nicht mehr. Nenn es einen Spleen, egal. Manche Dinge tue ich bewusst, um nicht durchzudrehen. Vielleicht sind die anderen …"

„Welche anderen denn?"

Heiko sah ihn lange an. „Ach, ihr haltet mich sowieso für verrückt."

Stier hatte geschwiegen und irgendwann mit Ralle über diese Unterhaltung gesprochen. Sein Kumpel war genauso ratlos gewesen. Beide hatten beschlossen, die Sache unter den Tisch fallen zu lassen. Hoffentlich würde sich all das von ganz allein erledigen. Es hatte sich erledigt, nur eben anders als erhofft.

„Jens?" Mark machte eine scheibenwischerartige Bewegung vor seinem Gesicht. „Ist alles okay bei dir?"

„Ja, entschuldige, ich musste gerade an etwas denken, was Heiko mir erzählt hat. Und ich bin mehr denn je überzeugt, dass jemand in meiner Wohnung war." Schnell berichtete er Mark von der kleinen Episode.

„Du denkst also, dass Heiko schon länger unter Beobachtung stand?"

„Vielleicht. Warum sollten die sonst bei seinem ehemaligen Chef in der Werkstatt gewesen sein? Die haben sein Umfeld abgeklopft und natürlich auch Heikos Zuhause."

„Wir wissen nicht mit Sicherheit, ob diese Frau etwas mit der Sache zu tun hat", gab Mark zu bedenken.

„Ist das dein Ernst?“, fragte Stier verblüfft. „Für mich gibt es da keinen Zweifel. Und nun sind diejenigen auf mich gekommen. Was ja irgendwie naheliegend ist. Könnte doch sein, die denken, ich habe nun die Beweise wegen Monikas Tod, weil Heiko sie mir übergeben hat“, mutmaßte Stier.

Mark musterte ihn forschend. „Möglich wäre es natürlich. Oder es ist doch pure Einbildung. Wir sollten auch dies nicht ausschließen. Nichts für ungut. Ich hoffe, du weißt, wie ich das meine.“ Er räusperte sich. „Hast du was von Ralle gehört?“

Stier schüttelte den Kopf. „Nicht das Geringste. Inzwischen ist sein Verhalten nur noch schwer mit Sturheit zu erklären.“

„Willst du eine Vermisstenanzeige aufgeben? Wir könnten ins Revier fahren“, schlug Mark vor.

Stier dachte einen Moment nach. „Wenn er sich bis heute Abend nicht gemeldet hat, dann …“

Mark nickte. „Einverstanden. Genauso machen wir es. Wie wollen wir denn nun vorgehen? Unser Termin in Weinböhla ist um elf. Wir haben also noch genug Zeit.“

Stier zog das Handy aus seiner Tasche und zeigte Mark Sarina Jahns Zeichnung des ungleichmäßig gezackten Sterns. „Wir fahren noch mal zu Heiko und suchen den Flyer, auf dem der Stern ebenfalls war. Wenn wir den haben, wissen wir, zu wem das Auto gehört, das Heiko immer auf die *Bosel* gebracht hat.“

„Gute Idee“, erwiderte Mark und ließ den Motor an. „Lass uns fahren.“

Den Weg bis zu Heikos ehemaligem Heim verbrachten beide Männer schweigsam. Stier grübelte unentwegt darüber nach, ob er nun tatsächlich den Verstand verlor. Er suchte nach weiteren Vorkommnissen in seiner Wohnung, die ihm spanisch erschienen waren. Aber da war nichts oder er hatte es nicht bemerkt. Wäre Nepomuk nicht hinter der verschlossenen Tür gewesen … Wenn der nur reden könnte.

„Wir sind da", sagte der Dresdner Ermittler in diesem Moment. Auf inzwischen vertrauten Wegen holte Stier den Schlüssel aus dem Schuppen. Dann stiegen sie die hintere Treppe hinab. Das Siegel an der Tür zum Garten war noch immer gebrochen. Ein klares Zeichen, dass niemand von der Polizei in letzter Zeit hier gewesen war.

Im Keller umfing sie dumpfe Luft. Sie stiegen die ausgetretenen Stufen hinauf und betraten dann Heikos Büro.

Mark setzte sich auf den Stuhl neben dem eigentlichen Schreibtisch und Stier begann, Schubladen am Sideboard gegenüber des Fensters zu öffnen. „Es muss hier gewesen sein", murmelte er kaum hörbar. Papiere raschelten. Dann hielt er inne und legte seinen behandschuhten Zeigefinger an den Mund. „Nein, warte, es war dort drüben. Zumindest hoffe ich das, bei dem vielen Kram hier." Stier kämpfte sich hoch und öffnete das mittlere Schreibtischfach. Dann holte er einen dicken Stapel Unterlagen heraus, platzierte sie auf dem Tisch und blätterte diese sorgsam durch.

„Dort hat was gestanden", sagte Mark plötzlich.

Verwirrt schaute Stier auf. „Was?"

„Dort hat was gestanden, da drüben, im mittleren Fach. Man sieht einen Abdruck im Staub." Mark erhob sich, trat an den Schrank, bückte sich ein wenig und wich einen Schritt zurück. „Aber nur aus einem bestimmten Blickwinkel und bei einem bestimmten Lichteinfall. Siehst du? Genau da." Er deutete mit seinem Zeigefinger nach vorn.

Stier stellte sich neben ihn, ging leicht in die Hocke und musterte die Stelle. „Hm, möglich."

„Könnte eine kleine runde Schatulle oder eine Dose gewesen sein oder so. Sagt dir das was?"

Stier dachte kurz nach, schüttelte dann den Kopf, trat zurück an den Schreibtisch und suchte weiter. „Runde Schatulle, nicht dass ich wüsste. Aber ich war nur selten in diesem Zimmer. Wir haben meist drüben in der Küche oder im Wohnzimmer gesessen."

„Ich werde mal Peggy fragen, ob die Kollegen von der SpuSi was Passendes mitgenommen haben.“

„Ja, mach das. Vielleicht weiß Ralle …“ Stier verstummte, drehte sich triumphierend zu Mark um und wedelte mit einem Stück Papier. „Ha, wer sagst´s denn? Hier ist der Flyer.“

„Und, was steht drauf?“, fragte Mark.

„*Lichtwerk – du, ich, wir – für eine starke Gemeinschaft.* Finde zurück in deine Mitte, finde Heilung, finde Gemeinschaft, finde dich“, las Stier vor und faltete den Flyer auseinander.

„Klingt ziemlich spirituell, wenn du mich fragst.“

„Heutzutage sind ja einige auf diesem Trip“, murmelte Stier und las weiter. „Die haben ihren Sitz in der Nähe von Moritzburg – *Herrenhaus Janwitz*. Noch nie gehört. Ist im Besitz von Familie Schadelberg oder besser von Schadelberg. Wenn ich mir die Bilder so anschaue, scheint das eine ziemlich große Sache zu sein. Ach, schau mal an.“ Er ließ den Flyer sinken und pfiff durch die Zähne. „Die veranstalten manchmal auch Seminare in Elbnähe, wegen der fließenden Energie des Wassers und so. Dreimal darfst du raten, wen sie dafür mit ins Boot geholt haben.“

Mark hob eine Augenbraue. „Ich nehme mal an, Fabian Kranich mit seinem Seminarzentrum in der *Boselperle*. Würde zu dem Typen im weißen Leinenanzug passen, der gestern dort auf dem Rasen gestanden hat.“

„Alles nur Zufall?“, fragte Stier. „Für meine Begriffe ein bisschen viele Zufälle.“

„Sehe ich auch so. Statten wir doch diesem Zentrum mal einen kleinen Besuch ab. Kann ja nie verkehrt sein, sich ein wenig um seine innere Mitte zu kümmern“, sagte Mark. Dann wandte er sich noch einmal dem Schrankfach zu. „Ich würde ja zu gern wissen, was dort drüben gestanden hat. Vielleicht war es auch nur eine Thermoskanne, von den Maßen her könnte das auch passen. Also vermutlich nichts, was uns weiterbringt. Ich schick Peggy mal eine Nachricht, ob die das Ding haben. Irgendwie lässt mir das keine Ruhe.“

Während Mark auf seinem Handy tippte, nahm Stier den Flyer, sah sich noch einmal um und verließ dann zusammen mit dem Dresdner Ermittler das Haus. Sie deponierten den Schlüssel im Gartenhaus und wollten gerade zum Auto gehen, als eine energische Stimme sie zurückhielt.

„Hallo, sagen Sie mal, sind Sie nicht von der Polizei?"

Suchend schaute Stier sich um. Schließlich hörte er es rascheln. Eine ältere Frau, die sich auf einen Stock stützte, spähte durch die Hecke des Nachbargrundstücks.

„Sind wir", erwiderte Stier und trat einen Schritt näher.

„Wie soll das denn hier weitergehen? Das ganze Unkraut wächst durch den Zaun und die Zweige dort hinten müssten dringend einmal verschnitten werden."

„Und Sie sind?", fragte Mark und straffte seine Schultern.

„Margot Haller", erwiderte die Frau mit einem Selbstbewusstsein, als müsste jeder das wissen.

„Vermutlich ist Ihnen ja nicht entgangen, was mit Ihrem Nachbarn, Herrn Tanger, passiert ist", meinte Stier genervt.

„Er ist tot, ich bin ja nicht dumm. Dennoch, wer kümmert sich denn jetzt um das alles? Zahllose Menschen gehen ein und aus und niemand ist zuständig. Es muss doch einen Erben geben, oder so."

„Wie meinen Sie das mit den zahllosen Menschen? Die Kollegen von der Polizei waren da, das gehört nun einmal dazu in einem unklaren Todesfall."

„Und die ganzen anderen?", fragte Margot Haller und stieß mit ihrem Stock auf den Boden. „Ein Kommen und Gehen war das."

„Entschuldigen Sie." Mit einer sachten Handbewegung schob Mark Stier beiseite. „Mark Winter, Hauptkommissar bei der Mordkommission in Dresden. Ich verstehe Ihre Verärgerung sehr gut", sagte er geradezu salbungsvoll. „Aber für Laub und überhängende Zweige sind wir leider nicht zuständig. Mich würde dennoch interessieren, welche Leute Sie hier auf dem Grundstück gesehen haben. Ihre Beobachtungen wären enorm wichtig für uns."

„Nun ja", erwiderte Margot Haller und strich sich mit der Hand über die Stirn. „Was für Leute, mal nachdenken. Am Tag nach dem Tod waren einige mit großen Koffern hier, haben die halbe Straße blockiert."

„Das waren meine Kollegen aus Dresden."

„Und dann war er einige Male da." Sie deutete mit ihrem Stock auf Stier. „Und dieser kleine Drahtige." Das musste Ralle gewesen sein.

„Wissen Sie noch, wann Sie den Drahtigen das letzte Mal gesehen haben?", fragte Mark.

„Das ist schon eine Weile her. Aber ich lungere ja nicht den ganzen Tag am Fenster herum. Es geht mir nur um den Garten und …"

„Und wer war da noch? Sie wären uns wirklich eine große Hilfe, Frau Haller", unterbrach Mark den Redefluss der alten Dame.

„Haben Sie zum Beispiel mal einen dunklen Kleinbus gesehen, mit einem Stern hinten drauf?", hakte Stier nach.

„Einem Stern? Nicht dass ich wüsste. Und ein dunkler Kleinbus, da fällt mir nur dieser Physiotherapeut ein, der Herrn Tanger immer zu seinen Behandlungen gefahren hat. Er kam praktisch jeden Tag, bis die Behandlungen eben irgendwann zu Ende waren. Ein Folgerezept hat er nicht mehr bekommen, was eine Schande ist. Immerhin hat der arme Mann genug durchgemacht und gut laufen konnte der immer noch nicht."

„Ein Physiotherapeut?", fragte Mark.

„Aber ja, Herr Tanger hatte doch diesen Unfall und hat sich dabei den Knöchel verletzt", berichtete Frau Haller. „Damit hatte er Probleme und dann hat er Behandlungen bekommen. Das hat er mir selbst gesagt, weil ich mich einmal beklagt hatte, dass dieses

Monstrum von Fahrzeug immer den halben Bürgersteig blockierte."

„Hier stimmt was nicht", murmelte Stier. „Die Physiotherapeutin kam zu Heiko ins Haus und fuhr einen roten Kleinwagen. Ich bin ihr selbst einmal begegnet."

Mark nickte verstehend. „An dem Tag, an dem Ihr Nachbar gestorben ist, haben Sie da auch den dunklen Kleinbus gesehen? Vielleicht am Nachmittag, so gegen drei oder vier?" Mit angehaltenem Atem starrten beide Männer die alte Frau an.

„Nein, an dem Tag hab ich eine Bekannte besucht, ein Stück die Straße hoch und war erst gegen vier wieder daheim. Da zumindest stand kein Auto vor dem Haus. Warum auch? Das Rezept war beendet und ohne Rezept gibt es nun mal keine Behandlung."

„Haben Sie eventuell einmal eine Frau gesehen? Groß, blond?"

Margot Haller schüttelte den Kopf. „Bei Herrn Tanger? Der hatte seine Monika und sonst niemanden. Na ja, ab und zu kam eine Krankenschwester oder so. Aber sonst ..."

„Gut, danke, Sie haben uns sehr geholfen. Und was die Zweige des Baumes betrifft", meinte Mark. „Wir werden es weitergeben."

„Das wäre ausgesprochen nett von Ihnen."

Frau Haller wandte sich zum Gehen, genau wie Mark und Stier.

„Ach, gerade eben fällt mir noch etwas ein. Dieser Verrückte, der war auch ein paar Mal hier. Er hat Herrn Tanger bei der Gartenarbeit geholfen, weil der ja nicht so konnte", sagte sie plötzlich und kam noch einmal einige Schritte zurück.

„Verrückte?" Stier fuhr herum. „Welcher Verrückte?"

„Na, der, der immer in diesen seltsamen orangefarbenen Oberteilen rumläuft. Wissen Sie, ich habe eine Bekannte, die wohnt drüben in der Altstadt, schon seit vielen Jahren. Eigentlich wollte sie immer umziehen, wegen der hohen Decken und der Treppen und so. Aber dann haben sie einen Lift bei ihr eingebaut und nun bleibt sie, wo sie ist." Frau Haller verstummte. „Was wollte ich noch einmal sagen?" Grübelnd schaute sie Stier an.

„Der Verrückte?"

„Ach ja, richtig, der Verrückte. Ja, wie gesagt, der war ein paar Mal hier."

„Wissen Sie noch, wann Sie ihn zuletzt gesehen haben?"

„Das kann ich Ihnen sogar ganz genau sagen. Das war am Tag, als Herr Tanger verstorben ist. Als ich von meiner Freundin zurückkam, hab ich mich noch ein wenig auf meine Veranda gesetzt. Und dann muss ich eingeschlafen sein, das passiert mir öfter, wenn der Kaffee ein wenig stärker war." Sie deutete auf einen Anbau am Haus. „Als ich irgendwann aufgewacht bin, sah ich ihn drüben im Garten von Herrn Tanger."

„Und was machte er?"

Sie hob die Schultern. „Keine Ahnung, er muss aus dem Haus gekommen sein. So schien es mir jedenfalls. Dann verschwand er im Gartenhaus, kam wieder heraus, setzte sich auf sein Fahrrad und fuhr wie ein Wilder davon."

„Und um welche Zeit war das?"

„Die Zeit, nun ja, lassen Sie mich nachdenken, ich würde sagen, gegen acht oder ein wenig früher. Genauer kann ich es nicht sagen."

Stier trat an den Zaun und umklammerte den Maschendraht, auch wenn das auf seinen Handflächen schmerzte. „Hatte er etwas bei sich? Denken Sie bitte genau nach, Frau Haller."

Frau Haller überlegte. Sogar so sehr, dass sie einen Moment ihre Augen schloss. „Ich weiß es nicht", meinte sie schließlich kläglich. „Hätte ich gewusst, dass …" Auf einmal lief eine Träne über ihre Wange. „Wissen Sie, als ich Herrn Tanger das letzte Mal sah, haben wir wegen der Zweige gestritten. Die ärgern mich einfach so schrecklich, weil alles seine Ordnung haben muss. Aber im Grunde …" Frau Haller putzte ihre Nase. „Im Grunde ist es so lächerlich. Der arme Mann! Verliert seine Frau auf so schreckliche Weise und nun das. Immer wieder muss ich daran denken, dass wir uns zuletzt gestritten haben, wegen ein paar lächerlicher Zweige." Kopfschüttelnd trat Frau Haller den Rückweg an und verschwand zwischen ihren Beeten.

Mark schaute ihr nach. „Was hältst du davon? Ist es möglich, dass Udo hier war?"

„Die Beschreibung passt auf ihn. Der Begriff Verrückter vermutlich aus Frau Hallers Sicht auch. Und der Zeitpunkt ist perfekt. Das wäre die Erklärung, was Udo in der Zeit zwischen seinem Verschwinden von der *Bosel* und dem Wiederauftauchen im Heim gemacht hat. Aber was wollte er hier?"

„Etwas holen? Etwas verstecken, es in Sicherheit bringen?", schlug Mark vor.

„Du meinst die Beweise, bevor die anderen sie in die Hände kriegen?"

„Wenn es sie tatsächlich gab, möglich. Das würde allerdings voraussetzen, dass Heiko ihn darum gebeten hat. Von allein wird er wohl nicht auf die Idee gekommen sein, hierherzufahren."

„Wenn ich ehrlich bin, weiß ich nicht mal, ob die beiden sich kannten", sagte Stier nachdenklich. „Aber das könnte eventuell Sarina Jahn wissen, die Mitarbeiterin vom *Boselgarten*. Soll ich sie anrufen?"

„Es wäre einen Versuch wert."

Stier wählte die entsprechende Nummer. Der Ruf ging ab und die junge Frau nach dem dritten Klingeln ran. „Herr Stier."

„Entschuldigen Sie, dass ich Sie am Wochenende störe."

„Ach, kein Problem. Ich sitze gerade im Auto. Sind Sie mit dem schwarzen Kleinbus schon weitergekommen?"

„Dank Ihrer Hilfe ein ganz schönes Stück. Nun ist jedoch noch eine Frage aufgetaucht und unter Umständen könnten Sie uns helfen", sagte Stier.

„Hm, klingt spannend, schießen Sie los."

„Wissen Sie, ob der Verstorbene und Udo sich gekannt haben? Haben Sie sie zum Beispiel mal in einem Gespräch gesehen?"

Sarina Jahn lachte kurz auf. „Natürlich haben sie sich gekannt. Ob sie miteinander gesprochen haben – eher fraglich. Ich denke, Sie wissen selbst am besten, wie es ist, sich mit Udo zu unterhalten. Es ist eine recht einseitige Angelegenheit. Udo antwortet ja nicht im klassischen Sinne."

„Aber in einem engen Kontakt standen die beiden nicht, oder? Könnten Sie sich vorstellen, dass Udo wusste, wo Herr Tanger gewohnt hat?", hakte Stier nach.

„Tut mir leid, das kann ich nicht sagen."

„Dennoch danke für Ihre Hilfe und noch eine gute Fahrt."

„Schönen Sonnabend", erwiderte Sarina Jahn und die Verbindung brach ab.

„Es wäre also durchaus möglich", meinte Mark nachdenklich. „Doch wohin hat Udo die Sachen gebracht, falls er tatsächlich etwas aus Heikos Haus geholt hat? Kann man ihn befragen, irgendwie?"

„Das wird schwer", meinte Stier. „Denn Udo sagt, wenn überhaupt, nur wenige Worte. Eine genaue Schilderung dessen, was passiert ist, sollten wir nicht erwarten."

„Und dennoch käme es auf einen Versuch an."

„Ja, vielleicht. Ich kann mir vorstellen, dass uns Frau Meyer, die Chefin des Altenheims, helfen könnte. Sie scheint einen guten Draht zu Udo zu haben und mich kennt er schließlich auch."

Mark seufzte und sah auf seine Uhr. „Aber nun sollten wir uns schnellstens auf den Weg nach Weinböhla machen. Sonst kommen wir zu spät zu unserer Verabredung."

Kapitel 14

„Ich glaube, dort muss es sein", meinte Stier und
deutete auf ein größeres, weißes Haus auf der rechten
Straßenseite.

„Stimmt, Nummer einunddreißig, hier sind wir
richtig", erwiderte Mark, parkte seinen Wagen hinter
einem weißen Kleinbus mit der Aufschrift *Klempnerei
Kiesebauer* und schaltete den Motor aus.

„Keine schlechte Hütte", murmelte Stier und schaute
sich um. „Überhaupt keine schlechte Gegend hier, ruhig
und dennoch nicht zu sehr am Arsch der Welt."

„Ich gestehe, noch nie hier gewesen zu sein."

„Bei mir ist es einige Jahre her. Wir hatten mal eine
Weihnachtsfeier in der *Buschmühle*. Ein Stück geradeaus,
durch die Eisenbahnunterführung und dann scharf
rechts den Berg hoch. Idyllisches Restaurant an einem
kleinen See. Ruderboote gab es dort auch. Also,
natürlich nicht im Dezember. Das Essen war lecker.
Vielleicht sollte ich mit Barbara mal hinfahren."

Mark grinste. „Es scheint ja wirklich eine ziemlich
ernste Sache mit ihr zu sein. So verliebt hab ich dich
noch nie erlebt."

Stier lächelte. „Barbara ist großartig. Sie nimmt mich,
wie ich bin, und das ist nicht immer einfach. Wir
verstehen uns blind und ich hoffe …"

„Du hoffst? Sag bloß, du willst ihr einen
Heiratsantrag machen?"

Abwehrend hob Stier die Hände. „Ich glaube, dafür
ist es noch ein bisschen früh. Schauen wir mal."

Die beiden Männer verließen das Auto und näherten
sich dem Zaun. An diesem warnte ein unübersehbares
Schild vor einem Hund und dem alleinigen Betreten des
Grundstücks. Solche Schilder ließen Stier immer eine

gesunde Vorsicht an den Tag legen, obwohl er doch eigentlich ein absoluter Hundefreund war. Wusste man im Grunde doch nie, ob zurecht vor dem hinter dem Zaun lebenden Tier gewarnt wurde oder eher als kleiner Scherz.

„Bulldogge oder Pinscher?", meinte Mark und schmunzelte.

„Können beide gefährlich sein. Es ist kaum zu erwarten, dass wir hier wieder auf ein dermaßen schrecklich lethargisches Viech wie bei Ursel Kreutz stoßen. Der Hund hat nicht die geringste Notiz von Reusch und mir genommen."

„Wir werden sehen." Mark betätigte die Klingel und sie warteten. Einige Momente später kam ein in einem Blaumann steckender bärtiger Mann um die Hausecke geeilt und winkte ihnen zu. Er war etwa in Marks Alter, hatte eine kräftige Figur, ohne dick zu sein und trug die wenigen ihm noch verbliebenen Haare raspelkurz. „Kommissar Winter? Kommen Sie ruhig rein."

Stier warf einen knappen Blick auf das Schild und zögerte.

„Ach, unser Rocco ist lammfromm, nur keine Angst."

Auch solche Aussagen ließen die Anspannung in Stier nicht kleiner werden. Doch wenn er nicht allein auf dem Fußweg zurückbleiben wollte, blieb ihm nichts anderes übrig, als sich in die Höhle des Löwen oder die Höhle des Wuffis zu wagen.

„Gerd Kiesebauer", sagte der bärtige Typ und drückte zuerst Mark und dann ihm die Hand. Und zwar derart fest, dass Stier nur mit Mühe ein Zusammenzucken vermeiden konnte.

„Mark Winter, und das ist mein Kollege Jens Stier vom Meißner Revier."

„Freut mich, kommen Sie rum."

Hinter dem Haus lag ein großer, sehr gepflegter Garten, dessen Mittelpunkt ein Pool bildete, der jeder Olympianorm standgehalten hätte. Alles hier wirkte perfekt, egal, ob die üppig blühenden Blumenbeete, der

perfekt gestutzte Rasen oder eben der gigantische Pool.
Marks Blicke verrieten dessen Gedanken, er musste
sicherlich einen Moment an seine heimische Scholle
denken. Die hielt, was ihre Ausmaße betraf, diesem
Grundstück stand. Aber das war auch schon alles. Bei
Mark war nichts perfekt und alles etwas rustikaler.
Unkraut hatte gute Überlebenschancen, wie er immer zu
Stier sagte. Dem war das egal, er fühlte sich bei Mark
und dessen Familie stets ausgesprochen wohl. Vielleicht,
weil dort einfach Menschen lebten, die das Herz auf
dem rechten Fleck hatten.

„Mein persönliches Hobby und Fitnessprogramm",
meinte Gerd Kiesebauer und deutete auf den Pool. „Bei
jedem Wetter, an jedem Tag, schwimm ich morgens als
Erstes meine zwanzig Bahnen und renne zehn Runden
durch den Garten, nackig. Und erst, wenn die absolviert
sind, gehe ich zum normalen Tagesablauf über. Egal, ob
Sommer oder Winter. Man muss als Mann was machen,
sonst schnappt man über. Erst recht heutzutage, wer
wüsste das besser als Sie. Aber setzen Sie sich doch.
Kaffee, Wasser?"

„Kaffee klingt gut", erwiderte Mark und schaute
Stier fragend an. Der nickte zustimmend und ließ sich in
einen weißen Korbsessel fallen, der direkt neben einem
prächtigen Hibiskus im Kübel stand.

„Sehr gut, ich brauch auch Kaffee. Hab um die Zeit
immer ein gewisses Formtief." Gerd Kiesebauer lachte
herzlich und verschwand.

Minuten später war der Klempner mit einem
beladenen Tablett zurück und nahm ihnen gegenüber
Platz. Kiesebauer holte das Handy aus seiner Tasche,
drückte eine Taste und lehnte sich zurück.
„Ausgeschaltet, sonst haben wir keine fünf Minuten
Ruhe. Handwerker sind gefragt, selbst am Wochenende.
Doch ich will nicht jammern. Würde keiner meine
Dienste benötigen, wäre es mir auch nicht recht." Er
lachte erneut herzhaft und schenkte ihnen ein. „Da ist
noch ein Teller mit Keksen. Die sollte ich unbedingt mit
servieren, wenn Sie kommen, sagte meine Frau. Die

müsste jeden Moment eintrudeln. Hat den Jüngsten nach Weinböhla geschafft. Er will Fußballprofi werden.“

„Ach, wirklich?“, fragte Mark und nahm einen Schluck Kaffee.

„Na ja, er ist erst fünf. Aber ich finde, ein gewisses Talent ist durchaus bereits zu erkennen. Auch wenn das vermutlich alle Eltern denken, wenn sie jeden Sonnabend am Spielfeldrand stehen und versuchen, den Trainer nach ihrer Pfeife tanzen zu lassen.“ Stier beschlich allmählich das Gefühl, dass Gerd Kiesebauer wirklich ein total patenter Typ war. „Haben Sie Kinder?“ Fragend sah er Mark an.

„Drei, zwei Jungen und eine kleine Prinzessin“, erwiderte dieser.

„Na, da wissen Sie ja, worüber ich spreche. Ich hab nur zwei. Kinder, sie machen unser Leben erst wertvoll. Aber gut, Sie beide sind nicht zu mir gekommen, damit wir über unseren Nachwuchs plaudern. Ich war ein wenig erstaunt über Ihren Anruf und eigentlich auch wieder nicht. Schlimme Sache, das mit dem Heiko. Wenn ich ehrlich sein soll, kann ich nicht glauben, dass er wirklich Selbstmord begangen hat. Obwohl ich ihn schon lange nicht mehr gesehen habe. Nicht mehr, seit Monika damals …“ Er verstummte und schluckte heftig. „Entschuldigen Sie, aber …“

„Schon gut“, sagte Mark. „Heiko und Monika Tanger waren also beide Mitglied in Ihrem Verein.“

„Genau. Wir kümmern uns um den Erhalt des *Oberauer Wasserschlosses*. Ein Mammutprojekt und manchmal habe ich das Gefühl, wir treten nur auf der Stelle. Doch dann schaue ich mir alte Bilder an und begreife, wie viel meine Mitstreiter und ich schon geschafft haben. Wissen Sie, man braucht Menschen, die vielleicht ein wenig verrückt sind, die Visionen haben, die eine Gemeinschaft suchen. Und beide, Heiko und Monika, waren genau danach auf der Suche.“

„Sie stieß als Erstes zu Ihnen?“, mischte Stier sich ein. „Wann war das?“

Gerd Kiesebauer nickte. „Hm, mal überlegen, wir hatten, glaube ich, ein Sommerkonzert veranstaltet und hinterher kam Monika zu unserem Stand und fragte, ob wir noch Hilfe brauchen könnten. Das ist jetzt bestimmt fünf oder sechs Jahre her. Vielleicht auch sieben. Ab diesem Moment war sie ein fester Bestandteil unserer Truppe und sehr engagiert."

„Was machte sie für einen Eindruck?", fragte Mark.

„Einen Eindruck, du meine Güte. Ich gestehe, ich bin ein Mann und fand Monika eher uninteressant, also, für mich, also, Sie verstehen …" Der Klempner geriet kurz ins Schlingern. „Sie war schüchtern, fast schon gehemmt, würde ich sagen. Auf Baustellen werden manchmal derbe Witze gemacht. Das war nicht so ihres. Aber man konnte mit ihr reden und mit der Zeit taute sie auf." Ein breites Lächeln zog über Gerd Kiesebauers Gesicht. „Ah, da kommt meine Frau Julia", sagte er mit einer gewissen Erleichterung.

Eine kleine zierliche Frau mit langen blonden Locken kam um die Ecke gebogen. Sie trug ein pinkfarbenes Kleidchen mit einem unlesbaren Slogan auf der Brust. Zu ihren Füßen lief ein winzig kleines Fellknäuel, das plötzlich zu hecheln begann und auf Kiesebauer zustürzte. Der beugte sich hinunter und hob den Hund auf seinen Schoß. „Und da hätten wir Kind Nummer drei, unseren Rocco."

Mark konnte ein Lachen nicht unterdrücken. „Das ist Rocco?"

„Lachen Sie ihn aus oder an?", fragte Gerd Kiesebauer herausfordernd, grinste verschmitzt und wehrte sich verzweifelt dagegen, dass der Hund ihn abschleckte. „Unser Ältester hat ihm den Namen gegeben. Was will man machen? Julia, das sind Kommissar Winter von der Dresdner Mordkommission und sein Kollege Jens Stier aus Meißen."

Julia Kiesebauer trat näher und gab ihnen die Hand. „Freut mich, auch wenn der Anlass traurig ist. Es war ein schwerer Schlag. Die Art, wie wir Monika verloren haben, und nun auch noch Heiko. Furchtbar. Aber

Mordkommission? Ich meine, wir haben schon läuten hören, dass es wohl doch kein Selbstmord war, doch …" Julia Kiesebauer sank in einen Sessel und schlug ihre Beine übereinander.

Mark lehnte sich nach vorn. „Ja, Mordkommission. Aber noch ermitteln die Kollegen in alle Richtungen, wie man so schön sagt."

„Ich verstehe."

„Wir sprachen gerade darüber, wie Monika damals zu uns gekommen ist", sagte Kiesebauer, setzte den Hund auf den Boden, der daraufhin Gas gab und ans Ende des Grundstücks verschwand. „Jetzt geht er wieder buddeln. Aber zurück zu Monika."

Seine Frau nickte. „Sie war eine Seele von Mensch, vor allem bei der schwierigen Vorgeschichte."

„Wie meinen Sie das?", hakte Mark nach.

„Na ja, Monika schien bisher vom Leben nicht viel gehabt zu haben. Sie hat ihre Eltern gepflegt, eine längere Zeit. Jeder, der das tut, hat meinen tiefsten Respekt."

„Und vorher? Hat sie jemals über ihre Vergangenheit gesprochen."

Julia Kiesebauer dachte einen Moment nach. „Nur wenig, sie muss vor etwa zwölf Jahren nach Meißen gekommen sein und hat dann im Rathaus angefangen."

„Aber wo war sie vorher? Was hat sie beruflich gemacht?"

„Ich glaube, sie erwähnte einmal den Harz. Ein anderes Vereinsmitglied war dort zur Kur und sie wusste sofort, wo sich der Ort befindet und was man sich in der näheren Umgebung anschauen kann. Hinterher kam es mir beinahe vor, als hätte sie bereut, sich in das Gespräch eingemischt zu haben. Aber das konnte auch täuschen. Monika war sehr zurückhaltend, blieb am liebsten im Hintergrund. Wenn jemand für den Küchendienst gesucht wurde, meldete sie sich sofort. Am Verkaufstresen stehen oder bei einer Schlossführung an vorderster Front unterwegs sein, wollte sie nie."

„Und dennoch kam sie zu Ihrem Verein."

Julia Kiesebauer nickte. „Genau, das war vor sechs Jahren. Sie kam einfach vorbei, sprach uns an und gehörte ab diesem Moment zu unserem Haufen."

„War sie beliebt?"

„Ich denke schon. Mit ihr gab es nie Ärger. Monika litt unter keiner Profilierungssucht, wie so manch andere heutzutage." Julia Kiesebauer trank einen Schluck Kaffee aus der Tasse ihres Mannes. „Und sie kannte sich medizinisch gut aus", fügte sie plötzlich an.

„Wie meinen Sie das?" Mark lehnte sich ihr ein Stück entgegen.

„Erinnerst du dich noch, als Simon den schlimmen Unfall hatte?" Julia Kiesebauer schaute ihren Mann an und der nickte. „Simon ist einer unserer Mitstreiter. Bei einem Arbeitseinsatz hatte er sich mit der Motorsäge am Arm verletzt, schlimm verletzt, da war so viel Blut und es strömte und alle waren ziemlich kopflos. Nur bei dem Gedanken daran wird mir ganz anders. Natürlich haben wir sofort den Krankenwagen gerufen. Doch Monika drehte sich um, raste ins Gemeinschaftshaus, schnappte sich den Verbandskasten und band den Arm in Windeseile und sehr professionell ab. Dann begann sie mit der Wundversorgung und als der Notarzt eintraf, meinte der, dass hier wohl ein wirklicher Profi am Werk gewesen wäre."

„Und was sagte Monika zu diesem Lob?"

„Sie wurde erst mal rot, wie immer, wenn plötzlich ein Mann das Wort an sie richtete. Dann meinte sie, früher einige Erste-Hilfe-Kurse besucht zu haben. Aber ganz ehrlich, ich musste ab und zu auch Erste-Hilfe-Kurse absolvieren, ich hätte das vielleicht irgendwie hingekriegt, aber niemals so schnell und routiniert."

Gerd Kiesebauer trank einen Schluck Kaffee. „Und dann war da noch die Sache mit dem Mädchen, das diesen Schock durch den Insektenstich hatte. Da war Monika doch auch zugange."

„Ja, stimmt. Sie wusste sofort, was zu tun war. Die Eltern haben sich hinterher sogar mit einem Blumenstrauß bedankt."

„Sie schlussfolgern daraus also, dass Monika im Gesundheitswesen gearbeitet hat?", fragte Stier.

Julia Kiesebauer hob die Schultern. „Ja, vielleicht. Unter Umständen gibt es auch eine andere Erklärung, aber ich wüsste nicht, welche."

„Könnte sie sich diese Fertigkeiten nicht während der Pflege ihrer Eltern angeeignet haben?", schlug Mark vor.

„Gliedmaßen abzubinden, schwerste Wunden zu versorgen, wissen, was man bei einem Schock tut? Ich weiß nicht", entgegnete Julia Kiesebauer. „Aber ich muss gestehen, ich kenne mich da zu wenig aus. Auf mich wirkte sie sehr versiert, wie eine Krankenschwester, die in der Notaufnahme arbeitet oder auf einem Rettungswagen."

„Und irgendwann kam Heiko dazu?", fragte Mark.

„Richtig, er hatte eine Anzeige gelesen, in einem Wochenblatt oder so. Wie gesagt, engagierte Mitstreiter sind uns immer willkommen. Arbeit gibt es mehr als genug", erzählte Gerd Kiesebauer.

„Heiko war vom ersten Moment an voll dabei", fuhr seine Frau fort. „Man spürte förmlich, wie sehr er sich nach einer Gemeinschaft gesehnt hatte, nach Menschen, bei denen er willkommen war. Wissen Sie, wir sind normale Leute. Mich hat nicht interessiert, was Heiko früher gemacht hat, ob er sehr einsam war oder einen gewissen Spleen hatte. Ich hab ihn einfach aufgenommen. Er führte Organisationslisten und blühte bei dieser Aufgabe förmlich auf. Und eines Tages haben wir ihn dann zusammen mit Monika bei einem Fest in die Küche gesteckt. Gewisse Blicke sind uns natürlich schon vorher nicht entgangen. Und dann kam es, wie es kommen musste. Ich weiß noch, wie sehr wir alle uns für die beiden gefreut haben. Ihr Glück, ihre Liebe, das war wunderbar. Sie waren einfach füreinander geschaffen. Umso schrecklicher, dass ihre Beziehung dann nach so kurzer Zeit ein Ende fand."

„Haben Sie ihn dann noch einmal gesehen?", fragte Mark.

„Zu Monikas Beerdigung. Fast der gesamte Verein ist auf dem Friedhof erschienen." Stier dachte, dass er die beiden Leute auf der anderen Seite des Tisches damals schon getroffen haben musste. Doch seine Erinnerungen an diesen Tag bestanden darin, sich um Heiko zu kümmern und ihn zu stützen. „Es war schrecklich", meinte Julia Kiesebauer leise. „Heiko hat die ganze Zeit wie ein kleines Kind geschluchzt."

„Wir haben ihm dann ein wenig Zeit gelassen und sind ihn irgendwann einmal besuchen gefahren." Gerd Kiesebauer seufzte. „Er war betrunken und stand vollkommen neben sich. Julia hat versucht, ihn zu einem unserer nächsten Treffen einzuladen. Wir hätten ihn sogar abgeholt, doch Heiko lehnte auf der Stelle ab."

Stier dachte einen Moment nach. „Hat er mit Ihnen über die Umstände von Monikas Tod gesprochen?"

Die Eheleute tauschten einen kurzen Blick. „Sie meinen sicher diese Mordtheorie?", fragte Gerd Kiesebauer.

Stier nickte.

„Ja, er sprach darüber. Auch einer Mitstreiterin gegenüber hat er diese Geschichte irgendwann mal erwähnt. Sie hatten sich wohl zufällig im Meißner Krankenhaus getroffen. Aber ich meine …" Gerd Kiesebauer schenkte sich Kaffee aus der Kanne nach. „Monika und ermordet? Ich bitte Sie. Das klingt vollkommen verrückt. Warum hätte jemand das tun sollen, frage ich Sie. Wenn es einen Menschen gab, in dessen Leben nicht viel passiert war, dann doch in Monikas."

Julia Kiesebauer schwieg, aber da war etwas in ihrem Gesicht, das Stier nicht deuten konnte. „Kennen Sie eigentlich unser Schloss?", fragte sie plötzlich. „Ich meine, das Schloss, um das wir uns kümmern?" Beinahe beschwörend schaute sie die beiden Polizisten an.

„Ich muss zu meiner Schande gestehen, dass ich es nicht kenne", gab Mark zu.

„Ich würde Ihnen ja gern eine kleine Schlossführung anbieten, wenn Sie Lust haben. Keine Angst, es dauert nicht lange und wird auch kein kunsthistorischer Diskurs."

„Also, ich hätte schon Lust", sagte Stier schnell. „Bis zu unserem nächsten Termin haben wir noch ein wenig Zeit."

„Na dann, lassen Sie uns gehen." Julia Kiesebauer wandte sich an ihren Mann. „Und du rufst in der Zwischenzeit mal bei den Lehmanns an. Sollte ich noch eine Nachricht wegen denen ihrer Klospülung auf unserem Anrufbeantworter vorfinden, drehe ich durch. Und in einer halben Stunde kannst du den Kleinen vom Fußball holen."

Gerd Kiesebauer nickte und sparte sich jegliche Widerworte. „Meine Frau, sie hält den Laden zusammen und manchmal sollte man als Mann wissen, wenn man lieber nickt und schweigt. Meine Herren, schön, Ihre Bekanntschaft gemacht zu haben." Er beugte sich zur Seite und gab seiner Frau einen Kuss auf die Wange.

„Ich hole nur den Schlüssel und bin gleich wieder da."

Sekunden später, und noch ehe Mark und Stier auch nur ein Wort wechseln konnten, war Julia Kiesebauer zurück. „Wir müssen nur ein Stück die Straße hochlaufen und dann links. *Schloss Oberau* ist eines der ältesten erhaltenen Wasserschlösser Sachsens. Zuerst gab es nur einen Wehrturm, um den man einen Wassergraben gezogen hat. Daraus wurde dann ein Wohnturm, irgendwann wurden im Laufe der Jahre weitere Anbauten errichtet. Sogar der Schwedenkönig Karl der XII. biwakierte mit seinen Truppen einst rund um das Schloss."

Sie näherten sich einem von Wasser umgebenen Gebäude und Stier blieb einen Moment stehen.

„Schön, oder? Ich habe diesen Anblick schon so viele Male genießen dürfen und immer noch klopft mein

Herz, wenn ich bedenke, was wir schon alles geschafft haben und was noch vor uns liegt." Julia Kiesebauer lächelte. „Sein heutiges Aussehen, erhielt das Schloss im 19. Jahrhundert. Es gab diverse Wirtschaftsgebäude, wie zum Beispiel da und dort. Man betrieb Landwirtschaft, hatte einen Gemüsegarten und auch Weinanbauflächen. Dann kam der Zweite Weltkrieg, die Rote Armee tobte sich aus, wie sich Armeen nun einmal überall auf der Welt austoben. Später wurden Vertriebene einquartiert und schließlich das Schloss in einzelne Wohneinheiten aufgeteilt. Und so blieb es für die kommenden Jahre. Einige Male drohte der Abriss, zum Glück kam es dazu nie. Tja, und dann fanden sich Menschen zusammen, um das zu bewahren, was ihre Ahnen einst errichtet hatten."

Inzwischen standen sie vor einer massiven hölzernen Tür, die Zugang zu einer Art halbrunden Turm war, der zwei Gebäudeachsen miteinander verband.

Julia Kiesebauer hob den Schlüssel, ließ ihn dann aber wieder sinken. „Aber eigentlich bin ich gar nicht hier, um Ihnen so viele historische Details zu verraten. Es gibt da etwas, das mir keine Ruhe lässt. Eine Sache, die ich nicht einmal meinem Mann anvertraut habe, obwohl wir uns eigentlich alles sagen. Ich glaube, er würde es nicht verstehen. Er sagt, ich würde mir zu viele Gedanken machen und vielleicht hat er Recht. Und dennoch …" Julia Kiesebauer strich ihre blonden Haare zurück. „Ich glaube, dass Monika Angst hatte. Also, ganz zuletzt, bevor sie gestorben ist."

Mark lehnte sich mit einer Schulter an die Tür. „Wie kommen Sie darauf?"

„Der Anfang der Geschichte liegt schon einige Zeit zurück. Es passierte zu der Zeit, als Monika zu uns gestoßen ist. Da war ein Sommerfest, vielleicht auch der Tag des offenen Denkmals. Ich weiß es nicht mehr. Da war eine Frau, die vorbeikam. Sie und Monika schienen sich von früher zu kennen. Monika führte sie überall herum und zeigte ihr alles. Und dann, ich kam gerade von der Toilette, sah ich die beiden in einem leeren

Zimmer stehen, drüben im Wirtschaftsgebäude. Sie sprachen leise miteinander und ich gestehe, dass mich die Neugierde packte. Wissen Sie, wenn ein Mensch nichts von sich preisgibt, das ist so, so ungewöhnlich. Und man fragt sich, ob es da vielleicht ein Geheimnis gibt."

„Konnten Sie verstehen, worüber gesprochen wurde?", fragte Mark.

Julia Kiesebauer biss sich auf die Lippen. „Nicht viel, die beiden flüsterten miteinander. Doch ich bekam mit, dass die andere Frau weinte. Monika nahm sie tröstend in den Arm und meinte, dass es wichtig wäre, die Vergangenheit endlich ruhen zu lassen und seinen Frieden zu machen. Man könne die Dinge nicht ändern. Was geschehen wäre, wäre geschehen und die Schuldigen würden irgendwann ihre Strafe bekommen. Monika lud diese Frau ein, sich uns anzuschließen. Es würde ihr guttun und die dunklen Gedanken vertreiben. Aber die andere lehnte das ab. Dann bin ich gegangen, musste meinen Platz am Würstchenstand einnehmen. Die Sache geriet in Vergessenheit. Monika lernte Heiko kennen und taute auf. Man sah sie immer öfter lachen, was mich sehr freute. Doch dann …" Julia Kiesebauer holte tief Luft und griff sich an ihren Hals.

„Lassen Sie sich Zeit", sagte Mark leise.

„Es vergingen mehrere Jahre. Und dann, etwa ein halbes Jahr vor ihrem Tod, traf ich Monika vor einem Blumengeschäft in Coswig. Sie war schwarz gekleidet und hatte gerade ein Gesteck abgeholt, wie man es zu Trauerfeiern mitnimmt. Sie war vollkommen aufgelöst, sie zitterte und weinte. Ich fragte sie, was denn geschehen sei und wer gestorben wäre. Und da meinte sie, eine gute Freundin hätte sich das Leben genommen. Seltsamerweise musste ich sofort an diese Frau denken, die damals auf dem Sommerfest aufgekreuzt war, obwohl ich sie seitdem nie mehr gesehen hatte. Monika sprach von dem Verlust und den Erinnerungen an alte Zeiten. Sie war untröstlich. Der größte Schock war aber wohl gewesen, dass diese Freundin erst nach einigen

Tagen in ihrer Wohnung gefunden worden war. Monika machte sich Vorwürfe, sie hatte Schuldgefühle, weil sie nicht nach ihr geschaut hatte. Ich sagte, sie hätte doch jetzt ihr eigenes Leben. Aber ich glaube, sie hörte gar nicht richtig zu. Ich muss gestehen, ich habe zu Hause in der Zeitung nachgesehen. Da gab es eine Schlagzeile und ein verschwommenes Bild und ich hätte schwören können, dass darauf tatsächlich diese Frau zu erkennen war."

„Verstehe", murmelte Stier, obwohl er momentan noch nicht die geringste Ahnung hatte, was die Frau des Klempners ihnen eigentlich sagen wollte.

„Nach diesem Vorfall veränderte Monika sich. Sie wurde stiller, fast schon in sich gekehrt. Das fiel sogar den anderen auf und ich weiß, dass einige mit Heiko sprachen, ob etwas geschehen wäre. Der wirkte seltsam hilflos, schien nicht zu wissen, was in Monika vorging. Doch er war eindeutig besorgt. Irgendwann fasste ich mir ein Herz und sprach sie an. Ich fragte ganz direkt, ob ihre tote Freundin die Frau wäre, die uns damals besucht hat und Monika bejahte das. Sie meinte, dass sie es nicht fassen könnte und wie schwer dieser Schritt sein musste, seinem Leben ein Ende zu setzen. Als ich wissen wollte, ob ihre Freundin denn Sorgen oder gesundheitliche Probleme gehabt hätte, wich sie mir aus. Ich bot noch einmal meine Hilfe an, sagte ihr, dass ich immer ein offenes Ohr für sie hätte. Da umarmte sie mich plötzlich und begann zu weinen. Aber sie meinte, sie würde sich schon wieder fangen. Tatsächlich beruhigte sie sich mit der Zeit, so kam es mir zumindest vor. Sie lächelte wieder mehr, wirkte stabiler. Und einige Tage später war sie tot." Julia Kiesebauer schluckte und putzte sich geräuschvoll die Nase. „Ich war fassungslos, aber im Grunde dachte ich mir nichts dabei. Monikas Tod war ein Unfall, so was passiert nun einmal. Erst als das mit Heiko geschah, da … Seitdem kann ich kaum schlafen, meine Gedanken kreisen und ich frage mich immer wieder, ob ich etwas hätte tun können."

Stier nickte. Es waren die gleichen Gedanken, die auch ihn immer wieder befielen.

„Entschuldigen Sie, eigentlich wollten Sie das Schloss sehen. Es ist auch wirklich sehenswert, aber …"

„Wissen Sie was? Das holen wir einfach zu einem späteren Zeitpunkt nach", entgegnete Mark. „Sie haben uns sehr geholfen. Danke, dass Sie Ihre Befürchtungen und Ängste mit uns geteilt haben."

„Vielleicht wird dadurch das schlechte Gewissen ein wenig kleiner."

Kapitel 15

Schweigend saßen die beiden Männer im Auto. Mark hatte vor dem Haus von Familie Kiesebauer den Motor angelassen, war der Straße geradeaus gefolgt und laut Anweisung von Stier nach der Bahnunterführung rechts abgebogen. Kurze Zeit später war der Parkplatz aufgetaucht, der zur *Buschmühle* gehörte. Einige Fahrzeuge standen dort, aber viele waren es nicht. Mark parkte unter einem Baum und schaltete den Motor ab. Dann ließ er die Scheiben herunter. Sommerlich warme Luft wehte ins Fahrzeug. Die Bäume rauschten, irgendwo in der Ferne kreischte ein Vogel.

Mark warf einen Seitenblick auf Stier, der wie erstarrt auf seinem Sitz hockte und geradeaus starrte. „Was denkst du?", fragte er schließlich.

„Ganz ehrlich?" Mark nickte. „Ich frage mich die ganze Zeit, in was für eine Scheiße Monika und Heiko da bloß hineingeraten sind", stieß Stier aus.

„Ich werd mal Peggy anrufen. Wir müssen dringend wissen, wo Monika früher gelebt hat und was sie beruflich gemacht hat." Mark wählte die entsprechende Nummer.

„Oh, hallo Minnie", erklang Peggys Stimme.

„Du kannst nicht reden?"

„Hm, momentan ist es grad bissel schlecht, bin auf Arbeit. Wir haben einen neuen Fall."

„Verstehe, können wir vielleicht später …"

„Was, das ist ja toll. Weißt du was? Treffen wir uns doch einfach heute gegen Abend bei der Gastwirtschaft, wo der Vogel mal rumgehangen hat. Sagen wir, um sechs?"

„Okay", erwiderte Mark gedehnt.

„Und in der Zwischenzeit kannst du mir ja deine Fragen zukommen lassen. Da kann ich mir schon ein paar Gedanken machen, ob die zu der Hochzeit passen könnten. Dann bis später." Und weg war sie.

„Wo wollt ihr euch treffen?", fragte Stier verwirrt. „Und was für eine Hochzeit?"

Mark dachte kurz nach und kaute auf seiner Unterlippe. „Peggy immer mit ihren kryptischen Botschaften." Dann huschte ein Grinsen über sein Gesicht. „Sie war vermutlich nicht allein im Zimmer. Aber ich glaube, ich weiß, was sie meint. Sie will sich mit uns beim *Elbpfeiffer* treffen, eine Gastwirtschaft in Laubegast. Dort hatte sich ganz in der Nähe vor einigen Monaten ein junger Typ namens Vogel erhängt. War der Sohn eines Dresdner Prominenten und es gab eine ziemliche Welle. Aber am Ende war es eindeutig Suizid unter Drogen. Und mit den Fragen zur Hochzeit meint sie natürlich unsere offenen Fragen, die wir ihr per Nachricht schicken sollen."

„Also, da wären als Erstes nähere Angaben zu dieser Toten, die Monikas Freundin war."

Mark pfiff durch die Zähne. „Gute Idee." Er machte eine kurze Notiz in der für Peggy bestimmten Nachricht. „Dann brauchen wir Angaben über Monikas alte Arbeitsstellen. Und vielleicht lässt sich über diesen komischen *Lichtwerk-Verein* im Vorfeld etwas herausfinden. Dann frag ich noch mal nach dem runden Gegenstand aus dem Arbeitszimmer, also, ob die Kollegen was eingesackt haben." Ein weiterer Punkt wurde ergänzt. Mark schickte die Nachricht ab, gab dann den Begriff Lichtwerk in die Handysuchmaschine ein und tippte auf *Route berechnen*. Sekunden später wurde die Streckenführung angezeigt, aber er fuhr nicht los. „Was ist passiert? Was denkst du?"

„Es muss in Monikas Vergangenheit etwas geben, etwas, das jahrelang geruht hat oder mit aller Macht verdrängt wurde, bis zum Tod ihrer Freundin oder Bekannten. Zu diesem Zeitpunkt wurde etwas ausgelöst. Die Frage ist nur – was."

Mark legte den Zeigefinger an seine Nasenspitze. „Nehmen wir nur mal an, dass der Tod dieser Freundin tatsächlich Selbstmord war. Monika hatte ihr vorher geraten, die Vergangenheit endlich ruhen zu lassen. Wenn diese Freundin das aber nicht konnte?"

„Oder durfte. Vielleicht hat die Vergangenheit sie heimgesucht, ohne dass sie es wollte." Stier biss sich auf die Unterlippe. „Die Welt ist ein Dorf", murmelte er leise.

„Was meinst du denn damit?", fragte Mark.

„Diese Worte murmelte Heiko, als ich nach Monikas Beerdigung noch eine Weile bei ihm war."

„Ja, aber was meinte er damit?", hakte Mark nach.

„Dasselbe, was meine Eltern immer damit verbunden haben. Nämlich dass man an den unglaublichsten Orten auf dieser Welt plötzlich auf Leute trifft, die in der eigenen Nachbarschaft wohnen oder mit denen man früher in die Schule gegangen ist", sagte Stier.

„Oder die man aus seiner eigenen Vergangenheit kennt und unter Umständen nie mehr sehen wollte."

„Dass man sich also niemals, egal, wo man auch ist, zu sicher fühlen sollte", sagte Stier und warf Mark einen langen Blick zu.

Der Weg zum *Herrenhaus Janwitz* führte sie erst einmal direkt durch Moritzburg. Mark fuhr am Hauptteich vorbei, mit dem markanten und weltberühmten Schloss in der Mitte. Unzählige Menschen flanierten, schossen Fotos oder leckten Eis. Eine Familie mit Kindern bestieg gerade eine der am Straßenrand wartenden Kutschen. Das kleinste Mädchen lachte und beugte sich nach vorn zu einem der Pferde. Mit einem Schlag überkam Mark das schlechte Gewissen. Da war er schon einmal daheim und hätte Zeit mit seiner Familie verbringen können und was tat er? Das, was er immer tat: Verbrechen aufklären. Manchmal lastete diese Leidenschaft wie ein böser Fluch auf ihm. Das Gefühl, nie genug von Morden zu bekommen, wog schwer und er konnte nur hoffen, dass Lisa auch weiterhin so voller Verständnis für ihn war.

Das Schloss blieb hinter ihnen zurück. Dafür tauchte eine Pferdekutsche auf, die gemächlich vor ihnen herzuckelte. Erst als diese Richtung Leuchtturm von der Hauptstraße abbog, konnte Mark wieder Gas geben. Dämmerlicht hüllte sie ein. Große Bäume standen am Fahrbahnrand, spendeten Schatten und zeichneten Lichtspiele auf die Straße. Wenig später passierten sie die Wildtierfütterung. Auch hier war kein Parkplatz mehr zu bekommen. Das schöne Wetter lockte alle nach draußen. Die Verlockung, Pläne zu schmieden, was er unbedingt alles mal wieder mit seiner Familie machen musste, wuchs erneut. Energisch wischte Mark sie beiseite. Nun waren andere Dinge wichtiger.

Als der Wald hinter ihnen lag, schickte sie das Navi nach rechts in eine schmale Straße hinein. Nach etwa drei Kilometern tauchte ein nicht zu übersehender Wegweiser auf, mit der Beschriftung: *Lichtwerk – du, ich, wir – für eine starke Gemeinschaft / Herrenhaus Janwitz.*

„Sieh doch mal", stieß Stier plötzlich aus und deutete auf einen gleich danebenstehenden weiteren Aufsteller.

„*Park heute geöffnet*", las Mark vor. „Glück muss der Mensch haben."

Sie fuhren noch einige Minuten durch Wiesen und Felder und Mark kam es beinahe vor, als würden sie sich mit einer sanften Kurve erneut Moritzburg nähern. Doch dann, umgeben von einer hohen Mauer, tauchte das Herrenhaus auf der rechten Seite auf. Deutlich sahen sie vier runde Türmchen, die es auf den ersten Blick wie eine verkleinerte Ausgabe von *Schloss Moritzburg* wirken ließen. Doch der Baustil war ein gänzlich anderer, selbst wenn gewisse Ähnlichkeiten vielleicht sogar gewollt waren.

Ein weiteres Schild verwehrte die Weiterfahrt und verwies auf einen Parkplatz, den man provisorisch auf einer Wiese errichtet hatte. Zu Marks Erleichterung standen hier mehrere Autos. Es gab also noch andere Besucher, die sich für das Anwesen interessierten. Und dort, wo andere Besucher waren, gelang es besser, sich unauffällig umzuschauen.

Schlendernd, als seien sie ganz normale Gäste, näherten sich die beiden Polizisten der hohen Mauer. Bewegungsmelder und Kameras zierten Tor und Mauerkrone. Unsichtbare Augen, die sie fest im Blick hatten. Ein breiter, von exakt beschnittenen Koniferen gesäumter Weg führte schnurgerade auf das Herrenhaus zu. Links und rechts zogen sich geschwungene, schmalere Wege, die mit einzelnen Schildern wie *Rosengarten, Koiteiche* oder *Klostergarten* beschriftet waren. Unter großen Kastanien, Eichen oder Linden standen Bänke. Auf einigen Beeten blühten Blumen. Unkraut war nirgends zu sehen. Die Besitzer schienen den Park penibel in Ordnung zu halten. Doch auch hier entgingen Mark und Stier nicht die überall angebrachten Kameras.

Allmählich näherten sie sich dem Haupthaus, das verschlafen im Sonnenschein lag. Keines der vielen Fenster war geöffnet und es drängte sich die Frage auf, ob das Haus überhaupt bewohnt war.

Stier zeigte schließlich auf eine Bank, die ein wenig abseits am Stamm einer mächtigen Eiche stand. „Setzen wir uns. Und nun?", fragte er Sekunden später.

„Viel weiter kommen wir nicht, da hinten hängt ein Schild mit der Aufschrift – *Privatbereich*", meinte Mark leise.

„Ob das an jedem dieser kleinen Wege hängt?"

Mark konnte ein Grinsen nur schwer unterdrücken. „Davon gehe ich mal aus. Wir sollten auf der Hut sein, denn ich vermute mal, der breitschultrige Herr im dunklen Anzug, der nicht unbedingt der Chefgärtner sein wird, dürfte dir nicht entgangen sein."

Unauffällig drehte Stier sich um und tat dabei so, als würde er einen der alten Baumriesen bewundern. „Nein, entgangen ist er mir nicht. Momentan ist er allerdings verschwunden."

„Oder hat sich unsichtbar gemacht."

„Ob die wissen, wer wir sind?", fragte Stier leise.

„Wenn sie was mit dem Tod von Monika und Heiko zu tun haben, dann vermutlich schon." Mark zog den kleinen Faltplan aus seiner Tasche, den er am Eingang aus einem Aufsteller genommen hatte. „Da hinten geht es zu den Toiletten und zum Parkcafé. Beides Gebäude, die dem Haupthaus am nächsten liegen. Von da aus könnten wir zumindest mal einen knappen Blick riskieren, wenn der uns auch nicht weiterbringen wird."

„Hm, Café klingt gut. Vielleicht haben die dort auch einen selbstgebackenen Kuchen oder gar ein Stück Torte." Stier erhob sich, schlenderte in die angegebene Richtung und Mark folgte ihm.

Das Parkcafé entpuppte sich als überdachte Terrasse, die vor einem Nebengebäude lag. Eine Clematis wucherte das Fallrohr empor und versuchte, ihre langen Pflanzarme Richtung Gebäude zu schieben. Es gab etwa zehn Tische, von denen die meisten besetzt waren. Stier wählte den, der ihm am geeignetsten dafür erschien, einen Blick auf das Haupthaus zu werfen.

„Ich hol Kaffee." Mark trat an ein weit geöffnetes Fenster und studierte das Speiseangebot.

Eine junge Frau mit irritierend hellblauen Augen näherte sich und lächelte ihn an. „Was darf es denn sein?"

„Zwei Pott Kaffee bitte und ich würde noch zwei Stück Kuchen dazu nehmen."

„Wir haben heute Dinkel-Pflaumen-Kuchen oder eine vegane Quarktorte." Marks Gesichtsausdruck musste seine Gedanken verraten haben, denn die junge Frau lachte kurz auf. „Es schmeckt beides wirklich sehr lecker, ich schwöre. Falls nicht, nehme ich den Kuchen anstandslos zurück und erstatte Ihnen Ihr Geld."

Mark hob eine Augenbraue. „Da müssen Sie sich Ihrer Sache aber sehr sicher sein."

„Absolut sicher, denn ich kenne die Frauen aus unserem Backkurs und weiß, wie sie zaubern können."

„Na dann, ich nehme von jedem ein Stück."

„Gute Entscheidung. Soll ich sie in der Mitte halbieren? Dann können Sie und Ihr Begleiter von jedem einen Happen kosten." Das Lächeln wurde noch ein wenig breiter.

„Gute Idee."

Die junge Frau packte Kaffee und Kuchenteller auf ein Tablett, Mark beglich die Rechnung und wollte sich gerade zum Tisch begeben, als die Frau ihn zurückhielt. „Ich lege Ihnen noch einen Flyer mit drauf. Wir haben ein vielfältiges Angebot für gestresste Menschen in allen Lebensphasen." Sie klemmte den Flyer unter einen Teller und schob das Tablett näher zu Mark.

„Wie kommen Sie darauf, dass ich gestresst bin?"

„Sind wir das nicht alle?" Ihre hellblauen Augen sahen ihn verwirrend lange an und hielten seinem Blick stand. So intensiv, dass es schließlich Mark war, der sich abwandte. Ein seltsames Gefühl stieg in seinem Inneren auf und er hätte es nicht mal beschreiben können. Nervös schnappte er sich das Tablett, drehte der Frau den Rücken zu und stolperte zurück zu Stier. Absichtlich wählte er den Stuhl am Tisch, auf dem er das Ausgabefenster in seinem Rücken hatte.

„Was ist denn?", fragte Stier und spähte behutsam an ihm vorbei.

„Warum fragst du?", erwiderte Mark, während er Teller und Kaffeepötte verteilte.

„Weil Schweißperlen auf deiner Stirn stehen und du aussiehst, als wärest du gerade vom Teufel persönlich bedient worden."

„Hier stimmt was nicht, frag mich nicht was, aber es stimmt was nicht." Aus dem Augenwinkel musterte er die Personen an den anderen Tischen. Man unterhielt sich, lachte miteinander, ließ sich das Gebäck schmecken. Alles wirkte vollkommen normal. Also konnte es nur mit der Frau zu tun haben, die ihn gerade bedient hatte.

„Okay", meinte Stier gedehnt und spähte an ihm vorbei. „Die Dame am Tresen telefoniert gerade und schaute die ganze Zeit in unsere Richtung."

„Das kann nur eines bedeuten – sie wissen tatsächlich, wer wir sind." Mark stach die Gabel in den

Kuchen und aß einen Happen. Er schmeckte fantastisch, das musste er zugeben. Und auch die zweite Sorte stand der ersten in nichts nach. Dann lehnte er sich zurück und trank einen Schluck Kaffee.

Stier kostete ebenfalls den Kuchen und nickte anerkennend. „Lecker. Ich muss dir übrigens zustimmen, dass eine seltsame Energie über diesem Anwesen liegt. Was soll übrigens der Flyer bedeuten?"

„Infomaterial für gestresste Menschen."

Stier ergriff das Papier und faltete es auseinander. Es war nicht derselbe Flyer, den er bei Heiko gefunden hatte. Aber auch hier prangte der unregelmäßig gezackte Stern am oberen Rand. „*Wer wir sind? Wir verstehen uns als eine Gemeinschaft Gleichgesinnter, die sich gegenseitig stärkt und auffängt, besonders in schweren Zeiten oder Krisen.* Klingt wie in einer Sekte", murmelte Stier. „*Dabei ist uns besonders wichtig, jeden einzelnen Menschen individuell zu betrachten. Jeder ist einzigartig, daher ist unser Symbol der unregelmäßig gezackte Stern.*" Stier wendete den Flyer. „Gibt diverse Kurse hier, unter anderem auch eine Trauergruppe für Menschen, die einen schweren Verlust erleiden mussten. Aber auch Kindergruppen, einen Backzirkel, Malkurse, Schreibkurse, Yogaeinheiten, Tanzkurse, Wandertreffs und so weiter. Mächtig was los hier. Ach, schau an." Stier pfiff durch die Zähne. „Sogar unser Landrat Schmachter hat ein Grußwort verfasst und hervorgehoben, welch wertvollen Beitrag dieses Projekt für unsere Gemeinschaft leistet. Speziell die Sanierung und der Umbau dieses Hauses wird hervorgehoben."

Mark wippte mit seinem Fuß und ließ dabei seine Blicke über das Herrenhaus und die Nebengebäude schweifen. In unmittelbarer Nähe lag ein Garagenkomplex, an den sich ein gepflasterter Platz mit einem Rosenrondell anschloss. Dahinter folgten zwei Gebäude, die man am ehesten als ehemalige Stallungen bezeichnen konnte. Dann kam das Haus. Zwei Männer liefen Richtung der Garagen und unterhielten sich angeregt. Der eine von ihnen war groß und schlank, trug einen grauen Pferdeschwanz und war unverkennbar der

Mann, den Mark auf dem Rasen der *Boselperle* gesehen hatte. Der andere war etwas kleiner und rundlicher, wirkte von weitem wie ein Anwalt. „Man müsste einen Blick in die Garagen werfen können. Wäre doch möglich, dass man dabei auf einen dunklen Kleinbus mit einem Stern stößt."

Stier schwieg und studierte noch immer den Flyer.

„Aber auch dort drüben sind überall Kameras. Und wenn die uns eh schon auf dem Kieker haben …"

„Wer weiß, was die hier bewachen", murmelte Stier.

„Oder wen sie überwachen", erwiderte Mark und griff nebenbei nach seinem Handy, das auf dem Tisch vibrierte. Peggys Nummer stand auf dem Display. „Ja, Peggy?"

„Chef, also, ähm …", stotterte sie.

„Was ist denn los?"

„Ich hoffe, Sie reißen mir jetzt nicht den Kopf ab, aber es ist was passiert und es wäre gut, wenn Sie auf die *Schießgasse* kommen würden und zwar Sie beide, also auch Kollege Stier."

„Auf die *Schießgasse*?", raunte Mark. „Aber ich bin …"

„Nicht im Dienst, ich weiß, aber es wäre wirklich wichtig, dass Sie kommen, und Stier auch", sagte Peggy nachdrücklich.

Mark glaubte, im Hintergrund Stimmen vernommen zu haben. Eine gehörte Christian Randel, die andere konnte er nicht zuordnen. Wenn man sie gemeinsam auf die *Schießgasse* beorderte, konnte das nur eines bedeuten – Dresden wusste über ihren Alleingang Bescheid. „Also gut, bis gleich." Mark legte auf und sah Stier an. „Wir müssen nach Dresden, wir beide."

Stiers Augen wurden groß. „Aber warum denn?"

„Keine Ahnung, Peggy meinte, es wäre etwas passiert. Und ganz ehrlich, Peggy ist sehr loyal. Wenn sie einen solchen Anruf tätigt, muss wirklich etwas passiert sein." Mark leerte seinen Kaffeepott und brachte das Tablett zurück zum Bedienfenster.

„Ich sehe, Sie haben alles aufgegessen", meinte die junge Frau mit einem professionell strahlenden Lächeln.

„Haben wir, es hat tatsächlich hervorragend geschmeckt."

„Das freut mich sehr. Ich werde das Lob an unsere Backfrauen weitergeben. Na dann, ich hoffe, wir sehen uns wieder."

Diesmal hielt Mark ihren Blicken stand. „Wissen Sie was? Ich bin überzeugt, dass wir uns wiedersehen." Als er die Terrasse verließ, warf er einen Blick zurück zu den beiden Männern, die noch immer mitten auf dem Hof standen. Unverkennbar schauten sie in seine Richtung. Mark sah sie einige Sekunden an, dann drehte er sich um. Mit großen Schritten marschierte er los und legte seine ganze, plötzlich aufkeimende Wut in jede einzelne Bewegung.

Stier hatte Mühe, ihn einzuholen. Erst an der breiten Grundstücksmauer gelangte er an seine Seite und rang nach Luft. „Mensch, was ist denn los? So schlimm wird es schon nicht werden."

Mark stürmte mit unverminderter Geschwindigkeit voran. „Meinst du?" Er warf Stier einen knappen Blick zu. „Ich glaube, dass das, was wir bisher erlebt haben, nichts gegen das ist, was noch vor uns liegt. Und damit meine ich nicht die dienstlichen Verstöße, die ich begangen habe."

Kapitel 16

Die erste Person, die ihnen im Dresdner Polizeipräsidium begegnete, war Staatsanwältin Heidrun Proft. Mit einem Ruck blieb Mark im Treppenhaus stehen, und zwar so plötzlich, dass Stier beinahe von hinten auf ihn aufgelaufen wäre. Sein Blick wanderte einige Stufen nach oben und dort stand sie.

Die Staatsanwältin, wie immer in einen dunkelgrauen Hosenanzug gekleidet, den Mund mit knallrotem Lippenstift geschminkt, verharrte auf dem Treppenabsatz und blickte zu ihm hinunter. „Winter", sagte sie mit müder Stimme. „Ich nehme an, Sie wollen zu Kommissar Randel."

Mark nickte.

„Gut, wir sehen uns später in meinem Büro. Ich bin da, hab noch einiges aufzuarbeiten."

„In Ihrem Büro?", fragte Mark gedehnt. „Ich meine, ich …"

„Denken Sie nicht, dass es da so einiges zu besprechen gibt?", erwiderte Heidrun Proft und stieg nebenbei die Treppe herunter, bis sie direkt neben Stier zum Stehen kam. Zu seiner Verblüffung legte die Staatsanwältin ihm einen Moment die Hand auf den Arm. „Polizeihauptmeister Stier", meinte sie leise, nickte kurz und ging weiter.

Stier stand wie angewurzelt da und fixierte den Punkt, an dem die Staatsanwältin um die Ecke verschwunden war. „Was war das denn?", fragte er mit tonloser Stimme und warf Mark einen fragenden Blick zu.

„Komm, lass uns gehen." Mit ernster Miene stieg Mark neben ihm die Treppe hinauf. Dann schwenkten sie in den Gang ein, der zu den einzelnen Büros der

Mordkommission führte. Einen Moment schien es Stier, als wollte Mark die Räume ansteuern, in denen er selbst seit vielen Jahren auf Verbrecherjagd ging. In letzter Sekunde schien er sich aber zu besinnen und trat vor eine andere Tür, die schräg gegenüber des Treppenhauses lag. Mark hob die Hand und klopfte einmal kräftig an. Ein Ruf erklang und er trat ein.

Stier warf einen knappen Blick auf das Türschild – *Christian Randel Mordkommission 2* – stand dort.

Im Raum herrschte Stille. Zunächst sah Stier zwei Personen – Peggy, die hinter ihrem Schreibtisch saß und ihn mit müden Augen anschaute, und Christian Randel, der an einem Sideboard lehnte und eine Mappe in seinen Händen hielt. Erst durch ein leises Räuspern aus einer der Ecken bemerkte er die dritte Person. Arne Karstens, Marks unmittelbarer Vorgesetzter, stand vor einem Schrank voller Aktenordner und drehte sich mit einer fließenden Bewegung zu ihnen um. Stier hatte ihn bisher nur einmal gesehen, aber aus Marks und Peggys Erzählungen wusste er einiges über den Mann, der aus dem Westen hierhergekommen war und dessen Ehefrau sich noch immer nicht dazu hatte durchringen können, ihm in die sächsische Landeshauptstadt zu folgen. Karstens versank dadurch nicht in Traurigkeit. Immer wieder wurde er in Begleitung wechselnder Damen gesehen, die ihm vermutlich seine einsamen Abende versüßten. Karstens war stets perfekt gekleidet, doch heute wirkte er irgendwie neben der Spur. Er trug eine helle Jeans, dazu ein himmelblaues, leicht zerknittertes Hemd mit dunklem Kragen und war eher schlecht als recht rasiert. Eine klobige Uhr prangte an seinem Handgelenk, Lederslipper, natürlich ohne Socken getragen, steckten an den Füßen. Karstens befand sich augenscheinlich im Wochenendmodus. Kein Wunder, es war ja auch Sonnabend.

„Hallo", sagte Mark allgemein in die Runde.

Stier entschied sich für ein knappes Kopfnicken. Erneut wanderte sein Blick zu Peggy, doch die tauchte hinter ihrem Bildschirm ab und klapperte leise auf der

Tastatur herum. Sie vermied augenscheinlich jeden Blick in seine Richtung, was für ihn ein schlechtes Zeichen war.

Ansonsten sah das Büro aus wie das, in dem Mark Winter arbeitete. Da war das Sideboard mit der Kaffeemaschine, die zwei Schreibtische, die ein wenig anders angeordnet waren, Aktenschränke und ein Ficus Benjamin, der prächtig anzuschauen war.

„Kollege Winter und Kollege Stier, wie schön, dass Sie zu uns gefunden haben", sagte Karstens in diesem Moment, durchquerte den Raum und hockte sich mit einigem Abstand neben Randel auf die Kante des Sideboards. „Nehmen Sie Platz." Mit einer harschen Handbewegung deutete er auf zwei nebeneinanderstehende Stühle, die so angeordnet waren, als würden Mark und er im nächsten Moment einem strengen Verhör unterzogen werden. Es fehlte nur noch die obligatorische Schreibtischlampe, deren Lichtschein man als Druckmittel in ihr Gesicht richten würde, falls nicht die gewünschten Antworten kämen.

Karstens seufzte. „Ich erspare mir einen Vortrag zu Ihrem plötzlichen Dasein als Privatermittler, Kollege Winter. Den hebe ich mir für später auf. Und ich äußere mich auch nicht zu der Rolle, die Polizeihauptmeister Stier in diesem Fall spielt, der eigentlich als Streifenpolizist im Meißner Revier seinen Dienst tun sollte. Es gibt im Moment wichtigere Dinge, nämlich einen Fall aufzuklären und … Staatsanwältin Proft hat mich überzeugt, dass es im Moment besser ist, all unsere Kräfte zu bündeln. Und Kommissar Randel ist der gleichen Meinung. Den Rest, also die Konsequenzen aus all diesen Vorfällen, werden wir später besprechen." Karstens hielt inne. „Nun, wie auch immer, ich übergebe Ihnen das Wort, Kollege Randel. Winter, wir sehen uns kommenden Montag. Ich habe jetzt einen dringenden Termin." Karstens nickte Stier knapp zu und rauschte davon. Auf der Stelle änderte sich die Energie im Raum.

Peggy tauchte hinter ihrem Bildschirm auf und sah sichtlich erleichtert aus. Christian Randel legte die Mappe auf dem Schrank ab und räusperte sich. Und Mark lehnte sich zurück und verschränkte die Arme vor dem Körper.

„Kaffee?", fragte Randel nach einem Moment des Schweigens und schaute sie kurz an.

Mark und Stier nickten. Auf der Stelle sprang Peggy auf, füllte drei Kaffeepötte und reichte sie den drei Männern. Dann verschwand sie wieder hinter ihrem Schreibtisch und stützte das Kinn auf die Handflächen. Nebenbei behielt sie ihren Bildschirm im Blick und betätigte ab und zu lässig eine Taste.

Nach weiteren stillen Sekunden erhob Christian Randel sich schließlich und zog das Flipchart heran, aber so, dass Mark und Stier nur dessen Rückseite sehen konnten.

„Ich habe heute gegen Mittag ein Gespräch mit Peggy geführt", begann Randel. „Darin ging es um unseren momentanen Fall. Es gibt da eine neue Entwicklung, die Peggy schlussendlich dazu brachte, mir etwas anzuvertrauen." Randel verstummte, dann sah er Mark an. „Mark, du weißt, dass ich dich als Kollegen sehr schätze. Was nun deinen kleinen Alleingang betrifft, werden andere die entsprechenden Entscheidungen zu treffen haben. Mir wäre es wichtig, dass wir alle hier uns darauf besinnen, was wir sind: nämlich Polizisten. Ich würde mir daher wünschen, dass wir die Karten offen auf den Tisch legen und an einem Strang ziehen. Wäre das für dich denkbar?"

Stier warf Mark einen kurzen Seitenblick zu und bemerkte dessen Verwirrung. Ihm ging es nicht anders. Doch schließlich fuhr Mark sich mit der Zunge kurz über die Lippen und nickte. „Natürlich, ich denke schon", stotterte er.

„Sehr gut, also, es geht um den Fall Heiko Tanger, in dem es eine neue Entwicklung gibt, wie ich bereits sagte." Christian Randel beugte sich vor und holte eine schmale Mappe von seinem Schreibtisch. „In den gestrigen Abendstunden, genauer, um zweiundzwanzig Uhr, wurde die Feuerwehr Radebeul zu einem Einsatz in den Wald bei Lindenau gerufen. Ein Fahrzeug war dort in Brand geraten. Die ebenfalls hinzugerufene Polizei stellte bei ihrem Eintreffen fest, dass der Brand bereits gelöscht werden konnte. Bei näherer Begutachtung wurde klar, dass sich im ausgebrannten Fahrzeug eine Leiche befand. Abschließende Untersuchungen laufen noch, aber der Halter des Fahrzeugs konnte bereits ermittelt werden, auch DNA-Spuren konnten in der Wohnung des Fahrzeughalters gesichert werden. All das bringt uns zu dem Schluss, dass der Tote im Auto eine Person namens Ralf Hauptmann, wohnhaft in Meißen, ist."

Es wurde still im Raum. So still, dass Stier eine Straßenbahn quietschen hörte, die den Pirnaischen Platz passierte, obwohl die Fenster geschlossen waren. Seltsam, dachte er, Ralf Hauptmann – jemand hieß genau wie sein Kumpel aus Schulzeiten. Erst dann bemerkte Stier die Blicke, die auf ihm ruhten. Jemand legte eine Hand auf seinen Oberschenkel und er stellte mit Mühe fest, dass es Mark war, der ihn ansah und sanft berührte.

Ralf Hauptmann, das war unmöglich, das musste ein Irrtum sein. Ralle, sein alter Schulfreund, mit dem er sich früher gestritten, auch manchmal gekloppt hatte, der sollte tot sein? Wie ein Film zogen Szenen aus seiner und Ralles Vergangenheit an Stiers innerem Auge vorbei. Sie endeten in der Nacht von Dienstag zu Mittwoch, als sie in Heikos Haus nach irgendwelchen Dokumenten gesucht hatten. Danach war da nur noch dieses letzte Telefonat gewesen und er hatte aufgelegt. Genervt von Ralles Sturheit.

Langsam drehte Randel das Flipchart um, an dem einige Fotos des ausgebrannten Autos hingen. Stier starrte die Bilder an, glaubte, den Teil eines menschlichen Schädels erkennen zu können, und drehte sich weg. Eine Welle von Übelkeit durchlief seinen Körper und ließ ihn nach Luft ringen. Das Gefühl, zu

ersticken, wurde mit jedem Atemzug schlimmer.
„Könnte ich, ich meine, könnte ich kurz …", fragte er
heiser.

Christian Randel nickte. „Aber natürlich, möchten
Sie rausgehen?"

„Ich würde am liebsten eine rauchen." Mühsam
quälte Stier sich hoch, machte einen Schritt auf die Tür
zu und musste zwangsläufig am Flipchart vorbei. Das,
was er als menschliche Leiche gedeutet hatte, war nur
der Überrest einer Kopfstütze. Aber das war jetzt auch
egal.

„Ich begleite Sie", sagte Peggy und sprang auf.
„Kommen Sie." Sie eilte zur Tür und öffnete sie für ihn.

Draußen auf dem Gang wandte sie sich nach rechts.
„Wir gehen hier entlang, da sind wir schneller draußen."
Stier folgte ihr wie ein Automat. Er setzte Fuß vor Fuß
und umklammerte beim Hinabsteigen der Treppe das
Geländer. Die einzelnen Stufen verschwammen vor
seinen Augen. Unten angekommen, legte Peggy eine
Chipkarte an ein kleines Kästchen. Es summte und eine
Tür sprang auf. Sie befanden sich im Innenhof des
Polizeireviers auf der *Schießgasse*. Die Raucherinsel war
nur wenige Meter entfernt. Mächtige Mauern schlossen
sie ein. Unzählige Fenster waren zu sehen. Darüber
leuchtete ein Stück blauer Himmel.

Stier ließ sich einfach auf eine Bank fallen und holte
die Zigaretten aus seiner Tasche. Doch seine Finger
zitterten dermaßen stark, dass Feuerzeug und Zigarette
nicht zueinanderfanden.

„Darf ich?" Fragend sah Peggy ihn an und er nickte.
Erst in diesem Moment fiel ihm auf, dass Marks
Assistentin diesmal keine buntgefärbten Haare hatte.
Selbst die leuchtenden Strähnen waren verschwunden
und einem satten Rotbraun gewichen. Und Stier fragte
sich, ob es dafür wohl einen Grund gab.

Peggy entzündete die Zigarette für ihn und steckte
sie zwischen seine Lippen.

„Danke", murmelte Stier und inhalierte den Rauch,
so tief er nur konnte. Seine Lungen pfiffen und seine

Bronchien schienen fast zu explodieren. Doch das Nikotin schoss scheinbar in jede einzelne Zelle seines Körpers und das gab ihm Kraft. Zumindest redete er sich das ein.

„Weiß man schon, ich meine …“, versuchte er mühevoll zu fragen, obwohl seine Zunge scheinbar am Gaumen klebte.

„Meinen Sie, wie er gestorben ist?“, vollendete Peggy den Satz.

„Ja.“

„Ich weiß nicht, ob ich Ihnen das sagen sollte.“

„Entweder du sagst es jetzt oder ich erfahre es in wenigen Minuten oben im Büro. Also ist es eh egal“, meinte Stier trocken. Die Asche seiner Zigarette fiel zu Boden, ihm war das egal. Wenn Stier ehrlich war, war ihm gerade alles egal. So unfassbar war die Nachricht, die er gerade gehört hatte.

„Er wurde vermutlich durch einen Kopfschuss getötet“, sagte Peggy. „Kaliber 9 mm.“

„Verstehe.“ Stier stützte seine Ellenbogen auf die Oberschenkel und starrte auf die Pflastersteine zu seinen Füßen. „Erst Heiko und nun er. Die Menschen, die ich am längsten in meinem Leben gekannt habe. Schon im Kindergarten waren Ralle und ich …“ Stiers Stimme brach. Er schluchzte auf einmal, laut, schmerzhaft, ohne dass er es verhindern konnte. Und wieder schien es ihm, als würde seine Luft wegbleiben. Vielleicht wäre es das Beste, jetzt zu sterben. Dann würde er sich nie mehr mit menschlichen Abgründen befassen müssen. Mit Menschen, die anderen Menschen das Leben nahmen, weil sie glaubten, gute Gründe dafür zu haben. Doch Stier starb nicht, stattdessen heulte er. Nach einigen Momenten rückte Peggy näher an ihn heran und legte den Arm um seine Schulter.

Es tat gut, es war tröstend. Das Beste aber war, dass sie schwieg. Peggy hatte ein gutes Gespür für das, was Menschen brauchten, und sie hatte erkannt, dass es jetzt nicht auf Worte ankam. Weil kein Wort der Welt das heilen würde, was Stier empfand.

„Wird er Ärger kriegen?", fragte er nach einer Weile und schaffte es diesmal allein, sich eine Kippe anzustecken.

„Meinen Sie den Chef?"

Stier nickte.

„Vermutlich ein bisschen", erwiderte Peggy. „Aber er ist ein guter Polizist und ein hervorragender Ermittler. Er wollte Ihnen helfen und das zählt mehr als alle Abmahnungen und Verwarnungen."

Als sich die Tür hinter Peggy und Stier geschlossen hatte, blieben Christian Randel und Mark allein zurück.

„Was ist das denn für eine Scheiße", stieß Mark aus, erhob sich und trat ans Fenster. „Hauptmann war Stiers …"

„Einer von Stiers besten Freunden, ich weiß."

Mark nickte und stützte die Hände auf das Fensterbrett. „Sie waren seit Kindertagen befreundet."

„Hast du mir nicht zugetraut, dass ich den Täter fasse oder was sollte das alles? Ich meine, deine privaten Ermittlungen. Oder kannst du es nicht ertragen, dass jemand anderes als du in Meißen das Zepter schwingt?"

Mit einem Ruck fuhr Mark herum. Christian Randel sah ihn abschätzend an. „Das glaubst du nicht wirklich. All das hat damit überhaupt nicht das Geringste zu tun", erwiderte Mark. „Ich schätze dich als Kollegen, und zwar sehr. Ich wollte einfach nur Stier helfen, weil der zwischenzeitlich das Gefühl hatte, dass die Ermittlungen in eine vollkommen falsche Richtung liefen. Zumindest ab dem Punkt, wo ihr diesen Udo festgenommen habt."

„Verstehe." Christian Randel verschränkte seine Arme. „Als ob deine Ermittlungen noch nie in die falsche Richtung gelaufen wären." Er seufzte. „Ganz ehrlich, Mark, ich dachte, mein Schwein pfeift, als Peggy mir heute Mittag eröffnete, dass du und Stier hinter unserem Rücken recherchiert. Und wehe, du gibst ihr jetzt die Schuld, dass alles rausgekommen ist. Sie hat das einzig Richtige getan, als ihr die Dimension nach dem Tod von Ralf Hauptmann bewusst wurde."

„Natürlich mache ich ihr keine Vorwürfe. Peggy hat getan, was sie tun musste. Ich kann deinen Ärger gut verstehen. Würde mir nicht anders gehen."

Christian Randel schwieg. „Die Situation ist eh schon beschissen genug. Meine schwangere Assistentin, der Druck von oben und dann auch noch du", sagte er nach einer Weile. „Aber egal. Es wäre falsch, wenn wir uns jetzt in gegenseitige Vorhaltungen stürzen würden. Es gilt, einen Fall zu lösen und zwar schnell und ehe noch weitere Menschen um die Ecke gebracht werden. Mir wurde außerdem bereits berichtet, wie eng Stier und du bei deinen letzten Fällen zusammengearbeitet habt. Im Grunde hätte ich damit rechnen müssen, dass er die Pfoten nicht vom Ermitteln lassen kann."

„Stier hat mir bei allen drei Morden in Meißen den Arsch gerettet. Er ist ein guter Polizist, zieht oft ungewöhnliche Schlüsse. Seine Ortskenntnisse sind unglaublich wertvoll. Er kennt einfach Tod und Teufel in dieser Stadt. Die Menschen vertrauen ihm, erzählen ihm Dinge, die sie uns nicht sagen."

„Was zum Beispiel? Also, auf den aktuellen Fall bezogen?"

„Ich denke, wir sollten auf Stier warten."

„Vermutlich ja, wir müssen uns sowieso irgendwie zusammenraufen", meinte Randel und füllte seinen Kaffeepott nach.

„Wie meinst du das?", fragte Mark verblüfft.

„Unser gemeinsamer Chef und Frau Staatsanwältin Proft sind der Meinung, dass es das Beste wäre, wenn wir den Fall zusammen lösen, also du und ich als Team."

Mark pfiff durch die Zähne. „Dein Ernst?"

„Mein voller Ernst."

„Aber der Gedanke gefällt dir nicht?"

Randel schaute einen Moment an die Decke. „Ich gebe zu, dass ich anfangs wenig begeistert war. Doch dann dachte ich, dass es nicht schaden kann, einen zweiten Mann mit ins Boot zu holen. Oder sollte ich eher sagen, zwei weitere Männer, denn ich nehme mal an, dass Stier von weiteren Schnüffeleien nicht abzuhalten sein wird. Wenn wir dann nämlich auf der Stelle treten oder uns im Kreis drehen, dann tun wir das gemeinsam. Wir hängen sozusagen alle zusammen am Baum, verstehst du? Und ich brauche mir nicht mehr allein irgendwelche Standpauken von Karstens abzuholen, weil den irgendein Typ auf dem Golfplatz angequatscht hat, wann wir denn nun endlich den Mörder verhaften." Ein erstes schmales Lächeln zog über Randels Gesicht.

Nach einer Viertelstunde war Stier zurück. Natürlich entgingen den beiden Ermittlern dessen rotgeweinte Augen nicht. Aber niemand verlor ein Wort darüber.

„Ich habe mich in der Zwischenzeit mit Mark unterhalten und ihn darüber informiert, dass unsere Vorgesetzten wünschen, dass wir unsere Energien und somit auch unsere bisherigen Ermittlungen bündeln", meinte Randel. „Deswegen würde ich vorschlagen, ihr beiden macht den Anfang und legt eure Karten auf den Tisch."

Stier schielte zu Mark und sah diesen auffordernd nicken. „Und Sie legen anschließend auch Ihre Karten auf den Tisch?", fragte Stier und versuchte, jeglichen ironischen Tonfall aus seiner Stimme herauszuhalten.

„Selbstverständlich."

„Ich denke, es wäre gut, wenn du berichtest, Jens, und ich ergänze, wenn notwendig", sagte Mark.

Peggy schnappte sich ihre Kladde und schaute Stier mit einem leisen Lächeln an.

Also begann Stier zu erzählen und er bemühte sich, nichts auszusparen. Nicht die unbefugten Besuche in Heikos Haus, die Recherchen Monikas Vergangenheit betreffend, den dunklen Kleinbus mit dem unregelmäßigen Stern und zuletzt der heutige Besuch im *Herrenhaus Janwitz*.

Christian Randel hörte ihm zu. In seinem Gesicht war keine Regung zu erkennen.

„Tja, und dann klingelte das Telefon und Peggy rief bei Mark an", endete Stier mit seinem Bericht.

Christian Randel nickte und schwieg einige Momente. „Ihr wart fleißig, das muss ich euch lassen." Nachdenklich musterte er die Pinnwand. „Will jemand noch einen Kaffee? Ich habe das Gefühl, es könnte ein langer Tag werden. Und ich bin todmüde."

Drei Hände gingen nach oben.

„Ich geh schon", sagte Peggy schnell, verschwand zur Tür hinaus und kam gleich darauf mit einer Kanne Wasser zurück. Kurz darauf begann die Maschine auf dem Sideboard zu gurgeln.

„Gut, dann bin ich jetzt wohl dran." Christian Randel griff sich einen Stuhl und setzte sich rittlings darauf. „Alles begann mit Heiko Tanger, der tot am Fuße der *Bosel* aufgefunden wurde. Ich glaube, den ausführlichen Autopsiebericht können wir uns sparen. Nur so viel, unter den Fingernägeln des Toten konnte fremde DNA gesichert werden." Mark und Stier wechselten einen knappen Blick. Marks Besuch in der Rechtsmedizin bei Rüdiger Lemke hatten sie unter den Tisch fallen lassen. Hauptsächlich, um den Rechtsmediziner nicht in die Pfanne zu hauen. „Keine Treffer im System. An Tangers Kleidung gab es fremde Faserspuren, schwarze Baumwolle. Könnte von einem Shirt oder einem Pullover stammen. In seinem Haus wurde nichts Vergleichbares gefunden. Tanger hatte reichlich Schmerzmittel intus, aber nicht in einer Dosierung, die ihn hilflos oder bewegungsunfähig gemacht hätte. Er nahm diese Mittel schon länger aufgrund starker Schmerzen im Knöchel-Unterschenkel-Bereich, wie uns sein behandelnder Arzt mitgeteilt hat. An seinen Oberarmen und Handgelenken wurden Abdrücke feststellt, als hätte ihn jemand fest gepackt. Die Kollegen fanden oberhalb der Absturzstelle diverse Fußspuren, ohne genaue Abdrücke nehmen zu können. Der Boden dort ist steinig und in den vergangenen Tagen hatte es nicht geregnet. Andere Spuren konnten an der Absturzstelle nicht gesichert werden. Es gab keine eindeutigen Hinweise auf einen Kampf oder Ähnliches, was bei Tangers Statur wohl auch ausgeschlossen werden kann. Er war körperlich in keinem guten Zustand. In den letzten Monaten war er mehrfach in psychiatrischer Behandlung, nahm zeitweise auch Antidepressiva, Schmerz- und Schlafmittel. Also das volle Programm. All dies wohl ausgelöst durch den Unfalltod seiner Frau.

Tangers Sturz von der *Bosel* wurde beobachtet, und zwar kurz vor neunzehn Uhr. Auf das Ehepaar John und ihre Aussage brauche ich ja auch nicht weiter einzugehen. Frau John behauptet steif und fest, an der Absturzstelle eine zweite Person gesehen zu haben, dunkel gekleidet. Inzwischen schätzen wir ihre Beobachtungen als durchaus realistisch ein, denn sie passen mit anderen Beobachtungen zusammen, aber dazu später." Randel beugte sich vor, nahm einen eng beschriebenen Block zur Hand und überflog ihn kurz.

„Kommen wir zurück zum Abend des Absturzes. Gegen dreiundzwanzig Uhr erreichte das Meißner Polizeirevier der Anruf eines Herrn Fabian Kranich, Inhaber eines Gastronomiebetriebes in Sörnewitz. Kranich gab an, einen gewissen Udo Fraschik kurz nach neunzehn Uhr zehn Meter hinter dem Boselparkplatz, aus Richtung des Boselfelsen kommend, getroffen zu haben. Fraschik hätte wie auf der Flucht gewirkt und wäre bei seiner Ansprache zunächst vom Rad gestiegen, hätte dann unzusammenhängende Worte gestammelt und wäre anschließend fast schon panisch davon geradelt. Er hätte Kratzer an beiden Unterarmen gehabt, wie nach einem Kampf. Gestützt wurde diese Aussage von zwei Zeugen, nämlich einem Ehepaar Brogel, aus der Nähe von Düsseldorf. Brogels waren zum damaligen Zeitpunkt Gäste in Kranichs Pension. Alle drei waren auf dem Weg zum *Weingut Vincenz Richter* und wollten dort an einer Weinverkostung teilnehmen. Noch in der Nacht statteten wir Udo Fraschik einen

Besuch in dem Heim ab, wo er lebt. Dabei fanden wir in seinem Zimmer ein Schmuckstück, das eindeutig dem Verstorbenen zuzuordnen ist. Nämlich ein Medaillon mit den Initialen seiner bei einem Unfall verstorbenen Frau. Fraschiks Großmutter sagte uns, dass sie den Schmuck noch nie vorher bei ihrem Enkel gesehen habe. Wir zogen den einzig möglichen Schluss und brachten Fraschik zur Vernehmung nach Dresden."

Stier musste, ohne dass er es hatte verhindern können, ein Laut entfleucht sein, denn Randel unterbrach seine Schilderung und sah ihn kurz an.

„Wollten Sie etwas sagen, Kollege Stier?"

Stier schüttelte den Kopf.

„Mark, du vielleicht? Ich glaube, du hättest genauso gehandelt. Es gibt drei Zeugen, an deren Aussagen es zunächst nichts zu zweifeln gab und die den Verdächtigen zum Tatzeitpunkt haben vom Tatort fliehen sehen, äußerst erregt. Erschwerend kommt das im Zimmer von Fraschik gefundene Schmuckstück hinzu."

Mark hob die Schultern. „Ja, natürlich hätte ich genauso gehandelt."

„Uns blieb also nur der Weg, Fraschik mitzunehmen. In der Zwischenzeit wurde sein Zimmer durchsucht und dabei ein Zettel mit der Aufschrift – *18.30 B* – gefunden."

„*18.30 B*? Was soll das bedeuten?", fragte Mark.

„Dazu können wir momentan nichts sagen. Der Zettel lag in Fraschiks Nachttisch. Darauf sind Fingerabdrücke von ihm und Heiko Tanger."

„Von Heiko?" Stier sah den Dresdner Kommissar verblüfft an.

„Ja. Eine Vernehmung von Udo Fraschik war dann leider unmöglich. Wir haben eine entsprechend geschulte Mitarbeiterin hinzugezogen, aber keine Chance. Schon nach kurzer Zeit tauchten allerdings massive Zweifel an seiner Täterschaft auf. Angefangen bei dem Fakt, dass die unter Heiko Tangers Fingernägeln gefundene DNA nicht Fraschik zugeordnet werden kann. Fraschiks Arme wiesen zwar tatsächlich Kratzer auf, aber die entsprachen eher Verletzungen, die beim Umgang mit Pflanzen entstehen. Und er hat ja regelmäßig in diesem *Boselgarten* und anderen Gärtnereien gearbeitet. Dann war da noch die Aussage von Frau John, die zweifelsfrei einen Menschen mit einem dunklen Oberteil an der Absturzstelle gesehen hatte und Fraschik trug ein orangefarbenes Shirt, was er wohl seltsamerweise immer tut. Und an Heiko Tangers Leichnam wurden nun einmal dunkle Faserspuren gefunden und keine orangefarbenen. Fraschiks Täterschaft konnte durch einen Anruf, der uns vorgestern Abend erreichte, zweifelsfrei widerlegt werden."

Stier, dem das eben Gehörte zum großen Teil bereits bekannt gewesen war, merkte zum ersten Mal richtig auf.

„Es meldete sich ein gewisser Fritz Klose, Rentner, der mit seiner Frau und einem gigantischen Wohnmobil durch die Gegend kutschierte. Am Montagabend war er mit seinem Gefährt auf der schmalen Zufahrtsstraße Richtung *Boselspitze* unterwegs und versuchte gerade, eine ziemlich enge Kurve zu bewältigen, als ihm ein Radfahrer vor die Motorhaube rauschte. Klose trat geistesgegenwärtig auf die Bremse, um Schlimmeres zu verhindern. Dann stieg er aus, um dem Radfahrer auf die Beine zu helfen, der durch sein Bremsmanöver in der Böschung gelandet war. Klose fragte den Mann, ob ihm etwas passiert wäre und ob er Hilfe bräuchte. Doch das lehnte der Radfahrer, der übrigens ein orangefarbenes Shirt trug, kategorisch ab. Der Mann wirkte erregt, verwirrt und stammelte immer nur: *Udo verstecken, verstecken.* Familie Klose war entsprechend aufgeregt, als der Radfahrer sich plötzlich in den Sattel schwang und davon raste. Reichlich entgeistert blieben Kloses zurück, unsicher, was sie nun tun sollten, als sich ein alter Mann hinter dem Zaun des gleich dort liegenden Grundstücks zeigte und ihnen sagte, sie bräuchten sich keine Gedanken zu machen, das wäre

Udo gewesen und der wäre immer so. Und da ihm ja anscheinend nichts geschehen war, denn radeln wie ein Wilder konnte er noch, vertrauten Kloses dieser Aussage. Die beiden Rentner gaben allerdings den Wunsch, die *Bosel* von oben zu sehen, aufgrund der schmalen Straßen auf, wendeten und setzten ihre Tour durch Sachsen fort. Erst einige Tage später entdeckten sie in einem Supermarkt in Bad Schandau eine Zeitung mit der Mordschlagzeile aus Meißen, zählten eins und eins zusammen und meldeten sich bei uns. Kurz gesagt: Udo raste den beiden um Punkt achtzehn Uhr fünfzig vor die Motorhaube. Daran gibt es keinen Zweifel, denn Frau Klose schickte gerade in diesem Moment eine Nachricht an ihre Tochter. Auch der Mann im Garten hat die Zeitangabe bestätigt."

„Das bedeutet, dass Kranich Udo nicht um kurz nach sieben viel weiter oben gesehen haben kann, weil der um diese Zeit schon längst weg war", sagte Mark.

Randel nickte. „Richtig. Stellt sich die Frage, warum Kranich genau das behauptet hat und vor allem, warum diese Aussage von seinen Gästen gestützt wurde. Hat sich das Trio einfach nur in der Zeit geirrt?" Der Dresdner Ermittler hielt kurz inne und verschränkte seine Arme. „Schwer zu sagen. Aber man muss sich nun natürlich fragen, welcher Partei man Glauben schenkt, Wohnmobil oder Kranich, aber …"

„Du hast dich gegen Kranich entschieden", stellte Mark fest.

„Irgendwie schon. Kranich ist ein windiger Typ, der mir einfach komisch vorkam. Außerdem, warum sollten diese alten Leutchen lügen? Dafür gibt es einfach keinen Grund. Bei Kranich auf den ersten Blick auch nicht, aber …"

„Sie haben ihn unter die Lupe genommen?", fragte Stier lauernd.

Christian Randel nickte. „Haben wir. Kranich ist ein umtriebiger Typ, aber gleichzeitig ein windiger Hund, obwohl seine Geschäftsunterlagen auf den ersten Blick keinen Grund für irgendwelche Zweifel geben. Die

Zahlen stimmen, er zahlt seine Steuern, die Kredite werden bedient, sein Seminarzentrum boomt und ist fast immer ausgebucht."

„Und auf den zweiten Blick?", hakte Stier nach.

Randel deutete mit dem Finger auf Peggy. „Auf den zweiten Blick zeigt sich eine sehr enge Verflechtung der *Boselperle* mit diesem *Lichtwerk-Zentrum*", berichtete diese. „Da gibt es Geldströme, die stets in eine Richtung fließen – nämlich zu *Lichtwerk*. Kranich scheint von dort Seminaraufträge zu bekommen und *Lichtwerk* kassiert Prozente. Erst mal kein verbotenes Vorgehen. Wären da nicht weitere ziemlich hohe Summen, die, als Spenden deklariert, an *Lichtwerk* gehen. Ich konnte noch nicht alle Dokumente sichten und warte noch auf einige Dinge …" Peggy sah Mark durchdringend an und Stier ahnte, dass sie wieder einmal auf ihre dunklen Informationskanäle zurückgegriffen hatte, wie Mark immer sagte.

Der Kaffee war inzwischen fertig und Peggy erhob sich, um das Getränk in den Tassen zu verteilen.

„Ihr habt also Kranich noch einmal aufgesucht und ihn mit der Aussage des Wohnmobilfahrers konfrontiert?", fragte Mark.

Randel grinste. „Wir haben ihn einbestellt, das macht immer ein wenig mehr Eindruck."

Mark nickte lächelnd. „Wäre auch meine Strategie gewesen. Und was sagt er?"

„Er blieb bei seiner Aussage und berief sich natürlich auf die anderen Zeugen, also dieses Ehepaar Brogel. Pech für ihn war nur, dass diese zu einer Reise Richtung Asien aufgebrochen und momentan nicht erreichbar sind. Dennoch haben wir ihn wieder gehen lassen und darauf hingewiesen, dass er sich auch weiterhin zu unserer Verfügung halten soll. Dieser Satz ließ ihn dann noch einmal zusammenzucken."

„Verstehe."

„Tja, ansonsten haben wir uns natürlich auch gefragt, wie Heiko Tanger überhaupt an die *Bosel* gekommen sein soll. Sein Auto stand daheim und wurde zum fraglichen Zeitpunkt nicht bewegt. Niemand hat ein Taxi Richtung *Bosel* bestellt. Anwohner haben keine Beobachtungen gemacht, auch nicht die neugierige Nachbarin hinter dem Gartenzaun. Es wirkt, als wäre Heiko vom Himmel gefallen." Randel verstummte. „Das war jetzt doof, entschuldigt. Aber dem von euch beschriebenen dunklen Bus waren wir auf andere Weise auch schon auf die Spur gekommen. Nachbarn von Heiko hatten uns von dem Fahrzeug berichtet, das eine Zeit lang sehr oft vor dessen Haus geparkt haben muss. Leider konnten sie keine Angaben zum Nummernschild machen. In dieser Recherche seid ihr uns ein ziemliches Stück voraus. Zum Zeitpunkt von Heikos Tod hat das Auto aber niemand gesehen."

„Was nicht bedeuten muss, dass es nicht da war", warf Stier dazwischen.

„Genau", stimmte Randel ihm zu. „Also haben wir uns weiter gefragt, warum jemand überhaupt einen Grund haben sollte, Heiko Tanger umzubringen. Er hatte keine Feinde, hat niemanden verklagt, mit niemandem Streit gehabt. Sein Leben war ereignislos, geradezu langweilig. Wir haben Nachbarn und seinen ehemaligen Chef befragt. Wir sprachen mit seinen Ärzten und kamen im Grunde immer wieder zu einem einzigen Punkt – dem Tod von Monika Tanger. Ich habe die alten Akten studiert, Heikos Anschuldigungen gelesen, seine Frau sei umgebracht worden. Aber warum?" Randel schüttelte den Kopf. „Ich kann den Kollegen keinen Vorwurf machen, damals etwas übersehen zu haben. Sie waren doch dabei, Stier. Wie haben Sie die Sache empfunden?"

Stier fuhr sich mit der Zunge über die Lippen. „Als einen Unfall, ganz klar. Die Leiter war alt, stand das halbe Jahr unter freiem Himmel im Garten. An der Stufe, von der die Monika damals gestürzt ist, beziehungsweise die unter ihr gebrochen ist, konnten keine Zeichen von Manipulation festgestellt werden."

„Richtig, so ist es den Akten zu entnehmen. Der Fall wurde schnell geschlossen. Und dennoch …" Randel erhob sich und umrandete das an der Pinnwand hängende Bild von Monika mit einem dicken roten Kreis. „Und dennoch glaube ich, dass dort alles seinen Anfang genommen haben muss. Peggy hat sich also der Sache angenommen und recherchiert."

Die rollte mit ihrem Stuhl ein Stück nach hinten und deutete auf mehrere Kartons, die neben ihrem Schreibtisch standen. „Die Kollegen waren in Heikos und Monikas Haus. Sie haben einiges an Dokumenten mitgebracht, also Dinge, die ihnen wichtig erschienen. Eine runde Dose oder so war übrigens nicht dabei", meinte sie an Mark gewandt. „Nur weil Sie gefragt hatten."

Der nickte knapp.

„Runde Dose?", fragte Randel.

Mark winkte ab. „War nicht wichtig." Dann nickte er Peggy zu und die fuhr fort.

„Also, erstaunlich ist, es war im Haus auf den ersten Blick nur wenig aus Monikas altem Leben zu finden. Somit mussten wir den offiziellen Weg nehmen und dort suchen. Und da gab es einige interessante Details zu entdecken." Peggy machte eine kurze Pause und griff nach ihren Aufzeichnungen. „Werfen wir also einen genaueren Blick auf Monikas Vergangenheit. Inwieweit das die Kollegen damals gemacht haben, kann ich nicht einschätzen. Den Akten ist zumindest nichts Entscheidendes zu entnehmen. Monika Tanger wurde als dreijähriges Mädchen von Familie Krassel adoptiert. Krassels lebten damals in einem winzigen Kaff namens Tannbachtal in der Nähe von Wernigerode und zogen vor fünfzehn Jahren nach Meißen, in das Haus einer Tante, das Monikas Mutter geerbt hatte. Der Vater arbeitete anfänglich in einer metallverarbeitenden Firma, wurde später aber krank und bezog schließlich eine Rente. Über die leibliche Mutter Monikas ist nicht viel zu erfahren, außer dass sie permanente Probleme mit dem Jugendamt hatte, in deren Folge ihr das Kind entzogen wurde. Sie gab Monika freiwillig zur Adoption frei und starb einige Jahre später an Krebs.

Monika folgte ihren Eltern etwa drei Jahre nach deren Umzug nach Meißen. Angeblich, um sie zu pflegen. Das kommunizierte sie zumindest immer gegenüber Dritten. Sie nahm eine Tätigkeit in der Poststelle der Stadtverwaltung an, der Rest dürfte bekannt sein. Doch nun wird es spannend. Denn zum Zeitpunkt von Monikas Umzug waren deren Eltern alles andere als pflegebedürftig. Wie mir diverse Nachbarn, aber vor allem der Hausarzt von Familie Krassel versicherte. Erst nach einem Schlaganfall des Vaters und einer Krebserkrankung der Mutter brauchten sie eine gewisse Hilfe. Warum also kam Monika nach Meißen? Um bei ihren Eltern zu sein? Möglich. Noch interessanter wird die Sache, wenn man hinzuzieht, was Monika Tanger früher beruflich gemacht hat." Peggy legte eine kurze Pause ein. „Monika arbeitete nämlich in einem privaten, ziemlich elitären Altenheim namens *Waldesruh* in Tannbachtal, das eine Abteilung für schwerstpflegebedürftige ältere Menschen betrieb, und zwar als Krankenschwester."

Mark nippte an seinem Kaffee und stellte den Pott zurück auf den Tisch. „Also waren die Beobachtungen von Julia Kiesebauer richtig. Monika besaß medizinische Kenntnisse."

Randel nickte. „Goldrichtig. Monika Tanger war früher Krankenschwester, sie hat diesen Beruf erlernt und sogar einige Spezialausbildungen im Bereich Beatmung von Komapatienten gemacht. Warum sie den Job aufgab? Dafür kann es pauschal betrachtet mehrere Gründe geben. Ich kenne einige Krankenschwestern, die sich irgendwann einen neuen Job gesucht haben. Auch das Schreiben ihres ehemaligen Arbeitgebers gibt nur wenige Aufschlüsse." Randel griff nach einem Blatt Papier. „Blabla, jetzt kommt's: … *scheidet Frau Krassel aus persönlichen Gründen aus.* Interessant ist ein Punkt: Sie hat ihren alten Arbeitgeber von heute auf morgen verlassen, keine Kündigungsfristen, nichts. Eine eher ungewöhnliche Vorgehensweise, wenn ihr mich fragt. Besonders im medizinischen Bereich. Wir haben also

Erkundigungen über dieses Heim eingeholt und sind dabei auf ein paar sehr interessante Details gestoßen. Es gab in dieser Einrichtung polizeiliche Untersuchungen wegen einiger Ungereimtheiten. Interessanterweise unmittelbar bevor Monika Tanger dort ihre Segel gestrichen hat. Aber am Ende sind die Untersuchungen im Sande verlaufen." Randel nahm eine weitere Mappe in die Hand. „Peggy hat sich dennoch die alten Unterlagen kommen lassen."

Marks Assistentin nickte, blätterte kurz durch ihre Notizen und räusperte sich. „Es gab eine konkrete Anzeige gegen das Heim. In diesem Fall war eine Bewohnerin unter seltsamen Umständen verstorben. Die Anzeige wurde allerdings später zurückgenommen. Und dann gab es noch allgemeinere Vorwürfe wegen Schlampereien, Ärztepfusch, aber auch die waren relativ vage und führten zu keinem rechten Resultat. Das gab mir zu denken und hat mir keine Ruhe gelassen. Und so habe ich mich gestern telefonisch an das damals zuständige Revier gewandt. Das, was in den Akten steht, ist das eine. Das, was die Leute einem erzählen, das andere."

„Und was erzählen sie?", fragte Stier und konnte eine enorme Anspannung nicht leugnen. In diesem Moment schien es ihm, als würde endlich Bewegung in die Sache kommen.

„Sie verwiesen mich an den Ermittler, der die Fälle damals untersucht hat. Also habe ich heute Morgen mit dem ehemaligen Kommissar telefoniert, der inzwischen im Ruhestand ist und in Wernigerode lebt. Ein gewisser Jochen Stossel, sehr sympathisch. Als ich mein Anliegen zur Sprache brachte, aber speziell als ich Monikas Namen erwähnte, wurde er sofort hellhörig. Man könnte sagen, ich rannte offene Türen ein. Er berichtete von einem faden Beigeschmack, wenn er an diese Ermittlungen zurückdenkt. Von einer Stimmung der Angst, die damals in der Luft gehangen hätte. Von diversen Ungereimtheiten. Fest steht allerdings auch,

seitdem gab es in dieser Einrichtung keine
Auffälligkeiten mehr."

„Gibt es das Heim noch?"", fragte Mark.

Peggy nickte, hämmerte etwas in ihre Tastatur und
drehte dann den Bildschirm zu ihnen um. Ein
wunderschönes älteres Gebäude, direkt am Waldrand
gelegen, tauchte auf. Glücklich lächelnde ältere
Menschen saßen beisammen oder flanierten durch den
großzügigen Park. Wo auch immer man hinschaute, sah
man pures Glück.

„Finanzen, Steuern?"", fragte Mark knapp.

„Alles perfekt, es gibt nicht die geringsten Anzeichen
für Unregelmäßigkeiten. Im Gegenteil, das Heim ist ein
solventer Arbeitgeber, zudem noch sehr engagiert im
Ort. Es gibt regelmäßige finanzielle Unterstützung für
Kinderfeste, Seniorentreffs und Kirchenbasare", meinte
Peggy und drehte den Bildschirm zurück in ihre
Richtung.

„Also alles tuttipaletti", meinte Mark.

„Ja, scheinbar schon. Aber ich glaube, es wäre gut,
das persönliche Gespräch mit dem Kollegen im Harz zu
suchen. Zumindest schlug Jochen Stossel mir das vor,
denn am Telefon wollte er über diese Fälle nicht reden.
Zumindest nicht über alle Einzelheiten."
Herausfordernd schaute Peggy sie an. „Irgendwie habe
ich das Gefühl, dass da viel Ungesagtes in der Luft
schwebt."

Christian Randel räusperte sich. „Ich bin ebenfalls
der Meinung, dass eine Fahrt nach Wernigerode nicht
schaden könnte."

Mark nickte und warf Stier dann einen kurzen
Seitenblick zu. „Schaden könnte es nicht. Ganz deiner
Meinung."

„Aber das ist nicht alles", sagte Peggy, erhob sich
und umrundete ihren Schreibtisch. Das machte sie nur
äußerst selten und zeigte, wie wichtig die Erkenntnisse
waren, die sie nun verkünden wollte. „Ich bin in den uns
zugeschickten Unterlagen auf etwas gestoßen, das sehr
interessant sein dürfte. Zeitgleich mit Monika Tanger

haben das Altenheim nämlich zwei weitere Personen verlassen. Ein Arzt namens Andreas von Pfistner und die Krankenschwester Ilse Meyer. Herr von Pfistner ging nach seiner Kündigung in die Staaten, arbeitete dort zunächst in Boston, danach verliert sich seine Spur. Aber ich bin dran und lasse gerade meine Kontakte spielen. Ilse Meyer zog laut Melderegister nach Coswig und verstarb vor anderthalb Jahren durch einen Tabletten-Suizid.«

Kapitel 17

Einen Moment wurde es still. Dann sprang Mark auf, machte einige Schritte nach vorn und legte seiner Assistentin die Arme auf die Schultern. „Ein Suizid, sagst du?"

Peggy nickte. „Genau."

„Das könnte bedeuten, diese Ilse Meyer war Monikas Freundin", stieß Mark aus und drehte eine Runde durchs Büro. „Die Frau, die sie bei dem Fest am *Oberauer Wasserschloss* besucht hat. Die Frau, der Monika geraten hat, die Vergangenheit endlich ruhen zu lassen. Sie waren Kolleginnen und haben zusammen ihre alte Arbeitsstelle verlassen. Und dann hat sie sich umgebracht."

„Aber inwieweit bringt uns das weiter?", fragte Stier. „Ich meine, jetzt und hier?"

„Es muss einen Grund für diese Kündigung und den abrupten Weggang gegeben haben. Und vielleicht ist dieser Grund dafür verantwortlich, dass Monika nicht mehr am Leben ist", meinte Mark. „Wir sollten Kontakt zu den behandelnden Ärzten und zur Krankenkasse aufnehmen."

„Ich habe die ausführliche Untersuchungsakte zum Suizid bereits angefordert und alles andere in die Wege geleitet", erwiderte Peggy. „Außerdem hab ich ihrem zuständigen Therapeuten eine Nachricht auf dem Anrufbeantworter hinterlassen. Der war nämlich in einer Notiz vermerkt. Vielleicht hört er sie vor Montag ab."

„Das ist gut, das ist sehr gut." Mark hockte sich neben Randel auf das Sideboard und fixierte das Flipchart, als würde er dort alle Antworten auf seine Fragen finden.

„Dürfte ich vielleicht auch mal eine Frage stellen?"
Mit einem Schlag ruhten alle Augen auf Stier. „Mich
würde interessieren, welche Erkenntnisse es zum Tod
meines anderen Schulfreundes gibt."

„Leider nicht viele", sagte Christian Randel seufzend.
„Fest steht, Ralf Hauptmann, oder soll ich eher Ralle
sagen …?"

Stier nickte kaum merklich. „Niemand hat ihn Ralf
genannt."

„Dann Ralle." Randel blätterte seinen Notizzettel
um. „Er wurde durch einen Kopfschuss getötet, Kaliber
9 mm. Dann wurde das Fahrzeug in Brand gesetzt, das
heißt, er war schon vorher tot."

Gott sei Dank, dachte Mark und glaubte, auch in
Stiers Gesicht eine gewisse Erleichterung zu erkennen.

„Über dem Auto wurde ein Benzinkanister entleert,
den die Kollegen am Tatort gefunden haben", fuhr
Randel fort. „Das Auto brannte, aber vermutlich nicht
so lichterloh, wie der Täter es sich vorgestellt hatte. Es
gibt zwei Zeugen, die einen Kleinbus gesehen haben,
der sich mit großer Geschwindigkeit vom Tatort
entfernt hat. Aber beide können weder Angaben zu
einem Nummernschild noch zum Typus, geschweige
denn zum Fahrer des Fahrzeugs machen."

„Also nichts", stellte Mark fest.

„Vorerst nicht viel", gab Randel zu. „Wir wollen uns
morgen noch einmal in Ralles Wohnung umsehen. Die
Kollegen waren heute am frühen Morgen bereits dort
und haben Einbruchsspuren an der Tür gefunden."

„Das bedeutet also, dass die Gegenseite Ralles
Nachforschungen mitbekommen haben muss",
murmelte Stier. Er zögerte kurz. „Was ist mit Ralles
Frau Ina?"

„Wurde von den Kollegen über den Tod ihres
Mannes informiert. Sie ist wohl momentan bei ihrer
Schwester. Nervenzusammenbruch, sie musste stationär
aufgenommen werden."

„Auch das noch", stieß Stier aus und schüttelte den
Kopf.

Konzentriert starrte Mark die Pinnwand an, an der Bilder des ausgebrannten Wracks, von Heiko und Monika Tanger und von der *Boselspitze* hingen. „Die Frage ist doch: Hat Ralle etwas herausgefunden? Und wenn ja, was?"

Stier zuckte mit den Schultern. „Ich kann mir nur vorstellen, dass er tatsächlich noch einmal in Heikos Haus war und dort nach den angeblichen Beweisen gesucht hat. Oder ihm ist ein Versteck eingefallen, auf das ich bis jetzt nicht gekommen bin."

Mark fixierte immer noch die Pinnwand. Doch dann erhob er sich und schaute Christian Randel fragend an. „Darf ich?" Der nickte. Mit schnellen Bewegungen entfernte Mark sämtliche Bilder und wischte anschließend sogar mit dem Schwamm über den Flipchart, bis er eine glänzend weiße Fläche vor sich sah. „Lasst uns gemeinsam überlegen, um was es eigentlich geht."

„Um Heiko, Ralle und um Monika", erwiderte Peggy zögernd.

Mark ergriff einen Edding und zeigte mit ihm auf seine Assistentin. „Ganz genau, es geht um diese drei Menschen, die alle tot sind." Er schrieb die drei Namen an den oberen Rand und ließ ganz links eine Lücke. „Eventuell liegt der wahre Auslöser aber sogar noch weiter in der Vergangenheit, nämlich bei Monikas Freundin Ilse Meyer. Wenn man es genau betrachtet, wurde durch deren Tod eine Kettenreaktion ausgelöst, ohne die Monika, Heiko und Ralle vielleicht nie gestorben wären."

„Ein guter Punkt", sagte Christian Randel. „Setzen wir Ilse Meyer also vorerst an die Spitze und halten uns an die Empfehlung von Stiers Frau, den Anfang des Wollknäuels zu finden. Sonst hat man am Ende immer zwei Fäden, die man nur schwer verbinden kann." Mark schrieb den vierten Namen auf die Tafel. „Das bedeutet, wir müssen herausfinden, was Ilse Meyer in den Tod getrieben hat. Oder zumindest, was der Grund dafür war, dass sie das Heim in Tannbachtal von einem Tag auf den anderen verlassen hat, zusammen mit Monika", sagte Randel.

Mark nickte zustimmend. „Wie gehen wir also konkret vor? Es gibt einiges zu tun und wir müssen uns aufteilen."

„Lasst uns einen Plan machen, ehe es dunkel wird", schlug Christian Randel vor.

Mark zuckte zusammen und schaute auf seine Uhr. „Verdammt, so spät schon. Eigentlich hatte Staatsanwältin Proft mich zu sich gebeten." Draußen vor dem Fenster verfärbte sich der Himmel allmählich rot und wirkte, als würde er in Flammen stehen.

Christian Randel grinste. „Standpauke?"

„Vermutlich."

„Dann gehst du zur Proft und wir durchdenken die nächsten Schritte", schlug Randel vor.

Mark fing einen Blick von Stier auf. Der Meißner Polizist machte eine leichte Kopfbewegung Richtung Tür. „Also gut, dann will ich mal."

„Sie wird dich schon am Leben lassen", rief Randel ihm nach.

Ja, das wird sie vermutlich, dachte Mark, während er die Treppen hinab eilte. Natürlich war ihm bewusst, dass er seine Kompetenzen überschritten hatte. Dass man ihn aufgefordert hatte, mit Christian Randel zusammenzuarbeiten, schwächte seine Befürchtungen zwar ein wenig ab. Ein Bauchgrummeln blieb trotzdem. Diese ganze Situation war neu für ihn. Mark war ein Einzelkämpfer, liebte es, seinen Ermittlungsstil durchzuziehen. Mal abgesehen von Stier, mit dem er sich auf geradezu perfekte Art und Weise ergänzt hatte. Nun betrat er Neuland. Es galt, sich auf Kompromisse einzulassen, sich zurückzunehmen. Würde ihm dies gelingen?

Einen Moment blieb Mark an einem Gangfenster stehen und schaute in den Innenhof. Ein leises Kribbeln durchzog seinen linken Arm und ließ ihn kurz die Hand auf sein Herz pressen. Es schlug kräftig, regelmäßig. Da war kein Flattern und kein Beben. Es ging ihm gut, er war fit. Rüdiger Lemke hatte ihm das bestätigt.

Mark straffte seinen Rücken und legte die letzten Meter zurück, bis er vor dem Büro der Staatsanwältin stand. Er schätzte Heidrun Proft und hatte bisher immer geglaubt, dass es umgekehrt genauso war. Gut möglich, dass sich das nun geändert hatte. Dann klopfte er und rechnete schon beinahe damit, dass die Staatsanwältin bereits nach Hause gegangen war. Immerhin war Sonnabend und die Uhr zeigte kurz nach sechs. Doch da erschallte schon ein kräftiges „Herein".

Heidrun Proft saß an ihrem Tisch und hatte eine Mappe vor sich liegen. Neben ihr stand eine kleine Teekanne nebst Tasse. Ein zarter Duft nach grünem Tee lag in der Luft. Der Lichtschein einer Lampe fiel auf die Tischplatte. Schatten lagen auf dem Gesicht der Staatsanwältin, ließen sie noch strenger wirken als sonst.

„Da bin ich", sagte Mark.

Proft betrachtete ihn einen Moment, nickte schließlich und deutete auf den Stuhl vor ihrem Tisch. „Setzen Sie sich." Mit einer eleganten Bewegung klappte sie die Akte vor sich zu und legte sie auf einen der beiden Stapel an der vorderen Kante ihres Schreibtischs. Wie immer bearbeitete sie mehrere Fälle gleichzeitig und hatte dennoch stets einen genauen Überblick über jedes einzelne Detail. Ein Fakt, den Mark immer an ihr bewundert hatte.

„Wie geht es Ihnen?", fragte sie zu seiner Verblüffung. „Ich hörte, man hätte Sie mit dem Rettungswagen ins Krankenhaus gefahren?"

„Es war nur ein Warnschuss, also alles in Ordnung."

Die Staatsanwältin hob ihre rechte Augenbraue. „Wenn Sie meinen? Ich hörte ebenfalls, Sie hätten sich selbst entlassen." Eine gewisse Missbilligung lag in ihrer Stimme.

„Krankenhäuser sind nichts für mich", erwiderte Mark. „Es geht mir gut."

Heidrun Proft schwieg, fuhr sich mit der Zunge kurz über die knallroten Lippen und begann, mit ihrer

Stuhllehne zu wippen. Eine Bewegung, die Mark noch nie bei ihr gesehen hatte. Schließlich stoppte das Wippen, stattdessen lehnte sie sich zurück und legte ihre Fingerspitzen aneinander. „Wollten Sie mich eigentlich ins Grab bringen, Winter?", fragte sie mit leiser Stimme. „Mich würde wirklich interessieren, was Sie geritten hat, Hercules Poirot zu spielen. Wobei die personellen Konsequenzen eher Herr Karstens zu beschließen hat und nicht ich. Aber dennoch …"

„Ich wollte Jens Stier unterstützen, er …"

Sie hob ihre Hand und brachte ihn zum Verstummen. „Denken Sie, das weiß ich nicht, Winter? Trotzdem, Sie bringen uns alle in Teufels Küche. Nicht allein, dass Sie nicht mal im Dienst sind, krankgeschrieben, aus den Latschen gekippt, was schon mehr als genug ist. Nein, Sie ermitteln auch noch auf eigene Faust. Wenn etwas durchgesickert wäre, wenn irgendeiner der zahlreichen Menschen, die sie befragt haben, sich an uns gewandt hätte oder an die Presse …" Proft stöhnte leise. Dann griff sie zur Teetasse, spitzte ihre Lippen und trank einen Schluck. „Nicht auszudenken."

„Es tut mir leid."

Einen Moment sah sie ihn ganz ruhig an, dann verzog sie ihre roten Lippen. „Lügen Sie nicht, Winter. Es tut Ihnen nicht leid. Im Gegenteil, Sie fanden es großartig, mal unter dem Radar zu agieren. Aber egal. Lassen wir das." Sie seufzte tief. „Ihr Chef hat Ihnen gesagt, was wir uns überlegt haben, also, dass Sie gemeinsam mit Randel ermitteln? Dafür ist es notwendig, dass Sie Ihren Krankenstand beenden und zwar mit Wirkung vom Freitag. Sie sind also seit gestern wieder im Dienst. Das war der einzig mögliche Weg, um Sie vor dem Galgen zu retten. Und glauben Sie mir, ich hätte mich nicht für Sie eingesetzt, sondern …"

„Sondern den Knoten geknüpft?", entfuhr es Mark. Am liebsten hätte er sich auf der Stelle auf die Zunge gebissen.

„Ich bin nicht gut im Knüpfen, ich hätte den Schemel unter Ihren Füßen weggestoßen." Heidrun Proft beugte sich vor und schenkte sich Tee nach. „Natürlich hätte ich das nicht gemacht. Dafür schätze ich Sie viel zu sehr, auch wenn ich selbst manchmal nicht weiß, wieso eigentlich."

Mark lächelte leicht, schwieg aber.

„Also gut, konnten Sie zum aktuellen Fall neue Erkenntnisse beisteuern? Ich hoffe inständig, dass etwas dabei herausgekommen ist, wenn Sie schon Privatdetektiv spielen. Der Mordfall vom gestrigen Abend macht die Sache nämlich nicht leichter."

Mark berichtete in aller Kürze, was Stier und er hatten ermitteln können.

„Ich denke, es macht Sinn, in den Harz zu reisen und Kontakt zu diesem ehemaligen Kollegen aufzunehmen", sagte die Staatsanwältin am Ende seiner Ausführungen. „Meinen Segen haben Sie. Wenn Ihre Peggy Unterstützung braucht, um an Informationen auch am Wochenende heranzukommen, soll sie sich melden. Ich habe die eine oder andere hilfreiche Nummer in meinem Notizbuch stehen. Wobei Peggy ja auch irgendwelche Kanäle zur Verfügung hat, von denen ich lieber nichts wissen will."

„Ja, sie geht manchmal ihre eigenen Wege." Mark schwieg einen Moment. „Ist Ihnen dieses *Lichtwerk-Projekt* schon einmal untergekommen? Ich weiß, Sie kennen viele Leute …"

Heidrun Proft nahm einen Schluck Tee. „*Lichtwerk*, heikle Sache, sehr gutes Renommee. Wurde im vorigen Jahr sogar ausgezeichnet, mit viel Tamtam und so. Der Verein hat sich im ländlichen Raum verdient gemacht, eine alte Bruchbude gekauft, bietet allerlei Kurse an, soweit ich weiß. Es gibt Vorträge, Seminare. Kollegen von mir haben dort mal eine Teambildungsmaßnahme durchgeführt."

„Hat es was gebracht?"

Heidrun Proft lächelte erneut und einen Moment wurde der kühle Mantel, der sie immer umgab, ein wenig gelüftet. „Zumindest zeitweise. Warum haben Sie ein Auge auf den Verein geworfen?"

„Da wäre zum einen die Verbindung über Fabian Kranich."

„Der mit der falschen Zeugenaussage?"

Mark nickte. „Und zum zweiten der Flyer, den Stier in Heikos Haus gefunden hat."

„Und zum dritten?"

„Gibt es einen dritten Grund?", fragte er.

„Ich sehe es Ihnen an."

„Ich habe das Gefühl, etwas stimmt nicht bei diesem Verein. Als wir heute Nachmittag dort waren – es war seltsam. Es schien mir fast, als wüssten alle ganz genau, wer wir sind und warum wir dort waren", erläuterte Mark.

„Ein Gefühl also. Jedem anderen würde ich raten, statt auf Gefühl lieber auf Verstand zu setzen. Bei Ihnen, Winter, mache ich eine Ausnahme. Ihr Gefühl hat in der Vergangenheit einfach zu oft richtig gelegen. Dennoch …" Sie beugte sich so weit vor, dass ihr Gesicht vom Lichtkegel der Lampe erfasst wurde. „Wenn Sie diesen Verein durchchecken, dann bitte mit dem nötigen Feingefühl, Winter, und nicht mit der Brechstange. Sie müssen glasklare Beweise haben, nicht nur irgendwelche Vermutungen oder Gefühle."

„Versprochen."

„Wie geht es Stier? Zwei Freunde binnen kurzer Zeit zu verlieren, das ist nicht einfach", meinte Heidrun Proft. „Ab einem gewissen Alter bleiben einem nicht mehr viele Menschen, mit denen man gut kann. Die meisten lässt man auf seinem Lebensweg zurück und merkt manchmal kaum, dass sie nicht mehr da sind."

„Er hält sich wacker. Ich glaube, es würde ihm guttun, wenn er weiterhin ein wenig …"

Die Staatsanwältin leerte ihre Teetasse und platzierte sie mit einem leisen Klirren auf dem Teller. „Ich denke, wir haben es, Winter", sagte sie mit fester Stimme.

Das war ein klares Signal, dass das Gespräch beendet war. Mark nickte, erhob sich und ging zur Tür.

„Und Winter, lassen Sie Stier nicht zu auffällig agieren. Sonst hänge am Ende ich am Galgen und nicht Sie." Langsam drehte Mark sich um, doch Heidrun Proft hatte ihren Blick bereits konzentriert auf die nächste Akte gerichtet.

Bei der Rückkehr in Randels Büro schlug Mark eine seltsame Geschäftigkeit entgegen. Peggy klapperte wie eine Wilde auf ihrer Tastatur herum. Stier und Randel beugten ihre Köpfe gemeinsam über Papiere, die auf dem Schreibtisch seines Kollegen lagen und fachsimpelten miteinander.

„Chef, da sind Sie ja wieder", rief Peggy und schaute auf.

„Der Kopf scheint noch dran zu sein", ergänzte Randel, verschränkte seine Arme und betrachtete ihn von oben bis unten.

„Vorerst. Die endgültige Standpauke kommt von Karstens", erwiderte Mark. „Ansonsten sollen wir erst mal unser Ding machen. Ich bin übrigens wieder im Dienst und seit gestern gesundgeschrieben."

„Ach, wirklich?" Peggy zog eine Augenbraue hoch. „Das ging ja fix."

„War der einzige Weg. Nun, wie auch immer. Was habt ihr in der Zwischenzeit gemacht?", fragte Mark.

„Wir haben die Aufteilung für morgen vorgenommen und hoffen, sie ist in deinem Interesse", meinte Randel. „Du fährst in den Harz, die kleine Luftveränderung wird deiner Genesung guttun. Stier und ich widmen uns Ralles Wohnung und suchen Ilse Meyers Therapeuten Sören Scharner auf. Und Peggy tastet sich ganz langsam an *Lichtwerk* heran und versucht, etwas über den bulligen Typen in Schwarz herauszubekommen."

Verblüfft blieb Mark, der gerade auf dem Weg zur Kaffeemaschine war, stehen. „Der Therapeut hat sich gemeldet? Am Sonnabend?"

„Hat er und er scheint mehr als neugierig zu sein und fest entschlossen, uns zu helfen", meinte seine

Assistentin. „Inzwischen liegt mir auch der komplette Einsatzbericht der Kollegen vor, die damals Ilse Meyer tot aufgefunden haben. Keine schöne Sache, sie lag fünf Tage in ihrer Wohnung." Peggy seufzte. „Im Bericht steht, dass Ilse Meyer bereits zwei erfolglose Selbstmordversuche hinter sich hatte und tatsächlich seit längerer Zeit in psychiatrischer Behandlung war. Die Kollegen hatten in ihrer Küche wohl mehrere Terminzettel und jede Menge Medikamente in allen möglichen Farben gefunden. Ansonsten habe ich noch einmal mit Kommissar Jochen Stossel in Wernigerode gesprochen. Er erwartet Sie morgen, Chef, und meinte, er wäre da und Sie sollten einfach vorbeikommen."

„Bist du einverstanden?", fragte Christian Randel und schaute Mark intensiv an. „Oder wird die Fahrt zu viel für dich? Wir könnten auch tauschen."

„Nein, ich fahre in den Harz. Der Plan ist gut."

Christian Randel streckte seine Hand aus. „Ziehen wir also alle an einem Strang und versuchen, die Mordfälle aufzuklären."

Mark schlug ein, genau wie Peggy und am Ende auch Stier. Dessen Augen schimmerten feucht und Mark glaubte, zu ahnen, was im Kopf seines Freundes vor sich ging.

Eine halbe Stunde später machten sie sich auf den Heimweg. Mark hatte Stier angeboten, dass er bei ihnen übernachten könne. Es war der einfachste Weg, um nicht noch einmal zurück nach Meißen fahren zu müssen. Stier hatte seine Einladung mit einem kleinen Lächeln im Gesicht angenommen. Mark wusste, dass sich sein Freund immer sehr wohl bei ihm daheim fühlte. Und vielleicht war es gut, dass Stier am Ende dieses schrecklichen Tages nicht allein in seiner Wohnung hocken musste. Denn Barbara war ja immer noch vollauf mit dem Kindergeburtstag ihres Enkels beschäftigt.

Die beiden Männer saßen schweigend im Auto, nur das Radio dudelte leise vor sich hin. Von der anderen

Elbseite grüßten die lichttechnisch perfekt in Szene gesetzten Elbschlösser. Durch das einen Spalt geöffnete Fenster drang Musik zu ihnen herüber. Zahlreiche Menschen waren unterwegs, zu Fuß oder auf Rädern. Es war ein lauer Sommerabend, perfekt geeignet, um ihn in einer der zahlreichen kleinen und größeren Wirtschaften entlang der Elbe zu verbringen.

Als sie das blaue Wunder im Schritttempo passierten, holte Stier schließlich Luft. „Was hältst du von ihm?"

„Meinst du von Christian Randel?"

Stier nickte.

„Ein guter Polizist, ich bin auf deine Einschätzung gespannt. Immerhin wirst du den morgigen Tag mit ihm verbringen."

„Er ist mir sympathisch. Dass er gefragt hat, ob er Ralle oder Ralf sagen soll … Eigentlich ist es egal und wiederum auch nicht."

Mark legte Stier einen Moment die Hand auf den Oberschenkel. „Es ist nicht egal, Jens. Er war dein Freund. Und deswegen bin ich sicher, wir alle werden uns noch mehr als sonst ins Zeug legen, um den Fall schnell aufzuklären. Aber eigentlich tun wir das ja immer, aber nun noch aus anderen Beweggründen heraus."

„Danke." Stier blickte aus seinem Fenster.

Gerade näherte sich ein bunt beleuchteter Dampfer der Brücke. Ein lautes Tuten erklang. Und obwohl Mark dieses Geräusch schon unzählige Male gehört hatte, huschte ein leichter Schauer über seine Haut.

„Das hab ich mit Barbara auch mal machen wollen, so eine abendliche Fahrt. Aber es kam immer etwas dazwischen. Meist die Arbeit."

„Dann machst du es eben, sobald es möglich ist", schlug Mark vor. Doch sein Freund nickte nur stumm.

Minuten später waren sie daheim. Leise knirschte der Kies unter den Reifen, als Mark den Wagen unter dem Carport parkte. Aus der Küche drang warmes Licht in den Garten. Fahrräder lehnten an der Hauswand, anscheinend waren Freunde bei seinen Söhnen zu Besuch. Der Rest des Grundstücks lag in Dunkelheit. Aus der Ferne erschallte der klagende Ruf eines Käuzchens. Ein kühler Hauch streifte Marks Gesicht und er nahm einige tiefe Atemzüge. Am liebsten wäre er hier draußen stehen geblieben.

„Lass uns hineingehen", sagte er dennoch und stieg die Stufen zur Veranda empor.

Gerade als Mark den Schlüssel ins Schloss stecken wollte, wurde die Tür von innen geöffnet. Lisa stand vor ihnen. Besorgt musterte sie sein Gesicht und holte Luft, um etwas zu sagen. Doch dann fiel ihr Blick auf Stier.

„Jens", sagte sie mit freudiger Überraschung in der Stimme. „Wie schön, dich mal wiederzusehen." Sie beugte sich zu ihm und gab Stier einen Kuss auf die Wange. „Du hättest ruhig mal vorher anrufen können", meinte sie an Mark gewandt. „Ich hab nichts vorbereitet."

„Mach dir bitte keine Umstände", murmelte Stier.

„Das sind keine Umstände, das mach ich gern."

„Ich hab Jens eingeladen, weil es die beste Variante war", erklärte Mark.

Lisa nickte. Forschend ließ sie ihren Blick zwischen den beiden Männern hin- und herwandern. „Ist was passiert?"

„Jens hat heute eine furchtbare Nachricht bekommen, sie betrifft den aktuellen Fall. Du weißt schon, sein Klassenkamerad Heiko, der von der *Bosel* gestürzt ist. Und nun ist auch noch sein Freund Ralle ums Leben gekommen. Oder sagen wir eher, er wurde umgebracht."

Lisa schluckte. „Was? Das ist ja schrecklich. Wie konnte das denn geschehen, ich meine …?"

„Ralle hat wahrscheinlich Nachforschungen angestellt und ist dabei ins Kreuzfeuer geraten", sagte Mark. „Zumindest nehmen wir das an."

Lisa legte erneut ihre Arme um Stier. Einige Momente hielt sie ihn einfach nur fest. „Das tut mir leid, Jens. Was soll ich sagen? Vermutlich am besten nichts, weil es in einem solchen Augenblick keine passenden Worte gibt. Kommt erst mal rein, ihr habt bestimmt Hunger. Ich glaube, ich mach eine Pfanne Rührei."

„Das klingt fantastisch", stammelte Stier mit belegter Stimme.

Sie folgten Lisa in die Küche und nahmen am großen Esstisch Platz. Vorher holte Mark ihnen zwei Flaschen Bier aus dem Keller und öffnete sie.

Der verführerische Duft nach frisch angebratenen Zwiebeln und Schinkenwürfeln erfüllte wenig später das Haus.

„Ist Nele gar nicht da?", erkundigte Stier sich nach Marks Jüngster. Die hatte einen Narren an ihm gefressen und wich ihm bei seinen Besuchen nicht von der Seite. Und auch er hatte Nele ins Herz geschlossen und spielte mit ihr, als wäre sie seine Enkelin.

„Nele ist bei ihren Großeltern und die Großen sind oben und zocken." Lisa seufzte. „Man hört kein Geräusch aus den Zimmern, gruselig. Als wäre niemand da." Mit rhythmischen Bewegungen rührte sie in der Pfanne herum und ihre Hüften kreisten dabei ganz leicht.

„Ich muss übrigens morgen nach Wernigerode", sagte Mark in die entstandene Stille. Einen Moment erstarb das Kreisen, dann rührte Lisa weiter.

„Ich nehme mal an, dienstlich?", fragte sie sachlich, ohne sich umzudrehen.

„Ja, Karstens hat mich mit Christian Randel in den aktuellen Fall gesteckt."

„Und du hast ganz sicher freudig zugestimmt." Deutlich war eine gewisse Bitterkeit in Lisas Stimme zu hören.

Stier fixierte seine Flasche und vermied es, aufzuschauen.

„Es hat sich so ergeben, weil wir ja einiges recherchiert haben, also, Stier und ich, und da lag es auf der Hand", erwiderte Mark und trank einen Schluck Bier.

„Lag es das?" Lisa rührte weiter. „Ich dachte, du befindest dich im Krankenstand."

„Seit gestern bin ich gesundgeschrieben, sozusagen rückwirkend."

Lisa regelte den Herd herunter, durchquerte die Küche und holte Geschirr aus dem Schrank. Auf den Tellern platzierte sie das Besteck und stellte alles mit einem energischen Klirren, ein Stück entfernt von ihrem Mann, auf den Tisch. Mark verteilte sogleich das Geschirr. In der Zwischenzeit warf seine Frau die Brotmaschine an, schnitt Scheiben ab und legte sie in einen Korb. Auch der wanderte auf den Tisch. Dann rührte sie das Ei noch einmal um und brachte die Pfanne herüber. „Lass es dir schmecken", sagte sie betont nur zu Stier und schob den Brotkorb in seine Richtung.

Der packte sich eine Portion Rührei auf den Teller und griff nach einer Scheibe Brot – genau wie Mark. Lisa aß nichts und stützte stattdessen das Kinn auf ihre Handflächen. Konzentriert fixierte sie einen Punkt an der gegenüberliegenden Wand. Mit einem Ruck stand sie plötzlich auf. „Ich geh mal das Gästezimmer fertig machen."

„Das kann ich doch später …", wagte Stier einen Einwurf, aber Lisa war bereits verschwunden. Die Dielen im Flur knarrten, als sie sich mit schnellen Schritten entfernte.

Mark sah ihr kurz hinterher, schaufelte dann aber das Essen in sich hinein. Er fühlte sich wie ausgehungert und gleichzeitig versperrte ein Knoten seinen Magen.

„Du solltest ihr nachgehen", schlug Stier mit leiser Stimme vor. „Ich bin nun weiß Gott kein Beziehungsexperte, aber ihr solltet reden, Mark, und zwar dringend. Sie macht sich Sorgen."

„Ich weiß, ich weiß das alles."

„Dann tu was. Es ist kein Kinderspiel, wenn man auf eine gescheiterte Beziehung schauen muss, glaub mir."

Mark schob den Teller von sich und nahm einen weiteren Schluck Bier. Mit einem Schlag fühlte er sich todmüde und glaubte, auch wieder ein leichtes Prickeln in seinem linken Arm zu spüren. „Ich bin egoistisch, immer, all die ganzen Jahre. Dabei wollte ich mich ändern, das hab ich ihr versprochen. Und nun …"

„Nun gehst du zu ihr." Stier nahm sich einen weiteren Klecks Rührei und deutete mit der Gabel auf die Tür. „Nun mach schon."

Beim Betreten des Gästezimmers drehte Lisa ihm den Rücken zu. So wie vorhin in der Küche. Mark trat hinter sie und legte die Arme um ihren Körper. Auf der Stelle machte sie sich steif und wehrte ihn ab.

„Mit einem Ankuscheln ist es nicht immer getan." Energisch schüttelte sie die Bettdecke auf und strich den Bezug glatt.

„Und was soll ich tun?"

„Nicht immer nur an dich denken, sondern einmal auch an uns, deine Familie." Lisas Schultern bebten leicht. Schließlich drehte sie sich zu ihm um, schluckte heftig, eine erste Träne rann über ihre Wange. „Ich hatte eine solche Angst um dich. Du lagst da und ich dachte …"

Behutsam zog Mark sie an sich und diesmal wehrte Lisa sich nicht. „Das weiß ich doch alles."

„Und warum hast du dich dann selbst entlassen? Hättest du nicht einfach mal diese beschissenen Tests über dich ergehen lassen können? Ist das so schwer? Und musst du gleich wieder anfangen zu arbeiten? Du bist krankgeschrieben, Mark. Manchmal denke ich …" Lisa verstummte.

„Was denkst du?", fragte Mark mit belegter Stimme.

„Dass du nur auf Arbeit glücklich bist."

„Aber das stimmt doch gar nicht", protestierte er. Doch seltsamerweise stimmte ein winziger Teil in seinem Inneren Lisa auf der Stelle zu. Er liebte seinen Job. Schon immer hatte Mark Polizist werden wollen. Er brannte für seinen Job, er war sein Leben. Aber natürlich sprach er diese Gedanken nicht aus. „Ich liebe dich, die Kinder, alles hier", sagte er stattdessen.

„Dann solltest du Verantwortung zeigen, auf dich achten und den Rat der Ärzte befolgen – nämlich kürzertreten, mal einen Gang zurückschalten. Das hat Rüdiger auch gesagt."

„Rüdiger?"

„Ich hab ihn angerufen und er hat mir deine Befunde erläutert. Immerhin hast du das ja vermieden." Lisa holte ein Taschentuch heraus und putzte ihre Nase. „Es geht so nicht weiter, Mark. Nicht mehr unendlich. Kannst du das, was passiert ist, als einen Warnschuss betrachten und gewisse Schlussfolgerungen ziehen? Das ist das Einzige, worum ich dich bitte." Mit der Handfläche wischte Lisa sich über ihre Wangen. „Und nun, lass uns zu Jens gehen. Ich glaube, der braucht im Moment dringender jemanden, der bei ihm ist."

Kapitel 18

Das auf dem Nachttisch vibrierende Handy weckte Stier am nächsten Morgen. Es war kurz nach acht, Mark war bereits seit zwei Stunden unterwegs Richtung Wernigerode. Stier schaltete den Wecker ab und entdeckte zwei Anrufe von Barbara. Er schob das Kopfkissen in seinem Nacken zurecht und wählte ihre Nummer.

Nach dem dritten Klingelton meldete sie sich. Kinderstimmen waren im Hintergrund zu hören, eine Frauenstimme lachte. „Jens, Gott sei Dank. Du hattest mir gestern Abend eine kurze Sprachnachricht geschickt und die klang so ... Ich kann es gar nicht beschreiben."

Stier überlegte kurz, was er sagen sollte. „Es war einfach ein harter Tag."

„Magst du nicht herkommen? Wir haben noch einen Haufen Kuchen und Essen von gestern übrig. Dann könnten wir einen schönen Spaziergang durch den Wald an der *Rehbockschänke* machen. Das hatten wir doch ..."

„Ich bin gerade in Dresden, bei Mark. Habe bei ihm übernachtet", erwiderte er kurz.

„Ach so, verstehe. Ist etwas passiert?"

Stier zögerte. Sollte er schweigen oder etwas sagen? Er entschied sich für Ersteres. Warum, konnte er selbst nicht erklären. Wäre es nicht das Natürlichste der Welt gewesen, Barbara einzuweihen? Immerhin war sie die Frau an seiner Seite. Doch sie war gerade bei ihrer Tochter, hatte bestimmt genug eigene Dinge um die Ohren. Da war es besser, zu schweigen. „Wir haben in unserem Fall viel zu tun und da war es das Beste, gleich hier zu schlafen."

„Das heißt, du bist heute Abend auch nicht daheim?" Barbaras Stimme klang enttäuscht und das konnte er ihr nicht verdenken.

„Nein, ich denke, heute Abend bin ich wieder in Meißen. Sonst redet Nepomuk kein Wort mehr mit mir." Stier lachte kurz.

„Soll ich mal nach ihm schauen? Du weißt doch, Tobias liebt ihn über alles."

Stier musste an die Unbekannten denken, die sich unbefugt Zutritt zu seiner Wohnung verschafft hatten. Was, wenn sie zurückkamen oder dort auf ihn warteten? „Nein, das hat die Nachbarin übernommen. Mach dir keine Sorgen. Ich melde mich einfach, wenn ich wieder zu Hause bin und dann treffen wir uns. Ja?"

„Ja, gut", erwiderte Barbara zögernd. „Dann bis später."

Stier drückte die rote Taste und legte das Handy neben sich aufs Kissen. Einen Moment überlegte er, sich bei Andreas Reusch zu melden. Immerhin hatte er dem versprochen, ihn auf dem neuesten Stand zu halten. Doch da war diese Kraftlosigkeit. Also schloss er noch einmal die Augen. Nur kurz, wie er sich vornahm.

Als Stier erneut erwachte, flutete blendend heller Sonnenschein den Raum. Die Uhr zeigte kurz vor neun. Mit einem lauten Fluchen war er aus dem Bett heraus, sprang kurz unter die Dusche, zog sich an und eilte mit schnellen Schritten die Treppe hinauf. Kaffeeduft erfüllte das Haus.

Lisa schaute ihm aus der Küche entgegen. „Jens, ich dachte schon, du würdest nie mehr aufwachen."

„Hab verpennt, wollte nur noch mal kurz die Augen schließen. Und dann war ich augenblicklich weg. Ist Christian Randel schon da?"

In diesem Moment klingelte es. „Bis jetzt nicht, aber das wird er wohl sein", sagte Lisa und lächelte. Sie eilte zur Tür und öffnete. Stier vernahm einen kurzen Wortwechsel, dann kam Marks Frau zurück. „Er wartet draußen im Wagen, wollte nicht mal auf einen Kaffee hereinkommen."

Stier warf einen Blick auf die Wanduhr. „Es ist auch schon reichlich spät. Wir müssen bis Weinböhla, haben dort einen Termin. Tut mir leid, dass ich verschlafen habe. Ich hätte gern noch ein wenig mit dir gesprochen. Der gestrige Abend tat gut. Ihr seid tolle Menschen, gute Freunde." Beinahe die einzigen Freunde, die Stier noch geblieben waren, jetzt, wo Heiko und Ralle … Spontan zog er Lisa in seine Arme.

„Soll ich dir schnell ein Brötchen machen, für die Fahrt?"

Stier klopfte auf seinen Bauch. „Lass mal, geht auch so."

„Na dann, Jens, du bist immer willkommen. Und deine Barbara auch. Ich würde sie gerne mal kennenlernen, die Frau, die den einsamen Wolf bezwungen hat." Langsam ging er zur Tür und wollte gerade nach draußen treten, als Lisa ihn noch einmal zurückhielt. „Jens, passt du bitte auf ihn auf, zumindest ein kleines bisschen?"

Er nickte, sah die Angst in ihrem Blick und wusste genau, was sie meinte. „Ich versuche es, versprochen." Dann zog er die Tür hinter sich zu.

Christian Randel wartete mit laufendem Motor auf der Straße und warf einen neugierigen Blick auf Mark Winters Haus. „Morgen."

„Morgen", erwiderte Stier und ließ sich auf den Beifahrersitz fallen. „Tut mir leid, hab verschlafen."

Randel winkte ab. „Wir liegen gut im Zeitplan. Halb elf haben wir den Termin bei diesem Therapeuten, das müsste zu schaffen sein." Langsam gab er Gas und rollte die schmale Straße Richtung Grundstraße hinunter. „Ich wusste gar nicht, dass Mark in einer so elitären Gegend lebt."

„Das Haus ist geerbt", meinte Stier einsilbig.

„Aha."

Danach senkte sich Schweigen auf das Auto, das Randel zum Glück durch Höherdrehen der

Radiolautstärke ein wenig abmilderte. Erst als die grünen Weinberge Radebeuls auftauchten, seufzte der Kommissar. „Eine schöne Stadt – Radebeul. Meine Heimat, hier bin ich geboren."

„Ach, wirklich?"

Randel nickte und deutete mit seinem Daumen nach links. „Aber im Gebiet unterhalb der Bahnstrecke. Man sagt ja immer, oberhalb wohnen die Millionäre." Er grinste. „Später sind meine Eltern nach Dresden gezogen. Sie hatten dort eine für damalige Verhältnisse schicke Neubauwohnung mit Zentralheizung gefunden. Das Kohleschleppen hörte auf, es kam warmes Wasser aus der Wand, das Klo war in der Wohnung und ich hatte ein eigenes kleines Zimmer. Nur meine alten Schulfreunde blieben zurück." Christian Randel schielte kurz zu Stier. „Tut mir leid, das hätte ich nicht sagen sollen."

Stier winkte ab. „Schon gut. Ich bin nicht der Typ, der Formulierungen auf die Goldwaage legt."

„Ich auch nicht." Christian Randel stoppte an einer Ampel und streckte Stier seine Hand entgegen. „Ich bin übrigens Christian."

„Und ich Jens oder Stier, wie immer du magst. Ich hör auf beides." Er grinste.

In diesem Moment klingelte Randels Handy. Er nahm den Anruf über das Autodisplay entgegen. „Randel."

„Hier ist Sören Scharner, Psychotherapeut. Wir hatten eigentlich in einer halben Stunde einen Termin", meldete sich eine sonore Stunde. „Es tut mir leid, aber mich hat gerade ein Notfall erreicht und ich muss in die Klinik. Könnten wir unser Treffen wohl auf vierzehn Uhr verschieben?"

Randel warf Stier einen fragenden Blick zu und der nickte.

„Ja, kein Problem. Sehen wir uns also um zwei bei Ihnen."

„Danke für Ihr Verständnis." Die Verbindung brach ab.

„Und nun? Stellen wir unseren Plan um und fahren als Erstes in Ralles Wohnung?"

Stier nickte. „Das scheint mir das Logischste zu sein." Er lotste Randel zu Ralles Wohnung. Dort angekommen, wanderte sein Blick automatisch zu dem Stellplatz, auf dem sonst immer Ralles Pick-up gestanden hatte. Er war nun leer. Ralles Auto würde nie mehr dort stehen. Ein Kloß bildete sich in seiner Kehle und Stier versuchte vergeblich, ihn herunterzuwürgen. Wie der Garten wohl aussah, der doch immer Ralles ganzer Stolz gewesen war? Mit einem Ruck straffte Stier seinen Rücken. Er musste nun seine sieben Sinne zusammennehmen. Für Trauer war auch später noch Zeit.

Christian Randel holte einen Schlüsselbund aus seiner Aktentasche und stieg mit ihm zusammen die Treppe in die zweite Etage hinauf. Nebenbei reichte er Stier ein Paar Handschuhe, die dieser überstreifte. Ein polizeiliches Siegel prangte an der Tür. Randel schlitzte es mit dem Fingernagel auf, steckte den Schlüssel dann ins Schloss und öffnete die Tür. Stier beugte sich kurz hinunter und ließ seine Fingerkuppe über das Schloss gleiten. Er konnte keine Einbruchsspuren feststellen, aber er war ja auch kein Spezialist.

Abgestandene Luft schlug ihnen entgegen. Es war warm in der Wohnung. An der Garderobe hing Ralles Dienstjacke, deren Leuchtstreifen leicht schimmerten. Randel orientierte sich zunächst und warf einen Blick in alle Räume. Stier betrat die Küche und ging bis zum kleinen Tisch, der direkt vor dem Fenster stand. Auf ihm lag eine Zeitung, mit Ralles Brille obendrauf. *Die Bosel hat wieder ein Opfer gefordert* – lautete die reißerisch aufgemachte Schlagzeile. Daneben stand ein noch halb gefüllter Kaffeepott. Die Flüssigkeit wirkte nachtschwarz, fast so etwas wie Ölflecken trieben auf der Oberfläche. Auf den ersten Blick wirkte es, als wäre Ralle nur einmal kurz zum Dienst gegangen und würde gleich wiederkommen.

Stier seufzte. „Verdammte Scheiße." Kopfschüttelnd sah er sich um und ließ sich schließlich auf einen Stuhl fallen. Er fühlte sich kraftlos, als fehlte ihm die Energie, in Ralles Sachen zu wühlen. Da streifte sein Blick noch einmal die Zeitung auf dem Tisch. Etwas lag darunter. Stier lupfte eine Ecke und erkannte einen ockerfarbenen Briefumschlag. Er zog ihn hervor und erstarrte.

„Christian, ich glaube, du solltest dir das mal ansehen", rief er und Sekunden später betrat der Dresdner Kommissar die Küche. „Das lag auf dem Tisch. Siehst du die Adresse und vor allem den Absender?"

„Von *Lichtwerk*, an …", murmelte Randel und schaute auf. „Der Brief ist an Heiko gerichtet." Verblüfft schaute er Stier an. Behutsam zog er das darin steckende Blatt Papier hervor und entfaltete es. Dann räusperte Randel sich und begann vorzulesen.

„Lieber Heiko,

Trauer ist ein langer Prozess und jeder geht mit dem Verlust eines geliebten Menschen anders um. Dennoch möchten wir dir sagen, dass wir dich in unseren wöchentlichen Treffen schmerzlich vermissen. Du warst mit deiner Kraft und Energie immer eine Bereicherung für uns alle. Deine allmählich wieder zurückkehrende Zuversicht hat auch die anderen Teilnehmer gestärkt und ihnen Mut geschenkt.

Deswegen hoffen wir alle, dass es dir gut geht. Und noch mehr hoffen wir, dass wir dich bald wieder bei uns begrüßen können. Jeder Einzelne ist für unsere Gemeinschaft wichtig. Jeder trägt dazu bei, dass allmählich das Licht wieder in unser Leben zurückkehrt. Auch du.

Wenn du Hilfe brauchst oder es dir gesundheitlich nicht gut geht – melde dich. Arno kommt dich gerne abholen.

Alles Liebe für dich,

Irina"

„Ralle scheint den Brief an sich genommen zu haben",
meinte Stier. „Aber wann? Definitiv nicht an dem
Abend von Heikos Tod, das hätte ich bemerkt."

„Wir sollten davon ausgehen, dass Ralle definitiv
noch einmal in Heikos Haus war, allein, ohne dich."

„Ja, vermutlich. Aber wo hat er den Brief gefunden?
In Heikos Post war er nicht, die habe ich nämlich
durchsucht."

Christian Randel befühlte behutsam den Umschlag.
„Das Papier ist leicht wellig, als wäre es feucht
geworden. Ich kenne das von mir daheim. Mein
Briefkasten ist nicht ganz dicht. Wenn es regnet …"

„Aber es hat in den letzten Tagen nicht geregnet",
erwiderte Stier.

„Stimmt. Könnte natürlich auch Morgentau sein. Die
Nächte werden allmählich kühler. Unter Umständen hat
der Umschlag länger im Kasten gesteckt."

„Das würde zu Heiko passen. Der hat seine Post
manchmal nur alle zwei, drei Wochen angeschaut. Weil
ihm alles zu viel wurde und er keinen Bock auf den
ganzen Papierkram hatte." Stier pfiff durch die Zähne.
„Ralle hat den Briefkasten geleert, der alte Schlaufuchs.
Da hätte ich auch draufkommen können."

„Dabei hat er den Brief gefunden und seine Schlüsse
gezogen."

„Du denkst, er ist zu *Lichtwerk* gefahren?"

Randel hob die Schultern. „Wäre möglich. Hilfreich
wäre, sein Handy zu finden. Zuletzt war es genau in
dieser Funkzelle eingewählt. Aber die Kollegen der
SpuSi sind gestern nicht fündig geworden."

„Wollen wir noch einmal schauen?", schlug Stier vor.
Randel nickte.

Beide Männer machten sich an die Arbeit. Eine
Stunde später hatten sie Ralles gesamte Wohnung auf
den Kopf gestellt, aber das Telefon blieb verschwunden.

„Wir könnten noch im Garten nachschauen, der liegt
direkt hinter dem Haus", sagte Stier.

„Gute Idee, lass uns das machen."

Beim Verlassen der Wohnung, Randel brachte gerade ein neues polizeiliches Siegel an, wurde die gegenüberliegende Tür einen Spalt geöffnet. Der alte Mann, den Stier schon bei seinem letzten Besuch gesehen hatte, spähte durch die entstandene Lücke.

„Polizeihauptmeister Stier vom Meißner Revier", sagte er mit fester Stimme und trat näher. Die Tür wurde zugeschlagen, doch Sekunden später rasselte die Sicherheitskette und der Alte spähte ihm durch einen nun breiteren Türspalt entgegen.

„Sind Sie wieder wegen Ralle hier? Ich meine … Gestern war auch schon die Polizei hier, aber mir hat niemand etwas gesagt", stotterte der Mann. „Der Ralle ist angeln und seine Frau …" Er verstummte.

„Und Sie sind?", fragte Christian Randel und trat neben Stier.

„Fritz Halder."

„Mein Name ist Christian Randel von der Mordkommission Dresden. Herr Halder, wir müssen Ihnen leider mitteilen, dass Ihr Nachbar, Herr Hauptmann, nicht mehr am Leben ist."

„Mordkommission? Sie wollen doch wohl nicht sagen, dass Ralle, ich meine …" Fritz Halder presste eine Hand an seine Brust und rang keuchend nach Luft.

„Wir stehen noch am Anfang unserer Ermittlungen, müssen aber davon ausgehen, dass Herr Hauptmann einem Tötungsdelikt zum Opfer gefallen ist."

„Du meine Güte, der Ralle, der konnte doch keiner Fliege etwas zuleide tun." Herr Halder wankte leicht.

„Möchten Sie sich lieber setzen?", fragte Stier besorgt und trat einen Schritt näher, um den alten Herrn im Notfall auffangen zu können.

„Ja, setzen wäre gut." Herr Halder drehte sich einfach um, schlurfte davon und die beiden Polizisten folgten ihm ins Innere der Wohnung. Alles sah genau wie nebenan bei Ralle aus, nur spiegelverkehrt. In der Küche plumpste Herr Halder auf einen Schemel und starrte aus dem Fenster. Der Blick ging genau auf den

Eingangsbereich des Hauses. Auch den schnurgeraden Weg, der zu den Hausgärten führte, hatte man von hier gut im Blick. „Ich kann es nicht fassen, der Ralle."

„Ist Ihnen in der letzten Zeit etwas aufgefallen? Gab es vielleicht Besucher, die nicht hierher gehörten oder die sich nach Herrn Hauptmann erkundigt haben?", fragte Christian Randel, füllte nebenbei ein Glas mit Wasser und stellte es dann auf den Tisch.

Herr Halder schüttelte den Kopf. „Nicht dass ich wüsste. Ich meine, er war da, aber der gehört ja zur Truppe." Er deutete auf Stier. Plötzlich wurden die Augen des alten Mannes schmal. „Und da war so ein Typ, Mitte der Woche, würde ich sagen. Dunkel gekleidet, trug eine Mütze und hatte gigantische Oberarme …" Er deutete mit seinen Händen üppige Muckis an.

„Und der wollte zu Ihrem Nachbarn?"

„Ja, er läutete an seiner Tür, klopfte und dann …"

„Und dann?", hakte Stier nach.

„Na ja, ich weiß nicht genau, was er da tat. Aber er bückte sich zum Schloss hinunter. Da bin ich raus und hab gefragt, was er will."

„Und wie reagierte er?", fragte Randel.

„Er lächelte mich an und erkundigte sich nach Ralle. Erzählte, er wäre ein Kollege von ihm. Ich meinte, Ralle wäre vermutlich auf Arbeit. Ich wollte dem das mit dem Angeln nicht auf die Nase binden. Da sagte er, er würde einen Zettel im Briefkasten hinterlassen und dann ging er."

„War er allein?" Fragend musterte Stier den Alten.

Über dessen Gesicht huschte ein Grinsen. „Ich hab niemanden sonst gesehen. Hab dann aus dem Fenster geschaut, unten stand ein Kleinbus. So ein dunkler, mit irgendeinem Bild an der Kofferraumklappe. Der fuhr dann erst mal weg."

Randel und Stier wechselten einen Blick. „Können Sie sich an den genauen Tag erinnern?"

„Das muss wohl am Mittwoch gewesen sein. Ich hatte mir gerade meine Tabletten aus dem Bad geholt, die muss ich immer um vier nehmen."

„Sie sagten, das erste Mal?", fragte Stier angespannt. „Sie haben ihn noch mal gesehen?"

Der Alte nickte. „Ja, einen Tag später. Da hat er dann dort drüben gestanden, etwa ab Mittag, stundenlang, bis es dunkel wurde." Er deutete auf eine Reihe Pappeln, die entlang der Grundstücksgrenze gepflanzt waren.

„Und was machte er?", hakte Christian Randel nach.

„Nichts, er saß dort und das war´s. Kam mir vor, als würde der Mann auf Ralle warten."

„Würden Sie ihn wiedererkennen?"

Fritz Halder nickte energisch. „Unbedingt, hab einen guten Blick für Menschen. Hab viele Jahre in einem Betrieb in Radebeul als Pförtner gearbeitet. Hochspannungsarmaturenwerk, falls Ihnen das was sagt. Da kommt man mit vielen Leuten zusammen und muss sich Gesichter merken."

„Da sind Sie ja ein richtiger Profi und haben sicher eine sehr gute Menschenkenntnis. Etwas, das heutzutage kaum noch vorhanden ist", erwiderte Stier und lächelte.

„Da sagen Sie was. Die jungen Leute können nur noch bis zu ihrer eigenen Nase denken und das war´s." Fritz Halder trank einen Schluck und schüttelte nebenbei missbilligend den Kopf.

„Da danken wir Ihnen sehr, Sie haben uns wirklich geholfen. Und wenn Ihnen noch etwas einfällt …" Randel nestelte eine Visitenkarte aus seiner Innentasche und legte sie auf den Tisch. „Sie dürfen sich jederzeit bei uns melden."

Fritz Halder lächelte verkrampft und verknotete seine gichtigen Finger.

Da war etwas in seinem Blick, das Stier zögern ließ. „Oder möchten Sie uns noch etwas sagen?"

„Na ja, ähm, also, es ist ganz gewiss nicht wichtig oder …" Der alte Mann seufzte tief. „Nein, es ist doch wichtig, vor allem jetzt, da Ralle tot ist." Er kämpfte sich hoch, schlurfte aus der Küche und kam gleich darauf mit einem Handy zurück, das Stier wohlbekannt war. Die schwarz-gelbe Dynamo-Dresden-Hülle, die das Telefon schützte, war ihm wohlvertraut.

„Sie haben Ralles Handy?", fragte er entgeistert.

„Ich habe es nicht gestohlen, falls Sie das denken. Ich habe es an mich genommen. Es lag draußen auf dem Weg, der zu den Gärten führt, am Freitagmorgen. Ich sah es hier vom Fenster aus und hab es einfach verwahren wollen, um es Ralle zurückzugeben. Ich wusste doch, wie sehr er an dem Ding hängt. Es war ganz nass, muss die halbe Nacht dort gelegen haben. Ich dachte, er hätte es verloren. Also hab ich bei ihm geklingelt, ich nahm an, er wäre vom Angeln zurück. Aber er machte nicht auf und …" Fritz Halders Hand zitterte. Schnell legte er das Telefon auf den Tisch. „Ich wusste doch nicht, dass er …" Halder schluckte hart. „Es hat anfangs geläutet, aber ich habe keine Ahnung, wie man abhebt. Und irgendwann war es still."

Christian Randel zog eine Plastiktüte aus seiner Tasche und ließ das Telefon hineinfallen. Er versuchte, es anzuschalten, aber der Akku war leer. „Danke, dass Sie es uns gegeben haben. Meine Visitenkarte lege ich hierhin. Sie können mich jederzeit anrufen." Dann nickte er Stier zu und die beiden Polizisten verließen die Wohnung.

„Kein Wunder, dass Ralles Handy hier geortet wurde. Es hat die Wohngegend seit Freitag nicht mehr verlassen." Stier seufzte. „Wollen wir noch einen Blick in den Garten werfen?"

„Können wir machen, nicht, dass wir etwas übersehen."

Irgendeine gnädige Seele hatte Wasser auf die Pflanzkästen entlang der Laube geschüttet. Doch Rasen und Beete wirkten trostlos und verdorrt. Das kleine Holzhäuschen und der winzige Schuppen waren schnell durchsucht.

„Hier ist nichts zu finden", meinte Randel und musterte die akkurat angelegten Gemüsebeete. Langsam schlenderten sie zurück zum Wagen und kamen dabei an einer Bank vorbei, die idyllisch neben einem Rosenstrauch im Schatten lag. „Lass uns kurz setzen", schlug Randel vor.

Beide Männer streckten ihre Beine aus und schauten in den Himmel. Stier steckte sich eine Zigarette an und hielt Christian Randel die Schachtel hin. „Bloß nicht, hab vor acht Jahren aufgehört und halte mich seitdem wacker. Und dennoch vergeht kaum ein Tag, an dem ich nicht an Kippen denke."

Stier nickte. „Ich versuch's gleich gar nicht erst, obwohl es besser wäre."

„Was denkst du, ist passiert?", fragte Randel nach einigen Momenten der Stille.

Stier hob seine Schultern. „Ralle war in Heikos Haus, hat noch mal alles durchsucht und ist in dessen Briefkasten fündig geworden. Der Brief hat ihn neugierig gemacht und dann ist er vermutlich in dieses *Lichtwerk-Zentrum* gefahren und … Keine Ahnung, was dann passiert ist."

„Das Nächste, was wir wissen, ist, dass er in der Nacht von Donnerstag auf Freitag sein Handy hinter dem Haus verloren haben muss", ergänzte Randel und krauste seine Stirn. „Oder jemand hat es dort deponiert, um uns das glauben zu lassen."

Stier nickte und schwieg.

„Was denkst du, warum hat er sich bei dir nicht gemeldet?"

„Weil er allein etwas rausfinden wollte oder weil er nicht mehr konnte", erwiderte Stier und schluckte. „Eines steht fest: Auch hier begegnet uns wieder der Herr mit Muskeln und dunkler Kleidung."

„Ich würde zu gern wissen, hinter was genau alle Beteiligten her sind." Randel verschränkte seine Arme im Nacken.

„Es muss etwas enorm Wichtiges sein."

Randel nickte. „Etwas, für das gewisse Leute über Leichen gehen."

Kapitel 19

Mark Winter war gegen sechs aufgebrochen, hatte sich vorher eine große Thermoskanne Kaffee gemacht und war dann Richtung Autobahn gefahren. Die Straßen waren leer gewesen, was zum einen an der unchristlichen Morgenstunde, zum anderen am Wochentag gelegen hatte. Es war Sonntag, kaum ein Lkw unterwegs und er konnte Gas geben.

Er liebte lange, einsame Autofahrten, ließ dann oft das Radio aus und dachte nach. So auch heute. Marks Gedanken kreisten um den aktuellen Fall. Er ging noch einmal jede einzelne Entwicklung durch, tauchte in mögliche Abzweigungen ein, verwarf diese wieder und widmete sich der nächsten Variante.

Hinter Leipzig bog er auf eine Raststätte ab, tankte den Wagen voll und gönnte sich zwei belegte Brötchen, die auf den ersten Blick durchaus lecker in der Auslage drapiert gewesen waren. Leider entsprach die Realität beim Reinbeißen nicht ganz seinem Wunschbild. Mark quälte sich die pappigen Brötchen dennoch rein, ging noch einmal auf die Toilette und fuhr weiter.

Allmählich veränderte sich die Landschaft. Die flachen Ebenen rund um Leipzig mit ihren weiten Wiesen und Feldern wichen zunehmend einer immer hügeliger werdenden Landschaft. In einigen Tälern stieg Nebel auf und hüllte die Umgebung in diffuses Licht. Vereinzelt zeigten sich Sonnenstrahlen, ab und zu fielen Regentropfen auf seine Scheibe.

Als das Navi noch eine Stunde Fahrtzeit verkündete, legte Mark nochmals eine Pause ein und beobachtete aus dem Auto heraus ein junges Paar, das anscheinend auf dem Rastplatz übernachtet hatte. Zumindest putzte sich die Frau ihre Zähne und ihr Begleiter schüttelte

Schlafsäcke aus. Das dazu gehörende Fahrzeug war winzig und er fragte sich, wie dort zwei Menschen die letzten Stunden verbracht haben konnten. Aber wenn man jung war und der Rücken noch in Ordnung, ließ sich sicher auch das bewerkstelligen. Ein paar Meter weiter parkten zahlreiche Lkws verschiedenster Nationen. Einer der Fahrer schmiss einen kleinen Campingkocher an und erwärmte Wasser für seinen Morgentee. Ein anderer paffte und stieß dabei Rauchsäulen in den Himmel, die jeder Dampflokomotive Konkurrenz gemacht hätten.

Gegen halb zehn war Marks Kaffeetasse leer und er machte sich auf die letzte Etappe seiner Fahrt. Pünktlich zur vereinbarten Zeit erreichte er den Stadtrand von Wernigerode und somit den Wohnort von Kommissar Jochen Stossel. Der ehemalige Ermittler wohnte in einem dieser typischen Harzer Häuschen, deren Fassaden zum Schutz gegen das raue Wetter mit grauen Schindeln verziert waren. Blumen blühten im kleinen Vorgarten, in einem winzigen Teich drehten Goldfische ihre Runden, das Holz des Carports glänzte frisch lasiert.

Anscheinend war Mark schon erwartet worden, denn an einem Fenster im Erdgeschoss wackelte unverkennbar die Gardine. Kurz darauf wurde die Haustür geöffnet. Ein etwa siebzigjähriger Mann, in einer beigen Cordhose und einem karierten Hemd, blickte ihm neugierig entgegen. Sein Haupthaar bestand aus einem nur noch sehr schmalen Kranz am Hinterkopf. Die Haltung war ein wenig gebeugt, doch seine Augen schauten unternehmungslustig und beinahe ein wenig aufgeregt.

„Kollege Winter aus Dresden, nehme ich mal an. Ich freue mich sehr."

„Ich mich ebenfalls, danke, dass Sie Zeit für mich haben."

Jochen Stossel lächelte. „Ganz ehrlich? Sie sind ein Geschenk des Himmels. Glauben Sie mir, es gibt nichts Schlimmeres, als im Ruhestand zu sein. Irgendwann ist sämtliches Unkraut gejätet, alle Zimmer neu gestrichen und man versucht verzweifelt, ein Hobby zu finden. Modelleisenbahn hab ich versucht, aber Spaß hat´s mir keinen gemacht. Die örtliche Wandergruppe fand ich auch furchtbar und für den Kirchenchor fehlt mir das Gesangstalent. Sie sehen also, Sie sind der Fünfer im Lotto, Kommissar Winter. Kommen Sie rein. Meine Frau freut sich auch und hat uns ein paar belegte Brote gemacht. Heute Mittag stehen Rouladen auf dem Plan und für den Nachmittag befindet sich ein Apfelkuchen im Backofen. Widerstand ist übrigens zwecklos. Meine Frau setzt sich durch. Sie ist so froh, wenn sie mal jemanden verwöhnen kann. Die Kinder und Enkel sind weit weg und kommen zu selten her. Und wenn, dann haben sie andere Vorstellungen von gesunder Ernährung." Er hielt kurz inne. „Keine Angst, ich lasse Sie auch noch zu Wort kommen. Aber nun erst mal herein mit Ihnen. Wir gehen in mein Arbeitszimmer. Ich nenne es immer noch so, obwohl es mittlerweile eher zur Aufbewahrung alter staubiger Akten und Bücher dient."

Obwohl Mark tatsächlich bis jetzt nicht zu Wort gekommen war, fand er Jochen Stossel sehr sympathisch. Und auch der angekündigte Speiseplan für die kommenden Stunden klang in seinen Ohren durchaus verlockend.

Das Arbeitszimmer entpuppte sich als ein gemütlich kleiner Raum, der rundum mit Regalen vollgestellt war. Ein wuchtiger Schreibtisch aus dunklem Holz stand vor dem Fenster, das den Blick auf den hinter dem Haus ansteigenden Garten freigab. Nach etwa fünfzig Metern ging die Wiese allmählich in einen dichten Wald über, in dem immer noch Nebelschwaden hingen.

„Es ist so schön, hier zu sitzen und nach draußen zu schauen", sagte Jochen Stossel. „Das hat mich nach so manchem Arbeitstag wieder geerdet. Uns kommen oft die Rehe besuchen, sogar mit ihrem Nachwuchs. Die wissen halt, dass ihnen bei uns nichts geschieht."

Ein leises Räuspern erklang und eine kleine zarte Frau, die einen Servierwagen vor sich herschob, betrat den Raum.

„Darf ich vorstellen? Meine Frau, Ruth. Mark Winter aus Dresden."

„Ich freue mich sehr", sagte Ruth Stossel und lächelte.

„Ich mich ebenfalls", erwiderte Mark. Einen Moment betrachtete er forschend das Gesicht der Frau. Etwas stimmte nicht und schließlich bemerkte er, dass Ruth Stossel Wimpern und Augenbrauen fehlten. Die kleidsame Frisur auf ihrem Kopf entstammte einer Perücke. Und nun sah Mark auch die dunklen Schatten unter den Augen, an die er sich noch gut erinnern konnte. Damals, als seine Mutter eine Chemotherapie hatte durchstehen müssen.

„Ich hoffe, Sie haben ein wenig Hunger mitgebracht." Ruth Stossel deutete auf einen großen Teller mit belegten Broten.

„Ich hab Hunger wie ein Bär", log Mark und klopfte sich auf den Bauch, obwohl sein Magen von den beiden pappigen belegten Brötchen aus der Raststätte noch gut gefüllt war. „Das sieht sehr lecker aus."

„Das freut mich. In der einen Kanne ist Kaffee und in der anderen eine Kräuterteemischung. Die ist gut für Leib und Seele. So, dann werd ich mal wieder." Ruth Stossel warf ihrem Mann einen liebevollen Blick zu und verließ den Raum.

Jochen Stossel schaute ihr nach, seufzte und wischte sich mit der Hand über die Augen. Dann schloss er sanft die Tür. „Brustkrebs, zum dritten Mal. Diesmal stehen die Chancen noch schlechter als die anderen Male. Aber wir werden auch das schaffen, so Gott will." Er schluckte. „Das Schlimmste ist die Hilflosigkeit. Man steht daneben und kann einfach nichts tun. Aber deswegen sind Sie ja nicht hier."

Mark legte ihm kurz die Hand auf den Arm. „Ich kann Sie gut verstehen. Wenn Sie darüber reden wollen …"

„Vielleicht später, nun wenden wir uns erst mal den Broten, aber vor allem dem Fall zu." Er deutete auf zwei Stühle, die vor dem Schreibtisch standen.

Auf dem Weg dahin kam Mark zwangsläufig an einigen der Regale vorbei. Er sah viele Bücher, die meisten davon waren Krimis. „Sie lesen wohl gern?"

„Bin leidenschaftlicher Krimifan, stehe aber mehr auf die alten Romane. Die neuen sind mir zu realitätsfern oder abscheulich. Ich wünsche mir dann immer, dass es nie einen Menschen geben möge, der das Buch als Vorlage für seine Verbrechen nimmt. Die alten Krimis dagegen, da ging es noch um Detektivarbeit, um die kleinen grauen Zellen." Er lächelte verschmitzt, nahm Platz und zog den Servierwagen in ihre Mitte. „Bedienen Sie sich. Das Brot stammt von einem kleinen Bäcker aus dem Ort. Die Wurst kommt von einem Fleischer, der mit mir in die Schule gegangen ist und das Handwerk bei seinem Großvater erlernt hat. Ich finde, das schmeckt man noch immer."

Mark griff nach einer Leberwurstschnitte und biss hinein. Die Wurst schmeckte hervorragend, nach einer ausgewogenen Mischung aus Gewürzen und hatte ein dezentes Räucheraroma. „Hm, fantastisch."

„Nicht wahr? Mein Arzt schimpft zwar immer, wegen gesunder Ernährung und so. Aber am Ende geht er auch jeden Freitag dort einkaufen und steht meist vor mir in der Schlange." Jochen Stossel ließ den letzten Bissen in seinem Mund verschwinden, trank einen Schluck Tee und zog dann einen Karton voller Akten zu sich heran.

„Das sind die Unterlagen?", fragte Mark.

„Nicht alle, nur die, die ich kopieren konnte. Das haben damals viele Kollegen gemacht, als sie in den Ruhestand gegangen sind. Besonders von den Fällen, die unaufgeklärt geblieben sind. Die verfolgen einen manchmal."

„Und dieser hat Sie verfolgt?"

Stossel schüttelte den Kopf. „Ein wenig schon, obwohl die Sachlage eigentlich relativ klar war. Es gab damals innerhalb eines gewissen Zeitraums einige rätselhafte Vorkommnisse. Darunter mindestens ein Todesfall, vielleicht auch mehr. Das ist schwer zu sagen, aber wenn Sie die ganze Geschichte gehört haben, können Sie ja Ihre Rückschlüsse selbst ziehen. Wenn man es genau nimmt, ist der erste Fall, wenn man ihn denn so nennen möchte, der interessanteste. Was vermutlich mit den Umständen zu tun hat." Jochen Stossel nahm die Brille ab und massierte mit zwei Fingern seine Nasenwurzel. „Die richtigen Namen der Toten spare ich mir, die tun nichts zur Sache. Und das sage ich auch, weil ich es inzwischen nicht mehr so mit Namen habe. Das Gedächtnis." Er lachte. „Also, am Nachmittag eines Tages im September ist eine Frau, nennen wir sie Maria, ihre ehemalige Nachbarin Anna, die seit einiger Zeit im Seniorenheim *Waldesruh* lebte, besuchen gegangen. Anna machte einen ausgesprochen fidelen Eindruck, die beiden Damen gingen sogar eine Runde im Park spazieren. Bei ihrer Rückkehr ins Zimmer ging Maria kurz auf die Toilette. Als sie wieder hereinkam, beugte sich gerade ein ziemlich junger Arzt über ihre ehemalige Nachbarin Anna und verabreichte ihr eine Injektion. Bei Marias Anblick wurde er regelrecht nervös, so sehr, dass er sogar die leere Kanüle fallen ließ. Er entschuldigte sich dann und flüchtete geradezu aus dem Raum. Maria fragte Anna, was das denn für eine Spritze gewesen sei, und bekam zur Antwort, dass es sich um Vitamine, Mineralstoffe, alles, was man so braucht und womit man alten Menschen unter Umständen ein wenig Geld aus der Tasche ziehen kann, handeln würde. Beinahe alle Bewohner würden Medikamente dieser Art jeden Tag erhalten und manchmal auch Injektionen. Die gab es normalerweise vormittags, aber an diesem Tag wäre es wohl vergessen worden. Etwa eine Viertelstunde nach der Medikamentengabe brach Maria auf. Zum einen, weil bald ihre Lieblingsserie im Fernsehen kam, zum anderen, weil Anna sich nicht gut fühlte und über starke Kopfschmerzen und Übelkeit klagte. Maria informierte noch die Stationsschwester, die sich zu kümmern versprach, und fuhr heim. Am nächsten Morgen erreichte sie die tragische Mitteilung, dass ihre Nachbarin Anna verstorben sei. Der zuständige Arzt des Heims stellte einen Herzstillstand fest. Etwas, das mit vierundachtzig kein großes Ding ist." Jochen Stossel spitzte die Lippen und nippte an seinem Tee. „Aber dann wurde es interessant."

„Und weshalb?", fragte Mark und griff nach einer mit appetitlich aussehenden Salamischeiben belegten Schnitte.

„Zum einen, weil Maria zwei Tage später bei uns vorstellig wurde, über die Episode mit dem Arzt berichtete und eine Anzeige erstattete. Sie schilderte uns, was geschehen war, wie nervös der Mann auf sie gewirkt hätte, so, als wäre er bei etwas Verbotenem ertappt worden. Man hätte ihrer ehemaligen Nachbarin etwas angetan, behauptete sie. Sie ganz sicher ermordet. Wir riefen die Website des Heims auf und Maria identifizierte den Arzt zweifelsfrei. Also fuhren wir hin und stellten ein paar einfache Nachforschungen an. Zunächst wäre zu erwähnen, dass das Heim selbst, das gesamte Personal und auch die Führungsetage, sehr kooperativ und ausgesprochen freundlich war. Für meine Begriffe ein wenig zu freundlich vielleicht. Laut der Bewohnerakte hatte Anna ihre Vitaminspritze so wie üblich am Vormittag erhalten. Was also war in dieser zweiten Injektion gewesen? Und hatte es sie überhaupt gegeben? Das Heim bestritt dies energisch. Die Führung der Patientenakten hätte oberste Priorität und würde sehr genau genommen werden. Also fragten wir nach dem betreffenden Arzt, den unsere Zeugin Maria ja nun einmal im Zimmer ihrer ehemaligen Nachbarin gesehen hatte. Wir baten um eine Befragung. Doch die war nicht möglich, war der junge Mann leider einen Tag nach Annas Tod zu einer lange geplanten Reise durch Indien aufgebrochen und momentan nicht erreichbar. Was man uns aber sagen konnte, war, dass der Mann zur betreffenden Zeit auf einer anderen

Station im Einsatz gewesen war. Und zwar dort, wo schwerstkranke Heimbewohner versorgt wurden. Ein Mann hatte einen Herzstillstand erlitten und hatte reanimiert werden müssen. Auch dort waren die Patientenakten lückenlos und gaben keinen Grund für Zweifel. Im Gegenteil, man präsentierte uns sogar noch eine Krankenschwester, die den jungen Arzt herbeigerufen und ihn schließlich bei der Versorgung des Herzstillstandpatienten unterstützt hatte. Er war die gesamte Zeit an ihrer Seite gewesen und konnte unmöglich an zwei Orten gleichzeitig gewesen sein."

„Hm", murmelte Mark.

„Also tat ich, was wohl jeder an meiner Stelle getan hätte, und suchte mit diesen Erkenntnissen erneut Nachbarin Maria auf. Tja, was soll ich sagen? Sie bat mich herein, kochte mir einen reichlich dünnen Kaffee und gab sich vollkommen zerknirscht, fast schon am Boden zerstört. Maria behauptete plötzlich, sie hätte sich geirrt. Da wäre niemand im Zimmer ihrer Nachbarin gewesen und es täte ihr schrecklich leid, so ein Theater veranstaltet zu haben. Sie hätte da etwas durcheinandergebracht und würde morgen auf dem Revier vorbeikommen, um ihre Anzeige zurückzuziehen. Ich traute meinen Ohren kaum. Ganz ehrlich: Wenn jemand plötzlich so etwas sagt, dann gehen bei mir alle Alarmglocken auf voller Lautstärke. Ich hielt also Rücksprache mit dem zuständigen Staatsanwalt und der ordnete sicherheitshalber eine Obduktion an."

„Lassen Sie mich raten: Sie war negativ."

Jochen Stossel nickte. „Richtig, Annas Herzstillstand wurde bestätigt. An ihrem Körper waren diverse Einstichstellen, die sich mit den Vitamininjektionen und den täglichen Insulingaben gut erklären ließen."

„Insulingaben? Sie war Diabetikerin?"

„Vergessen Sie es, alle Werte waren im Normbereich", winkte Stossel ab.

„Also ein normaler Tod?"

„Ja." Jochen Stossel schnappte sich ebenfalls eine Schnitte und kaute energisch. „Ein vollkommen normaler Todesfall, wie er wohl tausend Male am Tag auf dieser schönen Welt geschieht."

„Und dennoch ließ er Sie nicht los."

„Nein, seltsamerweise nicht. Zunächst jedoch meldete sich der junge Arzt nach seiner Rückkehr bei uns und bestätigte sämtliche vorher gemachten Angaben. Etwas anderes hätte mich auch gewundert, immerhin war er der Sohn des Heimchefs. Aber das nur am Rande." Jochen Stossel zog eine Augenbraue hoch. „Ich gestehe, ich behielt auch weiterhin unsere gute Maria im Blick. Und als Sie ein Vierteljahr später zu einer Kreuzfahrt aufbrach, klingelten erneut meine Alarmsysteme."

„Woher hatte sie das Geld?"

„Gespart, bescheiden gelebt, die üblichen Floskeln." Stossel lächelte. „Laut ihres Rentenbescheids bezog sie eine sehr schmale Rente. Zeit ihres Lebens hatte sie nur stundenweise oder gar nicht gearbeitet. Ihr langjähriger Ehemann hatte wohl nicht schlecht verdient, aber der hatte sich zwanzig Jahre vorher scheiden lassen. Der Zugewinnausgleich war ebenfalls nicht üppig gewesen. Da für eine Kreuzfahrt zu sparen, war ganz sicher nicht einfach. Marias Nachbarn berichteten weiterhin, dass sie wohl damals, als Anna in dieses besondere Heim gezogen war, sehr neidisch gewesen wäre. Man sagte hinter vorgehaltener Hand, Maria hätte Anna nur deshalb immer wieder besucht und sich ein wenig um sie gekümmert, weil sie sich einen Anteil an deren Vermögen erhofft hatte. Was übrigens nicht unerheblich gewesen war."

„Wie wurde die Kreuzfahrt bezahlt? Gab es Zahlungseingänge, die man eventuell ..."

Stossel schüttelte den Kopf. „Ich hab im Reisebüro nachgefragt, Maria hat die Summe in bar auf den Tisch geblättert. Etwas, das bei alten Leuten wohl gar nicht so selten vorkommt. Zu erwähnen wäre noch, dass Maria ein halbes Jahr nach ihrer Kreuzfahrt verstorben ist. Sie wachte eines Morgens einfach nicht mehr auf. Und damit wäre die Geschichte normalerweise beendet gewesen."

„Aber das war sie nicht."

„Nein, zumindest aus meiner Sicht nicht. Denn eines Tages suchte mich eine Krankenschwester auf, die im *Haus Waldesruh* arbeitete und berichtete mir von einem angeblichen Suizidversuch ihrer Kollegin oder eher Freundin." Stossel leerte seine Teetasse und warf einen Blick nach draußen. „Hätten Sie Lust, mit mir einen kleinen Spaziergang zu machen? Mein Arzt hat mir zweimal am Tag Bewegung verordnet. Hab Durchblutungsstörungen in den Beinen und versuch, mich dranzuhalten. Früher hatten wir einen Hund, mit dem ich gelaufen bin. Nun gehe ich allein. Umso schöner, wenn man eine Begleitung hat. Keine Angst, es ist auch nicht weit."

Mark lächelte und schaute an sich hinunter. Zum Glück trug er seine übliche Dienstkleidung, nämlich eine Jeans und ein Shirt. Gegen Anzüge wehrte er sich seit Jahren erfolgreich und zog diese nur an, wenn er vor Gericht erscheinen musste. „Nehmen Sie mich so mit?"

„Sie sind perfekt angezogen." Stossel und Mark betraten den schmalen Hausflur. Während Mark seine Jacke anzog, öffnete der ehemalige Kommissar eine Tür. „Wir gehen ein kleines Stück spazieren, ja?", rief er hinein.

„Ja, macht mal. Ich plane das Mittagessen für ein Uhr. Da solltet ihr zurück sein", meinte Frau Stossel.

„Sind wir. Und leg dich zwischendurch auch mal hin." Dann wandte er sich Mark zu. „Wir gehen gleich durch die hintere Tür." Auf der rechten Seite stand ein alter Holzeimer. „Nehmen Sie sich ruhig einen Wanderstock raus. Wenn ich mit meinem Großvater durch den Wald gegangen bin, dann immer mit Stock. Da läuft es sich besser."

Mark wählte ein Exemplar, das ihm für seine Körpergröße passend erschien, und folgte Jochen

Stossel nach draußen. Sie passierten den großen, sehr gepflegten Garten und schlugen einen Pfad ein, der, hinter dem Grundstück beginnend, direkt durch den Wald führte. Feuchte Luft hüllte sie ein. Tautropfen hingen an Zweigen und Blättern. Dichtes, sattgrünes Moos wuchs auf beiden Seiten des schmalen Weges. Kiefern und Fichten reckten sich hoch in den Harzer Himmel und rauschten leise über ihnen.

„Herrlich, nicht wahr?", fragte Jochen Stossel und schritt mit raumgreifenden Schritten voran. Allmählich stieg der Weg an, wurde steiler und steiler und ihr Tempo langsamer. Einige Male blieben die beiden Männer stehen, um nach Luft zu schnappen, und Mark fragte sich, wie weit sie noch laufen würden. Da begann sich der Wald vor ihnen zu lichten. Der Weg wurde ebener und schließlich erkannte er in der Ferne eine Bank, die anscheinend ihr Ziel war.

Kurz darauf standen sie an einer Art Aussichtspunkt und schauten von oben in ein Tal. Mark erkannte eine Ortschaft mit etwa dreißig Häusern und ein herrschaftliches Anwesen, das ein wenig außerhalb des Dorfes lag. Deutlich war ein großer Park zu erkennen, das Haupthaus und mehrere Anbauten.

„Darf ich vorstellen? *Haus Waldesruh*", sagte Jochen Stossel und deutete hinab. „Der Ort heißt Tannbachtal. War zu DDR-Zeiten eine ziemliche Nummer. Sehr viele Erholungssuchende. Jeder im Ort hat irgendein Zimmer seines Hauses vermietet. Fast wie an der Ostsee. *Waldesruh* gehört seit vielen Jahren der Familie von Pfistner. Mittelmäßiger Adel, nicht übermäßig reich, nicht übermäßig arm. Man betrieb Landwirtschaft, es gab eine kleine Brauerei. Dann kam der Krieg, und die Familie floh wenige Tage vor seinem Ende in den Westen. Familie von Pfistner wurde enteignet. Das Haus ging in Staatseigentum über. Zunächst lebten dort Flüchtlinge aus den Ostgebieten, Schlesier, Pommern und so weiter. Später brachte man Urlauber unter, machte ein Ferienheim daraus. Als die Wende über das Land fegte, kamen Pfistners zurück und meldeten

Ansprüche an. Sie bekamen ihr Haus zurück und machten daraus ein Altenheim. Kein ganz normales, sondern ein elitäres, was viele Menschen hier ihnen übelnahmen. Aber man muss ihnen zugutehalten, dass sie sehr viel Geld in die Hand genommen haben und eine praktisch marode Bude vor dem endgültigen Verfall bewahrten. Auch sonst sind Pfistners eine sehr engagierte Familie, die auf ihren Adelstitel zumindest im Alltag keinen großen Wert legen. Dr. von Pfistner wollte nie von Pfistner genannt werden. Das würde seinem Gegenüber Luft sparen." Der ehemalige Kommissar lachte leise. „Die Familie zahlt pünktlich ihre Steuern, unterstützt den örtlichen Fußballverein und die Feuerwehr, gibt ihren Teil zum jährlich stattfindenden Dorffest dazu und nimmt ab und an auch alte Menschen auf, die nicht die entsprechenden Mittel zur Verfügung haben, aber zum Beispiel seit vielen Jahren hier im Ort wohnen. Also ein Vorzeigeheim."

„All das erinnert mich an ein Haus, das ich gestern gesehen habe. Nicht nur im Äußeren, auch in der Art und Weise, wie die Einrichtung geleitet wird, wie man sich engagiert", meinte Mark nachdenklich.

„Hat es mit Ihrem aktuellen Fall zu tun? Dem, weswegen mich Ihre Assistentin Peggy angerufen hat?"

Mark hob die Schultern. „Vielleicht, noch bin ich mir unsicher. Die Spuren, die hinführen, sind schwach, nicht ganz eindeutig."

Jochen Stossel verschränkte seine Arme vor der Brust und räusperte sich. „Würden Sie mich in Ihren aktuellen Fall einweihen? Ich weiß, ich …"

Mark lächelte. „Es wäre mir eine Ehre, mit einem alten Hasen wie Ihnen über alles sprechen zu dürfen." Dann begann er zu berichten und Jochen Stossel hörte ihm aufmerksam zu.

In der Zwischenzeit brach tatsächlich die Sonne durch die Wolken und tauchte die Landschaft samt *Haus Waldesruh* in goldenes Licht. Es war ein schöner Ort, den man nur mit viel Mühe mit einem Verbrechen in Verbindung bringen konnte. Und dennoch hatte vielleicht eines in diesen Mauern stattgefunden.

Schließlich war Mark am Ende seiner Erzählung angelangt und verstummte.

Jochen Stossel neigte seinen Kopf und schwieg einen Moment. Schließlich fuhr er sich mit der Zunge über die Lippen. „Wissen Sie was, Kollege Winter? Ich glaube, es war goldrichtig, dass Sie zu mir gekommen sind. Und ich bin ebenso überzeugt davon, dass es die richtige Entscheidung war, den Selbstmord von Ilse Meyer an den Beginn dieses Falls zu setzen. Denn die Frau, die damals angeblich einen Suizidversuch unternommen hatte, war genau diese Ilse Meyer. Und ihre Freundin, die sich heimlich hilfesuchend an mich gewandt hat, war niemand anders als Monika Krassel, die später zu Monika Tanger wurde."

Kapitel 20

Pünktlich zur vereinbarten Zeit näherten sich Stier und Christian Randel dem Haus von Psychotherapeut Sören Scharner, das etwas oberhalb vom Weinböhlaer Stadtzentrum in einer ziemlich gehobenen Wohngegend lag. Hier reihte sich ein schmuckes Einfamilienhaus an das nächste. Die meisten von ihnen hätten mit ihrem Kostenfaktor die finanziellen Möglichkeiten normaler Bürger um einiges überstiegen.

Das Scharnersche Anwesen wurde von einer hohen Mauer umschlossen, die keine unbefugten Blicke zuließ. Ein dezentes Schild mit Namen und Berufsbezeichnung war neben dem Tor angebracht. Surrende Kameras richteten sich bei ihrem Näherkommen auf die beiden Polizisten.

„Nicht schlecht", murmelte Christian Randel. „Man scheint als Therapeut eine ganze Menge Holz zu verdienen. Hoffentlich ist man dann allerdings sein Geld auch wert."

„Das findet man als Patient vermutlich erst nach einer Weile heraus, unter Umständen auch nie." Stier drückte seinen Finger auf den Klingelknopf. Ein surrendes Geräusch erklang, das massive Gartentor sprang auf und gab den Blick auf einen Vorgarten frei, der mit einem millimetergenau getrimmten sattgrünen Rasen bedeckt war. In der Mitte des Gartens führte zwischen hypermodern anmutenden Statuen aus weißem Beton ein Plattenweg zum Haus. Doch auf halber Strecke verwies ein Wegweiser die beiden Polizisten zu einem rechts liegenden, hinter Büschen verborgenen Flachbau. *Praxis* – stand auf dem Schild und ein weiterer Klingelknopf wollte betätigt werden.

Noch ehe sich Stier diesem auch nur nähern konnte, öffnete sich die Tür und ein Mann trat nach draußen.

Wie immer Stier sich einen Psychotherapeuten vorgestellt hatte – so jedenfalls nicht. Sören Scharner war klein, von gedrungenem Körperbau und hatte raspelkurz geschnittene Haare. Er trug eine Art legeren Hausanzug aus einem groben dunklen Stoff, der mit asiatischen Schriftzeichen bedruckt war. Vom Alter her dürfte er die Sechzig vermutlich vor einiger Zeit überschritten haben. Theoretisch wäre er auch als Bauarbeiter oder Feinmechaniker durchgegangen, umgab ihn doch so gar kein intellektueller Hauch.

„Die Herren Polizisten, nehme ich mal an. Scharner", sagte er und reichte Stier und Randel die Hand.

„Christian Randel und das ist mein Kollege Jens Stier vom Meißner Revier", übernahm Randel die Vorstellung.

„Freut mich, aber bitte, kommen Sie doch herein." Scharner führte sie in sein Büro oder seinen Therapieraum. Es gab eine kleine Sitzgruppe vor dem riesigen Fenster, das zum Garten hinaus lag, einen zierlichen weißen Schreibtisch und eine Art Sofa, das vielleicht die berühmte Liege darstellen sollte, die es ja angeblich in allen psychotherapeutischen Praxen gab. „Nehmen Sie doch Platz." Scharner deutete auf die kleine Sitzgruppe und sank dann in den gegenüberstehenden Sessel. Auf dessen Lehne lag eine Akte. Vielleicht die von Ilse Meyer? Sie würden es sicher bald erfahren. „Kaffee, Wasser?"

Die Polizisten schüttelten verneinend den Kopf.

„Danke noch einmal für Ihr Verständnis", fuhr Scharner fort. „Aber bei manchen Notfällen muss man einfach für seine Patienten da sein."

„Kein Problem", erwiderte Christian Randel und lehnte seine braune Aktentasche an den Sessel. „Wir danken Ihnen, dass Sie am Sonntag Zeit für uns haben."

„Für die Kriminalpolizei doch immer. Wobei ich zugeben muss, dass es eigentlich das erste Mal ist, dass ich mit Ihnen zu tun habe. Und ein wenig hat mich auch die Neugier gepackt, dass Sie nach so langer Zeit nach einer meiner ehemaligen Patientinnen fragen."

Randel nickte. „Wie Ihnen meine Assistentin Peggy schon sagte, geht es um Frau Ilse Meyer, die sich ja vor etwa anderthalb Jahren das Leben genommen hat."

„Genau, ich habe die betreffende Akte herausgesucht, obwohl ich mich an diesen Fall noch sehr gut erinnern kann. Er war in gewisser Weise ungewöhnlich."

„Wussten Sie, dass Frau Meyer verstorben ist?"

„Ja, aber sagen wir so, ich habe es eher durch Zufall erfahren. Von einer ihrer Bekannten. Zu der Zeit, als Frau Meyer sich das Leben genommen hatte, war sie nicht mehr in Therapie bei mir. Oder besser, sie kam einfach nicht mehr zu ihren Terminen."

„Warum nicht?", fragte Stier.

Scharner schlug seine Beine übereinander. Eine mit dunklen Haaren bewachsene Wade kam zum Vorschein. „Der Grund ist schwer zu benennen. Manchmal meinen die Patienten, sie kämen ab sofort allein zurecht und würden die Sitzungen nicht mehr benötigen. Manche bekommen keine Verordnungen mehr, also, von der Krankenkasse. Einige zahlen die Sitzungen dann selbst, aber das können nur die wenigsten. Bei Frau Meyer war der Sachverhalt ein wenig anders. Sie war der Meinung, eine neue Gemeinschaft gefunden zu haben, die ihr über die quälenden Erinnerungen hinweghelfen würde."

„Das hat sie Ihnen so gesagt?"

„Ja, bei ihrer vorletzten Sitzung. Sie rief mich dann noch einmal an, etwa ein halbes Jahr später. Bei diesem Telefonat war Frau Meyer in einem verheerenden Zustand, das spürte ich sofort. Da ich wenig später eine Sitzung mit einer Patientin hatte, schlug ich ihr einen Termin am Nachmittag vor. Sie müssen wissen, ich halte in meinem Kalender jeden Tag eine Stunde für genau solche Notfälle frei. Doch Frau Meyer sah sich nicht in der Lage, zu mir zu kommen. Also schlug ich vor, am Telefon mit ihr zu sprechen. Sie stimmte zu, meldete sich aber zur vereinbarten Zeit nicht bei mir. Deshalb rief ich sie an, doch sie nahm nicht ab. Ich versuchte es dann in den kommenden Tagen noch einige Male – nichts. Später erfuhr ich, dass sie sich das Leben genommen hatte. Ich muss gestehen, ich war erschüttert. Irgendwie durchdachte ich immer wieder dieses letzte Telefonat mit ihr." Scharner beugte sich nach vorn. „Wissen Sie, ich bin nicht einfach nur Therapeut, um …" Er machte die Bewegung des Geldzählens. „Das spielt sicher auch eine Rolle. Aber mir liegt wirklich etwas an den Menschen. Ich will ihnen helfen, wieder zurück ins Leben zu finden. Deswegen musste ich immer wieder an ihre letzten Worte denken."

„Was hat sie Ihnen gesagt, in diesem Gespräch?", fragte Stier.

„Nun, eventuell sollte ich damit beginnen, wie Frau Meyer überhaupt zu mir gefunden hat. Also, wie alles anfing. Ich traf sie zufällig bei einem Vortrag, den eine befreundete Therapeutin zu irgendeinem Thema gehalten hat, das ich Ihnen nicht mehr sagen kann. Sie saß neben mir und wir kamen ins Gespräch. Es war eine angenehme Unterhaltung, doch ich spürte, dass da unterschwellig etwas war, das sie belastete. Plötzlich erwähnte sie Dämonen, die sie immer wieder heimsuchten und die sie in ihr dunkles Reich locken wollten. Ich muss sagen, wie sie das so sagte, das bewegte mich. Oder sagen wir eher, es machte mich neugierig. Ich schlug Frau Meyer vor, doch einmal bei mir vorbeizukommen. Und das tat sie. Bei der ersten Sitzung plauderten wir nur. Dann besorgte sie sich eine Verordnung ihres zuständigen Arztes und wir begannen eine Therapie."

„An was litt sie?", hakte Randel nach.

„An einer Art Angststörung, hervorgerufen durch eine belastende Situation in ihrer Vergangenheit."

„Und was war das für eine Situation?"

Scharner lächelte. „Das blieb mir zunächst verborgen. Frau Meyer weigerte sich, die Karten auf den Tisch zu legen. Auch das ist nichts Ungewöhnliches.

Eine Art Verdrängung, weil man es nicht schafft, den Dingen in die Augen zu schauen, sich diesen bewussten Dämonen zu stellen. Verstehen Sie? Diese Ursprungssituation ist dermaßen schlimm, dass der Körper einen Mechanismus in Gang setzt, der für Erinnerungslücken sorgt, für Vergessen, für Nebelwände. Frau Meyer verschloss die Augen, sie verdrängte mit aller Macht und stand dabei Todesängste aus. Erst nach und nach öffnete sie sich mir. Etwas, das ihr schwerfiel, denn sie hatte vorher schon einige Therapien mitgemacht. Dazu kommt, dass sie permanent starke Medikamente einnahm."

„Welcher Art?"

„Antidepressiva, Schlafmittel, Aufputschmittel, das gesamte Programm. Sie hatte inzwischen eine Dosierung erreicht, die so manchen gestandenen Mann umgeworfen hätte. Eine Medikamentengabe, die ich zutiefst ablehne. Aber es gibt Ärzte, die sehen die Sache anders. Den Patienten ist damit nicht geholfen, sie betäuben immer und immer wieder und die wahre Ursache bleibt bestehen. Das kann auf Dauer nicht gut gehen, was in Frau Meyers Fall ja dann leider auch passiert ist." Scharner machte eine kurze Pause. „Ich sollte Ihnen vorab sagen, dass Frau Meyer mir gegenüber immer nur Andeutungen gemacht hat. Sie öffnete sich niemals ganz. Da gab es einen Punkt, den sie einfach nicht überschreiten konnte oder wollte. Vielleicht, wenn wir länger miteinander gearbeitet hätten …" Scharner hob die Schultern und seufzte. „Was ich sagen kann, ist, der Ursprung ihrer Angst hatte mit dem Job zu tun, den sie früher einmal ausgeübt hat. Sie war Krankenschwester in einem Heim gewesen, in dem es unter anderem eine Station für schwerkranke Bewohner gegeben hatte. Sie hat oft mit mir über ihre Arbeit gesprochen, wie gern sie Menschen geholfen hat und wie schwer es ihr jedes Mal fiel, wenn sie einen der Bewohner gehen lassen musste. Etwas, das verständlicherweise häufiger vorkam, hatten die Patienten ja nun mal ein gewisses Alter. Fest steht: Dort in diesem Heim, auf dieser Station, müssen vor einigen Jahren Dinge geschehen sein, die ihre Angstzustände ausgelöst haben."

„War sie selbst an diesen Vorfällen beteiligt?", fragte Stier gedehnt.

„Schwer zu sagen, aber rein aus meinem Gefühl heraus denke ich eher, dass sie eine Randperson war, auf die Druck ausgeübt wurde." Sören Scharners Fuß begann zu wippen. „Ich würde mir jetzt gern einen Kaffee machen. Wenn ich so intensiv nachdenken muss, hab ich immer ein gewisses Formtief. Soll ich Ihnen einen mitmachen?"

„Ich nehm einen", sagte Stier, der sich ebenfalls seltsam kraftlos fühlte.

Christian Randel nickte zustimmend. „Machen Sie mir einen mit."

„Bin gleich wieder da", erwiderte Scharner und verschwand zur Tür hinaus.

„Was hältst du von ihm?", fragte Randel, nachdem die Tür sich hinter dem Mann geschlossen hatte.

„Seltsam, aber ich empfinde ihn als einen sehr sympathischen Typ. Vielleicht sollte ich meine Vorurteile über Therapeuten dieser Art dringend einmal überdenken." Stier grinste schwach. „Und im Grunde bestätigt er uns in unserem Verdacht, dass mit Ilse Meyer alles begann. Ich bin gespannt, was Mark Winter im Harz rausfindet."

„Hat er sich schon gemeldet?"

Stier warf einen Blick auf sein Handy. „Bis jetzt nicht. Bei dir?"

Randel checkte ebenfalls das Display. „Nichts von Mark. Aber Peggy hat mir eine Nachricht geschickt, wir sollen uns später unbedingt bei ihr melden."

In diesem Moment erklangen klappernde Geräusche und Sören Scharner kam zurück. „Es hat ein wenig länger gedauert. Sonst kümmert sich meine Frau um diese Dinge, beziehungsweise in der Woche meine Assistentin. Aber meine Frau weilt gerade beruflich in den Staaten."

„Arbeitet sie auch als Therapeutin?"

„Oh nein, ein Mensch in der Familie, der sich tagtäglich mit menschlichen Abgründen beschäftigen muss, reicht vollkommen. Meine Frau arbeitet als Softwareentwicklerin für einen international tätigen Großkonzern. Furztrockener Job, wie ich immer sage, aber sie geht darin auf." Scharner verteilte die Tassen auf dem Tisch und nahm wieder Platz. „Ich habe in der Küche gerade nachgedacht, wie ich Ihnen am besten nahebringe, wie ich mir vorstelle, was damals passiert ist. Das Beste wäre, ich würde Ihnen alles als Geschichte erzählen. Was denken Sie?"

Christian Randel nickte. „Sie geben sozusagen Ihre persönliche Sicht auf die damaligen Dinge wieder. Die nicht unbedingt der Wahrheit entsprechen muss."

„Aber dieser vermutlich ziemlich nahekommt", ergänzte Stier.

Sören Scharner lächelte. „Vielleicht, schauen wir mal. Da ist eine Frau, Ilse Meyer, sie erlernt den Beruf einer Krankenschwester und arbeitet zunächst in einem Krankenhaus. Doch dann muss sie sich mehr und mehr um ihre Eltern kümmern, die ein kleines Häuschen in einem winzigen Kaff im Harz besitzen. Zufällig gibt es dort ein Seniorenheim, das Personal sucht. Im Grunde suchen wohl alle Seniorenheime dieser Welt Mitarbeiter, aber dieses Heim ist anders. Es ist gehoben, exquisit. Die Bewohner zahlen monatlich ordentlich für ihre Unterbringung. Das schlägt sich in den Arbeitsbedingungen nieder. Ilse Meyer bewirbt sich und wird prompt genommen. Kein Wunder, bei ihren Qualifikationen. Schon nach kurzer Zeit überträgt man ihr eine leitende Funktion, gibt ihr mehr Verantwortung. Sie fühlt sich wohl, wird geschätzt. Der Job entschädigt sie für ihr Privatleben, das sich nur um die Eltern dreht. Als diese kurz hintereinander sterben, geht sie noch mehr in ihrer Arbeit auf. Im Stillen sehnt sie sich zwar nach einem Partner, ist aber nicht in der Lage, entsprechende Schritte zu unternehmen, um diesen zu finden. Sie arbeitet viel und gern. Zu mir sagte sie, der

Job wäre ihr Leben gewesen. Und das hab ich ihr auch geglaubt. Bis zu diesem Punkt habe ich mich an die Tatsachen gehalten. Jetzt wird's spekulativ.

Ilse Meyer arbeitet also auf ihrer Station. Doch dann geschieht etwas. Was? Ich weiß es nicht. Ich vermute, es wird einen Sterbefall gegeben haben oder sogar mehrere. Für mich fühlt sich diese Möglichkeit als die naheliegendste an. Das, was geschehen ist, löst in ihr Schuldgefühle aus. Sie sprach oft von der Hölle, in die sie nun kommen würde."

„War sie ein religiöser Mensch?" Angespannt musterte Christian Randel den Therapeuten.

„Nein, eigentlich nicht. Ich habe sie einmal gefragt, ob sie an Gott glaubt, und sie verneinte das. Interessanterweise meinte sie, es kann keinen Gott geben, der so etwas zulässt. Natürlich machten mich ihre Andeutungen neugierig. Ich habe recherchiert und festgestellt, dass es gegen das Heim, in dem Frau Meyer gearbeitet hat, polizeiliche Ermittlungen gab, die aber nichts ergaben. Es scheint Unregelmäßigkeiten bei mindestens einem Sterbefall gegeben zu haben. Mehr war über die Presse nicht herauszubekommen. Aber ich denke, Sie wissen mehr. Und ich habe meine Schlüsse gezogen.

Vielleicht hat sie etwas beobachtet, vielleicht wurde sie Zeuge einer Tat, einer Fehlentscheidung, von Pfusch und einer anschließenden Vertuschung – keine Ahnung. Sie hat es mir nie gesagt. Fest steht, infolgedessen, was passiert ist, hat jemand begonnen, massiven Druck auf sie auszuüben. Ein Druck, der am Ende so stark wurde, dass Frau Meyer diese Arbeitsstätte fluchtartig verlassen und ihr Elternhaus für einen Spottpreis verkauft hat. Sie wollte einfach nur noch weg und nie mehr dahin zurück. Frau Meyer sprach von Dämonen, die sich sogar in ihre Träume geschlichen haben."

Christian Randel trank einen Schluck Kaffee. „Das klingt alles reichlich vage."

„Ja, ich weiß. Aber es muss eine massive Belastung dahintergesteckt haben."

„Wurde sie nie konkreter?", fragte Stier.

„Gut, dass Sie fragen, ich wäre gleich selbst noch darauf zu sprechen gekommen. Sie wurde im Grunde nur einmal präziser in ihren Aussagen und das war seltsamerweise in diesem letzten Telefonat unmittelbar vor ihrem Selbstmord. Es war ein sehr kurzes Gespräch. Ich habe mir dennoch die Formulierungen hinterher notiert. Sie waren anders als sonst und das erschien mir von Bedeutung zu sein." Sören Scharner griff nach der Patientenakte und schlug sie auf. „*Ich habe gedacht, den Dämonen zu entkommen. Sie waren eine Zeit lang unsichtbar geworden. Ich fühlte mich sicher, angenommen von einer Gemeinschaft, die mich mit offenen Armen empfangen hat. Und dann, genau in dem Moment, als ich endlich wieder Leben in mir spürte, kamen sie zurück und umschlangen mich. Der Teufel in Weiß ist wieder da. Egal, wohin ich gehe, er kommt mit. Er ist überall, er gibt sich als Helfer aus und ist in Wahrheit ein Vernichter.*"

„Wahrhaft konkret ist das aber nun auch nicht", meinte Stier und versuchte, sich seine Enttäuschung nicht anmerken zu lassen. Aus seiner Sicht war dieser Besuch nicht mehr als vergeudete Zeit gewesen. Er hatte sie weder in Bezug auf Heikos noch auf Ralles Tod einen Millimeter vorangebracht.

„Es gibt ein konkretes Detail und das ist der *Teufel in Weiß*. Frau Meyer hat aus meiner Sicht von einem Arzt gesprochen. Man sagt doch immer *Götter in Weiß*. Und wenn ich ihre Worte richtig deute, ist sie diesem Teufel genau dort begegnet, wo sie eigentlich nach Hilfe gesucht hat."

„Wie haben Sie von ihrem Tod erfahren?", fragte Christian Randel plötzlich.

Der Therapeut lächelte. „Von einer ehemaligen Freundin Ilse Meyers. Sie waren wohl Arbeitskollegen."

Stier zog sein Handy aus der Tasche und suchte nach dem Foto, das Heiko ihm vor vielen Monaten geschickt hatte – er mit seiner Monika vor einem Bergsee. „Ist das die Frau?"

Scharner beugte sich zu ihm, betrachtete das Bild eine Sekunde und nickte dann. „Das ist sie, zweifelsfrei. Sie hatte wohl die Wohnung von Frau Meyer nach deren Tod aufgelöst und war dabei auf eine Visitenkarte von mir gestoßen."

„Was wollte sie von Ihnen?"

Scharner hob die Schultern. „Sie suchte, glaube ich, nach einer Erklärung für den Selbstmord ihrer Freundin. Ich konnte ihr natürlich nicht viel sagen, da ist nun einmal die ärztliche Schweigepflicht, die auch für mich gilt. Aber sie wollte von mir wissen, ob Frau Meyer von ihrer alten Arbeit gesprochen hat. Und ob sie eine konkrete Bedrohung erwähnt hätte. Das war alles."

„Erzählten Sie ihr das, was Sie uns gerade gesagt haben?"

Energisch schüttelte Scharner den Kopf. „Natürlich nicht."

„Meldete sie sich noch einmal bei Ihnen?"

„Nein, tut mir leid. Ich habe nie wieder etwas von ihr gehört. Obwohl ich wünschte, es wäre anders gewesen."

„Wie meinen Sie das?", hakte Stier nach.

„Nun, die Frau schien unter einem ähnlichen psychischen Druck zu stehen wie Frau Meyer. Sie war nervös, fahrig, rang einige Male keuchend nach Luft. Es fiel ihr schwer, Blickkontakt zu halten. Einmal weinte sie auch und konnte sich nur schlecht beruhigen. Ich bot ihr meine Hilfe an, aber sie kam nie mehr wieder. Wissen Sie, was aus ihr geworden ist?"

„Sie starb vor einem Jahr durch den Sturz von einer Leiter."

Sören Scharners Augen wurden schmal. „Sie ist tot?"

„Ja, leider. Wissen Sie noch, wann genau sie bei Ihnen war?"

„Einen Moment, da müsste ich in meinem Kalender schauen. Ich mache mir bei solchen Gesprächen immer eine kleine Randnotiz. Aber es ist der vom vorigen Jahr, da muss ich erst mal …" Scharner verstummte, ging zu einem Sideboard und öffnete eine der Türen. Er kramte einen Moment und holte dann einen in Leder gebundenen Kalender heraus. Praktisch genau der gleiche, wie der, der auf seinem Schreibtisch lag. Blätternd sank er wieder in seinen Sessel. „Na bitte, hier ist es. Die Frau war am sechzehnten August bei mir."

Stier und Randel schauten sich an. „Und zwei Tage später ist sie gestorben", sagte Stier und schluckte.

„Zufall?", mutmaßte Scharner zweifelnd.

„Möglich", murmelte Christian Randel. „Aber in diesem Fall gibt es für meinen Geschmack ein wenig zu viele Zufälle, verstehen Sie?" Er legte seine gestreckten Zeigefinger an den Mund und dachte nach. „Hat eine der beiden Frauen, also Ilse Meyer oder Monika Tanger, jemals einen Verein namens *Lichtwerk* erwähnt?"

Sören Scharner, der gerade seine Tasse zum Mund führen wollte, erstarrte. „Nein, keine der beiden Frauen hat diesen, ähm, diesen Verein erwähnt."

„Aber Sie kennen ihn?"

Der Therapeut lächelte schmal. „Ja, ich kenne ihn. *Lichtwerk* ist vielen ein Begriff. Sehr angesehen, viele Projekte für Menschen, die zum Beispiel in schwierigen Lebensphasen Hilfe benötigen."

Stier beugte sich zu ihm. „Sie scheinen nicht sehr viel von *Lichtwerk* zu halten?"

Scharner blickte Richtung Decke und schien nach der passenden Erwiderung zu suchen. „Nun ja, sagen wir mal so, ich überlege inzwischen genau, was ich über diesen Verein sage. Das ergibt sich von allein, wenn man eine Unterlassungsklage am Halse hat."

„Und die haben Sie?"

„Jepp, genau. Ich habe mir erlaubt, zu sagen, dass die *Lichtwerk*-Angebote wunderbar, aber nicht für alle Menschen geeignet sind. Man ist dort gut aufgehoben, wenn man jemanden zum Reden braucht. Jemanden, dem man immer wieder die gleiche Geschichte erzählen will. Zum Beispiel, wie der eigene Mann plötzlich und unerwartet eines Morgens neben einem tot im Bett lag. Eine Story, die Freunde oder Familie irgendwann nicht mehr hören können. Und dann kommt *Lichtwerk* ins

Spiel. Dort können Sie alles erzählen, bis zum Erbrechen. Das ist eindeutig eine gute Sache. Aber wenn man wirkliche Hilfe braucht, die nicht nur im Halten der Hand besteht und einem mutmachenden Schulterklopfen …"

„So wie bei Ilse Meyer …", ergänzte Stier.

Der Therapeut nickte. „Genau. Denn dann kann es schnell gefährlich werden, lebensgefährlich. Einem kranken Menschen, der dringend Hilfe braucht, immer wieder nur zuzuhören oder in seinem Denken zu bestärken, kann katastrophale Folgen haben. Aus diesem Grund hatte ich *Lichtwerk* geraten, bei seinen Kindergruppen, der Altenbetreuung und seinen allgemeinen Trauergruppen zu bleiben. Dieser Verein leistet hervorragende Arbeit, aber er überschätzt sich leider auch. Was vermutlich an der Führungsriege liegt." Scharner goss sich eine neue Tasse Kaffee ein. „Mehr möchte ich dazu nicht sagen. Ich bewege mich schon jetzt auf ausgesprochen dünnem Eis, glauben Sie mir. Mich würde nur eines interessieren: Wie kommen Sie auf *Lichtwerk*?"

„Einige Spuren führen dorthin. Sie sind vage, aber dennoch vorhanden", erwiderte Christian Randel.

„Auch in Bezug auf Ilse Meyer?", fragte Scharner nach.

„Vielleicht."

Der Therapeut seufzte. „Soll ich Ihnen mal was sagen? Als sie mir damals verkündete, sie hätte eine neue Gemeinschaft gefunden, die endlich so etwas wie eine Familie für sie ist, hatte ich *Lichtwerk* im Verdacht. Aber ich habe nicht nachgefragt und im Endeffekt ist jeder Mensch für sein eigenes Leben verantwortlich. Es stand mir nicht zu, ihre Entscheidung zu kritisieren."

Randel und Stier erhoben sich. „Wir danken Ihnen für Ihre Zeit."

„Ich hoffe, ich konnte Ihnen zumindest ein wenig weiterhelfen", sagte der Therapeut und begleitete sie zur Tür. „Darf ich Ihnen abschließend noch einen guten Rat geben? Seien Sie gut gewappnet, wenn Sie sich mit

Lichtwerk anlegen. Das haben schon ganz andere vor Ihnen versucht und sind gescheitert."

Schweigend durchquerten die beiden Polizisten den Garten, öffneten das Tor und ließen es hinter sich ins Schloss fallen. Bei ihrer Annäherung entriegelten sich die Türen des Autos, doch keiner stieg ein. Stattdessen lehnte Randel sich an den Wagen und musterte seine Schuhe. „War es vergeudete Zeit, das Gespräch?"

Stier stellte sich neben seinen Kollegen und zuckte mit den Schultern. „Das dachte ich vorhin auch einen Moment. Aber nun wissen wir mit ziemlicher Sicherheit, dass sich Ilse Meyer wegen irgendeinem alten Vorfall, der in diesem Heim passiert ist, das Leben genommen haben muss."

„Alle Spuren führen also in den Harz."

„Und erneut kommt *Lichtwerk* ins Spiel", murmelte Stier. „Vielleicht ist Peggy schon ein Stück mit ihren Recherchen weitergekommen. Sagtest du nicht vorhin, sie hätte sich gemeldet."

„Richtig, lass uns einsteigen." Dann wählte Randel die Nummer der Assistentin.

„Na, Chef, waren Sie erfolgreich?", meldete Peggy sich.

„Nur bedingt", meinte Randel. „Und du?"

„Hm, ich habe zumindest einige sehr interessante Dinge herausgefunden. Wollen Sie ins Büro kommen oder reden wir am Telefon?"

„Telefon", sagte Stier knapp und setzte sich zusammen mit Christian Randel ins Auto.

„Also gut. Ich habe als Erstes den Fuhrpark von *Lichtwerk* überprüft. Bei denen ist tatsächlich ein schwarzer VW-Bus gemeldet, der für den Transport von Rollstuhlfahrern umgerüstet wurde. Ich habe das Kennzeichen mal durch unsere Systeme gejagt und was soll ich sagen – Treffer. Der Wagen wurde geblitzt, und zwar am Freitag an einem mobilen Blitzer an der S81 kurz vor dem *Auer*. Die Kollegen hatten sich dort positioniert, weil an dem Abend in der Nähe ein Open-Air-Konzert war."

Stier pfiff durch die Zähne, doch Christian Randel schaute ihn nur verständnislos an. „Die S81 befindet sich ganz in der Nähe des Auffindeorts von Ralles Leichnam. Wenn man den Wald in Richtung Moritzburg verlässt, kommt man dort raus", erklärte er.

„Das bedeutet also, der Wagen wurde zumindest in der Nähe gesehen", murmelte Christian Randel.

„Das ist aber nicht alles. Ich hab mir das Blitzerfoto kommen lassen und ebenfalls einen Check gemacht. Und erneut ist uns das Glück hold, denn wir haben einen weiteren Treffer."

Stier schlug sich mit der Hand auf den Schenkel. „Wer?"

„Eine gewisser Arno Feibel, vorbestraft wegen gefährlicher Körperverletzung und Drogenhandels. Seine letzte Straftat liegt allerdings vierzehn Jahre zurück. Danach scheint er nicht mehr mit dem Gesetz in Konflikt gekommen zu sein. Soll ich mal ein Bild schicken?"

„Mach mal", bat Randel knapp und betrachtete prüfend sein Handy. Sekunden später erschien das Bild eines bulligen Mannes Mitte fünfzig mit raspelkurzen Haaren auf dem Telefon.

Stier genügte ein einziger Blick. „Das ist zweifelsfrei der Typ, der aus der Wohnung von Ursula Kreutz kam."

„Und er könnte der Mann sein, der mit Heiko immer zur *Boselspitze* gefahren ist", ergänzte Christian Randel.

„Das lässt sich herausfinden. Wir brauchen nur dieser Sarina vom *Boselgarten* das Bild schicken", sagte Stier.

„Hast du noch etwas für uns?"

„Arno Feibel ist polizeilich gemeldet unter der Adresse des *Lichtwerk-Zentrums*. Er scheint dort nicht nur zu leben, sondern auch zu arbeiten", fuhr Peggy fort. „Dann hab ich noch etwas, wovon ich aber nicht genau weiß, ob es mit dem aktuellen Fall zu tun hat oder nicht."

Stier, der Peggys unglaubliche Spürnase inzwischen gut kannte, lächelte. „Schieß los."

„Und zwar wurde Ende Januar des vorigen Jahres eine Anzeige bei der Coswiger Polizeidienststelle gemacht. Die Eingangstür an einem Mehrfamilienhaus war geknackt worden. Einer der Bewohner hatte zuvor einen zwielichtigen Typ um das Gebäude schleichen sehen. Seltsamerweise gab es angeblich in dem Haus keine weiteren Einbruchsspuren. Ich sage angeblich, weil der ältere Mann, der die Anzeige erstattet hat, überzeugt davon war, an einer Wohnung im ersten Stock ebenfalls Einbruchsspuren gesehen zu haben. Und nun dürft ihr raten, wem diese Wohnung gehört hat."

„Ilse Meyer", sagten Stier und Christian Randel fast wie aus einem Mund.

„Treffer für die Herren", erwiderte Peggy. „Frau Meyer war aber der felsenfesten Meinung, bei ihr wäre alles in Ordnung. Die Schließanlage im Haus wurde ausgetauscht und das war's."

„Also ist vermutlich jemand bei ihr eingebrochen", mutmaßte der Dresdner Kommissar. „Das passt zu der Story, die wir gerade gehört haben. Aber aus lauter Angst hat Frau Meyer dies bestritten."

„So könnte es gewesen sein. Ansonsten bin ich gerade an *Lichtwerk* dran und habe noch ein paar andere Recherchen laufen. Eins kann ich schon sagen: Es ist alles sehr undurchsichtig. Hat sich der Chef, ich meine, hat sich Kommissar Winter mal bei euch gemeldet?"

„Bis jetzt nicht", antwortete Stier.

„Dann hören wir uns später noch einmal?", fragte Peggy.

„Machen wir." Christian Randel betätigte die rote Taste und schwieg.

„Es gibt hier in Weinböhla übrigens ein schönes kleines Eiscafé. Was sagst du?", fragte Stier gedehnt.

Randel ließ den Motor an. „Wo muss ich lang fahren?"

Stier grinste. „Am besten, du wendest dort vorn und dann ab nach unten in die Stadt." Er spürte ein seltsames Glücksgefühl in seiner Brust. Nicht nur, weil er sich in wenigen Minuten einen ordentlichen Schwedeneisbecher zu Gemüte führen konnte. Nein, weil er auch das Gefühl hatte, dass die Ermittlungen endlich richtig in Fahrt kamen.

Kapitel 21

„Monika kam an einem Abend zu mir nach Hause. Eigentlich erst mal zu meiner Frau, wie man sich eben manchmal im Dorf besucht, so auf einen kleinen Schwatz. Die beiden saßen in der Küche und redeten und irgendwann meinte meine Ruth, dass sie noch mal in den Garten müsse, wegen irgendwas. Sie hat immer so ein Gespür für die Bedürfnisse der Menschen. Und da saß ich nun allein mit Monika und schließlich schlug ich vor, in mein Arbeitszimmer zu gehen."

„Sie kannten sie?"

„Monika stammte aus dem Nachbarort, war früher mit meinem Ältesten in die Schule gegangen. Ich kannte auch ihre Eltern, aber das ist ein anderes Kapitel. Ich sage nur so viel: Man sollte seine Kinder nie so sehr an sich binden und in Schuldgefühle stürzen, wie sie es getan haben. Das ist nicht richtig. Aber natürlich sieht jeder das anders und wir haben auch die Weisheit nicht mit Löffeln gefressen. Haben Sie Kinder?" Fragend schaute Jochen Stossel ihn von der Seite an.

„Drei", meinte Mark und lächelte. Dabei ließ er das Altenheim, das inzwischen im hellen Sonnenschein lag, nicht aus den Augen. Es erschien ihm, als würden winzig kleine Gestalten durch den Garten wandeln.

„Na, dann wissen Sie ja, wovon ich spreche. Wir gingen also in mein Arbeitszimmer und Monika nahm neben meinem Schreibtisch Platz. Irgendwann fing sie an zu reden und meinte, sie würde sich große Sorgen um ihre Freundin Ilse machen. Es hätte da Vorfälle gegeben und besonders einen, der ihr zu denken gab. Vor einiger Zeit war ihr aufgefallen, dass Ilse sich verändert hatte. Sie wäre häufig krank und zerstreut gewesen. Einige Male hatte sie sie auf Arbeit erst in letzter Sekunde davor bewahren können, einen Fehler zu begehen. Das war so untypisch für Ilse, die normalerweise ausgesprochen gründlich und souverän in ihrer Arbeit war. Monika hatte wohl mehrere Male das Gespräch mit ihr gesucht, aber Ilse hatte nicht darüber reden wollen. An einem Abend rief sie sie dann doch an und bat sie um ein Gespräch. Monika wollte auf der Stelle zu ihr fahren, doch das lehnte Ilse ab. Sie schlug stattdessen ein Waldstück in der Nähe von Wernigerode vor, in dem man gut wandern gehen kann. Am nächsten Tag trafen sich die beiden Frauen an diesem einsamen Ort. Monika gab zu, dass sie zunächst ein seltsames Gefühl gehabt hätte. Dieser ganze Aufwand, nur um sich zu unterhalten. Sie traf allerdings auf eine vollkommen aufgelöste Ilse. Und die begann endlich zu reden. Sie müsse ihr etwas sagen, sonst würde sie kaputtgehen, innerlich zerfressen werden.

Ilse sprach von einem Nachmittag vor einigen Monaten. Sie hatte auf der Intensivpflegestation des Heims Dienst geschoben, allein, so wie üblich. Es gab ja nicht so viele Patienten zu betreuen wie in einem Krankenhaus. Monika hatte zu dieser Zeit Urlaub gehabt. Einer der Patienten kollabierte und erlitt einen Herzstillstand. Ilse begann mit der Reanimation und rief, wie vorgeschrieben, den diensthabenden Arzt, einen gewissen Dr. Pfistner, herbei. Aber der kam nicht. Das konnte schon mal vorkommen, wenn es vielleicht auf einer anderen Station auch einen Notfall gegeben hatte. Als Dr. Pfistner dann endlich aufkreuzte, hatte Ilse den Patienten bereits stabilisiert, das Herz schlug wieder, die Beatmung funktionierte. Dr. Pfistner nahm einen kurzen Check vor. Dabei fiel ihr auf, dass der Arzt fahrig war, seine Hände zitterten. Ilse fragte ihn, ob alles in Ordnung wäre, doch er reagierte kaum auf sie. Pfistner verschwand dann schlagartig und wart den Rest ihrer Schicht nicht mehr gesehen. Ilse notierte später, wie vorgeschrieben, alle Maßnahmen in der entsprechenden Patientenakte und arbeitete ganz normal weiter. Aber aus einer inneren Eingebung heraus machte sie eine Kopie dieser Akte und nahm sie mit zu sich nach Hause. Sie konnte Monika nicht sagen, warum sie das getan hatte, es war so ein Gefühl gewesen, vielleicht weil der Arzt sich seltsam verhalten hatte. Sie versteckte diese Unterlagen in ihrem Zuhause.

Zwei Tage später wurde sie plötzlich zur Heimleitung zitiert, zu Wilfried von Pfistner, dem Vater des betreffenden Arztes und Chef des Hauses. Man plauderte zunächst ein wenig miteinander, bis Pfistner zu seinem eigentlichen Anliegen kam. Er bat Ilse Meyer, falls sie jemand danach fragen sollte, zu bestätigen, dass sein Sohn während der Reanimation des Patienten permanent an ihrer Seite gewesen wäre."

Mark pfiff durch die Zähne. „Oha."

Jochen Stossel nickte. „Genau, oha. Ilse Meyer lehnte dies zunächst ab, da es nicht den Tatsachen entsprechen würde. Man übte dann einen gewissen Druck auf sie aus, verwies auf die Hilfe, die sie einst bekommen hatte, als es bei ihrer Mutter Probleme mit einem Antrag bei der Krankenkasse gegeben hatte. Und dass man ihren Vater einige Male einfach so im Hause behandelt hatte, als kein anderer Therapeut zu bekommen gewesen war. Außerdem vermittelte man ihr, dass diese Aussage nur eine Lappalie wäre, eine Sache ohne jegliche Bedeutung. Also versprach Ilse, die Unwahrheit zu sagen. Damals vermutlich nicht ahnend, welche Konsequenzen es haben könnte.

Wenig später kreuzten wir im Heim auf und vernahmen sie. Sie war vollkommen geschockt, verriet sie ihrer Freundin Monika, denn kein Mensch hatte von einer Vernehmung durch die Polizei gesprochen. Dennoch blieb sie bei der Lüge. Nun ja, den Rest kennen Sie. Jeder andere hätte die Sache anschließend abgehakt. Aber Ilse ließ sie keine Ruhe. Warum dieser Aufwand? Warum hatte man sie zu einer Lüge gedrängt? Natürlich entging ihr nicht, dass ihre Eintragungen in den Patientenakten verändert worden waren. Das machte sie noch stutziger. Also begann sie, heimlich zu recherchieren, und stieß nach kurzer Zeit auf den Vorfall mit der merkwürdigen Injektion, der allerdings auf einer anderen Station passiert war. Sie versuchte, mit der dortigen Schwester zu reden, doch die hüllte sich in Schweigen und riet ihr, die Sache auf sich beruhen zu lassen. Anscheinend konnte Ilse das nicht. Aus ihrer Sicht konnte es nur eine logische Erklärung für dieses ganze Theater geben. Es gab einen Patienten, der um die entsprechende Zeit eine Injektion bekommen musste. Aber der lag im Nachbarzimmer. Mit anderen Worten, Dr. Pfistner hatte der falschen Patientin die Injektion verabreicht. Er hatte sich im Zimmer und im Patienten geirrt."

„Geirrt? Aber wie kann denn so etwas passieren?", erwiderte Mark.

„Nun, wenn man nicht ganz Herr seiner Sinne ist. Weil man zum Beispiel abhängig von Schmerzmitteln und Drogen, also mit anderen Worten süchtig ist." Jochen Stossel machte eine kurze Pause. „Andreas von Pfistner war schon in seiner Jugend ein komplizierter Charakter. Ist von mehreren Schulen geflogen und war dann lange im Internat. Niemand rechnete damit, dass er jemals Medizin studieren würde, so wie alle in seiner Familie. Er tat es aber trotzdem und bestand das Studium sogar. Ein Job wartete bereits im Unternehmen seiner Familie. Anfangs schien er sich ganz ordentlich zu schlagen. Und dennoch, es gab auch früher schon einmal Gerüchte im Zusammenhang mit Pfistner-Junior, aber sie sind alle im Sande verlaufen. Da war zum Beispiel ein Unfall mit anschließender Fahrerflucht. Pfistner hatte ein Auto mit überhöhter Geschwindigkeit überholt, man könnte auch sagen, die Fahrerin genötigt. Die kannte ihn von früher. Die junge Frau im anderen Wagen landete zunächst im Graben und dann in der Klinik, erstattete Anzeige, zog diese aber wieder zurück. Man munkelte, ein ordentliches Sümmchen wäre an sie gezahlt worden. Danach herrschte wieder eitel Sonnenschein. Ob der Alte seine Finger im Spiel hatte, kann ich nicht sagen. Aber fest steht, Andreas von Pfistner war zumindest eine Zeit lang abhängig von allem möglichen Kram und verschwand immer mal wieder hinter den Kulissen."

„Und war dennoch weiterhin als Arzt tätig", stellte Mark trocken fest. „Na ja, ich habe leider auch schon ähnliche Geschichten gehört."

„Der Vater hat wohl jedes Mal aufs Neue gehofft, dass der Sohn sich besinnt. So ist das, wenn man einen falschen Blick auf seine Kinder hat. Aber kommen wir zurück zu Monika. Ilse Meyer hatte also den Verdacht, dass diese ganze Inszenierung mit dieser seltsamen Injektion zusammenhängen musste, aber beweisen konnte sie es nicht. Also versuchte sie, die Dinge auf sich beruhen zu lassen. Danach kehrte Ruhe im Heim ein. Ilse erledigte ihre Arbeit und alles schien wie früher zu sein. Auch wenn sie manchmal den Verdacht hatte, dass gewisse Kollegen sich ihr gegenüber distanzierter verhielten oder sie beobachteten. Aber da Ilse nie die offenste Person gewesen war, konnte das auch Einbildung sein. Als Pfistner-Junior dann wieder auf der Arbeit erschien, wirkte er konzentriert und verändert. Ihr gegenüber gab er sich betont freundlich und hilfsbereit. Bis Monate später ein weiterer Vorfall geschah.

Ilse Meyer hatte am betreffenden Tag Nachtdienst. Am Nachmittag war einer der Heimbewohner nach einer Hüft-OP aus dem Krankenhaus entlassen worden. Der Mann litt an starken Schmerzen und die Dosis an Schmerzmitteln, die sie ihm frei verabreichen konnte, war bereits aufgebraucht. Wenn sie dem Patienten mehr geben wollte, musste sie sich an den diensthabenden Arzt wenden. Ilse Meyer funkte ihn an. Andreas von Pfistner erschien auf der Station und untersuchte den Patienten flüchtig. Auf den ersten Blick wirkte Pfistner vollkommen normal. Er verschwand ins Dienstzimmer, öffnete den Schrank mit den Schmerzmedikamenten und begann, nach der passenden Injektion zu suchen. Laut Ilse Meyers Aussage starrte er den Inhalt des Schranks an, als wüsste er nicht, welches Mittel er nehmen sollte. Ilse sprach ihn an, doch er gab keine

Antwort. Stattdessen entschied er sich plötzlich für ein Mittel und nahm die Ampulle aus der Verpackung, um eine Spritze aufzuziehen. Ilse wies ihn augenblicklich darauf hin, dass der Patient eine Unverträglichkeit gegen einen der enthaltenen Inhaltsstoffe hatte, und bat Pfistner, eine Alternative zu suchen. Sie hielt ihm die Patientenakte unter die Nase, sagte zu Pfistner, er würde einen Fehler machen. So wie schon einmal. Sie könnte beweisen, was er getan hatte, hätte Kopien angefertigt. Dass sie dies verriet, war wohl ihr größter Fehler. Pfistner tickte schlagartig aus. Wie Ilse Monika erzählte, schrie er sie an, kam bedrohlich näher. Sie versuchte, gegenzuhalten. Es entspann sich eine lautstarke Auseinandersetzung, die dermaßen eskalierte, dass nicht nur einige verängstigte Bewohner auf dem Gang erschienen, sondern auch der Wachmann auftauchte. Dr. Pfistner behauptete, dass Ilse ihre Befugnisse überschritten hätte und er der behandelnde Arzt wäre und sie nur eine Schwester. Am Ende bekam der Patient tatsächlich die falsche Injektion verpasst. Wie durch ein Wunder blieb aber eine Reaktion aus. Ilse vermerkte den Vorfall dennoch peinlich genau in den Akten, mit allem Drum und Dran.

Ab diesem Zeitpunkt passierten seltsame Dinge, die am Ende auch Monika bemerkte. Da waren plötzlich vertauschte Medikamente in den Patientenbehältern, die Ilse zuvor fertig gemacht hatte. Da verschwanden Akten in ihrer Schicht, die später an den unsinnigsten Orten wieder auftauchten. Da wurden bei der Übergabe notwendige Patientenchecks nicht an Ilse weitergegeben. Später bestritten die Kollegen dies und verwiesen auf entsprechende Notizen in den Unterlagen. Auch im privaten Bereich fühlte Ilse sich regelrecht verfolgt. Es kam ihr manchmal vor, als wäre jemand in ihrem Haus gewesen. Dinge standen nicht an ihrem Platz, verschwanden und tauchten an den verrücktesten Orten wieder auf. Sie hörte schleichende Schritte, wenn sie abends in ihrem Bett lag. Nachträglich ist es natürlich schwer zu sagen, welche dieser

Vorkommnisse auf Einbildung beruhten und welche Wahrheit waren. Fest stand, jemand versuchte, Ilse Meyer zu verunsichern, und zwar ganz massiv.

All dies erzählte Ilse ihrer scheinbar einzigen Vertrauten und auch welchen Fehler sie begangen hatte, Pfistner von den Kopien zu erzählen. Monika wusste nicht, was sie sagen sollte. Zu abenteuerlich klang diese Geschichte. Da sie aber einige der Vorkommnisse ebenfalls bemerkt hatte, wollte sie nicht alles als Einbildung abtun. Monika versprach Ilse, ab sofort ebenfalls wachsam zu sein und die Augen offenzuhalten. Aber vor allem versuchte sie, Ilse zu beruhigen und ihr zumindest ein wenig die Angst zu nehmen.

Als die Frauen zurück zu dem Waldparkplatz kamen, auf dem ihre Autos standen, war dort ein weiteres Fahrzeug zu sehen. Ilse war auf der Stelle voller Panik, gehörte der Wagen doch unverkennbar einem der Wachleute des Heims und zwar demjenigen, der Zeuge ihres Streits mit Pfistner geworden war."

„Wollen Sie damit sagen, er hat die beiden Frauen verfolgt?", fragte Mark kritisch.

„Ich weiß es nicht. Aber es gehört schon eine ganze Menge Zufall dazu, dass dieser Mann sich ausgerechnet zur gleichen Zeit auf einem sehr einsam gelegenen Parkplatz aufhielt. Monika fuhr dann Ilse bis zu deren Haus hinterher. Sie ging sogar mit hinein, um sich zu vergewissern, dass niemand dort war. Dann fuhr sie nach Hause und legte sich in ihre Badewanne. Ich weiß noch genau, dass Monika mir sagte, sie hätte Stunden darüber nachgegrübelt, ob Ilse sich das alles nur eingebildet hatte oder ob es wirklich eine Bedrohung durch den Mann gab.

Am nächsten Tag änderte Monika ihre Meinung schlagartig und deswegen kam sie am Abend zu mir. Denn Ilse hatte an diesem Morgen einen Unfall erlitten. Sie war mit ihrem Auto gegen einen Baum geprallt. Zum Glück war sie dabei nur leicht verletzt worden, aber sie berichtete Monika, dass ihr schlagartig schwindlig geworden wäre, alles hätte sich vor ihren Augen gedreht. Man hatte Ilse zunächst stationär aufgenommen und dabei wurde festgestellt, dass sie Beruhigungsmittel zu sich genommen hatte. Ilse fiel aus allen Wolken und bestritt dies energisch. Und Monika glaubte ihr. Meine Kollegen befragten Ilse dann und zusammen mit gewissen Aussagen ihrer Kollegen, Ilses psychische Konstitution betreffend, drängte sich natürlich der Verdacht eines Suizidversuchs auf. Ich suchte Ilse zwei Tage später daheim auf, bot ihr vertraulich meine Hilfe an. Aber sie schwieg und so konnte ich nichts für sie tun. Ich erinnere mich bis heute, dass ich ihre Angst förmlich riechen konnte. Eine Woche später hat sie gekündigt und Tannbachtal überstürzt verlassen. Monika Krassel folgte ihr wenige Tage später. Genau wie Andreas von Pfistner, der sich in Richtung Amerika begab, wo ihn irgendein Forschungsprojekt erwartete. Eine Sache, die angeblich schon vor vielen Monaten beschlossen worden war."

„Sie glauben nicht an diese Geschichten."

Jochen Stossel schüttelte den Kopf. „Nein, bis heute nicht. Monika und Ilse haben sich in Sicherheit gebracht und Pfistner wurde aus dem Verkehr gezogen. Die Sache wirbelte hier in der Umgebung ein wenig Staub auf. Es meldeten sich noch zwei weitere Familien bei mir, die Unregelmäßigkeiten beim Ableben ihrer Angehörigen beobachtet haben wollten. Einer dieser Fälle klang durchaus glaubwürdig. Die Angehörigen hatten sich damals mit ihren Befürchtungen sogar an die Heimleitung gewandt, waren aber abgewimmelt worden. Auch dort war Dr. Pfistner beteiligt gewesen. Für Untersuchungen war es jedoch zu spät."

„Also ist Pfistner für Sie ein Mörder?", fragte Mark nach einigen Momenten des Schweigens.

Jochen Stossel musterte Mark von der Seite und dachte einen Moment nach. „Er war ein Mann, der niemals hätte als Arzt arbeiten dürfen, weil er ein Drogenproblem hatte und ihm dadurch Fehler unterliefen. Der festen Meinung bin ich bis heute. Und ich frage mich immer wieder, ob ich etwas falsch gemacht habe. Hätte ich weitere Ermittlungen erzwingen müssen? Mit meinem alten Freund Rainer, der zur damaligen Zeit Staatsanwalt war, habe ich unzählige Male darüber gesprochen. Aber im Grunde waren uns die Hände gebunden. Hätte Ilse uns diese kopierten Unterlagen ausgehändigt, ja dann. Aber so …" Er seufzte. „Da war eine Wand des Schweigens, eine Obduktion, die nichts ergeben hatte, Menschen, die Anzeigen zurückzogen … Was soll man da tun?" Stossel rieb sich mit beiden Händen über das Gesicht. „Die ganze Sache verfolgt mich bis heute. Und dann meldet sich plötzlich eine ehemalige Kollegin bei mir und kündigt den Anruf einer jungen Frau aus Dresden an. Es würde einen alten Fall betreffen, den ich mal bearbeitet habe. Es meldet sich eine Peggy, sie spricht mit mir und einen Tag später sitzt ein Ermittler aus Dresden neben mir, der mir sagt, dass sie beide tot sind – Ilse und Monika." Mark legte ihm die Hand auf den Arm. Allmählich beruhigte Stossel sich und putzte sich dann geräuschvoll die Nase. „Plötzlich wusste ich, dass ich Ihnen alles sage, was ich weiß. Dass ich es tun muss, für mein Seelenheil. Außerdem kriegen Sie sämtliche Unterlagen, selbst wenn es das Letzte ist, was ich tue. Und dann, weiß Gott, Winter, kriegen Sie die Schweine, die für all das verantwortlich sind."

Kapitel 22

Kurz nach sieben bretterte Mark die langgezogene Allee entlang, die schnurgerade auf Moritzburg zuführte. Nach einem letzten kleinen Hügel lag endlich die weltberühmte Sehenswürdigkeit des Ortes vor ihm – das Schloss, perfekt durch zahlreiche Scheinwerfer in Szene gesetzt. Doch er hatte keinen Blick für alte Gemäuer, sein Ziel war der große Parkplatz, der direkt gegenüber des Schlossteichs lag.

In der ersten Reihe standen für diese Stunde unverhältnismäßig viele Fahrzeuge. Er parkte seinen Wagen daneben, raffte den Karton mit Unterlagen, den er von Jochen Stossel bekommen hatte, vom Beifahrersitz und ging zu einem dunklen Bus, den nur Eingeweihte als Polizeifahrzeug in Zivil erkannt hätten. Noch ehe Mark gegen die Tür pochen konnte, wurde diese von innen geöffnet und er stieg ein. Im Bus saßen vier Leute: zwei Beamte, Peggy und Christian Randel.

„Wo ist Stier?", fragte Mark statt einer Begrüßung.

„Muss telefonisch irgendwas wegen seinem Kater klären", erwiderte Randel und man merkte seinem Tonfall deutlich an, was er davon hielt. Peggy unterdrückte ein Lachen und versteckte ihr Gesicht hinter ihrer Kladde.

In diesem Moment klopfte es erneut. Randel öffnete und der bereits vermisste Stier stieg ein. „Da bist du ja endlich", sagte er zu Mark.

„Die Rückfahrt war etwas länger als der Hinweg. Da war eine Vollsperrung der Autobahn. Außerdem wollte ich Kollege Stossel nicht einfach so sitzen lassen. Es gab Rouladen und zum Kaffee einen Apfelkuchen. So nette Menschen." Mark lächelte. „Aber kommen wir zurück zum Fall. Wo stehen wir? Wie gehen wir vor?"

„Du hast mit der Proft gesprochen?"

Mark nickte. „Ich hab die halbe Rückfahrt telefoniert. Davon dreimal mit der Staatsanwältin."

Diese Aussage entsprach den Tatsachen. Gleich nach seinem Aufbruch in Wernigerode hatte er sich mit Christian Randel und Stier in Verbindung gesetzt und seine Kollegen auf den neuesten Stand gebracht. Kaum war dieses Telefonat beendet gewesen, hatte Peggy sich gemeldet und die restlichen Ermittler in eine Konferenzschaltung geholt. Sie hatte Neuigkeiten zu verkünden gehabt. Neuigkeiten, die alle etwas angingen und den Fall endgültig in Bewegung brachten, und zwar in einer Geschwindigkeit, die Mark immer wieder verblüffte.

Es war oft so, dass Ermittlungen ins Stocken gerieten. Tage-, manchmal sogar wochenlang trat man auf der Stelle, tappte in Sackgassen, geriet auf Irrwege und war schier am Verzweifeln. Und dann, durch einen einzigen Fakt, durch ein einziges Puzzleteil, ergab sich plötzlich ein zusammenhängendes Bild, und ein Schritt folgte auf den nächsten. So war es auch diesmal gewesen. Und später konnte man oft nicht mal mehr sagen, was eigentlich genau dieser ausschlaggebende Punkt gewesen war.

„Wie wollen wir vorgehen?", fragte Mark und schaute sich suchend um.

Peggy erhob sich, füllte einen Pott mit Kaffee und reichte ihn Mark. Dankbar nickte er ihr zu.

„Wie besprochen. Wir widmen uns erst mal diesem Arno Feibel und da anzunehmen ist, dass dieser Sebastian Schadelberg es sich nicht nehmen lassen wird, ebenfalls aufzukreuzen, kommt der als Nächstes dran. Für alle Beteiligten hier noch Bilder der entsprechenden Personen."

Mark bekam zwei Fotos gereicht, eines zeigte einen durchtrainierten bulligen Typ mit ernstem Gesichtsausdruck. Das zweite den Mann, der im Garten

der *Boselperle* auf dem Rasen gestanden hatte –
Schadelberg.

„Aber die Hausdurchsuchung gilt nur für Feibels
Räume", meinte Randel eindringlich. „Frau Proft hat
mich noch einmal ausdrücklich darauf hingewiesen,
gewisse Grenzen nicht zu überschreiten. Mit anderen
Worten, wir sollen den Ball flach halten, solange wir
nichts Konkretes gegen *Lichtwerk* in den Händen
haben."

Stier stieß die Luft aus und verdrehte die Augen.
„Dabei dürfte klar sein, dass dieser Typ garantiert
genauso viel Dreck am Stecken hat wie Feibel."

„Wir werden sehen", erwiderte Mark. „Lasst uns
fahren."

Minuten später setzte sich die Kolonne in
Bewegung. Im ersten Fahrzeug saßen Randel und
Peggy, gefolgt von Mark und Stier. Hinter ihnen fuhr
der Bus sowie ein weiteres Polizeifahrzeug. Man war mit
einem großen Aufgebot unterwegs, um Eindruck zu
schinden, vor allem aber auch, weil niemandem klar war,
was sie auf *Herrenhaus Janwitz* erwarten würde.

„Wie geht es dir?", fragte Mark, als sie die
baumbestandene Allee Richtung Wildtierfütterung
entlangfuhren. Von der linken Seite grüßte *Schloss
Moritzburg*, dessen Lichter auf dem Wasser des großen
Teichs schimmerten.

„Ganz ehrlich? Ich bin geschafft, und zwar so was
von. Eigentlich hatte ich gehofft, diese Nacht in
meinem eigenen Bett verbringen zu können. Aber das
wird wohl wieder nichts werden. Deswegen musste ich
der Nachbarin wegen Nepomuk Bescheid geben und
hab Andreas Reusch eine kurze Nachricht geschickt. Ich
hatte versprochen, ihn auf dem Laufenden zu halten."
Stier seufzte. „Vermutlich wird mich die Proft dafür
teeren und federn."

„Sie ahnte schon vorher, wie die Dinge laufen
würden", erwiderte Mark und lachte leise.

„Ach, wirklich? Sie scheint sehr kompetent und
zudem patent zu sein, das hab ich mitgekriegt."

„Das ist sie und für mich die beste Staatsanwältin der Welt."

„Kommst du jetzt ins Schwärmen?", fragte Stier mit einem leichten Unterton.

„Wer weiß, wer weiß", erwiderte Mark, wedelte mit einer Hand und genoss das lockere Geplauder, das den hinter ihnen liegenden Stunden ein wenig die Schwere nahm.

„Bei Barbara hab ich mich auch gemeldet. Sie hatte gehofft, dass wir uns heute Abend sehen. Ich eigentlich auch. Dabei weiß sie noch nicht mal, dass Ralle tot ist." Stier wischte sich über die Augen.

„Du hast es ihr nicht gesagt?"

„Ich wollte es erst mal mit mir ausmachen, so wie früher. Irgendwie bin ich immer noch nicht daran gewöhnt, jemanden an meiner Seite zu haben."

„Das wird schon noch werden. Und wie geht's dir da drin?" Mark tippte auf seine Brust.

Stier winkte ab. „Ich bin froh, dass Bewegung in die ganze Sache kommt, eine konkrete Spur da ist. Das macht es gefühlt leichter, auch wenn ich mir das vielleicht nur einbilde." Er seufzte. „Ein Bestatter hat mich heute angerufen, wegen Heikos Beerdigung, sonst würde der soziale Dienst die ganze Sache übernehmen. Heiko hat wohl vorgesorgt, die Kosten sind bereits beglichen, aber es gibt einiges zu besprechen. Ich hoffe, Barbara kommt mit. Ich bin in solchen Dingen immer so … Auch wenn ich mich nicht wundern würde, wenn sie bald die Flucht ergreift. Ich bin nie da für sie, hab nie Zeit, kaum ein offenes Ohr – wer braucht schon einen solchen Typ?"

Mark lächelte, während er in den schmalen Weg abbog, der zum Herrenhaus führte. „Ich bin sicher, sie kann das, wenn sie wirklich etwas für dich empfindet. Lisa kann es auch, mal mehr und mal weniger gut. Aber sie kommt klar, zumindest rede ich mir das ein. Und ich sage mir immer wieder, dass unsere Frauen von Anfang geahnt haben, auf was sie sich einlassen."

„Da bin ich nicht so sicher." Stier ließ die Scheibe herunter surren und kühle Abendluft wehte ins Fahrzeug. „Aber die Hoffnung stirbt bekanntlich zuletzt."

Vor ihnen tauchte die dunkle Mauer auf, die das *Herrenhaus Janwitz* umgab. Christian Randels Wagen stoppte und Mark sah, wie er eine an einem Pfosten angebrachte Gegensprechanlage betätigte und mit jemandem sprach. Sekunden vergingen. Dann begann eine orangefarbene Warnlampe zu blinken und die beiden Torflügel schwangen nach innen auf. Die Wagenkolonne ruckte an und fuhr auf das Herrenhaus zu. Linker Hand lag das Café, in dem er mit Stier gestern noch ein Stück Kuchen gegessen hatte. Kurze Zeit später standen sie auf einem Parkplatz vor dem langgezogenen Garagenkomplex. Das Herrenhaus lag nun rechter Hand. Schräg dahinter war ein moderner Neubau erkennbar, das Seminarzentrum, wie Mark anhand von Fotos auf der Website des Vereins wusste. Randel, Mark, Stier und Peggy gingen auf den imposanten Eingangsbereich zu, dessen Mittelpunkt eine massive dunkle Holztür bildete. Darüber befand sich ein Balkon, hinter dessen Fenstern ein schwacher Lichtschein zu erkennen war. Der Rest des Hauses lag, bis auf wenige Ausnahmen, in Dunkelheit.

In diesem Augenblick flammten zwei Laternen neben der Eingangstür auf und diese wurde geöffnet. Ein Mann trat nach draußen und schaute ihnen entgegen. Er trug eine Art dunkle Uniform, ähnlich einer Livree, und wirkte in dieser Aufmachung wie aus der Zeit gefallen.

„Wie kann ich Ihnen helfen?", fragte er höflich.

Christian Randel zückte seinen Ausweis, genau wie Mark. „Wie ich schon sagte, Mordkommission Dresden, Christian Randel, mein Kollege Mark Winter. Wir möchten gern einen Arno Feibel sprechen."

„Da müsste ich erst mal ... Einen Moment, ich ..."

„Was ist denn los?" Ein weiterer Mann trat aus dem Haus – Schadelberg. Er trug einen seidenen Hausanzug, der seine sportliche Figur umspielte. Seine silbergrauen Haare waren wieder zu einem strengen Zopf gebunden, der ihm seltsamerweise ein legeres Aussehen verlieh. Schadelbergs Alter war unschätzbar, doch Mark war sich sicher, dass er die Fünfzig überschritten haben musste.

„Hier sind Herren von der Polizei", stotterte der Angestellte.

„Und Sie sind?", fragte Randel in einem etwas barscheren Tonfall als sonst üblich, obwohl er natürlich genau wusste, wer vor ihm stand.

„Mein Name ist Sebastian Schadelberg, ich bin der Besitzer dieses Hauses. Darf ich fragen, was Sie von Herrn Feibel möchten?"

„Wir ermitteln in einer Mordsache und möchten Herrn Feibel dazu befragen", lautete Christian Randels knappe Antwort.

Schadelbergs Augen wurden schmal. „Eine Mordsache? Da würde ich gern …"

„Und wir würden jetzt gern Herrn Feibel sprechen. Könnten Sie uns zu ihm bringen?"

Schadelberg und sein Angestellter wechselten einen kurzen Blick. Dann nickte Schadelberg kaum merklich.

„Würden Sie mir bitten folgen?", sagte der Mann in Uniform, ging an den wartenden Beamten vorbei und zurück zum Garagenkomplex. An der Vorderseite des ersten Gebäudes führte eine steile Außentreppe nach oben. Über den Garagen waren Fenster erkennbar, hinter denen Licht brannte. „Herr Feibel wohnt dort oben."

„Danke, ab jetzt kommen wir allein klar." Randel blickte sich um und winkte Mark zu sich. Gemeinsam stiegen sie die Treppe hinauf, gefolgt von Stier und Peggy. Die anderen Beamten, die ihre Fahrzeuge inzwischen verlassen hatten, blieben, bis auf einen, zurück. Schadelberg stand einige Meter entfernt, hatte ein Handy in seinen Händen und telefonierte. Vermutlich mit seinem Anwalt, dachte Mark.

Oben angekommen, betätigte Randel den Klingelknopf. Sekunden später wurde ihnen geöffnet und ein bulliger Mann schaute ihnen entgegen.

Feibel trug einen grauen Jogginganzug. Seine Unterarme waren voller Tätowierungen. Mark erkannte Kreuze, Nixen, seltsame Runen und andere undeutbare Zeichen. In seinem linken Ohrläppchen glitzerte ein Diamant. Ansonsten wirkte der Mann halt so, wie Millionen Männer nach Feierabend wirkten. Wenn auch die wenigsten von ihnen dermaßen muskulöse Oberarme hatten. Nicht zu übersehen waren ebenfalls die leichten Kratzspuren an beiden Armen, die Mark sofort ins Auge stachen.

„Ja, bitte?", fragte Feibel und musterte die vor ihm stehenden Beamten neugierig, doch Mark war überzeugt davon, dass sie in gewisser Weise von ihm erwartet worden waren.

Randel zückte erneut seinen Ausweis und holte außerdem ein Schriftstück aus seiner Tasche. „Herr Arno Feibel? Wir möchten Sie bitten, uns aufs Dresdner Revier zu begleiten. Sie stehen im Verdacht, an der Tötung von Heiko Tanger und Ralf Hauptmann beteiligt zu sein. Wir haben hier außerdem einen Durchsuchungsbeschluss für Ihre Räumlichkeiten. Außerdem möchten wir Sie um eine DNA-Probe bitten. Sie können die Abgabe verweigern, aber …" Den Rest ließ Randel offen.

„Ich habe nichts zu verbergen", erwiderte Feibel scheinbar gelassen.

„Das freut uns. Eine Zusammenarbeit mit der Polizei wirkt sich immer positiv aus, in allen Belangen."

Feibel schluckte, dann strich er sich mit der Hand über die raspelkurz geschnittenen Haare und warf einen Blick hinter sich, als würde er seine Wohnung nun für lange Zeit nicht mehr sehen. Was ja vermutlich der Tatsache entsprach. „Darf ich mir eine Jacke holen?"

„Selbstverständlich", sagte Randel. „Ein Kollege wird Sie begleiten." Er winkte den uniformierten Beamten zu sich und dieser folgte Feibel hinein.

Kurze Zeit später waren die beiden Männer zurück und stiegen die Treppe hinunter. Vom Treppenabsatz beobachtete Mark, wie Feibel zu einem der Fahrzeuge gebracht wurde. Dabei musste er notgedrungen an seinem Chef Sebastian Schadelberg vorbei, der ihn ausdruckslos ansah. Dennoch kam es Mark vor, als würde eine stumme Zwiesprache zwischen den beiden Männern stattfinden. Dann stieg Feibel ins Auto, die Tür klappte zu und die Limousine entfernte sich Richtung Dresden.

Die Beamten und Peggy streiften sich Handschuhe über und traten ein. Arno Feibels persönliches Reich war überschaubar. Im Grunde war es ein Einraumappartement. Gleich vorn lag eine winzige Küchenzeile, dann kam eine Sitzecke mit Couch und Sessel, der gegenüber ein gigantischer Fernseher an der Wand hing. Gerade wurde ein Kickboxwettkampf gezeigt und der Reporter tat in einer unverständlichen asiatischen Sprache bellend laut seine Begeisterung kund. Es folgte eine Hantelbank, hinter der sich ein Ständer mit weiteren Gewichten befand. Eine Tür führte in einen weiteren Raum – Bad und Toilette, wie Mark feststellte. Und dann war da nur noch das Bett, das hinter einem Paravent verborgen stand. Über diesem hing ein Poster, auf dem ein Mann, den Mark auf den ersten flüchtigen Blick für Jesus hielt, segnend seine Arme ausbreitete. Auf den zweiten Blick erinnerte er ihn groteskerweise an Sebastian Schadelberg. Zumindest war eine gewisse Ähnlichkeit unverkennbar.

„Viel ist es nicht", murmelte Randel und öffnete wahllos einige der Schranktüren.

„Ich glaube auch nicht, dass wir hier das Geringste finden werden", erwiderte Mark.

Randel trat ins Freie, wo sich inzwischen weitere Fahrzeuge genähert hatten. Die Kollegen der Spurensicherung tauchten auf, holten ihre Gerätschaften aus dem Kofferraum und kamen nach oben. „Alles durchsuchen, Laptop, Telefon, USB-Sticks mitnehmen.

Auch alle Akten, Unterlagen und was euch sonst noch wichtig erscheint."

„Geht klar", sagte ein kleiner drahtiger Typ und stieg in einen weißen Schutzanzug.

Die anderen verließen den Raum, nur Peggy schoss noch einige letzte Fotos, folgte ihnen dann aber auch. Vor den Garagen wartete immer noch Sebastian Schadelberg, mit einer gewissen Gelassenheit auf seinen Füßen vor und zurück pendelnd.

„Gehe ich recht in der Annahme, dass Sie meinen Mitarbeiter zu einem Verhör mitgenommen haben?"

Diesmal übernahm Mark den führenden Part. „Das ist richtig und wir hätten auch noch einige Fragen an Sie."

„Muss ich meinen Anwalt anrufen?"

Mark lächelte. „Das ist selbstverständlich Ihre Entscheidung. Momentan sehe ich dafür zwar keine Veranlassung, aber wenn Sie der Meinung sind, einen Anwalt zu benötigen …" Der Rest blieb ungesagt.

„Folgen Sie mir bitte ins Haupthaus, wir müssen ja nicht die ganze Zeit auf dem Hof herumstehen."

Sie gingen zum Herrenhaus und betraten eine Diele, deren Parkettböden mit dicken Teppichen ausgelegt waren. Hoch über ihren Köpfen schwebte ein beeindruckender Kronleuchter, dessen unzählige Glastropfen wie Diamanten funkelten. Eine breite Treppe führte in die erste Etage, in der eine Empore einmal rundherum führte.

Sebastian Schadelberg deutete auf eine Tür zu seiner Linken. „Gehen wir dort hinüber, in den Salon."

Der Raum war etwa halb so groß wie die Diele und gemütlich eingerichtet. Es gab einen Kamin und eine Sitzgruppe, bestehend aus mehreren Sofas und Sesseln, auf der eine Fußballmannschaft bequem Platz gefunden hätte.

„Bitte setzen Sie sich doch. Möchten Sie etwas trinken?"

Alle Polizisten verneinten und ließen sich in die weichen Polster sinken. Schadelberg nahm ihnen gegenüber Platz und schlug seine Beine übereinander. Er wirkte, als wäre er die Ruhe in Person. Und doch kam es Mark vor, als könne er einen Hauch von Nervosität auf seinem Gesicht erkennen.

„Gut. Würden Sie mir jetzt bitte einmal verraten, warum Sie einen meiner engsten Mitarbeiter mit nach Dresden nehmen?"

„Weil er unter Mordverdacht steht", erwiderte Mark. „Und zwar unter zweifachem."

Schadelberg beugte sich vor. „Ich hoffe, das soll ein Scherz sein."

Mark schüttelte den Kopf. „Ich befürchte, nein. Außerdem kann ich Ihnen versichern, dass wir mit derartigen Dingen keine Scherze machen. Das ergibt sich von allein, wenn man einige Jahre in menschliche Abgründe schauen musste. Da vergeht einem das Scherzen von ganz allein."

Schadelberg holte tief Luft, um etwas zu sagen. Doch in diesem Moment öffnete sich die Tür und eine Frau rauschte herein. Sie war groß, hatte hellblonde Haare, einen sportlichen Körper mit den Rundungen an den richtigen Stellen, wie manche wohl sagen würden. Sie trug ein schwarzes Kostüm, unter dem eine helle Seidenbluse herausschaute. Eine einzelne Brosche, deren Steine ein wenig zu sehr funkelten, um unecht zu sein, steckte über ihrem rechten Busen.

Stier fixierte die Frau und als sie in seiner Nähe zu stehen kam, schloss er die Augen und atmete tief ein. Dann umspielte ein Lächeln seine Lippen und er öffnete die Augen wieder.

„Meine Herren, darf ich vorstellen? Das ist meine Frau, Irina. Liebling, die Herren sind von der Polizei. Und die einzige Dame in der Runde …"

„Arbeitet drüben mit den Kollegen der Spurensicherung", ergänzte Christian Randel, die versteckte Frage nach Peggy beantwortend.

„Polizei? Spurensicherung? Was soll das alles denn bedeuten?", fragte Irina Schadelberg mit einer tiefen, sehr melodisch klingenden Stimme.

„Das versuche ich gerade herauszufinden", erwiderte ihr Mann. „Stell dir vor, Sie haben unseren Arno mitgenommen und werfen ihm zweifachen Mord vor."

Irina Schadelbergs weit aufgerissene Augen waren eindeutig schlecht geschauspielert. Sie ließ sich dennoch neben ihren Mann sinken und gab sich reichlich schockiert.

„Nun gut", beendete Christian Randel die kleine Scharade. „Uns würde interessieren, seit wann Arno Feibel für Sie arbeitet und wie er zu Ihnen gekommen ist."

„Das müssten jetzt etwas mehr als zehn Jahre sein", antwortete Irina Schadelberg. „Wenn Sie es genauer wissen wollen, muss ich in der Personalakte nachschauen."

„Und wie kam er zu Ihnen?", hakte Randel nach.

„Nun, er wird sich beworben haben", meinte Schadelberg und hob die Schultern. „Eine vollkommen normale Vorgehensweise."

„Wissen Sie noch, wo er vorher gearbeitet hat?"

„Bedaure, zumindest nicht aus dem Stegreif. Aber ist das denn so wichtig?", fragte Irina Schadelberg.

Christian Randel machte sich eine kurze Notiz und lächelte dann. „Glauben Sie mir, in einem Mordfall ist alles wichtig. Aber diesen Punkt können wir ja auch später klären."

„Wie sind eigentlich Ihre geschäftlichen Beziehungen zu Fabian Kranich, dem Besitzer der *Boselperle*?", übernahm erneut Mark.

„Meine was?" Schadelberg stellte beide Beine auf den Boden und schüttelte den Kopf. „Was soll das denn jetzt?"

„Würden Sie einfach meine Frage beantworten?"

Schadelberg fuhr sich mit der Zunge kurz über die Lippen. „Fabian und ich kennen uns von früher. Als er die *Boselperle* übernahm, entwickelte sich zwischen uns eine geschäftliche Beziehung. Wir halten Trauerseminare ab, in denen es darum geht, Leid und Schmerz dem Wasser anzuvertrauen. In diesem Fall der guten alten Elbe. Und da die *Boselperle* in unmittelbarer Nähe des Flusses liegt, ist sie eine ideale Ergänzung zu unserem Zentrum hier."

„Ich verstehe", erwiderte Mark knapp. „Sie haben Herrn Kranich vor längerer Zeit einen größeren Kredit gewährt, erhalten jetzt aber Zahlungen zurück, die verschwindend gering sind und kaum als Tilgung bezeichnet werden können. Es fließen zwar weitere Summen zu Ihnen, diese sind jedoch als Spenden deklariert."

Sebastian Schadelbergs Augen wurden schmal. „Sie scheinen sich ja gut über uns informiert zu haben."

„Das passierte zwangsläufig, als wir uns mit Herrn Kranichs Geschäften beschäftigt haben."

Irina Schadelberg legte ihrem Mann kurz die Hand aufs Knie, strich dann den Rock ihres dunklen Kostüms glatt und seufzte. „Ich denke, Sie sollten schon uns die Gestaltung unserer geschäftlichen Beziehungen überlassen. Schließlich verstehen wir sehr viel davon, wie man einen Betrieb gewinnbringend am Laufen hält, expandiert und Dinge vorantreibt. Was die zahlreichen Preise und Ehrungen deutlich beweisen."

Das war eine glatte Warnung. Heidrun Proft hatte mit ihrer Einschätzung recht gehabt.

„Was hat Herr Kranich überhaupt mit der ganzen Sache zu tun?", fragte Schadelberg. „Ich denke, es geht um Arno Feibel?"

„Nun, dieser Fall ist sehr vielschichtig, es gibt, genauer gesagt, mehrere Fälle, die miteinander verwoben sind, wie sich uns auch nur allmählich erschlossen hat", antwortete Mark. Dann machte er eine Pause vor der nächsten Frage. „Sagt Ihnen der Name Ilse Meyer etwas?"

„Ilse Meyer? Tut mir leid, wer soll das sein?"

„Und wie sieht es mit Monika Tanger aus?"

„Also sagen Sie mal, wollen Sie mir jetzt eine Vielzahl an …"

Irina Schadelberg unterbrach ihren Mann. „Entschuldige Schatz, Monika Tanger kenne ich zwar nicht, aber einen Heiko Tanger. Das ist doch der Mann aus dem Trauerkurs, der kürzlich ..." Sie verstummte, als könne sie nicht aussprechen, was Heiko geschehen war.

„Ach ja, natürlich, entschuldigen Sie." Schadelberg nickte. „Wissen Sie, wie viele Menschen Hilfe bei uns suchen? Es ist unmöglich, sich jeden einzelnen Namen zu merken."

„Aber nun kommt die Erinnerung an Heiko zurück", stellte Mark fest.

„Ja, er war einige Monate bei uns. Wir haben uns sehr intensiv um ihn gekümmert. Es gibt immer Menschen in unseren Gruppen, die mehr als ein gutes Wort benötigen."

„Und Heiko war so einer?"

„Als er zu uns kam, konnte er kaum laufen, nicht Autofahren. Arno hat sich dann seiner angenommen und ihn zu unseren Treffen immer hergeholt."

„Das war sehr großzügig von Ihnen", erwiderte Christian Randel.

„Es mag Ihnen so vorkommen, aber für uns ist es eine Selbstverständlichkeit. Wir schauen hin, wenn andere wegsehen. Das ist selten geworden in unserer Gesellschaft, wo jeder nur noch an sich denkt." Als hätte sie sich leicht in Rage geredet, strich Irina Schadelberg sich eine Haarsträhne hinters Ohr.

Mark nickte voller Verständnis und dachte kurz nach. „Wie geht es eigentlich Ihrem Schwager Andreas von Pfistner oder nein, falsch, Andreas Schadelberg, wie er jetzt heißt?"

Sebastian Schadelberg richtete sich halb auf. „Was zum Teufel hat denn nun auch noch unser Schwager mit der ganzen Sache zu schaffen? Ich hätte doch meinen Anwalt anrufen sollen und werde gleich gar nichts mehr sagen."

„Das ist natürlich Ihr gutes Recht. Mich würde lediglich interessieren, in welchem Verhältnis Andreas Schadelberg zu Ihnen steht. Und damit meine ich neben dem Fakt, dass er Ihre Schwester Alexandra geheiratet hat."

„Neben diesem Fakt? Wie meinen Sie das denn?"

„Nun, hat Andreas Schadelberg jemals als Arzt in Ihrem Zentrum gearbeitet oder zumindest als Therapeut?", hakte Mark nach.

„Nicht direkt", sagte Irina Schadelberg. „Er hat vor längerer Zeit ab und zu einige Vorträge gehalten, das war alles."

„Das ist gut. Denn Sie wissen ja vermutlich, dass es in der Vergangenheit gegen ihn gewisse polizeiliche Ermittlungen gegeben hat." Mark lehnte sich zurück.

Der Schuss war ein glatter Treffer, denn für einen Moment bröckelte die Fassade. Über Sebastian Schadelbergs Oberlippe erschien sogar ein schmaler Schweißfilm.

„Polizeiliche Ermittlungen? Wie meinen Sie das?"

„Nun, Ihnen dürfte doch bekannt sein, dass Andreas Schadelberg, damals noch unter seinem Geburtsnamen Pfistner, als Arzt in einem elitären Altenheim in der Nähe von Wernigerode tätig war. Dort gab es einige mysteriöse Unglücksfälle, deren nähere Umstände unmittelbar mit seiner Person …" Mark verstummte und legte seine Fingerspitzen aneinander. „Können Sie uns sagen, wo Ihr Schwager sich derzeit aufhält?"

Schadelberg wechselte einen kurzen Blick mit seiner Frau. „Tut mir leid, ich denke, irgendwo in Südamerika. Meine Schwester Alexandra und er sind dort bei den Ärmsten der Armen tätig."

„Sie ist auch Ärztin?"

„Ja, Andreas und sie haben damals zusammen studiert."

„Ich verstehe, danke", meinte Mark. „Ich denke, das war vorerst alles." Fragend sah er seine Kollegen an, die stumm nickten. „Sollten wir noch weitere Anliegen haben, dann …"

„Wir unterstützen die Polizei, wo wir nur können", sagte Irina Schadelberg mit fester Stimme.

„Das ist eine gute Nachricht, danke."

„Hilfe für die Polizei ist selbstverständlich für uns", fügte Schadelberg an. „Immerhin helfen wir mit unserem Zentrum, wo wir nur können. *Lichtwerk* steht dafür, die Menschen zueinander zu bringen und denen Hilfestellung zu geben, die sie am dringlichsten brauchen." Er beugte sich in Richtung eines flachen Tischchens, auf dem mehrere Broschüren lagen. „Darf ich Ihnen vielleicht einen unseren Flyer mitgeben?"

Mark schüttelte verneinend den Kopf. „Danke, aber das wird nicht nötig sein. Wir haben uns schon ausführlich auf Ihrer Website informiert."

„Oh, wirklich?" Ein breites Lächeln zog über Schadelbergs Gesicht. „Das freut mich. Vermutlich ist Ihnen nicht entgangen, dass wir auch Teambildungsseminare machen. Einige Ihrer Kollegen waren schon bei uns und zeigten sich hinterher sehr zufrieden. Wenn Sie also einmal Bedarf haben …"

„Gut zu wissen", antwortete Christian Randel und erhob sich. „Bis jetzt sind wir allein ganz gut zurechtgekommen, aber man weiß ja nie." Mit einem Kopfnicken verabschiedete er sich.

Stier folgte seinen Kollegen zunächst, blieb dann aber etwas zurück. Mark bemerkte, dass er genau neben Irina Schadelberg stehenblieb. „Darf ich Ihnen ein Kompliment machen? Sie haben ein wunderbares Parfüm. Sehr charakterstark und ungewöhnlich. Ich habe es durch den ganzen Raum gerochen."

„Oh, wirklich?" Die Frau lächelte geschmeichelt. „Es heißt *Belle femme* und wird von einer kleinen Parfümfabrik in Frankreich hergestellt. Es ist sehr selten und ich gebe zu, auch sehr teuer."

„Aber nicht selten genug", meinte Stier und lächelte ebenfalls. „Kürzlich habe ich nämlich genau diesen Duft im Haus eines Mordopfers wahrgenommen. Die Frau, die den Duft getragen hat, muss erst kürzlich dort gewesen sein. Was für ein Zufall." Stier reichte Irina Schadelberg seine Hand, die diese erst nach einigen Sekunden des Zögerns ergriff. Dann verließ er den Raum und ließ das Ehepaar zurück.

Kapitel 23

Gegen Mitternacht versammelten sich Stier, Mark, Christian Randel und Peggy hinter dem Spiegel des Befragungsraums. Arno Feibel war vor wenigen Minuten aus seiner Zelle geholt worden und saß nun am Tisch. Deutlich war ihm eine gewisse Nervosität anzumerken. Seine Beine zuckten, die Händen trommelten auf dem Tisch.

„DNA-Test?", fragte Christian Randel.

Peggy zuckte die Schultern. „Läuft, die Kollegen können nicht hexen. Sie rechnen frühestens gegen sechs damit."

„Dann lass uns ohne diesen Test anfangen", schlug Mark vor. „Wir haben genug in der Hand, um ihn festzunageln."

Randel nickte. „Ihr beiden bleibt hier und Peggy hält uns auf dem Laufenden, falls sich noch was ergibt."

Stier ließ sich auf einen Stuhl fallen und strich sich über das Gesicht.

„Alles in Ordnung?", fragte Mark und legte ihm einen Moment die Hand auf die Schulter.

„Ich bin einfach todmüde, aber sobald ihr den Mistkerl in die Zange nehmt, werde ich hellwach sein, versprochen."

„Frau Proft hat übrigens mit deiner Dienststelle gesprochen. Normalerweise müsstest du ja morgen zum Spätdienst antreten. Sie stellen dich einen Tag frei", sagte Mark.

„Das ist gut. Wenn ich heimkomme, werd ich vermutlich erst mal nur schlafen."

Sekunden später betraten Mark und Christian Randel den Verhörraum.

„Na, endlich", knurrte Arno Feibel. „Ich dachte schon, ich müsste in meiner Zelle verrotten."

„So schnell verrottet es sich nicht", erwiderte Mark. „Außerdem dürften Sie sich doch mit dem Prozedere mit Vernehmung, Zelle und so weiter bestens auskennen. Sie haben das ja alles schon mal mitgemacht, oder?"

Arno Feibels Augen wurden schmal. Er verschränkte die Arme vor dem Körper und lehnte sich zurück.

„Uns würde als Erstes interessieren, wo Sie am vergangenen Freitag zwischen einundzwanzig und zweiundzwanzig Uhr waren", sagte Randel.

Ihr Gegenüber dachte einen Moment nach. „Da war ich zu Hause. Auf meinem Sportkanal lief ein Kickboxkampf, den ich mir live angeschaut habe."

„Und da sind Sie ganz sicher?"

„Was soll die Frage? Natürlich bin ich mir sicher. Sie können gern nachschauen, wann der Kampf …"

Randel hob die Hand. „Daran, dass der Kampf um diese Zeit stattfand, besteht bei uns nicht der geringste Zweifel. Die Frage ist nur, ob und vor allem wo Sie ihn sich angesehen haben." Er zog ein Blatt aus seiner Mappe. „Ihr Handy war nämlich im betreffenden Zeitraum in einer anderen Funkzelle eingewählt."

„Und wo, wenn ich fragen darf?"

„Im Wald von Lindenau, gleich in der Nähe ist zum Beispiel der Seerosenteich oder ein Bestattungswald, der vielen ein Begriff ist."

„Sagt mir nichts", murmelte Feibel. „Das muss ein Irrtum sein."

„Sie haben also keine Erklärung, wie Ihr Handy in dieses Gebiet gekommen ist?", hakte Randel nach.

„Nicht die geringste. Wie gesagt, es muss ein Irrtum sein."

„Gut, lassen wir diese Aussage erst mal so stehen." Randel machte sich eine kurze Notiz.

An seiner Stelle übernahm Mark und lehnte sich ein Stück zu Feibel hinüber. „Kennen Sie einen Heiko Tanger?"

„Natürlich", stimmte Feibel zu. „Immerhin hatte ich einige Zeit mit ihm zu tun."

„Mit ihm zu tun? Erläutern Sie das bitte näher."

„Nun, ich habe Heiko mit dem Kleinbus von *Lichtwerk* zu den Treffen seiner Trauergruppe gebracht. Er konnte nicht laufen, auch nicht Autofahren. Hatte wohl irgendwas am Knöchel. Die Chefin hat mich darum gebeten, das machen wir manchmal bei Leuten, die nicht so mobil sind."

„Wie oft haben Sie ihn denn gefahren?"

Feibel sah Richtung Decke. „Die Treffen finden alle zwei Wochen statt. Vielleicht so zehn, fünfzehn Mal."

„Und sonst waren Sie nicht mit ihm unterwegs? Zum Beispiel auch an anderen Orten?", hakte Mark nach.

Feibel strich sich mit der flachen Hand über die Haare und zögerte. „Doch, ich war mit ihm auch anderweitig unterwegs", erwiderte er schließlich. „Er hatte mich um einen Gefallen gebeten und weil er mir leidtat, hab ich ihm den erfüllt."

„Was war das für ein Gefallen?"

„Er wollte zur *Boselspitze*."

„Und warum?"

Feibel hob die Schultern. „An dem Ort hingen wohl Erinnerungen an seine verstorbene Frau. Sie waren dort bei ihrem ersten Date oder so."

„Sie meinen Monika?", wagte Randel einen Einwurf.

„Monika, ja, ich glaube, so hieß sie."

„Kannten Sie sie?", fragte Mark und beugte sich noch ein Stück weiter über den Tisch.

„Wen? Meinen Sie diese Monika? Nein, woher denn?"

„Seltsam, ich hätte schwören können, dass sich Ihre Wege vor vielen Jahren schon einmal gekreuzt haben." Feibels Lippen wurden schmal. „Wissen Sie, was mit ihr passiert ist?"

„Sie starb wohl bei einem Unfall, soweit ich mich erinnere", meinte Feibel vage. „Heiko hatte die Sache sehr mitgenommen. Deswegen war er ja auch in unserer

Trauergruppe. Ich war erst unsicher, ob dieser Ort nicht alles wieder aufreißen würde, aber er fühlte sich an diesem Aussichtspunkt wohl."

„Was machten Sie dort?", fragte Mark.

„Nichts, er saß da und schaute ins Tal. Ich hockte neben ihm und dann sind wir wieder gegangen."

„Wie oft waren Sie dort?"

„Zwei, maximal drei Mal, ich kann es nicht mehr genau sagen. Es ist schon eine Weile her."

„Sind Sie sicher? Ich an Ihrer Stelle würde noch einmal überlegen."

„Herrgott", begehrte Feibel auf und schlug mit der flachen Hand auf den Tisch. „Vielleicht waren es auch vier Mal."

„Seltsam, wir haben Zeugen, die Sie eine gewisse Zeit beinahe täglich mit Herrn Tanger auf der *Boselspitze* gesehen haben."

„Zeugen, wer soll das denn sein?"

„Das tut nichts zur Sache, aber es sind mehrere unabhängige Personen."

„Wann waren Sie denn zuletzt mit Herrn Tanger dort? War es eventuell am vergangenen Dienstag?", mischte Christian Randel sich erneut ein.

„Auf keinen Fall", protestierte Feibel. „Am Dienstag hatte ich einen anderweitigen Termin."

Randel griff nach seinem Block. „Und wo waren Sie?"

„Da müsste ich zu Hause in meinem Kalender nachschauen."

„Seltsam, denn an diesem Tag, in der Zeit von halb sieben bis kurz nach sieben, war Ihr Handy im Bereich der *Bosel* eingeloggt." Christian Randel legte den nächsten Bericht auf den Tisch. „Wie erklären Sie sich das?"

Feibel verschränkte die Arme im Nacken. „Ich sage gar nichts mehr und will einen Anwalt sprechen. Herr Schadelberg wird sich darum kümmern."

„Das ist Ihr gutes Recht. Aber vorher würden wir Ihnen einfach gern eine These erzählen." Randel nickte Mark zu.

„Ich stelle mir vor, dass Sie letzten Dienstag mit Heiko Tanger auf die *Boselspitze* gefahren sind. So wie schon unzählige Male vorher. Doch diesmal war alles ein wenig anders. Denn Heiko hatte Ihnen eine ungewöhnliche Zeit für ein Treffen vorgeschlagen, waren Sie doch sonst immer nachmittags dort gewesen. Aber am Abend, wenn es da oben reichlich einsam ist, noch nie. Vermutlich waren Sie anfangs sogar erstaunt, denn Heiko hatte sich in letzter Zeit zurückgezogen, den Kontakt zu Ihnen gemieden. Vielleicht, weil sich das Verhältnis zwischen Ihnen verändert hatte. Denn Sie hatten begonnen, ihn unter Druck zu setzen. Sie hatten nämlich erfahren, dass er etwas besitzen musste, das Sie wollten oder das Sie beschaffen mussten. Und so beschlossen Sie, diese Chance zu nutzen und diesmal nicht mit Heiko Tanger in die Tiefe zu schauen und den Erinnerungen an seine Frau zu lauschen. Nein, Sie wollten diese Schriftstücke, Dokumente, mit denen er zur Polizei gehen wollte, um zu beweisen, dass der Tod seiner Frau Monika kein Unfall, sondern Mord gewesen war. Dokumente, die bewiesen, dass es in einem Heim vor langer Zeit Ärztepfusch gegeben hatte, der geschickt unter den Teppich gekehrt worden war. Ein Heim, in dem Sie als Wachmann gearbeitet haben, zusammen mit zwei Krankenschwestern – Ilse Meyer und Monika Tanger, die damals noch Krassel hieß. Und genau diese Beweise würden ein ziemlich negatives Licht auf Ihre Person, aber auch auf einen Verein werfen, der bisher geradezu glänzend in der Öffentlichkeit gestanden hatte – *Lichtwerk*. Die Firma, für die Sie seit über zehn Jahren arbeiten. Dem Verein, der Ihnen als Vorbestraften eine Chance gegeben hatte, weil man genau wusste, welche hervorragenden Fertigkeiten Sie so besaßen. Nämlich das Talent, zu schauspielern, Hilfsbereitschaft vorzutäuschen, und die Gabe, schlagartig umzuschalten und skrupellos Menschen zu beseitigen oder zumindest einzuschüchtern. Woher man das wusste? Von Andreas von Pfistner, der ebenfalls in diesem elitären Seniorenheim gearbeitet hat, als Arzt. Pfistner, der heute Schadelberg heißt, hat Sie ins Spiel gebracht. Vielleicht, weil Sie Kontakt gehalten haben, vielleicht, weil Sie ihm damals schon geholfen haben, seine im Drogenrausch begangenen medizinischen Fehler zu vertuschen. Indem Sie Leute dazu brachten, Anzeigen zurückzuziehen und Unterlagen verschwinden zu lassen." Mark schwieg einen Moment und beobachtete Feibel genau. Der gab sich immer noch gelassen und verschränkte seine Arme.

Also fuhr Mark fort. „Sie brachten Heiko Tanger also an den Aussichtspunkt. Vielleicht hatte er Ihnen versprochen, endlich die gesuchten Papiere herauszurücken. Doch als Sie dort waren, tat er das nicht. Er weigerte sich einfach. Und so nahmen Sie ihn, zerrten ihn über das Geländer bis zur Felskante und stürzten ihn in die Tiefe."

Dann wurde es still. Feibel atmete tief und schüttelte dann den Kopf. „Ich frage mich, wie Sie auf diesen Schwachsinn gekommen sind."

„Nun, ob es Schwachsinn ist, wird sich in wenigen Stunden zeigen. Unter Heiko Tangers Fingernägeln wurde nämlich fremde DNA gefunden. Der Abgleich läuft bereits und dann haben wir den letzten Beweis, den wir noch brauchen. Und wir werden Sie auch für den Mord an Ralf Hauptmann rankriegen. Er war ein guter Freund von Heiko Tanger und konnte nicht glauben, dass der Selbstmord begangen haben sollte. Also hat er auf eigene Faust ermittelt und ist Ihnen dabei in die Quere gekommen. Ihr Fahrzeug ist vor dem Haus von Ralf Hauptmann gesehen worden. Es gibt einen Zeugen, mit dem wir nur eine Gegenüberstellung organisieren müssen, und Sie sind dran. Mit anderen Worten, Herr Feibel, Sie sitzen in der Scheiße und zwar so richtig. Und dann gibt es noch ein Blitzerfoto, von unseren Kollegen aufgenommen, und zwar in der Nähe des Ortes, an dem Ralf Hauptmann ums Leben kam. Perfekterweise genau zur entsprechenden Zeit. Alles

Zufälle? Wohl einige Zufälle zu viel, um wirklich wahr zu sein." Mark lehnte sich zurück und pfefferte dabei eine Mappe auf den Tisch.

„Also, war es so?", fragte Christian Randel beschwörend. „Ein frühes Geständnis könnte sich durchaus positiv für Sie auswirken."

„Ich sage nichts, ich will einen Anwalt."

„Also gut." Mark winkte dem Beamten in der Zimmerecke zu. „Bringen Sie ihn zurück in seine Zelle und sorgen Sie dafür, dass er Kontakt zu seinem Anwalt aufnehmen kann."

Wenig später schloss sich hinter Arno Feibel die Tür.

Mark warf einen Blick Richtung Spiegel, hinter dem er Stier und Peggy wusste. Dann seufzte er. „Haben wir im Ernst geglaubt, er würde so schnell umkippen? Wohl kaum."

„Aber er schwitzt", sagte Christian Randel. „Entscheidend sind die nächsten Stunden. Hoffen wir, dass der DNA-Abgleich entsprechend ausfällt. Ansonsten sitzen wir in der Scheiße."

Die folgenden Stunden wirkten, als wären sie aus zähem Kaugummi. Alle verbrachten die Zeit in Christian Randels Büro, nur Stier verschwand ab und zu nach draußen, um eine zu rauchen. Und Mark ertappte sich dabei, dass er nur zu gern mit ihm gegangen wäre.

Irgendwann tauchte ein Kollege der Spurensicherung auf, um zu verkünden, dass sie die Arbeit in Arno Feibels Wohnung beendet, aber nichts Nennenswertes gefunden hatten. Er stellte eine Kiste mit persönlichen Dingen neben Peggys Schreibtisch. „Am Laptop sind wir dran, passwortgeschützt. Der Rest vollkommen nichtssagend. Außer vielleicht einer Sache: Wir haben eine versteckte Kamera im Appartement gefunden. Funkübertragung, das heißt, der Empfänger dürfte sich nicht allzu weit weg befinden."

Stier pfiff durch die Zähne. „Schau mal an. Da scheinen die Schadelbergs ihrem eigenen Mitarbeiter nicht getraut zu haben."

„Tja, das war alles." Der Mann verschwand wieder und Stille legte sich übers Büro. Unterbrochen wurde diese nur vom leisen Papiergeraschel, das entstand, als Peggy Feibels Papiere durchschaute. Schon an ihrem gelangweilten Gesichtsausdruck sah Mark, dass wenig Interessantes dabei war.

Gegen fünf wurde die Tür erneut geöffnet. Doch es war nur Staatsanwältin Proft mit Chef Arne Karstens im Schlepptau. Beide wirkten genauso übernächtigt wie der Rest der Truppe. Die beiden ließen sich auf den neuesten Stand bringen.

„Die Sache hat bereits Staub aufgewirbelt", sagte die Staatsanwältin. „Ich hatte einen Anruf aus dem Innenministerium, und Kollege Karstens auch."

„Und?", fragte Christian Randel.

„Ich habe dem betreffenden Mitarbeiter gesagt, dass es sich um eine normale Mordermittlung handelt", erwiderte Karstens. „Und eine solche Ermittlung macht nun einmal auch nicht vor irgendwelchen Vereinigungen halt, so verdienstvoll ihre Arbeit im ländlichen Raum auch sein mag." Um die Lippen ihres Chefs spielte ein Lächeln. „Diesen arroganten Arsch, der angerufen hat, konnte ich noch nie leiden. Hat mich voriges Jahr nämlich ziemlich unfair beim Elbtal-Golfturnier geschlagen."

Mark musste innerlich grinsen. Außerdem dachte er, dass es vielleicht an der Zeit war, seine bisherige Meinung über Karstens ein wenig anzupassen. Das nahm er sich zumindest vor.

„Halten Sie uns auf dem Laufenden", bat Proft. „Wir sind in unseren Büros."

Um halb sechs wurde die Tür erneut aufgerissen. Alle blickten erschrocken auf, denn ein Mitarbeiter der KTU stürmte herein und wedelte mit einer Mappe. „Sie ist da."

„Und?", fragten vier Stimmen und klangen dabei wie eine.

„Wir haben ihn. Kein Zweifel, die DNA unter Tangers Fingernägeln stammt von Arno Feibel."

Stier stützte seine Hände auf die Oberschenkel und schaute zu Boden. Seine Schultern zuckten und alle ließen ihn einen Moment in Ruhe.

„Danke", sagte Mark, erhob sich und klopfte seinem Kollegen auf die Schulter. „Danke für eure schnelle Arbeit."

„Immer wieder gern. Wir drücken euch die Daumen." Der Mann warf einen knappen Blick auf Stier und verschwand.

„Und nun?", fragte Peggy.

„Nun gehe ich mir erst mal das Gesicht waschen." Mark verschwand Richtung Toilette. Dort ließ er kaltes Wassers über seine Hände laufen und rieb sich dann übers Gesicht. Mit einem Mal begann sein linker Arm zu kribbeln, erst leicht, dann schlimmer. Er taumelte zur Seite, lehnte sich an die kühlen Fliesen und rang nach Luft. Angst legte sich wie ein eiserner Panzer über seine Brust. Mark bemühte sich, die Augen offenzuhalten und fixierte einen Punkt. Es vergingen zwei, drei Minuten, dann ließ der Schmerz allmählich nach, das Herz schlug regelmäßiger. Er ging zum Waschbecken und drehte den Hahn zu. Einen Moment betrachtete Mark sich im Spiegel. Dunkle Schatten lagen unter seinen Augen. Die Haut wirkte fahl und stumpf. So konnte es nicht weitergehen. Hier, in diesem Moment, begriff Mark, dass er eine Auszeit brauchte. Für sich, für seine Familie, für sein Leben.

Nach etwa zehn Minuten kehrte er ins Büro zurück. Peggy hatte sämtliche Fenster aufgerissen. Tatsächlich war die Luft im Raum zum Schneiden dick.

Christian Randel hatte vor sich einen Stapel mit Unterlagen liegen und schaute hoch. „Ich habe Feibel aus der Zelle holen lassen."

„In Ordnung", erwiderte Mark. „Ich bin gespannt, wie lange wir brauchen."

„Oder ob wir zumindest ein Stück weiterkommen."

Wie vorhin positionierten sich Peggy und Stier hinter der Scheibe, während Mark und Randel den

Vernehmungsraum betraten. Diesmal machte Arno Feibel einen vollkommen anderen Eindruck auf sie. Es schien, als wären die sorgsam aufgebauten Mauern aus Selbstbewusstsein und Lässigkeit zusammengebrochen.

Feibel schwitzte, sein graues T-Shirt wies dunkle Flecken auf. Er atmete schwer und schaute ihnen mit zusammengekniffenen Augen entgegen.

„Konnten Sie mit Ihrem Anwalt sprechen?", fragte Christian Randel.

Feibel nickte. „Ich habe mit ihm telefoniert und …" Er rang nach Atem. „Und er riet mir, reinen Tisch zu machen."

Randel und Mark warfen sich einen erstaunten Blick zu.

„Ich möchte ein Geständnis ablegen."

Mark schluckte, mit allem hatte er gerechnet, aber nicht damit. Vor allem aber nicht so schnell. „Verstehen wir das richtig, Sie möchten die Morde an Heiko Tanger und Ralf Hauptmann gestehen?"

Feibel schüttelte heftig den Kopf. Ein einzelner Schweißtropfen löste sich und landete auf dem Tisch. „Nein, ich möchte den Mord an Ralf Hauptmann gestehen. Heiko Tanger habe ich nicht ermordet."

Mark richtete sich auf. „Wie bitte? Aber Ihnen ist nicht entgangen, dass er tot ist. Wir haben das Ergebnis des DNA-Vergleichs. Die Hautpartikel, die unter Heiko Tangers Fingernägeln sichergestellt werden konnten, gehören Ihnen."

„Das mag ja sein. Ich habe Heiko dennoch nicht ermordet, er ist gesprungen."

„Soll das ein Witz sein?", fragte Mark und spürte, wie Christian Randel ihm unter dem Tisch leicht gegen den Knöchel trat.

„Dann erzählen Sie doch mal, wie sich aus Ihrer Sicht die ganze Geschichte zugetragen hat", sagte sein Kollege und machte eine auffordernde Handbewegung dazu.

„Könnte ich ein Glas Wasser haben?", fragte Feibel.

Mark nickte dem in der Ecke wartenden Beamten zu, der gleich darauf mit einem Pappbecher zurückkam und ihn vor Feibel abstellte.

„Danke." Feibel trank einen Schluck und begann dann zu erzählen. „Es war tatsächlich so, dass Heiko sich eine Zeit lang nicht mehr bei mir gemeldet hatte. Er kam auch nicht mehr zu den Trauertreffen. Ich rief ihn an und er meinte, er würde ab jetzt allein klarkommen. Aber er verhielt sich so seltsam, das machte mich stutzig. Also suchte ich ihn zu Hause auf, um rauszufinden, was los war. Zunächst wollte er mich draußen abfertigen, ließ mich nach einigen Minuten schließlich doch ins Haus. Er war verändert, verschlossen irgendwie, starrte mich an und schwieg. Auf einmal begann er doch zu reden, sagte mir, er wüsste etwas über meine Vergangenheit, dass ich Dinge vertuscht habe, Leute bedroht hätte und so weiter. Damals im Heim. Er hätte einiges von seiner Frau Monika und einer alten Freundin von ihr erfahren, die mich von früher kannten."

„Wussten Sie zu diesem Zeitpunkt schon, dass Monika Tanger früher Monika Krassel gewesen war?", fragte Randel.

Feibel schüttelte den Kopf. „Ich erfuhr es erst von Heiko. Er sagte mir, wer sie gewesen war. Und er war der Meinung, dass ich oder jemand anderes Monika umgebracht hätte, damit diese alten Geschichten nicht ans Licht kämen. Und nur um das zu beweisen, hätte er sich mit mir angefreundet und wäre aus diesem Grund zu *Lichtwerk* gekommen. Er wollte Kontakt zu dem Mann haben, von dem er glaubte, er hätte Monika getötet. Und er wollte zur Polizei gehen, über die Dinge reden, die Andreas von Pfistner damals getan hätte und Beweise auf den Tisch legen. Heiko sprach von Ärztepfusch, gestorbenen Menschen und was weiß ich noch alles. Und dass er genau wüsste, was meine Rolle in der ganzen Sache gewesen ist und dass ich ebenfalls dran wäre. Zuerst versuchte ich es mit gutem Zureden. Ich meinte zu ihm, dass das doch nicht sein Ernst wäre, er mich doch kennen müsste. Und dass er doch niemals glauben würde, ich hätte mit Monikas Tod etwas zu tun." Feibel beugte sich nach vorn. „Er glaubte allen Ernstes daran, ich hätte seine Frau umgebracht oder wäre zumindest daran beteiligt gewesen." Feibel schüttelte den Kopf. „Vollkommen verrückt. Das sagte ich ihm, wieder und wieder. Doch er schwieg, saß da und sah mich einfach nur an. Und da wusste ich, dass die Sache ernst war.

Ja, es stimmt, ich habe damals einige Sachen gedreht, Pfistner hat mich gut dafür bezahlt. Er hatte Scheiße gebaut und ich hab die Dinge gerade gebügelt. Dann verschwand Pfistner ans andere Ende der Welt und ich dachte, die Sache wäre damit erledigt, ein für alle Mal. Aber die Luft in Tannbachtal war trotzdem zu dünn für mich geworden. Die Leute redeten, tuschelten hinter vorgehaltener Hand. Von einem Bekannten hörte ich dann von *Lichtwerk*. Es ist nicht einfach, als Vorbestrafter einen Job zu kriegen. Selbst wenn diese Sachen schon ewig her waren. Ich bewarb mich und wurde genommen. Zuerst arbeitete ich als Waldarbeiter oder war auf einer der zahlreichen Baustellen unterwegs. Vor gut einem Jahr dann ging einer der Fahrer in Rente. Sebastian Schadelberg bestellte mich zu sich und bot mir den Job an. Natürlich griff ich zu."

„Also wollen Sie uns weismachen, Sie hätten bis zu diesem Moment nie im Haus gearbeitet und auch Ilse Meyer nicht getroffen?"

Feibel sah Mark direkt in die Augen. „Ich schwöre, sie nicht gesehen zu haben. Bei den Gruppentreffen war ich nie dabei, die gehörten nicht zu meinem Aufgabenbereich. Ich hatte keine Ahnung, dass die Meyer jetzt hier lebte."

„Verstehe. So hatten Sie auch nichts mit den permanenten Bedrohungen von Frau Meyer zu tun?"

„Nein, hatte ich nicht. Ich habe mir nichts mehr zuschulden kommen lassen. Bis Heiko mit seiner Scheiße anfing. Ich schwöre es."

„Schwören Sie mal nicht zu viel", sagte Randel. „Nicht dass uns alle ein Blitzschlag trifft."

„Und Monika Tanger, haben Sie sie bei *Lichtwerk* gesehen?", hakte Mark nach.

„Nein, habe ich nicht. Es gilt das Gleiche wie bei Ilse. Seit unserer gemeinsamen Zeit in Tannbachtal hab ich die Frauen nicht mehr gesehen."

„Es ist also reiner Zufall, dass Sie ausgerechnet in der Nähe des Ortes leben, an den sich diese zwei Frauen damals zurückgezogen haben?"

Feibel zuckte mit den Schultern. „Die Welt ist klein. Außerdem sind seit damals viele Jahre vergangen. Wenn da wirklich etwas gewesen wäre, eine permanente Bedrohung oder so, glauben Sie allen Ernstes, ich hätte so lange gewartet?"

Mark schluckte und spürte Christian Randels Blick auf sich ruhen. Dieses Argument hatte tatsächlich eine gewisse Schlagkraft.

„Und Monikas Tod?", fragte Mark.

„War aus meiner Sicht ein Unfall, nicht mehr. Himmel, sie ist von einer Leiter gefallen, wie Heiko mir hundert Mal erzählt hat. Das soll vorkommen. Aber Heiko ließ sich nicht beirren, er sprach von irgendwelchen Beweisen, die er jetzt endlich gefunden hätte." Feibel stützte die Ellenbogen auf den Tisch. „Ich war in Panik. Ja, ich war damals in dem Heim und ja, ich habe Pfistner bei einigen seiner Geschichten geholfen, Leute eingeschüchtert, Dienstpläne verschwinden lassen. Aber ich habe keinen umgebracht, verstehen Sie? Ich arbeitete inzwischen bei einem angesehenen Unternehmen, hatte eine Vertrauensstellung, verdiente mehr Geld und jetzt sollten mich diese alten Sachen einholen? Also versuchte ich, mit Heiko zu reden. Ich bot ihm Geld an, doch er lehnte ab und bat mich, zu gehen.

Am nächsten Tag versuchte ich es erneut. Ich rief ihn an, immer wieder, unzählige Male, fuhr zu ihm, klopfte, klingelte. Doch er ließ mich nicht mal eintreten. Ich fragte ihn, warum er ausgerechnet jetzt mit den alten

Geschichten kommen würde. Da meinte er, dass er die ganze Zeit nach diesen alten Beweisen gesucht hätte und nun wären sie aufgetaucht. Da wären wohl Bauarbeiten im Keller gewesen, irgendein Wasserrohrbruch, so dass man die Wand hatte aufstemmen müssen oder so was. Dort hätte er wohl etwas gefunden." Feibel trank gierig und stellte den Becher behutsam auf den Tisch. „Ich war verzweifelt, doch einen Tag später rief Heiko mich plötzlich an. Er versprach, mir die Dokumente auszuhändigen. Bedingung war, dass ich mit ihm noch einmal zur *Bosel* fahren sollte. Dort wollte er aus meinem eigenen Mund hören, was damals passiert war, dort in diesem Heim, und ich sollte ihm schwören, dass ich mit Monikas Tod nichts zu tun hatte. Dabei wollte er mir in die Augen schauen und dann auf eine Anzeige verzichten. Weil diese Anzeige seine Monika auch nicht zurückbringen würde."

„Und das glaubten Sie ihm? Aus meiner Sicht klingt das vollkommen irrwitzig", sagte Christian Randel.

„Natürlich hatte ich auch Zweifel, aber was blieb mir am Ende übrig, als auf sein Angebot einzugehen? Es war eine Chance und ich wollte sie ergreifen. Ich holte Heiko also daheim ab und wir fuhren zur *Boselspitze*. Wie immer hielten wir an dem kleinen Parkplatz und ich schob ihn im Rollstuhl den Weg entlang. Doch kurz vor dem Aussichtspunkt, in diesem Wäldchen, kam uns plötzlich dieser Verrückte entgegen, der immer diese orangefarbenen Trikots trägt. Ich glaube, er heißt Udo. Heiko bat mich, ihn kurz mit Udo allein zu lassen. Sie sprachen miteinander und dann gab Heiko ihm etwas. Ich dachte erst, es wären die Unterlagen, aber dafür war es zu klein. Plötzlich begann dieser Udo zu schluchzen und schüttelte den Kopf. Doch Heiko sprach immer weiter auf ihn ein. Das wurde mir schließlich zu bunt und ich beendete die ganze Sache. Udo stürzte davon und Heiko meinte, wir könnten nun weitergehen.

Als wir am Aussichtspunkt ankamen, setzte ich mich auf die Bank und stellte Heikos Rollstuhl neben mir ab.

So wie früher immer. Dann erzählte ich ihm, was er hören wollte. Ich sprach von Pfistner, was er getan hatte und welche Rolle ich dabei gespielt habe. Am Ende schwor ich ihm, mit Monikas Tod nichts zu tun zu haben. Ich sah ihm in die Augen. Und er nickte, schwieg. Also forderte ich die Papiere, wie er es versprochen hatte. Doch Heiko schwieg weiter. Plötzlich sprach er vom Tod und anderem wirren Zeug. Er wollte von mir wissen, ob es leicht wäre, zu sterben. Irgendwie hab ich gedacht, er hätte den Verstand verloren und ich wurde immer nervöser. Ich versuchte, das Thema auf die Dokumente zu lenken, doch er reagierte nicht. Stattdessen meinte er plötzlich, dass er einmal bis ganz nach vorn wollte, bis an die Felskante, nur ein einziges Mal. Er wäre dort als Kind mal hin geklettert, mit irgendwelchen Kumpels. Ich sagte ihm, das wäre vollkommen unmöglich in seinem Zustand und was er dort überhaupt wollte. Er meinte, er wolle in die Tiefe schauen, den Abgrund spüren. Ich weigerte mich, da wendete Heiko mühevoll den Rollstuhl und sagte achselzuckend, ich solle mich schon einmal von meinem jetzigen Leben verabschieden. Gleich morgen würde er die Schadelbergs anrufen und anschließend die Polizei informieren." Feibel zögerte einen Moment und wischte seine Hände an der Hose ab. „Ich wusste nicht, was ich tun sollte. Er wirkte so entschlossen. Gut, dachte ich, dann soll er halt schauen. Also half ich Heiko über das Geländer und schaffte ihn irgendwie den steilen Abhang bis zur Felskante hinab. Es ist nicht weit, zwei, drei Meter, aber das Gelände ist schwierig. Doch Heiko ließ nicht locker, er umklammerte meine Hand und endlich stand er dort und schaute hinunter. Ich fragte ihn, ob er nun zufrieden sei und er nickte. Heiko lächelte, seine Augen strahlten voller Glück. Ich kann es nicht anders beschreiben. Dann sah er mich auf einmal an und sein Lächeln wurde noch breiter: „Du wirst die Papiere nie bekommen, sie sind gut versteckt", sagte er. Plötzlich schob Heiko meine Hand weg, trat einen Schritt zurück. Ich versuchte, ihn zu umklammern, aber er kratzte mich, stieß mich zu Boden. Er hatte auf einmal unglaubliche Kräfte und dann … dann fiel er in den Abgrund. Einfach so. Ich stand an der Felskante und starrte ihm nach, wusste nicht, was ich tun sollte. Dann haute ich ab, so schnell es ging. Ich war in absoluter Panik. Was, wenn mich jemand gesehen hatte? Plötzlich fiel mir Kranich ein, der schuldete mir noch einen Gefallen. Ich wusste, dass er an diesem Abend mit Gästen zu *Vincenz Richter* wollte. Ich rief ihn an, Minuten später kam er mir entgegen. Also erzählte ich ihm, was geschehen war. Dabei hab ich Udo erwähnt und da hatte Kranich die Idee, Udo die Sache in die Schuhe zu schieben und einfach die Zeiten ein wenig zu verändern. Dann haute ich ab, vollkommen kopflos. Aber diese Papiere gingen mir nicht aus dem Kopf. Also fuhr ich zu Heikos Haus. Ich wusste, wo er seinen Ersatzschlüssel liegen hatte, für die Freunde, die sich um ihn kümmern. Viel Zeit blieb mir nicht, so konnte ich nur oberflächlich suchen."

„Und fanden Sie etwas?"

Feibel schüttelte den Kopf. „Ich wusste ja nicht mal, wonach ich suchen sollte."

„Waren Sie allein in Heikos Haus?"

„Natürlich." Mit festem Blick schaute Feibel sie an. Mein Gott, ist dieser Kerl abgebrüht, dachte Mark.

„Und da sind Sie ganz sicher?"

Feibel krauste seine Stirn. „Ganz sicher. Ich wüsste nicht, wer bei mir gewesen sein soll."

„Nun, zum Beispiel eine Frau", erwiderte Christian Randel und lehnte sich zurück.

„Was für eine Frau?"

„Ihre Chefin, Irina Schadelberg."

Feibels Augen wurden riesengroß, dann begann er, den Kopf zu schütteln. „Wie kommen Sie denn darauf?"

„Es gibt Hinweise."

„Die würden mich interessieren."

Diesmal war es Mark, der Randel unter dem Tisch berührte. Es war eine Warnung, die Worte von Heidrun

Proft zu beherzigen und sich nicht zu weit aus dem Fenster zu lehnen. Denn im Endeffekt gab es außer Stiers Behauptung, Irina Schadelbergs Parfüm in Heikos Haus gerochen zu haben, keinen Beweis für ihre Anwesenheit.

„Nun gut, lassen wir das. Zurück zu Ihrer Story von der *Bosel*.“

„Sie glauben mir nicht“, stellte Feibel fest.

Mark lachte auf. „Sagen Sie bloß, Sie verwundert das. Bei Ihrer Vorgeschichte.“

„Ich schwöre, ich habe ihn nicht gestoßen. Heiko ist gesprungen.“

Mark musterte die Tischplatte. Gedanken wirbelten durch seinen Kopf, waren ungreifbar. Diese Geschichte klang dermaßen unrealistisch und fantastisch und gleichermaßen wahr, dass es ihn schwindelte.

„Warum hätte ich ihn töten sollen? Ich wollte die Unterlagen haben, nein, ich musste sie haben. Und die habe ich bis jetzt nicht gefunden. Was ich gestehe, ist der Mord an diesem Hauptmann.

Nach Heikos Tod war ich in seinem Haus, wie ich schon sagte, habe dort flüchtig gesucht, aber nichts gefunden. Am Mittwochmorgen in aller Frühe bin ich wieder hin, doch die Spurensicherung war da, also bin ich abgehauen. Am Nachmittag kam ich zurück. Diesmal war die Luft rein. Doch plötzlich kam so ein Typ aus der Hintertür. Ich konnte mich gerade noch hinter einem Busch verstecken. Mir wurde schlagartig klar, dass es da vielleicht noch jemanden gab, der hinter den Dokumenten her war. Der Mann hatte einen Karton voller Dinge in seinen Händen, also folgte ich ihm. Er fuhr zu einem Wohnblock, ging hinein und verschwand dann wieder mit seinem Auto. So nutzte ich die Gelegenheit und versuchte, in seine Wohnung zu kommen, um den Karton zu suchen. Aber da war so ein Alter, der gegenüber wohnte und mich zulaberte. Also haute ich ab und fuhr nach Hause. Als ich zum Herrenhaus fuhr, sah ich plötzlich den Pick-up dieses Typen in einer Waldschneise stehen und da wusste ich, dass er mir auf der Spur war. Warum sollte er sonst dort sein? Das Auto war leer, niemand zu sehen. Ich wollte mich auf die Lauer legen, doch Herr Schadelberg hatte einen Auftrag für mich. Als ich am Abend wieder an der Stelle vorbeikam, war der Typ samt Auto verschwunden. Doch am Donnerstagfrüh sah ich ihn schon wieder, durch eine der Überwachungskameras, die am Tor hängen, und mir war klar, dass er etwas rausgefunden haben musste. Ich wollte zu ihm, doch als ich rauskam, war er verschwunden. Es blieb mir nur eine Möglichkeit: Ich fuhr zu seinem Haus und legte mich dort auf die Lauer. Sein Auto war weg. Es vergingen Stunden. Erst am Abend kam er zurück, stellte seinen Pick-up ab und ging zu diesen Gärten hinter dem Haus. Ich folgte ihm bis zu einer Laube, hörte ihn drinnen rumoren, so, als würde er etwas verstecken. Als er die Laube verließ, hab ich kurz gewartet und bin dann rein, um nach dem Karton zu suchen. Und plötzlich stand der Typ hinter mir, fragte, was er dort wollte. Es gab nur ein Er-oder-ich. Also schlug ich zu, verfrachtete ihn in mein Auto und brachte ihn zu einer Jagdhütte im Wald. Dort versteckte ich ihn. In der Nacht holte ich mit einem Kumpel sein Auto, um den Eindruck zu erwecken, er wäre fortgefahren. Sein Nachbar hatte irgendwas von einem Angelausflug gefaselt. Ich befragte ihn, wieder und wieder. Doch er blieb dabei, nichts gefunden zu haben. In dem Karton wären harmlose Notizen über irgendein Klassentreffen gewesen. Der Typ war unglaublich verstockt und ich spürte, dass er log. Am Freitag hielt ich es nicht mehr aus. Mir war klar, der Kerl würde nie etwas sagen. Er musste weg." Feibel legte eine kurze Pause ein und fuhr sich mit der Zunge über die Lippen. „Ich fuhr am späten Freitagabend mit ihm und seinem Wagen in den Wald, ein Freund folgte mir mit meinem Auto. Wir setzten ihn in die Karre, ich erschoss ihn, übergoss das Auto mit Benzin und zündete es an. Dann machten wir uns aus dem Staub und fuhren dabei fast dieses junge Pärchen über den Haufen. Das ist alles."

„Der Name des Freundes?"

„Tut nichts zur Sache."

„Sie wollen alles auf Ihre Kappe nehmen?"

Arno Feibel zuckte mit den Schultern. „Ich habe geschossen, er hat nur den Wagen gefahren."

„Noch einmal zurück zu Familie Schadelberg", meinte Mark gedehnt.

„Wie meinen Sie das?"

„Nun, wussten Schadelbergs von Ihren damaligen Machenschaften?"

Feibel schlug mit der Faust auf den Tisch. „Sagen Sie mal, rede ich Griechisch oder wie? Ich hab Ihnen doch gerade gesagt, dass ich auf keinen Fall wollte, dass Schadelbergs von den alten Geschichten erfahren. Natürlich wussten Sie nichts, woher auch?"

„Von Pfistner, der heute Schadelberg heißt."

„Soll das ein Witz sein? Wenn es einen Menschen gibt, der neben mir nicht das geringste Interesse hat, dass die alten Geschichten ans Licht kommen, dann doch wohl Andreas Pfistner."

„Und warum glaube ich Ihnen das einfach nicht?", fragte Mark sachlich. „Warum bin ich der Meinung, dass Schadelbergs einen gewissen Anteil an dieser ganzen Geschichte haben?"

„Wenn Sie das glauben, dann kann ich Ihnen auch nicht mehr helfen. Sebastian und Irina Schadelberg sind die anständigsten Menschen, die ich je erlebt habe. Sie haben mir eine Chance gegeben. Sie haben mir Verantwortung übertragen, ich würde für sie …" Feibel verstummte.

„Was?" Mark beugte sich ebenfalls nach vorn. Er kam Feibel so nah, dass sich ihre Nasenspitzen beinahe berührten. „Was würden Sie für sie tun? Für sie lügen? Für sie Drecksarbeiten erledigen?"

„Kurze Pause", sagte Christian Randel eindringlich zu Mark und verließ mit ihm zusammen den Raum. Auf dem Gang starrten sie sich einige Momente an. „Das war nicht klug. Das hättest du nicht sagen sollen."

Mark hob die Schultern. In Wirklichkeit ärgerte er sich über sich selbst. Er hatte sich gehen lassen. Das wäre ihm früher nie passiert.

Die Tür vom Nebenzimmer wurde geöffnet und Peggy schaute ihnen entgegen. Die beiden Polizisten traten ein.

„Was haltet ihr von der Geschichte?", fragte Christian Randel die anderen.

Stier stieß die Luft aus. „Der Typ lügt doch, wenn er den Mund aufmacht. Diese ganze Story ist frei erfunden."

Christian Randel setzte sich rittlings auf einen Stuhl und legte seine Arme über die Lehne. „Ich bin geneigt, Feibel zu glauben. Zumindest teilweise. Die Geschichte mit Ralf Hauptmann stimmt. Was die Sache mit Heiko betrifft: Warum sollte er sich so etwas Verrücktes ausdenken?"

„Weil zwei Morde schwerer wiegen als einer", sagte Stier und begann, im Zimmer herumzulaufen. „Er deckt diese Schadelbergs, eindeutig."

„Das dürfte teilweise stimmen, aber wir haben keinen einzigen Beweis", gab Randel zu bedenken. „Nur unsere Gefühle. Und dennoch stimmen Abschnitte seiner Geschichte, da bin ich sicher. Aber warum, zum Teufel noch mal, tauchte Udo an der *Bosel* auf, zu dieser späten Stunde?"

„Moment mal", sagte Peggy plötzlich, ergriff ihren Laptop und begann, wie wild auf diesem zu tippen. „Da war doch diese Notiz, die die Kollegen in Udos Zimmer gefunden haben. Na bitte, hier ist es. Da war ein Zettel, auf dem – *18.30 B* – stand."

„Und was willst du uns damit sagen?", fragte Stier giftig.

„Dass Heiko Udo eventuell auf die *Bosel* bestellt hat", meinte Mark leise. „Sowohl Heikos als auch Udos Fingerabdrücke waren auf dem Papier."

„Aber warum?", bohrte Stier nach.

„Damit Heiko ihm sein Medaillon übergeben konnte."

346

„Das hätte er auch vorher tun können", gab Stier zu bedenken.

Peggy schüttelte den Kopf. „Heiko musste erst abwarten, ob sein Plan tatsächlich funktionierte, Feibel ihn wirklich abholte. Und ich glaube, er wollte, dass das Medaillon bei Udo gefunden wird, damit jemand Verdacht schöpft."

„Schwachsinn", stieß Stier aus. „Die ganze Geschichte ist dermaßen konstruiert. Es gibt haufenweise Unklarheiten."

Mark hob beruhigend die Hände. „Mensch Jens, nun komm doch mal runter. Wir denken doch erst mal nur über Feibels Aussage nach. Natürlich gibt es haufenweise Ungereimtheiten. Aber es gibt eben auch ein paar Dinge, die schlagartig einen Sinn ergeben."

„Also glaubt ihr allen Ernstes, dass Heiko Selbstmord begangen hat? Ich wiederhole mich: Warum? Es ging ihm besser, er war auf dem aufsteigenden Ast, er hatte neuen Lebensmut."

„Hatte er den wirklich?", fragte Mark.

Stier fuhr wie von einer Tarantel gestochen herum. „Wie meinst du das?"

„Jens, du hast mir selbst erzählt, wie eng Heiko und seine Monika verbunden gewesen sind, dass sein Leben zu Ende war, als sie starb. Es war für ihn zunächst unmöglich, ohne sie zu leben. Dann sah er wieder nach vorn. Aber war es wirklich so oder spielte er es euch nur vor?"

Stier schluckte, ließ seine Blicke durch den Raum schweifen. „Seht ihr anderen das genauso, dass Heiko selbst gesprungen ist?" Anscheinend war ihm der kurze Moment des Schweigens Antwort genug. Stier drehte sich herum, verließ den Raum und knallte die Tür hinter sich zu.

Peggy fasste sich als Erste. „Ich geh ihm nach", sagte sie und eilte nach draußen.

Mark seufzte. „Scheiße", stieß er aus.

„Ich verstehe Jens' Reaktion", meinte Christian Randel nachdenklich. „Aber wir müssen den Tatsachen ins Auge schauen, zumindest vorerst. Wir haben ein Geständnis für den Mord an Hauptmann. Was Heiko betrifft, wird Feibel, wenn alles so bleibt, wohl aus dem Schneider sein."

„Und Schadelbergs? Die sind fein raus. Ich bin überzeugt davon, dass sie ihre schmutzigen Finger mit im Spiel haben."

„In diesem Punkt stimme ich dir zu, aber wir haben nicht die geringsten Beweise gegen sie", sagte Christian Randel. „Wenn wir sie ohne hieb- und stichfeste Beweise mit in die Geschichte reinziehen, werden uns deren Anwälte zerfleischen."

In diesem Moment piepte Marks Handy. „Eine Nachricht von Peggy, sie bringt Stier nach Hause. Er scheint ziemlich von der Rolle zu sein."

„Kein Wunder, er hat zwei Freunde verloren und nun auch noch das." Randel seufzte. „Manchmal ist dieser Job einfach nur beschissen. Dennoch, lass uns unsere Arbeit tun."

Die beiden Polizisten kehrten nach nebenan zurück.

Mark übernahm das Wort. „Arno Feibel, wir verhaften Sie aufgrund des Verdachts, Ralf Hauptmann und Heiko Tanger ermordet zu haben." Dann wandte er sich an den uniformierten Beamten. „Abführen."

Kapitel 24

An einem sonnigen Samstagmorgen betrat Stier den alten Johannisfriedhof in Meißen. Zu seiner Rechten ging Barbara, auf der anderen Seite Andreas Reusch. Stier hatte, dem Anlass entsprechend, seinen dunklen Anzug angezogen, der recht locker saß. Kein Wunder, in der letzten Zeit hatte er wenig gegessen, oft keinen Appetit verspürt und war stundenlang mit dem Rad durch die Gegend gefahren.

Stier fühlte sich schrecklich und das lag hauptsächlich an dem, was nun vor ihm lag – Heikos Beerdigung. Doch das war es nicht allein. Immer wieder musste er an Mark denken und wie sie auseinandergegangen waren, damals, an diesem Morgen, als Arno Feibel überführt worden war.

Nach seinem überstürzten Aufbruch war Stier aus dem Präsidium gerannt, in den Hinterhof zur Raucherecke. Dort hatte er feststellen müssen, dass seine Schachtel nur noch eine Kippe enthielt. Die steckte er sich an und pfefferte die leere Verpackung wütend neben den Papierkorb. Dass die Ermittler Heikos Tod als Selbstmord einstuften und Feibel diese abenteuerliche Geschichte abnahmen, war für ihn unfassbar. Minuten später tauchte Peggy auf, die sich neben ihn hockte und mit ihm schwieg. Schließlich schlug sie vor, ihn nach Hause zu bringen. Stier lehnte ab, er könne auch mit dem Zug fahren …

„Ich fahre dich", sagte Peggy in einem Tonfall, der keine Widerrede duldete. „Wenn du S-Bahn fährst, verpennst du den Ausstieg garantiert."

Peggy hatte recht behalten. Das Letzte, an das Stier sich erinnerte, war, dass sie am Postplatz an einer roten Ampel halten mussten, weil eine Straßenbahn Richtung

Dresdner Zwinger fuhr. Als Nächstes berührte ihn eine Hand zart an der Schulter. Erschrocken riss er seine Augen auf und befand sich zu seinem Erstaunen vor seinem Wohnhaus. „Aber mein Auto, das steht an der Elbe", stammelte er.

„Lasse ich herbringen. In deinem Zustand hättest du keinen Meter mehr fahren können."

Peggy brachte ihn in seine Wohnung, schleppte Stier ins Bett, zog ihm die Schuhe aus und deckte ihn zu. Er hörte sie noch leise im Flur mit Nepomuk sprechen und wie das Tier schnurrte. Dann versank alles. Stier schlief wie ein Toter. Er erwachte mitten in der Nacht und musste feststellen, dass er sechzehn Stunden geschlafen hatte. Als Erstes ging er unter die Dusche, kochte sich dann einen Kaffee und setzte sich mit Nepomuk auf den Balkon. Stier rauchte eine Zigarette nach der anderen, wohl wissend, dass ihm das nicht guttat. Aber er konnte einfach nicht anders. Als der Boden seiner Kaffeetasse zu sehen war, griff er sich sein Handy. Er sah unzählige Anrufe von Mark, Nachrichten von Barbara und Andreas Reusch. Er ignorierte alle, bis auf die von Barbara und schrieb ihr nur vier Worte: *Mir geht es gut*. Obwohl dies nicht der Wahrheit entsprach.

Stier blieb auf seinem Balkon sitzen, bis der Morgen graute. Dann legte er sich noch einmal ins Bett und stellte den Wecker, um pünktlich zum Dienst zu kommen. Punkt halb zwei betrat er das Meißner Polizeirevier, kleidete sich um und ging dann hinunter ins Büro. Stoisch ignorierte er die zahlreichen neugierigen Blicke, die ihn trafen.

Kollege Walter räumte bei seinem Anblick augenblicklich den Stuhl. „Setz dich hin, Stier." Er zögerte kurz. „Du siehst furchtbar aus, vielleicht solltest du …"

„Zum Arzt gehen? Bloß nicht, lasst mich einfach meine Arbeit machen."

Walter nickte. Und dieses Nicken umfasste alle Kollegen, sie ließen ihn in Ruhe. Niemand stellte Fragen, so neugierig die anderen sicher auch waren.

Garantiert hatten sie erfahren, dass jemand verhaftet worden war. Der Rest würde sich ergeben, nach und nach, aber nicht jetzt.

Kurz bevor Stier mit Andreas Reusch auf seine tägliche Einsatzrunde gehen wollte, trat Kollege Falko Burg zu ihm. Stier wappnete sich bereits, suchte nach Gegenargumenten. Doch Falko Burg legte ihm einfach nur die Hand auf die Schulter und schwieg. Es war wie ein stummes Zwiegespräch, in dem alles gesagt wurde, ohne ein Wort zu sprechen.

Danach ging Stier wieder seiner Arbeit nach. Er stürzte sich förmlich hinein, fühlte sich seltsam ruhelos. Die einzigen Momente, in denen er Ruhe fand, waren die Zeiten, die er mit Barbara verbrachte. Er hatte ihr alles erzählt, sie hatte zugehört und genickt. Dann hatte sie ihn in den Arm genommen und gehalten. Doch wenn sie nicht da war, holten ihn die Grübeleien ein. Er sah sich wieder hinter der Scheibe sitzen und dem Geständnis von Arno Feibel lauschen. Er vernahm Marks Reaktion, die ihm so gegen den Strich gegangen war, dass er hatte gehen müssen, um sich nicht zu vergessen.

Doch nach und nach begann Stier, über alles nachzudenken. Nicht voller Wut, sondern sachlicher. Da waren Ungereimtheiten und allmählich begann er, den Gedanken zuzulassen, dass Feibel vielleicht doch die Wahrheit gesagt hatte. Diese Erkenntnis hing vor allem mit dem Besuch beim Bestatter zusammen, der Stier noch einmal vollkommen aus der Bahn geworfen hatte. Seine und Ralles Adresse waren hinterlegt gewesen als Ansprechpartner. Und so hatte sich der Bestatter bei ihm gemeldet und Stier war hingefahren.

Im Bestattungsinstitut musste er feststellen, Heiko hatte vorgesorgt. Nicht nur ein bisschen, indem er die Rechnung für seine eigene Beerdigung noch zu Lebzeiten beglichen und einen Vorsorgevertrag abgeschlossen hatte. Nein, Heiko hatte alles geklärt und festhalten lassen, und zwar zwei Wochen vor seinem Tod. Dem Bestatter hatte er für seinen letzten Weg seinen Hochzeitsanzug übergeben. Er hatte ein Bild deponiert, das mit ihm verbrannt werden sollte. Darauf war Monika zu sehen gewesen, wie der Mann Stier verriet. Er hatte ein weiteres Foto ausgesucht, das neben der Urne in der Feierhalle stehen sollte. Der Bestatter sollte keine Abschiedsworte sagen, sondern nur ein Lied spielen, „An deiner Seite" von *Unheilig*. Stier hatte sich das Lied bestimmt fünfzig Mal angehört. Er war eingetaucht in die Worte des Sängers und hatte es schließlich Barbara vorgespielt. Sie hatte gelauscht und ihn am Ende wieder einmal fest in den Arm genommen. Und genau in diesem Moment war ihm klar geworden, dass Heiko mit diesem Lied auf seine Weise Abschied nahm. Dennoch hatte er sich nicht überwinden können, Mark anzurufen oder mit Andreas Reusch zu sprechen. Er vermisste Ralle, sein Lachen, seine blöden flachen Witze. Er vermisste es, sich mit ihm auszutauschen. Aber Ralle würde nie mehr wiederkommen und seine Beerdigung lag noch vor ihm. Ralles Frau befand sich immer noch in einer psychiatrischen Klinik. Stier wusste, er musste allein klarkommen. Nicht ganz allein, war doch Barbara bei ihm.

So auch heute. Langsam schritten sie auf die kleine Kapelle zu, deren Tür geöffnet war. Überrascht blieb Stier stehen. Da stand eine kleine Menschengruppe, die anscheinend ebenfalls auf die Beerdigung wollte. Er sah Christian Randel, Mark und Lisa. Stier schluckte, doch Barbara zwang ihn mit sanftem Druck, weiterzugehen.

„Falls du dich fragen solltest, warum Mark hier ist – ich habe ihn angerufen", sagte sie leise. Stier warf ihr einen kurzen Blick zu. „Und falls du wissen möchtest, warum ich das getan habe – du brauchst deine Freunde, Jens. Jetzt und hier sind sie wichtiger als alles andere."

Inzwischen waren sie bei den anderen angelangt. Mit den Männern tauschte er einen Handschlag zur Begrüßung. Lisa trat einen Schritt vor, legte die Arme um seinen Nacken und zog ihn an sich. „Es tut mir leid, Jens, schrecklich leid."

Hinter ihm erklangen weitere Schritte und Peggy eilte herbei. Einen Moment wusste Stier nicht, was er sagen sollte. Sie waren alle hier, obwohl niemand von ihnen Heiko gekannt hatte. Sie waren wegen ihm da. Barbara hatte recht, Freundschaft stand über allem. Auch darüber, mal nicht einer Meinung zu sein.

Der Mitarbeiter des Bestattungsinstituts trat nach draußen und bat sie hinein. Zu seiner Überraschung sah Stier in der Kapelle weitere Personen sitzen – Fritz Schmanner, Heikos ehemaliger Chef, und Udo mit Bettina Meyer vom Altenheim an seiner Seite. Wie sie alle von dem Termin erfahren hatten, war ihm schleierhaft, denn er war nirgends bekannt gegeben worden. Doch in diesem Moment wurde ihm wieder einmal bewusst, wie klein Meißen doch war.

Als alle Platz genommen hatten, trat der Bestatter nach vorn, verbeugte sich vor der Urne und gab dann ein Zeichen zu einem Mitarbeiter, der anscheinend hinter ihm saß.

Unheilig begann zu singen. Stier lauschte noch einmal dem Text, den er so oft gehört hatte, und versuchte dabei, einen festen Punkt an der gegenüberliegenden Wand zu fixieren. Er landete beim schlichten Holzkreuz, das zwischen zwei Fenstern hing, und sah es an. Und dann kam sie wieder, diese eine Liedstelle: „… *ich werd für immer an deiner Seite sein.*" Dann herrschte Stille.

Der Mitarbeiter des Bestattungsinstituts trat zu der Urne, ergriff sie mit beiden Händen und wandte sich an die Trauergemeinde. „Wir wollen nun gemeinsam ans Grab gehen."

Heiko fand seine letzte Ruhe neben Monika. Nach ihrem Tod hatte er sich für eine Zweierstelle entschieden. Der Bestatter senkte die Urne in die Erde und zog sich dann zurück. Stier trat mit Barbara vor, ergriff eine Handvoll Blüten und ließ sie über die Urne rieseln.

Dann machte er einen Schritt zur Seite und stellte sich unter eine Birke, um zu warten, bis die anderen sich verabschiedet hatten. Als Udo an der Reihe war, begann dieser zu schluchzen wie ein kleines Kind. Es war ein fast schon seltsamer Anblick, wie dieser große, starke Kerl mit dem Gemüt eines kleinen Jungen weinte. Bettina Meyer legte den Arm um seine Schulter und zog ihn schließlich weg, weil Udo nicht gehen wollte.

„Beerdigungen sind für ihn furchtbar", sagte sie leise. „Weil er dann immer an seinen geliebten Opa denken muss und wie schlimm das damals alles auf dem Friedhof gewesen war. Aber er wollte unbedingt herkommen."

Udo nickte, schaute Stier an und legte ihm die Hand an die Wange. Dann stürzte er davon. „Jetzt geht er bestimmt wieder zu seinem Opa ans Grab, so wie jeden Tag." Bettina Meyer verabschiedete sich und auch Christian Randel, Andreas Reusch und Peggy machten sich auf den Weg. Zurück blieben Stier mit seiner Barbara und Mark mit Lisa. Die beiden Frauen traten einige Schritte zur Seite.

„Wie geht es dir?", fragte Mark nach einem Moment des Schweigens.

„Besser", sagte Stier und holte tief Luft. „Und … Mark, es tut mir leid."

Der winkte ab. „Alles gut, ich hab das schon verstanden."

„Es tut mir trotzdem leid. Berichtest du mir, wie die Sache ausgeht?"

Mark nickte. „Natürlich. Auch Christian Randel hat versprochen, dich auf dem Laufenden zu halten. Du musst ihn einfach nur anrufen und fragen. Die Ermittlungen sind noch nicht vollends abgeschlossen, aber Feibel wird seine Strafe bekommen, so oder so."

„Und die Schadelbergs?"

„Haben sich bis jetzt elegant aus allem herausgewunden und so wird es wohl auch bleiben. Nur allein wegen dem Duft eines Parfüms, den außer dir niemand wahrgenommen hat, können wir Irina die Anwesenheit in Heikos Haus nicht nachweisen. Auch dass Fritz Schmanner sie auf einem Bild eindeutig als die

Frau identifiziert hat, die in seinem Laden war und sich nach Heiko erkundigt hat, bringt uns nicht weiter. Es ist kein Verbrechen, das zu tun. Ansonsten gibt es außer dem Fakt, dass Heiko einen Trauerkurs bei *Lichtwerk* besucht hat und Monika vor vielen Jahren mit einem Mitglied des Clans gearbeitet hat, keine Verbindungen zwischen ihm und dieser Familie." Mark lächelte schwach. „Wir wissen alle, dass Schadelbergs ihre Finger im Spiel hatten, aber wir haben keinerlei Beweise gegen sie. Nur Ahnungen und die können nun mal nicht zur Anklage gebracht werden, vor allem wenn die Gegenseite jegliche Beteiligung abstreitet."

„Leider", knurrte Stier.

„Peggy hat herausgefunden, dass Feibel eine uneheliche Tochter hat und anscheinend ein sehr liebevoller Vater ist. Dieses Kind wird wohl der Grund sein, warum er alles auf sich nimmt und in den Knast geht, ohne eine Beteiligung der Schadelbergs zu erwähnen. Die Tochter dürfte zukünftig gut versorgt werden."

„Tja, und am Ende war er der Ausführende", sagte Stier.

„Richtig. Fabian Kranich hat ein Verfahren wegen einer Falschaussage an der Backe, aber, nun ja, es wird mit einer Geldstrafe enden. Auch er hat natürlich verschwiegen, was wirklich hinter seiner Anschuldigung steckt." Mark steckte die Hände in die Taschen seiner Jacke. „Es bleiben einige Dinge offen. Warum Heiko noch einmal bei seinem alten Chef war und ob er sich an diesem Tag wirklich bedroht fühlte. Und warum Ursel Kreutz bezüglich Monika ein wenig geflunkert hat und mit was man sie unter Druck gesetzt hat, dies zu tun. Dass Feibel bei ihr war, hat sie immerhin zugegeben."

„Hm", brummte Stier.

„Wenn du reden willst, melde dich, ich hab momentan viel Zeit."

Erstaunt sah Stier ihn an. „Wie meinst du das?"

„Ich bin einen Tag nach der Verhaftung Feibels zum Arzt gegangen und wurde erneut aus dem Verkehr gezogen. Wenn ich ehrlich bin, hab ich fast ein wenig drum gebeten. Ich muss zur Ruhe kommen, mich richtig auskurieren, wegen mir, aber vor allem wegen meiner Familie." Mark blickte zu Lisa.

„Eine gute Entscheidung, deine Frau wird sich freuen."

Mark legte den Kopf in den Nacken und schaute Richtung Himmel. „Was denkst du … ich muss es einfach fragen …"

„Du meinst, ob Heiko tatsächlich gesprungen ist?", fragte Stier. „Ich habe in den letzten Wochen über nichts anderes nachgedacht. Und je mehr Zeit vergeht, umso mehr bin ich geneigt, Feibel zu glauben. Auch wenn es mir schwerfällt. Aber Heiko hatte vorab die gesamte Beerdigung organisiert. Das Lied hat er auch ausgesucht."

„Der Text sagt viel aus."

Stier nickte. „Am Ende wird es wohl nie geklärt werden, genau wie Monikas Tod. Es wird die Frage bleiben: War es Mord oder doch ein Unfall?" Er seufzte. „Das muss man vielleicht akzeptieren." Er lachte leise. „Und was macht ihr jetzt noch Schönes? Wir fahren nach Oberau, du weißt schon, zum Schloss. Julia Kiesebauer hat mich neulich angerufen und eingeladen. Dort ist heute Weinfest, wollt ihr euch uns anschließen?"

Mark schüttelte den Kopf. „Lisa und ich schnappen uns jetzt Nele, die draußen von Oma und Opa gehütet wird, und dann fahren wir alle gemeinsam in den Leipziger Zoo."

„Klingt nach einem guten Plan", grinste Stier. „Und falls du mal wieder in Meißen bist, ich schulde dir noch ein Stück Mohnkranzkuchen bei *Kralacek*."

„Aber nur, wenn ich die *Bosel* dabei im Rücken habe", erwiderte Mark lachend. Die beiden Männer umarmten sich. „Bis zum nächsten Mord in Meißen."

Wenig später lenkte Stier den Wagen gen Oberau. Schon am Ortseingang dirigierte ihn ein Schild zu einem Auffangparkplatz. Zahlreiche Leute waren unterwegs und er folgte ihnen einfach, mit Barbara an seiner Hand. Dann drehten sie auf dem Festgelände eine kleine Runde, genehmigten sich ein Glas *Rosa Schuh* vom *Weingut Schuh* aus Meißen und setzten sich im Schlosspark auf eine von der Sonne beschienene Bank.

„Herrlich", murmelte Barbara und reckte ihr Gesicht Richtung Sonne. „Und der Wein schmeckt köstlich, oder?"

Stier nahm einen Schluck und schnalzte mit der Zunge. „Duftet nach Himbeeren und Erdbeeren, und schmeckt nach einem Hauch von roten Beeren im Abgang."

Verblüfft schaute Barbara ihn an. „Stand das irgendwo?"

„Das hab ich rausgeschmeckt." Stier schmunzelte.

Da näherte sich eine Frau und winkte ihm schon von weitem zu – Julia Kiesebauer. Die Frau des Klempners lachte. „Ich freue mich so sehr, dass Sie gekommen sind."

„Das ist Barbara, meine … meine Frau."

„Freut mich, ich schulde Ihnen noch eine Schlossführung."

„Und ich Ihnen eine wichtige Nachricht", erwiderte Stier. „Aber dazu später."

„Wenn Sie wollen, können wir los", schlug Julia Kiesebauer vor. „Denn ich muss gestehen, Sie haben mich ein wenig neugierig gemacht."

Barbara und Stier leerten ihre Gläser und ließen sich dann durch das alte Gemäuer führen. Es war beeindruckend, was der Verein in den letzten Jahren geleistet hatte, und welche zahlreichen Hürden hatten genommen werden müssen. Stück für Stück hauchte man diesem historischen Kleinod wieder Leben ein.

Am Ende gingen sie zu einem der Nebengebäude, in dem Julia Kiesebauer ihnen in einer Ausstellung noch einige Fotos der Baumaßnahmen zeigte.

Stier war begeistert und Barbara ging es ebenso. „Man kann Sie alle nicht genug loben und deswegen freut es mich umso mehr, dass ich Ihre Arbeit hier unterstützen darf. Wobei nicht ich unterstütze, sondern Heiko und Monika." Er reichte ihr einen Umschlag. „Ich habe Post von einem Notar bekommen. Aber lesen Sie selbst."

Julia Kiesebauer öffnete den Umschlag und entnahm ihm ein Blatt Papier. Während sie es las, drehte Stier eine Runde durch den Raum und betrachtete einige der Bilder noch einmal.

„Heiko vermacht unserem Verein sein Haus", stieß Julia Kiesebauer in diesem Moment aus und ließ das Schreiben sinken.

Stier nickte. „Es gab eine Klausel. Eigentlich sollten Ralle, also, ein guter Freund von mir, und ich Heikos Haus erben. Da der aber vermutlich schon ahnte, dass wir es nicht wollen und das Erbe ausschlagen, fällt das Haus an Ihren Verein. Es liegt eine Visitenkarte bei. Nehmen Sie einfach in den nächsten Tagen …" Auf einmal verstummte Stier und schaute über Julia Kiesebauers Schulter in eine der Vitrinen. Hastig trat er näher. Eine Röhre war ausgestellt, in der Form einer Thermoskanne, nur schmaler. Stier starrte den Gegenstand an und schloss einen Moment die Augen. Da war eine Erinnerung, die sich regte, aber teilweise noch hinter einer Nebelwand verborgen blieb. Und dennoch … „Darf ich fragen, was das ist?"

„Eine Zeitkapsel. Sie werden hauptsächlich bei Grundsteinlegungen genutzt. Architekten, Bauleute und Planer packen Dokumente hinein. Meist eine Tageszeitung, manchmal Fotos des Geländes. Wir haben für kommende Generationen genauso eine Kapsel drüben auf der Baustelle eingelassen. In letzter Zeit werden diese Kapseln aber auch verwendet, um wichtige Dokumente im eigenen Garten zu vergraben, manche packen dort ihren Goldschmuck rein oder mauern diese Kapseln ein."

Stier schwieg. Da war dieser Abdruck im Staub gewesen, in Heikos Arbeitszimmer. Sie hatten eine Thermoskanne vermutet. Dann schloss er die Augen und plötzlich wurde ihm bewusst, dass er vor einigen Wochen genauso ein Ding in Heikos Arbeitszimmer gesehen hatte. Jetzt, in diesem Moment, fiel es ihm wieder ein.

„Wir haben vor Jahren sogar mal eine Sammelbestellung gemacht für mehrere Vereinsmitglieder, weil mein Mann über die Firma günstige Konditionen hatte."

„Erinnern Sie sich, ob Heiko oder Monika ein Exemplar gekauft haben?"

Unschlüssig hob Julia Kiesebauer die Schultern. „Tut mir leid, es müsste noch irgendwo die Bestellliste existieren, aber da muss ich erst suchen."

„Lassen Sie mal, es ist nicht so wichtig."

„Gut, dann werde ich den anderen die frohe Kunde wegen des Hauses überbringen gehen."

„Und wir machen uns auch auf den Weg", erwiderte Stier geistesabwesend. In seinem Inneren rumorte es.

Barbara und Stier verabschiedeten sich, dann fuhren sie nach Hause. „Alles in Ordnung?", fragte Barbara nach einer Weile. „Du bist so schweigsam. Seit du vor dieser Zeitkapsel gestanden hast."

„Hm."

„Lass mich raten, du vermutest, dass Heiko die verschwundenen Dokumente in so einem Ding versteckt hat."

Stier fuhr mit dem Wagen schwungvoll in eine Parkbucht am Straßenrand. „Es wäre ein Gedanke. Immerhin haben wir überall gesucht und sind nicht fündig gefunden. Und mein Gefühl verrät mir, dass auch unsere Gegenspieler nicht erfolgreich waren. Dafür waren sie zu unruhig und nervös bei unserem Besuch. Nein, ich wette, die Dokumente liegen noch irgendwo, an einem sicheren Ort."

„Nur wo?", fragte Barbara und hob hilflos die Schultern.

Kapitel 25

Genau dieselbe Frage stellte Andreas Reusch ihm am Montagnachmittag, als sie während der Spätschicht eine kurze Pause am Elbufer einlegten. In ihrer Mitte stand eine Thermoskanne mit Kaffee sowie zwei Becher. Jeder der Polizisten hatte einen Pappteller mit einem Stück Eierschecke auf dem Schoß. Bei Familie Reusch war gestern Geburtstag gefeiert worden, die Schwiegermutter hatte das stolze Alter von achtzig Jahren erreicht und es ordentlich krachen lassen. Berge von Essen waren übrig geblieben und einige dieser Reste hatte Reusch mit zur Arbeit gebracht. Wohl wissend, dass es dort immer hungrige Kollegen gab, denen bei ein wenig Hausmannskost das Wasser im Munde zusammenlief.

Den aus seiner Sicht besten Teil, Stücke der selbstgebackenen Eierschecke seiner Schwiegermutter, hatte er selbstverständlich exklusiv für sich und Stier reserviert. Nun ließen es sich die beiden schmecken. Natürlich nicht, ohne Stückgröße und Konsistenz ausgiebig zu loben.

„Es gibt tausend Möglichkeiten, wo man etwas verbuddeln kann", nuschelte Reusch und ließ den nächsten Bissen in seinem Mund verschwinden. „Nur allein Heikos Garten. Da müsste man ja alles umgraben. Vielleicht liegen die Sachen bei Ralle oder irgendwo in einem Wald. Oder im Keller, da war doch diese frisch verputzte Wand, wo der Wasserschaden gewesen ist. Dort könnten wir ja mal schauen, aber irgendwie glaube ich nicht dran. Das können wir vergessen."

Stier war geneigt, ihm zuzustimmen, und doch ließ ihn ein Gedanke nicht mehr los. Deswegen hatte er heute Morgen Peggy angerufen und die hatte ihm inoffiziell eine Mail geschickt. „Erinnerst du dich an Udos Unfall? Der wäre doch beinahe mit diesen alten Leutchen im Wohnmobil zusammengestoßen."

Reusch nickte und schob den letzten Bissen in seinen Mund – natürlich die Spitze des Kuchens. Das Beste kam zum Schluss.

Stier fingerte sein Handy aus der Tasche und suchte darauf herum. Dann reichte er es Reusch. „Hier, lies mal, kommt von Peggy."

„Und dann sagte er: *Udo verstecken, verstecken*", murmelte Reusch. „Ich versteh nur Bahnhof."

„Vielleicht bin ich komplett auf dem Holzweg", sagte Stier und wedelte mit seinem Löffel vor Reuschs Gesicht herum. „Da war doch der Zettel, den man in Udos Zimmer gefunden hat. Darauf die Uhrzeit *18.30 B*. Auch die Kollegen in Dresden gehen inzwischen davon aus, dass Heiko Udo zur *Bosel* bestellt hat. Zum einen als stummen Zeugen, zum anderen, um ihm das Medaillon zu übergeben."

Reusch hob die Schultern. „Hm, möglich."

„Wenn es nun genauso war und Heiko einfach sichergehen musste, dass dieser Feibel ihn auch wirklich holt? Sonst hätte sich der ganze schöne Plan in Luft aufgelöst. Heiko wird also von Feibel zur *Bosel* gebracht. Unterwegs begegnet ihnen Udo. Heiko bittet Feibel um ein paar Minuten allein mit Udo. Er bekommt sie und Feibel sieht, wie Heiko Udo etwas übergibt – das Medaillon. Heiko sagt noch etwas zu ihm, was Udo vollkommen aus der Fassung bringt. Er weint, protestiert, so sehr, dass Feibel der Sache ein Ende setzt. Dann verschwindet Udo, er radelt wie ein Wilder los und dabei diesem Ehepaar vor die Motorhaube. Er sagt nichts zu seinem Zustand, nur: *Verstecken, Udo verstecken*. Später taucht er im Heim auf, über zwei Stunden sind vergangen. Wir haben uns damals schon gefragt, was er in dieser Zeit getan hat. Was wäre …"

„Wenn Udo in dieser Zeit diese Kapsel bei Heiko geholt und sie versteckt hat?", ergänzte Reusch. Mit dem Thermosbecher in seiner Hand saß er da und starrte auf den Fluss. „Das ist vollkommen verrückt, Jens."

„Ich weiß, aber es ist möglich. Udo hat Heiko ein paar Mal in seinem Garten geholfen, als der krank war. Er kannte sich bei ihm aus. Die beiden scheinen befreundet gewesen zu sein, auf ihre Art. Vielleicht hat Udo ihn öfter gesehen, oben auf der *Bosel* oder was weiß ich."

„Ja, aber wenn alles wirklich so ist, wo befindet sich die Kapsel?"

Bettina Meyer betrachtete sie mit einem Blick, der Bände sprach. „Das klingt vollkommen verrückt."

„Ich weiß", gab Stier zu. „Und dennoch bekomme ich den Gedanken einfach nicht aus dem Kopf."

„Und nun wollt ihr mit Udo sprechen?"

„Wir wollen es zumindest versuchen."

Die Heimleiterin seufzte. „Udo geht es nicht gut. Diese Verhaftung …" Sie schüttelte traurig den Kopf. „Er verlässt kaum noch das Heim, geht nur zu seinem Opa auf den Friedhof. Diese Sarina vom *Boselgarten* hat auch schon angerufen, aber Udo hat Angst, rauszugehen."

„Ich bin all die Jahre gut mit ihm ausgekommen", meinte Stier. „Hab manchmal mit ihm geredet, unten an der Elbe. Udo hatte immer Vertrauen zu mir."

„Ja, mag sein. Diese Geste auf dem Friedhof, als er Sie getröstet hat …" Die Heimleiterin schluckte. „Also gut, aber nur, wenn ich dabei sein darf."

„Natürlich", stimmte Stier zu und Reusch nickte.

Udo saß in seinem Zimmer auf dem Bett und hielt einen dieser Massagebälle in seinen Händen. Bei ihrem Eintreten schaute er hoch, kniff angsterfüllt das Gesicht zusammen und entspannte sich erst, als er Stier erkannte.

„Na, Udo", sagte der, berührte ihn kurz am Arm und hockte sich neben ihn. „Alles gut?"

Udo nickte zögernd.

„Schön, dass du bei Heikos Beerdigung warst. Das hat mich gefreut. Immerhin wart ihr Freunde, nicht wahr?"

Udo nickte erneut, noch schwächer als beim ersten Mal.

„Darf ich dich etwas fragen, zu Heiko und dem Tag ..." Stier zögerte, dann sprach er es aus: „Zu dem Tag, als er gestorben ist?"

Udo knetete den Ball heftiger. Einen Moment schweifte sein Blick zu Bettina Meyer. Die lächelte und schaute ihn mutmachend an.

„Heiko hat dir doch sein Medaillon gegeben, oben an der *Bosel*, nicht wahr?" Stier zog das Schmuckstück aus seiner Tasche und legte es behutsam auf Udos Schoß. Vor einigen Tagen hatte er das Medaillon aus Dresden erhalten, da er der einzige Erbe des beweglichen Inventars im Haus war. Stier hatte das Medaillon lange angeschaut und es dann in eine Schublade gelegt, unsicher, was damit geschehen sollte. Heute Morgen war ihm eine Idee gekommen. Udo sollte es bekommen. Der sah ihn ungläubig an, berührte das Medaillon dann mit dem Finger und begann zu weinen.

„Und dann hat er dich gebeten, etwas aus seinem Haus zu holen und zu verstecken, nicht wahr? Eine Art Schatz, etwas Wichtiges, Geheimes?"

Atemlose Stille erfüllte den Raum. Sechs Augen schauten Udo an und keiner wagte es, das Schweigen zu brechen. Nach einer gefühlten Ewigkeit, als Stier schon beinahe geglaubt hatte, ohnmächtig umzukippen, nickte Udo schließlich.

Reusch und Bettina Meyer wechselten einen Blick.

„Würdest du uns sagen, wo du diesen Schatz versteckt hast?", bat Stier leise. „Du weißt, Heiko war immer mein Freund. Er hätte gewollt, dass wir ihn finden, weil ..." Stier kam nicht mehr weiter.

Bettina Meyer machte einen Schritt auf Udo zu. Sie kniete sich vor ihm nieder und umschloss seine Handgelenke sanft mit ihren Händen. „Wir müssen wissen, was wirklich geschehen ist, Udo. Es ist wichtig, wir brauchen diesen Schatz. Und ich glaube, wenn du uns diesen Schatz zeigst, wird alles leichter werden. Du kannst dann wieder zu Sarina in den *Boselgarten* gehen, zu deinen geliebten Pflanzen. Der Stein, der auf deiner Brust liegt, ist weg, weil du nicht mehr allein bist. Wäre das nicht schön?"

Udo schaute nach unten. Er sah die Heimleiterin mit seinen leicht kindlichen Zügen an und schließlich nickte er. Udo ließ den Massageball aufs Bett fallen und zog die Heimleiterin hinter sich her. Mit der anderen Hand umklammerte er fest Heikos Medaillon. Sie gingen den Gang entlang, die Treppen hinunter, bis nach vorn zur Hauptstraße und dann nach links. Vor der Schule überquerten sie an der Ampel die Straße und auf einmal ahnte Stier, wo sie hingingen.

Tatsächlich steuerte Udo das Friedhofstor an, lief den Hauptweg Richtung Kapelle entlang und bog schließlich in einen Seitenweg ab. Nach wenigen Schritten war ein Grab mit einem schlichten dunklen Stein erreicht – *Karl Ernst Fraschik* – stand darauf.

„Opa", murmelte Udo und verharrte einen Moment schniefend. Dann holte er eine kleine Handschaufel hinter dem Stein hervor.

Das Grab war akkurat bepflanzt. Man sah kein Unkraut, kein welkes Blatt. Udo kümmerte sich darum. Jeden Tag war er hier, mehrfach. Udo ging in die Knie, entfernte behutsam die mittlere Reihe Pflanzen und legte sie sacht neben dem Grab ab. Dann grub er tiefer und schließlich blitzte silbernes Metall im Erdreich auf. Er holte die Zeitkapsel heraus und reichte sie Stier. „Verstecken, Udo verstecken." Die Lösung war so einfach gewesen und gleichzeitig so schwer.

Stier legte ihm die Hand auf die Schulter und ging. An der Kapelle drehte er sich noch einmal um. Bettina Meyer setzte gemeinsam mit Udo die Pflanzen wieder in die Erde. Sie reichte ihm zu und er setzte sie ein, mit einem kleinen Lächeln auf dem Gesicht.

Einen Tag später belegte Stier gerade die letzte Semmel mit ordentlich Hackepeter, als es an der Tür klingelte. Mark, Christian Randel und Andreas Reusch standen draußen.

Mark hob seine Nase. „Hm, Hackepeter."

„Heute Morgen frisch geholt", erwiderte Stier. „Kommt rein."

Sie setzten sich in die Küche, Stier schenkte Kaffee aus und rückte den Teller mit den belegten Semmeln in die Mitte des Tischs.

Doch alle Blicke wanderten zu der silbernen Kapsel, die auf dem Küchenschrank stand.

„Das ist sie?", fragte Christian Randel.

„Ja."

„Hast du schon, ich meine …"

„Natürlich nicht", erwiderte Stier.

Sie ließen sich Zeit. Erst als die letzte Semmel verspeist war, räumten sie den Tisch ab, bis nur noch die silberne Kapsel vor ihnen stand.

„Mach du", sagte Stier zu Andreas Reusch. „Meine Hände zittern zu sehr."

Reusch drehte die Kapsel langsam auf. Das Gewinde war breit, vermutlich, damit keine Nässe eindringen konnte. Doch dann war das Gefäß geöffnet. Sie sahen mehrere Schriftstücke darin, die Reusch behutsam herausholte.

Da waren Kopien von Unterlagen, Fotos, Schichtpläne, Arztberichte und zu guter Letzt ein verschlossener Umschlag. Darauf standen die Namen von Stier und Ralle. Reusch schob den Umschlag zu Stier. „Den musst du aufmachen."

Stier starrte das Stück Papier an und es kam ihm vor, als könne er sich nicht rühren. Irgendwann tat er es doch, öffnete den Umschlag und holte drei Blatt Papier raus. Sie alle waren handgeschrieben. Das erste überflog er, stand auf und ging auf den Balkon. Seine Freunde hörten ein Feuerzeug klicken.

Mark ergriff das Blatt und las vor: „Lieber Jens, lieber Ralle, ich musste es einfach probieren. Vielleicht kann durch meinen Tod der Mord an Monika aufgeklärt werden. Vielleicht wird nun alles aufgedeckt und es gibt Gerechtigkeit. Das ist das Einzige, was ich mir wünsche. Denn sie war die Liebe meines Lebens. Und ihr wart meine besten Freunde. Ich danke euch für alles. Heiko."

Epilog

Wisst ihr, dass die Welt manchmal ein Dorf ist? Man trifft an den unmöglichsten Orten auf Menschen, die in der unmittelbaren Nachbarschaft wohnen. Oder plötzlich auf eine Person, von der man sich wünschte, man hätte sie nie mehr gesehen.

Als Monika und ich uns kennenlernten, redete sie nie über ihre Vergangenheit, oder zumindest nur sehr ungern. Ich verstand das anfangs nicht und dachte, es würde mit ihren Eltern zusammenhängen. Doch dann starb eine alte Freundin von ihr. Sie hieß Ilse Meyer und ich hatte ihren Namen nie zuvor gehört. Von ihrem Tod erfuhr ich erst hinterher. An einem Sommerabend sprach Monika zum ersten Mal über das, was sie und Ilse vor einigen Jahren erlebt hatten. Sie erzählte mir von dem Altenheim, den furchtbaren Vorkommnissen und wie alles vertuscht worden war. Sie und Ilse hatten diesen Ort damals fluchtartig verlassen, hatten Todesängste ausgestanden und fühlten sich in der Ferne nur allmählich sicherer. So ging es zumindest Monika. Sie kümmerte sich um ihre Eltern, fand dort Ablenkung und suchte sich einen neuen Job, der nichts mit Ärzten und Medizin zu tun hatte. Und dann fand sie den *Oberauer Schlossverein* und am Ende mich.

Ilse erging es anders. Die Schuldgefühle ließen sie nicht los. Sie war ja auch tiefer in die ganze Geschichte verstrickt gewesen. Immer wieder befürchtete sie, dass ihre Lügen eines Tages ans Licht kommen oder irgendwann diese Männer aus ihrer Vergangenheit auftauchen würden. Und sie war allein, mal abgesehen von Monika und den vielen Therapeuten und Psychologen, die sie immer wieder aufsuchte. Doch keiner von ihnen konnte ihr helfen, weil sie sich nicht öffnete. Monika bemühte sich um sie, besuchte sie manchmal und musste doch mit ansehen, wie es Ilse immer schlechter ging.

Doch dann, eines Tages, wirkte sie plötzlich seltsam euphorisiert. Ilse erzählte ihr am Telefon, sie hätte endlich eine Gemeinschaft gefunden, Menschen, die sie wirklich verstehen würden, die ihr zuhörten. Wer diese Leute waren, sagte sie Monika nicht. Vielleicht, weil sich ihr Verhältnis zuletzt abgekühlt hatte. Vielleicht, weil sie Monika neidete, dass ich jetzt an ihrer Seite war, ihre Freundin einen Partner gefunden hatte. Ilse sagte ihr sogar, dass sie sie nicht mehr brauchte und nun eine neue Familie hätte.

Es vergingen einige Monate, in denen die Frauen nichts voneinander hörten.

Doch dann, eines Tages, rief Ilse sie plötzlich wieder an. Monika verstand sie kaum, Ilse weinte, schluchzte und schien in einem schrecklichen Zustand zu sein. Also fuhr Monika zu ihr. Und tatsächlich – Ilse war vollkommen außer sich. Sie hätte ihn wiedergesehen, den Teufel in Weiß, stammelte sie immer wieder. Andreas von Pfistner war ihr ausgerechnet an dem Ort begegnet, an dem Ilse sich wieder als Mensch gefühlt hatte, ihre Ängste begonnen hatten, kleiner zu werden. Auch wenn sie die Vorkommnisse von damals nie jemandem verraten hatte. Pfistner hatte wohl eines Tages einen Vortrag gehalten, den Ilse sich anhören wollte. Natürlich unter seinem neuen Namen Andreas Schadelberg. Als der den Raum betrat, blieb Ilses Herz beinahe stehen. Mit einem Schlag war alles wieder da, die Angst, die Panik, die Vergangenheit. Ilse versuchte, sich zu beruhigen, sich zu verstecken, doch sie bekam keine Luft und rannte schließlich aus dem Raum. Vorn an der Schwelle stürzte sie, jemand half ihr auf. Dieser Vorgang war nicht unbemerkt geblieben. Ilse kam hoch und sah direkt in Pfistners Gesicht. Er erkannte sie sofort, sie sah es in seinem Blick.

Ilse fuhr nach Hause und vergrub sich in ihrer Wohnung. Ab diesem Moment begann der Terror.

Nachts klingelte unablässig ihr Telefon, bei ihr wurde eingebrochen, ein Mann von damals, wie sie sagte, bedrohte sie und stand einfach vor ihrer Tür. Und Ilse war klar, dass es nur um eines ging – um diese Unterlagen, die sie immer noch besaß.

Also gab sie Monika die Papiere und diese versteckte sie in unserem Haus. Vermutlich hätte sie sie besser verbrennen sollen. Bei welchem Verein sie gewesen war, wollte Ilse nicht sagen, um Monika zu schützen, wie sie meinte. Sie wollte einfach, dass alles ein Ende findet. Wenig später starb Ilse, sie schied aus dem Leben, freiwillig, sie konnte nicht mehr.

Monika brach fast zusammen, als sie die Nachricht bekam. Dann räumte sie die Wohnung ihrer Freundin aus und stieß dabei auf den Flyer von diesem *Lichtwerk-Zentrum*. Monika musste es einfach wissen. War das der Verein gewesen, wo Ilse Pfistner wiedergesehen hatte? Also fuhr sie hin, besuchte eine der Trauergruppen und traf dort zu ihrem Erstaunen auf eine Kollegin von ihr – Ursel aus dem Archiv. Ursel war voll des Lobes über die Arbeit, die *Lichtwerk* leistete. Und auch Monika zweifelte allmählich daran, dass dieses Zentrum wirklich der Ort sein sollte, von dem Ilse bedroht worden war.

Bis eines Tages Arno Feibel vor unserer Tür stand. Ich war nicht da, war auf Arbeit. Feibel wollte mit Monika reden, sagte er. Sie redeten tatsächlich, aber nur anfänglich. Nach kurzer Zeit wollte er wissen, ob sie noch Kontakt zu Ilse gehabt und ob diese ihr gewisse Dokumente anvertraut hätte. Monika gab sich ahnungslos, gab einen lockeren Kontakt zu Ilse zu, aber bestritt, Unterlagen von ihr bekommen zu haben. Doch sie spürte, Feibel würde ihr nicht glauben. Sie hatte es deutlich in seinem Gesicht gesehen. Als er gegangen war, trat sie ans Fenster, um ihm hinterherzuschauen und sah dabei den unregelmäßig gezackten Stern an seinem Auto. Der Stern, der zu *Lichtwerk* gehörte. An diesem Abend vertraute sie sich mir an, erzählte die ganze Geschichte. Aber sie sagte mir nicht, wo sie die Unterlagen versteckt hatte.

Es vergingen einige Tage. Monika gab sich wie immer, aber ich spürte ihre unterschwellige Angst. Das durfte nicht sein. Immer wieder versuchte ich, mit ihr zu sprechen, ob man nicht etwas tun könnte, zum Beispiel zur Polizei gehen. Doch das lehnte Monika ab, weil es nichts bringen würde und sie all das schon einmal erlebt hatte. Sie meinte schließlich, das Beste wäre es, nicht mehr darüber zu reden. Irgendwann würde die Gegenseite aufgeben und akzeptieren, dass sie die Dokumente nicht besaß. Irgendwann würde alles im Sande verlaufen und unser Leben wieder so sein, wie es vor Ilses Tod gewesen war.

Und tatsächlich geschah nichts mehr. Alles schien wirklich wie früher zu sein. Es gab keine Besuche mehr, keine Anrufe oder sonstigen Bedrohungen. Monika plauderte auf Arbeit mit ihrer Kollegin Ursel, lobte *Lichtwerk* und die tolle Arbeit, die dort geleistet wurde. Sie versuchte, die Wogen zu glätten. Und ich erinnere mich noch so gut, dass ich dachte, was sie doch für eine wunderbare, kluge Frau ist, meine Monika. Und einen Monat später war sie tot.

Nach dem ersten Schock begann ich, nach diesen Unterlagen zu suchen, konnte sie aber nicht finden. Als es mir besser ging, versuchte ich, die einzige Chance zu ergreifen, die mir noch blieb – ich nahm Kontakt zu *Lichtwerk* auf und traf dort zum ersten Mal auf Arno Feibel. Ich gab mich ahnungslos und er glaubte mir anscheinend, genau wie der ganze andere Rest dieses Vereins, dass ich nichts wusste. Jeden Tag fuhr Feibel mit mir auf die *Bosel*, zur Trauertherapie, wie dieser Sebastian Schadelberg mir geraten hatte. Doch im Grunde war es vermutlich ein Test, ob ich wirklich nichts ahnte. Und ich stellte mich weiterhin dumm, suchte aber heimlich nach den Dokumenten.

Als ich dann im Haus einen Wasserrohrbruch hatte, musste im Keller eine Wand aufgestemmt werden. Einer der Handwerker fragte, ob wir kürzlich schon einmal

Probleme mit den Rohren gehabt hätten, weil die Wand anders verputzt wirkte. Und dann kam die Kapsel zum Vorschein.

Ich studierte alle Dokumente und mir wurde schnell klar, dass es nur eine Person gab, die für schuldig befunden werden konnte – nämlich Arno Feibel. Er musste etwas mit Monikas Tod zu tun haben und er hatte Ilse Meyer in den Tod getrieben. Und das musste bestraft werden.

Lichtwerk wird nichts nachzuweisen sein. Und dieser Pfistner hält sich am anderen Ende der Welt auf. Aber wer weiß, vielleicht werden in diesem Moment, in dem ihr diese Zeilen lest, die Karten gerade anders gemischt. Vielleicht werden alle Schuldigen bestraft. Das ist das Einzige, was ich mir wünsche – Gerechtigkeit.

Danke

Was wäre ein Buch ohne die Menschen, die verborgen im Hintergrund ihren Teil dazu beitragen.

Da wäre mein Mann, der sich verschiedene Passagen wieder und wieder anhören darf und viele gute Verbesserungsvorschläge mit eingebracht hat. Ich danke dir für deine Geduld, die aufbauenden Worte und das du mir immer den Rücken freihältst. Ich danke meiner Lektorin Christine Rosenthal, die meinen Worten den letzten Schliff gegeben hat. Ich danke Stefanie Brandt, die so manchen Fehler ausmerzen musste. Ich danke Alexa Kim, die mir auch für diesen Band ein wunderschönes Cover kreiert hat. Ich danke meiner Susi, für kleine Zuarbeiten.

Ich danke Sabine Kralacek, von der gleichnamigen Bäckerei in Sörnewitz, die mir mit ihrem großen Wissen rund um die Bosel eine enorme Inspiration war.

Ganz besonders aber danke ich Euch, meinen lieben Lesern, für Eure Treue und Euer Feedback. Ich sage danke für Eure Briefe und Mails und die vielen Bewertungen. Schreibt mir bitte auch weiterhin, wie Euch mein Buch gefallen hat. Eure Meinung und Eure Rezensionen sind mir sehr wichtig.

Wie immer in meinen Büchern gilt: Nicht jede Straße, nicht jeder beschriebene Ort existiert in der Wirklichkeit oder ist genau dort zu finden, wo ich ihn beschrieben habe. Das ist die künstlerische Freiheit, die sich Autoren nehmen dürfen.

Eure, Ihre Evelyn

www.evelyn-kuehne.de

BISHER ERSCHIENENE ROMANE

Viertel Kraft voraus

Neuanfang auf Italienisch

Dünengeflüster

Dünenrauschen

Dünenzauber

Inselküsse

Rügenträume und Meeresrauschen

Rügenträume und Strandgeflüster

Rügenträume und Bernsteinfunkeln

Riss im Nebel

Mord mit Elbblick

Tödliche Trauben

Eine Bühne für den Mörder

Das Geheimnis des Kameliengartens

Sieben Tage Ostseeblau

Willkommen im kleinen Ostseehotel – Winterstürme

Willkommen im kleinen Ostseehotel – Frühlingsgefühle

Willkommen im kleinen Ostseehotel – Sommerträume

Willkommen im kleinen Ostseehotel – Herbstzauber

Ostseeliebe mit Leuchtturmblick – Winterherzen

Ostseeliebe mit Leuchtturmblick – Zweite Liebe

Eine Ostseeinsel zum Verlieben – Eiskristallküsse

Für immer an deiner Seite

Die kühne Marie

Mord mit Elbblick

»Fragen Sie nicht, wer einen Grund hatte, Renate Bergmann zu töten. Fragen Sie lieber, wer keinen hatte.«

Kommissar Mark Winter aus Dresden wird zur Leiche einer Hotelbesitzerin auf dem Meißner Burgberg gerufen. Spontan bietet Polizeihauptmeister Stier ihm seine Hilfe an. Der jagt sonst Kleinkriminelle, kennt Meißen aber wie seine Westentasche.

Auch die Tote ist keine Unbekannte für ihn.

Schon nach wenigen Stunden wird klar – es könnte jeder in Meißen gewesen sein. Die knallharte Geschäftsfrau ging zu Lebzeiten selbst über Leichen. Ehemalige Mitarbeiter, Nachbarn und Geschäftspartner lassen kein gutes Haar an ihr.

Aber zunächst bleibt der Täter ein Phantom, alle Spuren führen ins Leere. Bis ein weiterer Mord geschieht und die Polizisten sich fragen, ob das scheinbar Unmögliche doch möglich ist …

Der erste Fall für Winter und Stier, die eine Vorliebe für sächsische Eierschecke, vor allem aber ein feiner Spürsinn verbindet.

Tödliche Trauben

Drei schöne Frauen, ein exklusives Fotoshooting, eine Leiche.

Kurz vor der Wahl der neuen Meißner Weinkönigin wird eine der Kandidatinnen ermordet. Patricia Strathmann, Winzertochter aus der Stadt an der Elbe, liegt tot im idyllischen Proschwitzer Weinberg. Vergiftete Trauben beförderten sie ins Jenseits, ihre zwei Rivalinnen überleben.
Schnell steht fest: Beim Kampf um die goldene Weinkrone waren Neid, Betrug und verletzte Gefühle im Spiel. Und es stellt sich die Frage, ob der Giftanschlag wirklich Patricia Strathmann galt, obwohl auch deren Weste nicht so blütenweiß ist, wie zunächst angenommen.
Zum Glück kann Kommissar Winter aus Dresden wieder auf das Insiderwissen seines Meißner Kollegen Stier bauen.
Zunächst führen alle Spuren in Sackgassen. Bis plötzlich scheinbar alles auf eine Person deutet. Wäre da nicht Winters Bauchgefühl, das mal wieder eine vollkommen andere Sprache spricht.

Eine Bühne für den Mörder

„Ich habe Klassentreffen schon immer gehasst, weil dort noch mehr gelogen wird als bei Trauerreden auf dem Friedhof."

Es könnte alles so schön sein - Treffen der alten Studiengruppe nach vielen Jahren im idyllischen Meißen. Gastgeber Martin hat an alles gedacht, nur nicht daran, dass er am zweiten Abend erschossen in seinem Zimmer liegt.
Die Spurenlage ist dürftig, die Zeugen wenig hilfreich oder äußerst schweigsam. Jeder Einzelne versucht sorgsam etwas zu verbergen. Kommissar Mark Winter aus Dresden muss tief in die Vergangenheit der fünf Freunde eintauchen, um den Mörder zu finden.
Doch da verschwindet ein wertvolles Gemälde aus dem Antiquitätengeschäft des Ermordeten und es stellt sich die Frage: Zufall oder genialer Plan?